褪色

唐俊语 著

百花洲文艺出版社
BAIHUAZHOU LITERATURE AND ART PRESS

图书在版编目（CIP）数据

褪色 / 唐俊语著. -- 南昌：百花洲文艺出版社，

2025.4. -- ISBN 978-7-5500-6025-8

Ⅰ. I247.5

中国国家版本馆CIP数据核字第2025WV4008号

褪　色

TUISE

唐俊语　著

出 版 人	陈　波	
责任编辑	游灵通	
美术编辑	方　方	
制　　作	何　丹	
出版发行	百花洲文艺出版社	
社　　址	南昌市红谷滩区世贸路898号博能中心一期A座20楼	
邮　　编	330038	
经　　销	全国新华书店	
印　　刷	江西千叶彩印有限公司	
开　　本	889 mm × 1194 mm　1 / 32　印张 16	
版　　次	2025年4月第1版	
印　　次	2025年4月第1次印刷	
字　　数	350千字	
书　　号	ISBN 978-7-5500-6025-8	
定　　价	48.00元	

赣版权登字　05-2025-49

邮购联系　0791-86895108

网　址　http://www.bhzwy.com

图书若有印装错误，影响阅读，可与承印厂联系调换。

目录

楔子

　　坐在我对面的身穿制服的中年警察站了起来，调试了一番我面前的那盏黄光灯，把原本灯光完全打在我脸上的灯头稍微撇去左边了一些，灯罩是绿色的，大概是为了减轻这种直接打光对视力带来的损害吧，可我的视网膜上还是留下了一些闪烁的斑点，我看他们的脸时，他们的脸也变得有些模糊了。

　　"陈薇女士，请问上个月二十九号，也就是十二月二十九号，您在哪里？"中年警察双手摆在桌上，死死地盯着我的眼睛。那些在我眼中跳跃的斑点逐渐消失了，我再次看清了他的脸，他的半张脸沉浸在阴影之中，这使得他的面部表情看起来有些许狰狞。他旁边还坐着一个年轻的警察，一直低着头，记录着这里的所有对话，他甚至来不及把头抬起来看我一眼，他不停写着字的手显得特别慌张。我突然觉得有些可笑。

　　"我在西元市的周峰村，我外公有个老宅在那儿，从二十七号到三十号，我一直在那里。"

"一个人吗？"

"对。"

"有没有人可以做证？"

我感到嘴唇有些干涩，但是我没有碰面前的那杯水，而是舔了舔嘴唇，嘴角有一块皮翘起来了，我很想去撕掉它，但是一旦撕了一个角，就会有其他地方也让我感觉不舒服，最后我会把自己的下嘴唇撕到鲜血淋漓，这是从高中开始一直在反复发生的事，我一直想改掉这个毛病，但始终改不掉。那块翘起来的皮让我觉得很焦躁。

"陈薇女士，有人可以证明吗？"他又问了一遍。

"可能没有，那边都是自己造的老房子，房子和房子隔得挺远的，我白天出门溜达了，或许有些村民看到过我吧，但我也不知道，我不确定。"我开始用牙齿去够嘴角那块突兀的皮，可牙齿始终很费劲，在做这种事情的时候它们并没有手好用。但我不敢动手，我怕盯着我的这个警察，认为这是我心虚的小动作。

"您为什么会去周峰村？据我们所知，那个屋子已经空了很久了，其间您去过吗？您突然去那里做什么？"

"我外公去世之后，我妈妈和舅舅每个月都会去两趟打扫卫生，其间我也去过，而且外公还有一些东西留在那里，我去收拾一下把它们带回来。"我终于还是忍不住把手放到了嘴唇旁边，我太习惯这个动作了，我很快摸到了嘴角那块皮，它扎着我的指尖让我很想一下就把它撕下来，虽然我知道，那样的话避免不了见血，而我口袋里没有纸巾。

"您和死者木歌是什么关系？"

我抬起头，看着这个中年警察，他的整张脸已经暴露在灯光下面了，而我靠在靠背椅上，完全避开了灯光，这个时候，他看起来更像是被审的人。我们已经在这里耗了一些时间了，大概多久我也没数，审讯室里没有时钟，但空气里有嘀嗒嘀嗒的声音，像幻觉，又不像。他额头上的抬头纹和他眼睛里的红血丝都在提醒我，他很着急想让我承认一些东西，他之前反复问的问题，只不过是为了这个最要紧的问题，可我还是给了否定的回答。

"没什么关系。"

我的手指不知不觉一用力，那块嘴角的皮被我撕掉了，我用舌头轻轻碰了一下，果然是鲜血有些腥的味道。我用大拇指按住出血口，抬头盯着中年警察。

"没什么关系是不认识吗？"

我放下大拇指，看了看上面的血迹，又换了食指按上去。不知道从什么时候起我有了这样一种习惯，我喜欢让所有的手指轮流感受一下鲜血的滋味，可能不同的手指体验也是不同的，它们有各自的权利。

"陈薇女士，您和死者木歌认识吗？"他再次问道。

他强调的"死者"二字似乎把我的头往下摁了两下。

"嗯，认识。"我听见自己说。

我一直在想，我究竟应该从哪里开始讲这个故事。因为它在我脑中始终呈现得很复杂，可是每当我想要说出来的时候，它又显得特别空洞。尤其是那些情感，我总觉得它们可能都不是真的存在过。

　　我们总喜欢把自己柔和地安放在一些巧合之中，无论是现实中发生的，还是精神层面的，我们都会选择去相信这些看似命中注定的缘分，它们让我们产生了许许多多对爱情和爱情发生时刻的错误认知。

　　我第一次见木歌，是去年九月，在佛罗伦萨的机场。

　　佛罗伦萨的机场很小，值机口都在二楼，一楼只有酒吧和到达的出口，还有一些零散的商户。我站在全层最亮的报刊亭门口，望着出来的那群人，很快就看到了他们。

　　他们是我承接的佛罗伦萨博物馆拍摄项目的团队，属于国内一家知名的文化公司。一行七个人，推了六台放满了行李箱和纸箱的推车，站在我身边的意大利司机立刻放下手里的欢迎牌，走过去帮忙。

　　"您好，宽老师，我是陈薇，之前和您联系的。"带头的那个人姓宽，年纪比我还小，叫老师纯粹是给他面子，现在国内来的人，都喜欢被称为老师。

　　"陈姐，叫我小宽就行。"他热情地和我握手，开始给我介绍同行的人。当介绍到最后那个穿着一件深蓝色的牛仔外套，面无表情的高个儿的时候，小宽停顿了一下，特意提高了一点音调："这是我们工作室的灵魂人物，木歌木导。"

　　很明显，小宽的热情并没有感染这位木老师，他依旧面无表情，或者应该说表情过分严肃，我不知道他是故意摆谱还是什么，总之给人一种拒人于千里之外的感觉。他冲我点了点头，伸出手来松松垮垮地握了下我的手。刚刚小宽说他是木导，我心里想，可能他是这次专题拍摄的导演。我拿到的名单上，没有写团队人员的职务，假如他就是导演的话，那我这次的承接工作可能就要多倚仗看起来比较友好热情的小宽了。我礼貌地冲木歌点了点头，转头朝小宽眨眨眼。

由于第二天就要开始拍摄，而他们的拍摄时间只有三天，最后两天用来剪一个宣传短片，剪完后直接将片子复制一份给当地政府，所以时间很紧张，我就和他们一起住在市中心的酒店。

酒店在老城区，离拍摄地不远。晚上小宽来敲门，问我一些准备工作的细节，显然他是这个团队里面负责跑腿的那个。我们一起去了酒店大堂的酒吧，我要了一杯红酒，他要了一杯可乐。

"你还真是小孩啊，小孩才喝可乐。"我故意逗他。

他笑着摸了摸脑袋，有些不好意思地说："飞机上陪木歌老师喝了一路，我都扛不住了。"

"他很爱喝酒吗？"我问。

"干这行的不都爱喝嘛。我就不怎么喜欢，所以我老怀疑自己不是干这行的料。不过木歌老师一直说我天赋还不错，我也就这么混了。"

小宽是个好聊的，容易亲近，客户里有这么一个人，对我来说是好事，接下来很多事情都可以和他配合。我刚想继续说话，小宽突然站了起来。

"老师，您也来喝酒啊？"

我回头一看，木歌正站在我们后面。他冲我点了个头，就朝吧台走了。

"你是他学生？"小宽重新坐下来之后，我小声问他。

他把头凑过来，小声说："算是吧，我们公司里有一个独立工作室是他的，我算是他独立工作室里的人。哎，你别看他那样，其实他人挺好，都是因为不熟，跟你装呢。"

话音刚落，就有人拍了拍我的肩膀，小宽赶紧挺直腰背，朝我吐了吐舌头。我抬头一看，是木歌，他虽然还是面无表情，但明显带着一些手足无措的尴尬。

"木老师，怎么了？"

"那个，陈老师，能麻烦您帮我点下喝的吗？我好像有点沟通不了。"他竟然有些不好意思地笑了。

后来，虽然我们没有进一步熟悉起来，但他也没再在我面前摆出那张面无表情的脸，面部表情柔和了不少，见到我也总是稍微笑一下。

第二天进场拍摄我才知道，木歌并不是导演，他是摄影师，负责灯光和摄影指导，而另一个年纪比较大的对谁都笑眯眯的老罗才是导演。他们喊木歌木导纯粹是为了开他玩笑，因为他一直想做导演，可好几次机会都被他错过了，错过的原因是晚上太开心了去喝酒，结果第二天没爬起来，让别人替了他。他们笑着说起他的这些黑历史，最后他自己也跟着乐了。我突然觉得他有些憨厚得好笑。

拍摄的第一天，我就会不自觉地站在一边默默地看木歌工作，每次等我突然回过神来的时候，会发现自己已经看了他好久了。他工作的时候很投入。他总是微微蹙着眉，有时候会托腮思考，有时候会适当地闭一下眼睛，我知道当他闭眼的时候，构图和布光一定已经进入了他的脑中，所以每次他一睁眼，就会立刻投入灯光的布置或机位的调整。现场还有一个博物馆派来参与拍摄的意大利团队，所以有的时候，我也会被木歌突然叫去做一些翻译工作。令我惊讶的是，他虽然一句英文都不会，但竟然大部分时间，他都能自己和意大利团队沟通，完全不需要我。

他是个神奇的人。

五百人大厅拍摄完结的那天下午，大厅暗黄色灯光打在他身上，还有一些外面的阳光从窗口照进来，他站在大厅的中间，所有人的中间，老罗的后面，看拍摄的效果。所有的光都落在他的头发上，把他的头发一丝丝地照出来，我这才发现，那些乌黑的发丝里夹杂了几根白头发，这就是所谓的岁月痕迹，但又不那么明显，也不显得过于沧桑。我站在米开朗琪罗的作品《胜利者》旁边，静静地看着这一幕，那一刻，我觉得他是站在舞台中央的人，是站在光束下的人。我内心对他产生了崇拜，他们说他是业内顶尖的摄影师。

三天的拍摄很快就结束了，这几天除了工作就是晚上吃饭。吃饭的时候总会聚在一起喝些酒。木歌喝了酒也没变得话多，他只是不停地拿起杯子，找个人碰杯，然后一口喝下，不管杯子里是什么酒。他们说他在国内的时候不这样，到了国外变得拘束了，他听了这话还是随意地笑一笑，又端起杯子随便找个人碰一下干一杯，但他却总是不醉，或许已经喝多了却仍旧保持着清醒。我想，是不是喝酒误事的那几次让他养成了把清醒一直留到明天的习惯，但他喝多的时候，眨眼的速度会放慢，看起来有些困。第三天晚上，他喝到眨眼速度变慢的时候，突然一直看着我，看了一会儿，所有人都发现他在看我，老罗开玩笑说："要不我们先走，你俩进行第二场？反正明天不拍摄了。"

他突然收回目光，笑着摇了摇头，端起酒杯对着老罗说："别拿人家姑娘开玩笑。"

一桌人都跟着笑了。

第四天，小宽一早就陪我去了我们联系好的剪辑工作室送片子，小宽留下来盯着，而我立刻返回老城区的酒店，上午十点要带他们参观乌菲齐美术馆。

去乌菲齐参观是老罗提的，他是个特别喜欢艺术的人。我以为他们都喜欢艺术，结果发现他们好像对艺术都兴趣不大，除了老罗。有些人并不想去博物馆，而想去逛街，却又碍于老罗的面子不敢提出来。

我一到博物馆门口的广场上，就碰到了四处拍照的木歌。他的相机很好看，相机上有他自己配的取景器，看起来很别致，第一天我就看到了，但我没好意思问他。

"木老师。"我走近他打了个招呼。

他放下相机，转头看着我，又拿起相机递过来："你试试。"

我不知道我愣了究竟有几秒钟，内心的忐忑忽然就从所有的毛孔中冒出来，我小心翼翼地接过他的相机，仿佛那是一件价值连城的艺术品，它在我手里显得沉甸甸的，我举起相机的时候，手忍不住微微发抖。我不是一个手抖的人，但是内心有一种高昂的激烈的东西在不停地撞击我，导致我无法十分平稳地端住那台相机。我偷偷瞄了一眼站在我身后的木歌，他离我近了一些，把手放到相机上，指了几个按键，说："现在是全手动，光圈这么调，快门在这里，曝光点屏幕上的这个，没有快捷键……"

其实他说的话我没怎么听进去，我紧绷着每根神经端着那台相机，生怕它从我手里掉下来。他说话的声音变得断断续续的，缓慢地飘进了我的耳朵，他嘴里还有早上的咖啡味和淡淡的电子烟的薄荷味，他身上有清爽的洗衣液的气味。他靠近我的时候，我的听觉和嗅觉都奇妙地变灵敏了，我再一次觉得，他是一个神奇的人。

"陈老师！我们在这里！"

突如其来的喊声把我拉回了现实，我看到团队其余的人都在不远处的美杜莎雕像下面站着，老罗在朝我们挥手。我赶紧转身把相机塞回木歌手里："木老师，到点了，我们进去吧，门口还得排队。"

他笑着点点头，把相机挂回自己脖子上。

他很少露出这种舒坦的笑容，我想，可能是因为他的工作结束了，没什么压力了，他今天的笑容看起来好像格外放松。

在博物馆，我一直回头找木歌，他总在队尾到处拍，一会儿就不见人影了。后来老罗说："你别管他，丢不了。"

于是，我没再等他，到了出去的时候，他居然出现在出口处。

老罗又笑眯眯地对我说："你看，我说他丢不了吧，人家那是行走的 GPS。"

我有些不好意思地笑了笑，老罗说这话好像我一路都只在担心木歌没跟上似的，我确实一直在回头看。木歌加入我们的队伍中，和我们一起下楼，他突然指了指他的相机看着我说："我走的时候相机留给你，你什么时候回国再还我就行。我看你挺喜欢它。"

我愣了一下，刚想摆手说不要，他就往前走了。

离　开

刚出博物馆就接到了小宽的电话，他说他语言上沟通不了了，让我赶紧过去一趟。我只好把他们送回酒店，临时安排了一个学弟下午带他们逛街。

正要走的时候，木歌在酒店大堂拦住我说："我跟你一起去吧，我不爱逛街。"

那一刻，我内心其实是十分欣喜的，但是我强压住了脸上的喜悦，一本正经地说："那就谢谢木老师了。"

小宽听说其他人都被安排去逛街了，一脸颓丧地抱怨，他也想去逛街，女朋友让他带东西呢，好不容易出国一趟，下一次还不知道什么时候呢。木歌让他走了。

"他认得路吗？这里可不是市区，他要怎么过去啊？"我说。

"别管他，他自己能解决。我的人方向感都很好，你放心。"他说这话的时候，嘴角上扬，显得有些得意。我还是第一次看到他的这种表情，不自觉地跟着他扬起了嘴角，突然发觉自己的失态，赶紧把目光转移到屏幕上去，用意大利语和剪辑师说话。

"我怎么老觉得你很拘束啊？"他说。

我也不敢回头看他，尴尬地盯着屏幕笑着说："有吗？"说话之间，手不知不觉地碰了下剪辑师的鼠标，剪辑师尖叫一声，我赶紧把手缩了回来。我知道他在看着我，而不是看着屏幕。剪辑快要完成了，我看着剪辑师调整了最后一帧声音和画面颜色，按下确认键，这些动作看起来都如此缓慢，只因为他在看着我。我缩回来的手放在腿上，不自觉地揪起了裤子的一角，我想摸一下我的嘴唇，看看是不是有干涩的可以撕开的地方，但是我忍住了。

其实我本来不是这样的人，我也是可以很嚣张的，但是在这群人面前，我不能嚣张，我必须保持我的专业修养。当然，这是我的官方说法，说实话，在他面前，我实在嚣张不起来。

我们带着剪辑好的宣传片回到市区，天已经暗了。地中海的城市总是在夏季过去之后，天黑得越来越早。其余人还在逛街，我问他："你要逛会儿吗？"

他说："不逛了，找个地方坐坐吧。"

我们在共和广场的旋转木马旁边，找了一家酒吧坐进去，点了两杯斯普瑞兹开胃酒。这家酒吧是佛罗伦萨最老的酒吧之一，说是酒吧，只是欧洲人习惯这么称呼，其实既是酒吧也是咖啡吧。旋转木马已经亮灯了，广场上还有一支街头乐队在演奏。

"其实我来之前在网上看了一下这座城市，挺漂亮的，很有历史感。"他说。

我点点头。他对佛罗伦萨的评价似乎和所有的普通游客一样，或许还显得更为平淡一些，让人听起来难以有代入感。接着，他拿起相机，对着广场，摆好位置拍了一张，然后把相机递给我。

"怎么样？"他问。

他的照片无疑是非常出色的，出色到我这样一个自认为对文字敏感且十分会形容的人，也不知道该如何去描述，能把一座城市的美，如此轻巧地摄入镜头的感觉。此刻的我，就和刚刚形容这座城市的他一样，无法令人产生代入感。

每个人都有自己与这个世界沟通的语言吧，我想，他的语言应该就是他的镜头。

这家的斯普瑞兹做得特别讲究，灯光下，高脚杯里的橙色显得干净而透亮，杯子里除了一片橙子还有野莓，蓝莓被一根小木棍串在一起，摆在杯口。当然，价格也比其他地方贵上一倍。我喝了一口，甜苦的冰凉沁人心脾。

"这是意大利调酒吧？"他喝了一口，咂了咂味道，问我。

"嗯，好喝吗？"我也喝了一口，快速地抬起眼皮瞄了他一眼。"我挺喜欢的。"我说。

他拿起杯子里的吸管搅拌了一下杯中的液体，抬起头对我笑着说："刚刚想说有点苦，现在不好意思说了，显得粗俗，不懂西方人的文化。"

"不喜欢就不喜欢呗，哪有非要喜欢的道理？"我捏着杯底轻轻转了一下杯子，那一小串蓝莓掉进了我的斯普瑞兹里。

"有时候并不是你想不喜欢就能不喜欢的。"他说。

我抬起头去看他，正好撞上他的目光。我本想回避，却在还没来得及避开的时候，视线已经在他有些琥珀色的眼眸里迷失了。我忍不住再一次细致地观察他的脸，他的脸上有一些肉，但不多，显得精神且饱满，眼角有些皱纹，他笑起来的时候，鼻梁那儿也会起一些细小的皱纹。他的脸干干净净，胡子也刮得干干净净。他们都说，他是一个经常经受风吹日晒却还能保持干净的人。想到这里，我忽然收回凝视的目光，低头笑了起来。

"你笑什么？"

"笑你经常经受风吹日晒的脸还那么干净。"

他愣了一下，也跟着笑了。

晚上我们吃了火锅，我又带他们去了市中心的村野俱乐部KTV。老罗笑着说："我以为就我这个年纪的进过这么落后的KTV，原来你们这里的年轻人都这么玩呢。"但他还是唱得挺开心。

平时和朋友出来我也会抢话筒，但这次我一首歌都没点。最后老罗不高兴唱了，小宽也吼累了，同行的几个看老罗不唱了也不好意思接着唱。老罗唱歌是好听的，其他人所谓的唱不过是一通不着调的乱吼罢了。

老罗说："陈老师，你还没唱吧。"

我也不知道脑子里掠过了什么思想，只是因为老罗突然对我说话的时候，我正朝坐在另一边角落里的木歌看去，便鬼使神差地说："木老师也没唱呢。"

老罗哈哈大笑，说："那你俩合唱。"

木歌说："我不唱，我五音不全。"

老罗又说："那你点个歌儿，让陈老师唱。"所有人都跟着起哄。

木歌站起来，走到机器旁边，点了一首张悬的《喜欢》。音乐响起的瞬间，我诧异地回头望向他，他只对我笑了笑，过了两句歌词，我才想起来要唱。

"在所有人事已非的景色里，我最喜欢你。"

这是我曾经最喜欢的一首歌。

我唱到最后一句的时候，故意回头看了一眼所有人，当目光掠过他时，他正端着相机望着我。

那一刻，我以为有些事情是注定的。

本来。

那天晚上在酒店大堂告别的时候，老罗突然问："陈老师，我们明天是晚上的飞机吧，几点到机场合适？"

"咱们是七点半的飞机，但是咱们还得去退税，四点半之前到吧，时间宽裕一些，大家都安心一点。"我说。

"那我们明天还能逛半天。"老罗转向木歌，"今天木老师去帮我们搞宣传片的剪辑了，都没来得及逛街，正好，明天咱们还能逛半天，木老师也好给女儿和媳妇儿买点东西。别空着手来空着手走，回去不好交差。"

我迅速在脸上挂出笑容，说："好的，没问题，明天咱们可以去打折村逛一下。"

我知道老罗的话是说给我听的，他没看我，但是我很清楚，老罗是在警告我，玩笑归玩笑，现实是现实，现实需要我做一个聪明的人，玩的时候大家开玩笑起哄可以调节气氛，结束的时候就得迅速归位。

木歌在看我，我的余光碰到了他的目光，但是我没有看向他，我不知道他脸上的表情是怎样的，会不会有猝不及防的尴尬？也许尴尬之后再次淡然？此时此刻，我只能全力维持住自己的笑容，我不希望显得尴尬。

　　我不知道这场玩笑里，是不是只有我，认认真真地让自己投入了。

　　第二天我刻意避开了木歌，主要带着老罗逛。老罗是一个特别称职的家人，虽然五十多岁了，给老婆和女儿买东西的时候，还专门打视频电话过去，问她们要什么款式的，搞得跟直播代购似的。一圈逛下来，自己啥也没买，全都是老婆和女儿的东西，但是他特别满意。

　　我挺喜欢老罗。他对谁都是笑眯眯的，说话的声音洪亮有力，特别好听。他偶尔也会开个玩笑，连玩笑也显得挺温和，和他的人一样。他热爱艺术，尤其热爱电影，会从导演的专业角度分析运镜和拍摄效果；他还喜欢红酒，谈起葡萄种植的土壤和气候总是滔滔不绝，专业得像个品酒师。他有时候也会自恋地吹个牛，过不了几句自己就会笑出声来，说："中文系毕业的总得会吹嘘对吧。"

　　老罗有的时候，像个父亲。

　　我们逛到中午饭点，我和老罗先进了餐厅，其他人还在抓紧时间逛着。我们点完菜后老罗突然问我："陈老师结婚了吗？"

　　我说："没有。"

　　"有对象吗？"老罗问。

　　"还没有。专心工作了，都没时间谈恋爱。"我开玩笑地说。

　　"千万别因为工作把自己耽误了，不过得找个喜欢又合适的人，否则也不会幸福。"他停了停，又说，"之前开的玩笑别放心上，你和木歌都不是计较的人，木歌人不错，他对朋友都很义气。"

我笑着点点头："我知道。"我拿起面前的瓶子，打开瓶盖喝了一大口带气的水，那些气体直冲到我脑门，让我瞬间变得更加清醒了。

在机场办退税的时候，木歌把相机递给我："你拿着吧，回国再还我。"

我想说不要了，但是他已经把相机塞到了我的手里，并拥抱了我一下，然后转身走了。

他们在进关的时候，木歌走在最后面。当他走到距离安检处还有最后一圈的地方，突然停在人群中间转过身来望向我。排在他后面的人先等了两秒，见他不动便越过他往前走了，可他还在那儿站着，就那么望着我。我站在安检处入口前，还没走，我的包里是他塞给我的相机。

他眯起眼睛笑起来，把手举过头顶挥了两下，我隔着很远的距离依然看清楚了他的嘴型。

他无声地说："保重。"

撒 谎

我走出机场，刚想上车就被人叫住了。

"陈薇！"

声音如此熟悉，但又好像已经被我从记忆库里面清除了。我愣了一下，半掩上车门，侧身朝机场出口方向看去。

一张熟悉的面孔，一个熟悉的身形，甚至拖着一个熟悉的行李箱，站在那里望着我。

我关上车门，朝前走了几步，在和他还有一点距离的地方站住："路城？你怎么在这里？"

他什么都没说，只是看着我，带着我欠了他整个人生的那种眼神。

关于我有没有结婚这件事，我撒了谎。我结过婚了，又离婚了，这场婚姻只持续了五个月的时间，它前前后后像极了一场孩子过家家的闹剧。

路城，是我的前夫，比我小一岁。应该这么称呼他吧，起码我们领过结婚证还有离婚证，我们没有办婚礼，但是我们拍了结婚照。他以前也叫过我老婆，我也叫过他老公，我们相爱过，那他好像确实值得"前夫"这个称呼。

结婚照拍完，图还没修出来，我们就去领了离婚证。

和路城的开始，很模糊，我不太记得了，但肯定不复杂。路城是我的下属，他是我招进公司的。他进公司之前我就认识他，只是不熟。他是我一个关系不错的朋友的表弟，说是表弟，其实也没什么血缘关系。我朋友的舅舅是路城的后父，路城的妈妈因为他生父滥赌成性所以和他离了婚，带着路城嫁给了他后父。他后父可能是残留的南都黑社会的二把手，具体的我也不是很清楚，我只知道他后父借着这个势力管理着南都中心医院的停车场。直到我们领完证，我对他家的状况依然不是特别清楚。

我朋友让我把路城带进公司是因为路城需要换工作居

留，我以前对路城的印象是他还是个不懂事的孩子，没什么责任感，买我朋友面子带他进公司的时候还特意跟他约法三章，不许他随便辞职回国，这事儿他以前做过。

但是自从路城进了公司，从他的种种表现来看，我倒是觉得他并非传说中的那样。他从来不无端请假，迟到早退，做事也很认真负责，话不多，从不与人抱团，或者在背后说人坏话，再加上他后来向我解释了一番关于他以前突然离职回国不回来，对公司极度不负责任的流言之后，我更加确信他并不是此前留存在我脑海里的那种形象。我觉得他是一个阳光积极又上进的小伙子。当然，一开始我们并没有什么特殊的关系，不过是关系比较好的上司与下属，平时一起吃饭的次数比其他人多一些罢了。

前年圣诞放假前，我送了我的每个下属一份圣诞礼物。过了圣诞节到公司上班的第一天，下班之前，我收到了路城给我发来的一条短信："健身包里有货。"

我打开健身包，里面是一个长方形盒子，我取出盒子，盒子很沉，用深蓝色的礼品包装纸包装得很精致。我小心翼翼地撕开包装纸，里面是达米阿尼的盒子。看到盒子的那个瞬间，我感觉自己的心脏紧了一下，那是我很喜欢的首饰品牌，但是它的价格并不便宜。我打开盒子，里面躺着一张卡片，上面写着：原本该圣诞前送你的，没来得及，只能拖到现在了，迟到的圣诞祝福。

是一条新款银质手链，五千块人民币左右。花五千块买一条银质的达米阿尼的手链，可能只是因为他知道我喜欢那个牌子。可能是我太久没有谈过恋爱了，太久没有受到过这样的感动了，我能真切地感觉到心中起的涟漪，曾经让我十分不屑的那种悸动，却在那一刻悄无声息地在我心里发生了，它以一种非常高的起伏的姿态强烈地提醒我，再过一年，我就三十岁了，或许我真的需要正儿八经地谈个恋爱了。

女人的心不能一直都是一块缺水的沙漠，这是我在那一刻突然产生的想法。

第二天我就戴上了路城送的手链，我看到他转身的时候，目光停留在我的手腕上好几秒钟，然后低头偷笑着离开了。后来我们就在一起了，谁也不知道。办公室的恋情好像总是不太能够光明正大，这可能是全世界的企业都默认的。所以我们在公司的互动非常像地下党接头，神秘、惊险又刺激，就连相互的一个眼神也好像在诉说一种只有情侣之间才有的默契。不知道是不是因为有了这种因素的加持，我更加喜欢路城。

他个子很高，身材也不错，有很宽的肩膀，夸张一点形容的话，他算是个行走的衣架……他戴一副银边的全框眼镜，有的时候他也会换成另一副黑色的全框，但我更喜欢银色的那副，显得更加斯文。他长得挺帅，鼻梁很挺，小嘴，以前有人私底下开过我们的玩笑，说我一直对他照顾有加是因为他其实是我的亲弟弟，他们都说我俩长得像。我那会儿听说之后，还偷着乐了好久，我以为有些人的夫妻相是天生的，说明缘分也是注定的。

路城还没搬去我租的房子的时候，他住在他表哥家，离公司不远，他喜欢步行去公司。有一天刚下过大雨，地上是湿的，雨还没停，一丝一丝细细地飘着。我开车上班，开到公司门口的转盘那儿，就远远地看到了他。他手里拿着一把黑色的长伞，背着双肩包，慢悠悠地朝公司后面的花园走着。他穿了一件白衬衫，眼睛望着前方，几乎不低头看路，走到有大片水洼的地方，他很从容地保持着自己的速度沿着水比较少的边缘走，不跨大步，也不放慢步调。我把车停在巷口，还没放下车窗，他就笑着冲我挥手了。

那一刻，我突然觉得自己仿佛回到了十八岁，带着那个年纪的姑娘才有的悸动与满足，看着走向自己的"白衣少年"，我想起了那些我曾经嫌弃的青春爱情小说里最烂俗的情节，但在那个时候，我信了，我甚至觉得那些烂俗的情节是好看的。

在很长的一段时间里，路城对我来说，就是那个满足了我十八岁之幻想的白衣少年，他是完美的，我看不到他的缺点。我知道他有缺点，但是那些缺点在我眼里，统统变成了可爱的小毛病，无关紧要，甚至是优点。

人的心理本身就是聚满了疾病的框子，否则为什么刚开始时的滤镜可以把效果做到十级，而在滤镜消失之后，面目却变得丑陋可憎到你甚至忘记了曾经打开过那么高级的滤镜？

他现在摆在我面前的这张脸，让我在回忆到这一切时，恨不得狠狠地抽自己两巴掌。

白衣少年早就消失了，现在只有面前这个胡子拉碴、头发蓬乱的人，他依然戴着银边的全框眼镜，但这眼镜丝毫没有起到让他看起来精神一些的效果，只徒增几分颓废。

"你为什么会在这里？"我问他。

他还是瞪着我，用那种仇恨的眼神，一言不发。我在心里默数了十五秒后就转身要走，身体刚转了一半，我的手腕就被他用力掐住了。

"你干吗?！你放开我!"

我咬牙切齿企图甩开他的手，但是他抓得太牢了，我能感受到他的指甲正在一点点地嵌进我的肉里，一阵刺痛。

"嘿! 你干什么! 放开她!"跟我合作了一周的意大利司机马代欧边朝我们这边冲过来，边对路城大吼。路城哆嗦了一下，迅速放开了我。我抽回手臂一看，手腕处果然有指甲掐出来的血印。

马代欧一脸凶相地挡住我半个身体，面对路城，偏过头问我: "这是什么人? 需要帮忙吗?"

我盯着路城的脸，面对这么一个身强力壮带着那不勒斯口音的意大利南部司机，他早就没了刚才的气势，半低着头，脸上虽然还剩了几分愤怒，却大多变成了无辜。在我看来，他鼓起勇气看向马代欧的那几眼，甚至带了点可怜兮兮的乞求，好像急于用眼神为自己辩驳: 他什么都没做。但他还是不开口，不知道是不是因为吓到不敢说话了。

我在心里骂了一句: "孬种。"

我拍了拍马代欧的肩膀，对他说: "你先去车上等我，这人我认识，我跟他说两句话我们就走。"

马代欧离开的时候又瞪了路城几眼，做出警告他的架势，然后拍了拍我的肩膀，小声在我耳边说: "有事你就大叫，我可以立刻去喊警察，警察局就在这儿附近。"

我点点头，实在觉得有些好笑。路城那紧张兮兮的表情看起来就像刚刚被一个黑手党警告过一样，如果我告诉他，马代欧其实是一个遵纪守法的好公民，遇事绝对不会动手，一定会直接找警察，刚刚那一幕只是吓唬吓唬他罢了，不知道他会不会觉得自己刚才的反应很丢人。

当然，可能他不会觉得丢人了，该丢的人，他早就丢完了，他还有什么人可以丢？

我叹了口气，拿出平和的语调对他说：“你到底为什么回来？公司的离职手续我老早就给你办完了，最后那笔工资我也帮你找公司结清了，当时就按照你的要求换成人民币打进你国内的账户了，你的大多数东西我也分批寄给你了。所以，你回来不会是为了看我吧？”

这次，我耐着性子等他开口。他在沉默了三十六秒之后，终于说话了。

“我发给你了，最后那条微信。”

我冷笑了一下，从裤兜里掏出手机，打开微信才想起来，聊天记录我都删了。我把手机的屏幕按灭，塞进裤兜，看着他，说：“我记得没错的话，最后一条微信是我回给你的，我回的内容是：‘我不是你妈。’就这五个字。对吧？你没有回，接着你把我拉黑了。没错吧？”

他再次沉默了三十六秒，我怀疑他和我一样，也在心里数着他自己沉默的秒数。

“我现在什么都没有了，我今天这样都是你造成的，所以你要对我负责。”他说。

我觉得此刻我的脸上应该出现一些讽刺的表情，但是我没有，我不带一点表情地看着他，而他那张颓废的脸在我眼里逐渐变得模糊了，我不敢眨眼。

我不知道，究竟是什么把我们逼到了这步田地。

他发给我的最后那条微信是："如果我回去，没有工作，你会赚钱养我吗？我乱发脾气的时候，你会包容我安慰我吗？你会买菜做饭给我吃吗？你可以做到不抱怨吗？你可以一直温柔对我，不管我变成什么样子吗？如果是那样的话，我可以考虑回去。"

可是，事实上，我从未要求他考虑回来。他发来那条微信时，我们已经离婚三个月了。

报 复

我打开家门，先走了进去，把放在门背后的空箱子挪开，把门开得大一些，让路城进来。关门之前，我看了一下隔壁，这个点，隔壁的人应该还没下班。

隔壁住着房东的大儿子。房东知道我结婚了，回去领证的那次要走两个月，我当时以这个喜讯为由提出来减去一部分房租，心里指望房东就算送我个结婚礼物，毕竟住了这么多年，我从来没给他添过麻烦，但是房东没有答应。我没有告诉房东，我又离婚了。上次见到房东，他问起我老公，我说他因为工作去国内了，可能会长期待在国内发展。虽然话是这么说了，但我总觉得房东从他儿子那里听说过什么，我不希望被他儿子看到，路城又回来了。他儿子平时不和我说话，偶尔会来找我借葱姜蒜。但是这两间屋子隔音效果不好，他儿子平日里在隔壁说话，我都能听见，但更多时候听见的是他的琴声。他是个钢琴家。我一直不知道他叫什么名字，直到我和路城闹出整栋楼都听得见的动静的那个凌晨，他冲过来对我们大喊："你们再吵我就报警了！"身后站着他那个我一直也没搞清楚是老婆还是女友的棕色头发戴眼镜的姑娘，她拉了拉他，小声说："斯特凡诺，进屋吧。"这样，我才知道了房东那个钢琴家儿子叫斯特凡诺。在知道他的名字后，我发现两间屋子的隔音效果更差了，或许是在那次之后，我屋子里太安静的缘故，每次他弹着琴一曲没完突然断开，我都毫不感到意外，因为我能听见他的手机在桌面上振动的声音。

我不知道那是不是我的幻觉，我尽可能地把生活中所有的声音降到最低，否则的话我会觉得隔着墙的两间屋子好像是一间，彼此正偷窥对方的生活。

路城把行李丢在客厅进门的地方，直接穿着鞋走进了厨房，在方桌边上坐下来，从口袋里掏出一包烟，从里面抽出来一根，又打开抽屉，翻出来以前他放在里面的打火机，点燃了香烟。

屋子里光线很暗，门窗都关着，我一个礼拜都没回来了，家里本来就弥漫着闭塞的暖烘烘的气味，被烟一熏，这股味道瞬间加重了好几倍。我赶紧走到厨房，把阳台门和窗户都打开，外面的风和光线一下子就进了屋里。

路城坐在那里，丝毫未动，甚至没有看我一眼。他一只手夹着烟，一只手拿着手机，听他手机里发出来的声音判断，他又在玩游戏了。

以前我和他在一起的时候，他也这么打游戏，但我没反感。他搬进这间屋子之后，还为了打游戏特意更换了我的电视屏幕和电脑主机，花了他一个月的工资，大热天自己从电器商店把那么大两件东西扛回来，自己安装好，等我回来的时候，他已经坐在新装备前，玩上《魔兽》了。我也会把在公司没处理完的工作带回家里来做，吃完晚饭，我在客厅干活儿，他就去房里打游戏。有时候我的活儿到半夜也未必做得完，他会走过来问我还要多久，我让他先睡，他每次都说："我玩游戏等你一起。"我从没对他玩游戏反感，甚至对此我是感动的，感动于我身边有一个愿意玩着游戏等我一起睡觉的男人。甚至空闲时，我还跟他学了一阵子玩《炉石传说》，虽然到最后我也没搞明白怎么玩。

我开始产生反感，是在我们领完离婚证之后，我妈对我说："要不是你喜欢，就他这种女婿我是绝对不会要的！你看看他，来我们家的时候整天低着头盯着手机，一直打游戏，一天啥也不干就打游戏，到哪里都在打游戏！就是个没用的东西！"

我顺着我妈的话仔细回想了一下，越来越觉得好像就是那样。此前那些感动、不反感、无所谓的态度瞬间都消失了，我为什么之前从来没有认清楚过他的毛病？他明明就是一个整天低头玩游戏的颓废且没用的人，我到底为什么之前会纵容他？不，不是纵容他，而是纵容我自己，纵容我自己爱上这种人。

我走过去，在他面前坐下来，努力让自己保持平和的心态。

"说吧，你究竟想怎么样？"我说。

半晌之后，他抬起头来，看了看我，把手机放在桌上，我看到了《炉石传说》一局结束的页面。他站起来，夹着手里还剩最后一点的香烟，走到水池旁边，打开水龙头浇灭了烟头，直接扔在了水池里。

他靠在水池上转过身来看着我，沉着嗓子说："我在机场看到那个男人抱你了。"

我猛地抬起头来："你跟踪我？"

"我正好碰到而已。"

我站了起来："你几点到的？值机和退税都在二楼，你的出口在一楼，你怎么会那么巧去二楼？"我瞬间感到头皮有些发麻，他是不是很早就到了？他是不是早在一楼就看到我了？他是不是早就从哪里打探到我今天的行踪了？他是故意守在机场等我的？他跟着我多久了？

他面无表情地走到刚才的位置重新坐下来，又拿起手机，把手机横过来，看样子是准备继续玩游戏了。

我一把从他手里夺过他的手机，用力地抓在手里，我听见游戏页面不断报错的声音。

"怎么，又想把我的手机扔下去？"他上扬了一下嘴角，一脸挑衅地望着我。

眼前的这一幕让我突然感到恍惚，是不是我还没从那场噩梦里醒过来？那天凌晨，也是这样，他沉着一张脸盯着手机屏幕玩游戏，我好声好气地说了好几遍："我有什么让你不高兴的，我们谈谈。"可他就是装听不见，就是盯着手机屏幕。我忍无可忍地说："你信不信我把你的手机丢下去？"他突然站了起来，一脚踢翻了面前的靠背椅，把他的手机往桌上一丢，大声说："你有种你扔，你不扔不是人！"我抓起桌上的手机，走到阳台上，把它扔了下去。

我的耳边传来了他妈妈那晚发疯似的叫嚷声，我下意识地回头看了一眼阳台，夕阳西下了，红色的光照亮了阳台和半间厨房。不，不是噩梦，我提醒自己，已经不是那场噩梦了。可现在坐在我面前的这个男人，是不是即将开始延续那场噩梦？

我用力闭了下眼睛，调整了一下呼吸，让自己重新冷静下来，我把他的手机放回到桌面上。

"那个人，只是我的客户，而且我们已经离婚了，你究竟想怎样？"

"不想怎样。"他又点了一支烟，"我说了，我变成这样你要负责，我现在就在这里住着，你要是不同意，我就去公司闹，当然你要能让我回公司去上班最好，省得你还得给我生活费。"

"路城，你还是不是个男人！"我不自觉地提高了嗓门。

"男人？！哈哈哈哈！"他突然凑近我，恶狠狠地瞪着我，大声说，"我现在连个人都不是，还说什么男人女人？都是你害的！都是你！陈薇，我告诉你，你不让我好过，我也不会让你好过！"他说话的时候口水飞溅到了我的脸上，他的样子让我感到了一丝恐惧，我往后退了退，坐回到椅子上。

路城从桌上拿了他的手机，收起他的一脸恶相，重新打起了游戏。他现在的样子，就像一条随时会跳起来咬人的疯狗。

我站起来，走进房间，打开房间的推拉门，走到阳台上，站在尽量远离厨房那头的位置，掏出手机找出胡洋的号码，直接拨了过去。

"喂，陈薇？"

"你在哪里？家还是公司？"

"在家，怎么了？听你语气有点急啊。"

"我现在过来找你。"

我挂断电话，拿了包直接朝大门走。

"你去哪？"路城在背后叫住我。

"你先收拾一下，我有点事，待会儿就回来。饿的话你叫外卖。"

"我没钱。"他说。

我从钱包里掏出一张五十欧元，转身递给他。他仍然坐在那个位置打游戏，连头都没有抬一下。我走过去，把五十欧元放在桌上，低头看了一眼他的鞋子。他现在穿的这双球鞋还是我给他买的，白色的鞋子被他穿得好像去煤堆里踩过一样。

"把鞋换了吧，你的拖鞋在鞋柜里，我还没扔。"

胡洋是路城那个没有血缘关系的表哥，也就是当初拜托我把路城带进公司的朋友。他在佛罗伦萨开了一家不算大的旅行社，专门接国内的商务团。我和路城离婚后，才想到这个问题，当初胡洋把路城塞到我那边，是为了解决路城的工作居留问题，那为什么他不用自己的公司帮他表弟搞定这事儿呢？

我刚把车开上高架，胡洋就打了电话过来。

"喂，陈薇，你到哪儿了？"

"高架，十分钟就到你家。"

"哎，不是，我就是想和你说，你别过来了，我这儿有个活儿，我马上就得走，要去都灵接人。"

"这么巧呢？去多久啊？"

他在那头顿了顿："大概……两个礼拜吧。"

"喂……喂？陈薇？听得见吗？"

我把车开下高架，在路边停下来，把手机的免提关掉，放到耳边说："你是去干活儿，还是去避难啊，胡总？你是不是知道了？还是你一早就知道路城要回来的事情？"

胡洋装出惊讶的语气："路城？路城他回来了？我不知道啊，我怎么知道？你们两家那事儿闹完之后，我和他就没说过话，我和他家也没联系，我从哪儿去知道？"

"胡洋，你别跟我扯了。前阵子在外面说他在国内找了份游戏公司工作的人是谁啊？是你吧？就算你不联系，你家里人没听说吗？不是据说他在国内好好的吗？怎么人又跑回来了？"

"妈呀，陈姑奶奶，我真不知道。你又不是不知道，他哪份工作干得长啊？他老觉得他家里能给他找活儿，结果呢？那份工作还是他自己找的，他又没学历，啥也没有，估计干着干着又干不下去了呗。哎，我跟你说，他也挺惨的，都是我那个舅母，老跟他吹牛搞得他以为我舅舅有多了不起多有钱，他以为他在国内能在家躺着等好工作砸他脸上，或者干脆家里给他投资搞个啥，做梦呢。"

"你看你不是知道挺多嘛，你很了解嘛。他什么工作都做不长，当时你把人塞给我的时候可不是这么说的。"

"哎哎哎，姐姐，你可别把这些账算在我头上啊，这锅我可不背。"

"我不跟你说屁话，你不是待会儿要走吗？可以。先来我家把他带你家去……喂，胡洋？你说话啊，胡洋！"

他沉默了许久，才接着说："陈薇，对，我知道他回来了，不过我也是才知道，我妈跟我说的。不是我不帮你，我确实有个活儿要出去两周，我老婆怀孕了，我知道他现在什么状态，我不能让他在我家和我老婆待着，要不你等我回来咱们再说。我劝你想办法找他父母吧，我也没法帮你什么，你们当时闹得那么大，他妈到现在还怪我把他介绍去你那家公司做事，对，我承认，源头在我，可我有什么错啊？跟你说实话，这浑水我也不想蹚，你需要我帮忙的话等我回来联系吧。实在对不住了。"

我挂了电话，熄了火，把头靠在椅背上，闭上眼睛。我突然不想动了，我想一直停在这里，直到路城从我家消失为止。

选 择

　　凌秋是我的发小，也是佛罗伦萨市警局的刑侦大队探员，听说他这个月要晋升了，我也不知道是什么职位。市警局的刑侦大队在市中心广场市政府后面的办公楼。

　　我的车没有市区通行证，我把车停在了河边停车场，步行进老城区。现在这个点，天已经完全黑了，阿诺河上有一片对面富人区那些古老建筑的灯光的倒影，看起来很平静。我以前最喜欢在晚上沿河散步，看着对岸那些房子，总能激起很高的斗志。我记得有一次我和路城在市中心吃完饭，沿着河走回去的时候，他对我说："将来我一定努力赚钱买一套对岸的房子，带院子的，可以种些花花草草，养两只大一点的狗。"我说："你知道对面的房子多少钱吗？"他说："不管多少钱，我知道你喜欢。"

　　承诺是这个世界上最好听的东西，因为它只需要你在乎那一刻的感动，并不需要后续对那些说出来的话负责。它连放屁都不如，放屁还有臭味呢，承诺能留下来什么？但是你偏偏在听到的那一刻，明知道很难实现，却还是被感动得双眼湿润，相信眼前对你承诺的人是一个多么优秀的值得你付出所有的人。

　　此刻，我连观赏河水倒映的灯光的心情都没有了。刚下车我就接到了路城的电话。

"什么时候回来？"他用冷冷的语调问我。

他用的是国内全球通的号码，一个新的号码。其实接起来之前我就知道那一定是他打来的，我不想接，却还是按下了通话键，我怕他自己待着会出问题。

"你什么时候回来？"他加强了一些语气。

"稍微晚点吧，你困了就去睡吧，左边的衣橱里，最下面有被子，你自己拿出来盖，我那被子……"我话没说完，他就挂了。其实我想说的是，我那被子上落了一周的灰了，算了。

挂了电话之后，我接到了一条微信。

是木歌发来的。他说："我们已经到法兰克福转机了，你今天用了我给你留的相机吗？那个取景器你直接扣上去就行了，可以九十度调整角度，你试试。我在佛罗伦萨登机的时候，看到了这里的晚霞，特别美，像一幅画。有那么一瞬间，我好像突然知道了，你为什么要一直留在佛罗伦萨。你说的阿诺河你还没带我去，有点遗憾吧，下次可以吗？"

我看完微信，退出了聊天框，按灭了手机屏幕。

其实，我自认为大部分时候，我是个脑袋很清醒的人。我和路城结婚后，我一直吃避孕药，因为我不想在我的事业上升期给自己找麻烦，即便是经历了跟他决裂的最低谷的一夜，第二天我依然能照常工作，我不会给自己找任何后退的借口。当然，这次也不会。我眼下的麻烦已经够多了，一个我再喜欢的有妇之夫也绝对不可以让我陷入更多的麻烦。

因为工作，我和路城恋爱结婚离婚的事情公司里根本没有人知道，公司外除了家人也没人知道，当然，也除了我发小凌秋。

"他现在人呢？"凌秋摆弄着面前的啤酒杯，杯里的酒他一口也没喝，他晚上还要执勤，可他总是这样，点一杯看着，一口都不喝。

"我家。"我喝了一口我面前杯子里的黄瓜味的金汤力。其实我只喜欢简单的金汤力，可是这家只有黄瓜味的。

"你家？你没搞错吧，大姐？你是怎么想到把他带回去的？胡洋呢？你找过他了吧？"

"嗯。 他去……德国了，不在。"我拿起吸管搅了搅玻璃杯里的黄瓜和冰块。

"你叫我查的事情我查到了。"他喝了一口手边用另一个杯子装的带气泡的水，"他的居留证三个月以前已经过期了，他回来是重新签证的，签了一个月的旅游签证。"

"一个月是吧？"我看着凌秋问。

"怎么，你想这么收容他一个月，等他自动滚蛋？"他冷笑一声，"劝你别想太好，这么回来摆明想赖上你，早跟你说了，他不靠谱，你早听我说了吗？非要结婚！然后呢！"

凌秋说得有些激动，不小心喝了一口面前的那杯扎啤，当他发现他喝错了后，他又端起扎啤连续喝了好几口。

我什么话都没说，我不知道说什么。凌秋一直不喜欢路城，我和他刚在一起，凌秋就劝过我，说路城太幼稚，不适合我，可我没听，全身心恋爱的时候，哪里听得进去啊？当时要不是他是凌秋的话，我可能就直接和他绝交了。后来凌秋再也没有说什么，直到事发，我第一时间找他，他第一时间跑到我家，也只是第一时间抱住我，没说什么。

可是他现在却在说什么了，仿佛是对他此前没说任何话的强力补充，我觉得很不习惯。毕竟是无法改变的事情了，还说当初，没什么意思吧。

"你到底怎么打算？"他不知道从哪里摸出来一根烟，点燃抽了一口，皱着眉头问我。

他什么时候开始抽烟了？

"你到底怎么想的？你叫他走吧。随便他去哪里，总之先让他从你家里出去吧。"他接着说。

我还是没说话。他有点急了："你说话啊，总不能让他一直这么在你家待着吧！他之前说的那些话你也听到了，人已经变态了，你要把一个变态留在你家？……你不会真想留他在你家吧？我可告诉你，一个月之后他绝对不会走，你最好不要太天真！"

凌秋加重了语气，似乎在担心我意识不到这件事的严重性。

"他说他要去我公司闹。"我深深地吸了口气，又呼了出去，我确定他能听出我的无奈之后才继续说，"你知道的，公司里的人不知道我和他的事情，我不想节外生枝，现在我手里还有两个大项目，我不希望任何人知道我和他的事情。工作是我唯一的退路了。你知道的。"

凌秋端起面前的啤酒杯，大口大口地喝了大半杯，等杯里只剩下三分之一不到的时候，他才放下杯子。他掏出手机，打了个电话，用意大利语说："我吃坏了肚子，在医院，找人替下班。"说完就把电话挂了。

"你就这么请假？"我说。

"不然呢？我喝酒了，要不你去我办公室执勤，行吗？"
他说。

"我也喝酒了。"

我们都笑了。我知道，假如全世界只剩下一个人可以理
解我的话，那个人一定是凌秋。我从四岁开始和他一起长大，
这二十几年，将来三十几年、四十几年，一直到死，都没有
任何人可以代替。唯一让我可以笃定的事情，就是无论我遇
到什么困难，他都会帮我。他从来没有离我太远过。

"这样，等下我跟你回你家，你让他跟我走。我带他回
我那边行吗？"他说。

我喝了一大口黄瓜味的金汤力，沉默了好几十秒。具体
多久我也没数，但是在沉默期间，我已经开始留意河边浅滩
上聚集的那些年轻人的动静了。

"明天吧。"我说，"明天上午你有时间吗？明天上午
十点你直接来我家找我吧。行吗？我请你吃午饭。"

凌秋想了想说："行，你想明天就明天吧。"他喝完了
面前那点啤酒，又招呼服务员送来第二杯。

"那你待会儿自己回去？你们怎么睡？你只有一个房间
吧？"他拿到第二杯啤酒的时候说。

"他睡地上。"我说。

说实话，我也想让他今晚就滚蛋，但是，我怕大晚上
的在楼里弄出太大的动静，经过上次之后，我已经有心理阴
影了。

我打开门，屋里一片漆黑。我在门口停了停，隔壁的斯
特凡诺还没睡觉，可能是楼里太安静了，我可以听见他穿着

拖鞋在屋里走来走去的声音。我轻手轻脚地关上大门，尽量不发出任何响声。房间的门虚掩着，没开灯。我走进厨房，给自己倒了一杯水。阳台的门窗都关好了，桌上好像被擦过了，还留有一些水痕，垃圾桶旁边的垃圾袋里装着麦当劳的包装盒，水池里的烟头也被清理了。

我放下手里的水杯，叹了口气。

厕所的置物架上多了一个漱口杯，杯子里放着他那把老的牙刷，那牙刷是他之前用的，我丢在洗衣机上没扔。我把那旧牙刷从杯子里拿出来，扔进了垃圾桶，从柜子里拿了一把新的牙刷出来放进去。脏衣筐里有他的 T 恤和牛仔裤，但是袜子和内裤他已经洗好晾在窗户旁边的晾衣绳上了。以前他连内裤也会扔进脏衣筐，后来就变成我帮他洗了。

我洗漱完走进房间，他睡在地上，拿了一床薄被子，半垫半盖。我绕过他小心地打开衣橱，又拿了一床被子出来给他盖上。毕竟现在已经是秋天了，地上挺凉的。

我躺到床上，睁着眼睛看天花板上的影子，外面的车一辆辆过去，天花板上的投影一闪一闪，我看着它们数外面经过的车的数量。每当睡不着的时候，我总这样。我曾经失眠过一段很长的时间，每次一到夜里躺上床就感到害怕，倒不是害怕别的，就怕又会是一整晚的失眠。经历过那段长期失眠后我才发现，原来失眠也可以是一种病，是最令人讨厌的那种病，它让你陷入空洞的一整个黑夜里，你迷茫着睁眼闭眼却无法去任何一个脱离现实的世界，它一分一秒地折磨你到天亮。

"厕所门上的玻璃你还没换吗？"他突然嗓音嘶哑地

问我。

"嗯。我用透明胶裹着边了，但你还是当心点。有时间我找人来换。"

厕所的玻璃，是被他用拳头砸碎的。

那场大闹后的第二天，路城回来还钥匙，带着一张冷漠的、毫无表情的脸。他把钥匙放在厨房的桌子上，转身就要走。我从房间冲出来，哭着拽住他的胳膊，他后退到厨房的角落里，狠狠地瞪着我。

"我错了，我错了，我错了……"我跪在地上，抓住他的裤腿，我听见这句话一直被我重复着，在我的号啕声里重复着。

"你不用跪在我面前，你跟我去酒店，跪在我妈面前道歉。"他咬牙切齿地说。

我妈把我从地上拽起来："不要跪！干吗要下跪！"她的脸上都是泪水。

"路城，我们两家坐下来好好谈谈，在这件事上不能都怪她，你也有错，我们长辈也有错。你们住在哪里？现在你带着我和陈薇去，我们去给你妈道个歉，有话好好说，别动不动就下跪！"自从外公去世之后，我已经很久没听过我妈带着哭腔说话了。

路城一句话没说，还是站在墙角，带着一张极度冷漠的脸。外面突然就闪电响雷了，他的镜片反射了一道冷光打到我脸上。"让他走吧。"我松开我妈的手，擦了擦脸上的眼泪，拖着步子走进了厕所，把厕所的门反锁了。其实我什么都没想干，只是想自己待一会儿。

我妈可能以为我会想不开，拼命地敲门试图开门，我听见她对着路城大叫："她把门反锁了！钥匙呢？"

"开门！"路城在外面大吼，"陈薇，你出来，你给我开门！"

他用拳头砸碎玻璃之前，我听见他对着我妈大吼："都是你！都是你把她弄成这样的！都是你的错！"

"哗啦啦——"玻璃碎了一地。我坐在浴缸的边沿，低头看着地上几百片碎玻璃中同时显现出门口站着的那个人的脸，我始终没有抬头，我听见他离开的脚步声，我听见我妈瘫坐在外面的地板上大哭的声音，可我始终没有抬头，我看了那些碎片很久很久。

"陈薇。"路城的声音把我从回忆里带了出来。

不知道在什么时候，我攥紧了拳头。

"你睡了吗？"他说。

我没有回答，我松开拳头闭上眼睛，眼泪从我眼角滑落到耳郭，黑暗里，我的眼前始终是那些碎了一地的玻璃。

我绝对不会，换掉厕所门上的玻璃。

放　纵

早上我醒过来的时候，路城已经起来了，旁边的地面上是空的，两条被子都叠好放在了角落的沙发上。我在家里转了一圈，没见到他。可是他的行李箱还在。我打开烤箱下面的第一个抽屉，那是我放钥匙的地方。果然，里面那串曾经属于他的钥匙不见了。

我先给公司打了个电话请假，人事部的达尼尔连我请假的原因都没问，只提醒我明天去财务室把这次项目的账目上报一下。我刚想挂电话，她又说："你知道我今天早上看到谁了吗？"

"谁？"我好奇地问，心想，这些刚生完小孩的意大利女人可真是八卦，上班总喜欢拿出一半时间来议论有的没的事情。

"我看到路城了！就在咱们小区那边，我今天开车去上班的时候，在大学宿舍楼那儿的红绿灯路口看到他了，他不是回国了吗？怎么还在这儿？"

我愣了一下，打开了冰箱又关上："啊？是吗？我不知道啊。"

"你怎么都不惊讶？你听说他的事情了吗？据说是和他未婚妻家里闹翻了，连夜回国的。我听他们说他那会儿是突然就没来上班了，后来再也没出现了，是吧？"

"是吗？我不知道，我对别人的事情没兴趣。"

"他不是和你关系挺好嘛，当初还是你把他介绍进公司……"

"达尼尔，亲爱的，"我打断了她的话，"中国项目方有电话打过来了，我晚点打给你呀。"说完，我就挂断了电话，把手机扔在桌上。

什么叫和未婚妻家里闹翻连夜回国？他们究竟是怎么传这件事的？我忍不住琢磨，会不会公司里其实有人知道我和路城的事情？怎么听达尼尔都像是话里有话，她又住在我家附近……但是意大利人……会这么绕弯子吗？是不是我多心了？

我坐下来，忍不住把手放到了嘴唇上，不停地来回摸着下嘴唇，渴望发现一个角落能让我撕个痛快，可是嘴唇却异常光滑。在上老罗他们那个项目之前，我特意做了一周的养护，就是为了防止自己在干活儿的时候犯这个老毛病，因为一旦撕起嘴唇，我就会分散精力，一直撕不完的话，我会感到心慌。我不想让自己在工作上犯任何错误，哪怕只是有一点影响形象也不行。

门口传来了电梯的开门声，紧接着是掏钥匙的声音，然后，门开了。

路城今天换了一件白色的干净的衬衫，浅色的牛仔裤，脚上还是那双我给他买的白球鞋，但已经被擦得比昨天干净一些了。他刮了胡子，脸上很干净。他手里提着超市的两个大口袋，开门后，他把袋子放到地上，关上门，先换了鞋，把鞋子好好地放进鞋柜。他重新拎起两个袋子朝厨房走过来的时候，冲我笑了笑。

可是，我人生当中的那个白衣少年，早就消失了。

"你去超市了吗？达尼尔好像看到你了。"我说。

他脸上的表情变得有些尴尬，又由尴尬转为阴沉，他把他的银色框架眼镜摘下来，用衬衫角擦了几下，看了看镜片，重新戴上，一边把口袋里的东西一一取出来，一边说："怎么，我见不得人吗？"他说完这句话，回过头来，斜着眼看我，讽刺地笑了下，"她看到我影响你的工作了吗？那你是不是希望我哪里也别去？"

"我不是这个意思。"我就是这个意思，但他的样子让我觉得莫名恐惧，我不想惹怒他。疯子的每个细胞都是疯的，他越是看似正常，我越觉得他不正常。

"家里什么都没有了，你还是和以前一样啊，自己在家从来不开伙，我特意去超市买了你喜欢吃的那种牛肉，你看，带筋的。"他从口袋里拿出一盒牛肉给我看，我的手机响了，是我妈打来的语音电话。

他瞟了一眼我的手机，把牛肉放进了冰箱。

我走进房间，去了阳台，屏幕显示对方结束通话了，我刚想回拨，手机再次响了起来，她又打了过来。

"喂，妈，妈，听见吗？听见我说话吗？"

"喂，喂，听见吗陈薇？怎么回事啊？路城是去你那找你了吗，啊？"

我愣了好几秒，才说："妈，是不是凌秋说的？别听他胡说。"

"你告诉我是不是。不是凌秋，是路城的妈妈，那个疯婆子今天给我打电话问我路城在哪里，她说是你逼他回去的，到底怎么回事啊？"

"妈，妈，你听我说，没有这回事，路城没来找我，他妈再打电话，你就别接了。"

"她那个口吻，搞得跟我们娘儿俩把他儿子骗走了一样！什么东西啊！这事儿也过去四个多月了，她儿子就算失踪了跟我们又有什么关系啊？真的是全家都有精神病。我跟你说，要是那小子去你那找你，你一定让他滚远一点！害你还不够吗？害我还不够吗？"我妈说话的声音震得我有些耳鸣，我不自觉地让手机远离了一点耳朵，我妈的声音大到即便不开免提别人也听得清清楚楚。

耳鸣消失之际，我听见了脚步声，我以为是隔壁的，下意识地回头看了一眼，路城就站在我身后。

我迅速地挂断了电话，看了眼路城，走回了客厅。我在客厅的沙发上坐下来，发了一条消息给我妈："我去开会了，别担心我，他没来找我，你别生气了。"

要不是发了这条信息后，我随便翻了一下联系人，也不会发现木歌给我发过一条信息，但是没有提示，或者说，已经被读过了。那条信息是今天早上六点多发来的。

木歌说："我到北都了。北都的秋天好像快到了，空气变得好了许多。你之前说你每次出差都会来北都，那我就想着，先在北都等你吧。真希望你能快点来，因为工作或任何其他原因都好，我想带你看看十月的北都，你不是说你对四五月的杨絮过敏，所以对北都一直都印象不好吗？那是因为你没在对的季节来，假如你秋天来的话，这里一定是全国最美的地方。还有一件事，我一直想告诉你，但是我不知道该怎么对你开口，我确实有家庭，但是我目前在办离婚。我和我现在的妻子关系不好已经很久了，可能是年龄到了吧，我们都觉得没有必要继续浪费彼此的时间了，如果顺利的话，我下个月就会和她办完离婚手续。你别误会，我不是在暗示什么，我只是想单纯地向你解释一下，我并不是什么渣男。当然，我也没有责怪老罗的意思，他什么都不知道，确切来说，没人知道这件事。我并不是喜欢解释的人，我只是……不想让你误会我。因为是你，所以不希望有任何误会。"

这长长的一段后面跟了一个笑脸表情。

"路城，你今天看我手机了？"我问他。

因为懒和习惯，我的手机密码还是我和他的生日，还有好几个别的东西的密码，包括支付密码，我都没改过来。

"没有。"他的声音从厨房传过来，我听到了在砧板上切菜的声音，他开始做饭了，"我们最早在一起就约法三章了，彼此不偷窥隐私，我没忘记。"

他的声音显得特别平和，可我不知道能不能相信。我复制了木歌的信息，粘贴在记事簿里，然后把和木歌的对话框删掉了。

我还没想好怎么回复他的信息，但是我的心里好像突然有了一堵墙，隔开了两边，一边在担心路城看到信息，如果他没看的话，为什么信息来了没有任何提示就进入了已读状态？另一边，则有一些小兴奋，小庆幸。我很清楚那是什么感觉，是相似的悸动让我感到快乐，这一边的心脏似乎在向我的脑海传递着一些明快的信息，让我不时地回想和木歌相处的情景，那些情景在这种喜悦里被加上了特别美好的滤镜，好看又生动，仿佛此刻记忆中瞬间的美好感受会长长久久地触动我最敏感的神经。

突然，门铃响了，我看了下手机屏幕显示的时间，九点五十。我这才想起来，今天上午，凌秋要来把路城带走。

我赶紧拨了凌秋的电话。

"喂，干吗？等下，门开了。"他把电话挂了。

我又拨了一遍，这次没人接。我接着连拨了两遍，当终于有人接起来的时候，我分明听到他的声音好像就在离门不远的地方。

"你开门吧，我到了。"门外传来了敲门声。

"谁啊？"路城从厨房里走出来，他在白衬衫上面罩了件围裙，那围裙是我们以前去西班牙旅游的时候买的。

"我同事来送材料。"我边说边朝门走，把门打开一个小口子，硬生生让自己挤了过去，关上门，直接把站在门口的人一把推进了正对着我家大门的电梯，按了底层的按钮。

"你……怎么了？"一个意大利语男低音从我头上冒了出来。

我抬头一看，我的天——"斯特凡诺？！"

但是电梯已经关上门下行了。

"你刚才敲我门了吗？我以为……"我怀疑自己要不是眼睛瞎了，就是脑子坏了。

"对，你有个快递在我这里，今天早上我下楼拿快递的时候正好看到有你的，我以为工作日你不在家，就帮你签收了，我敲门是想看看你在不在家，因为之前听见你家有开门关门声，但是你突然……"

"对不起对不起，我以为是我的朋友。"虽然他充满了不解，但我也无意多解释了。电梯门一开，我就冲了出去："斯特凡诺，回头我找你拿快递。谢谢！"话都没说完，我就三步并作两步地往楼梯上跑。

斯特凡诺一定会选择坐电梯上来，毕竟这个小区高昂的物业管理费里面有一个大项就是电梯费，别说在四层的我们，二楼的平时也不走楼梯，虽然这里的电梯又小又慢。所以当我冲到四楼我家门口的时候，电梯显示还在运行中，斯特凡诺还没上来。

我家的大门半开着，看来凌秋已经进屋了。我走进屋子，反手关上门。凌秋就站在客厅的中间，正对着厨房的门，厨房里依然传来刀落在砧板上的声音，我站在凌秋的身后，根本看不到路城。

凌秋回头看了我一眼，他明显有不太爽的情绪。

"你跑哪里去了？我不是说我到了吗？我站在楼梯上就看到你莫名其妙推着别人进了电梯。"

我也懒得解释了，小声问他："他给你开的门？"我用下巴朝着厨房的方向示意了下。

"不然呢？"凌秋声音的分贝一点也没减小，反而还增加了几分。我赶紧示意他小声一些，但他装作没注意，还特意调整方向，半对着厨房说："我一到门口，他就已经站在门口等我了，面无表情地让我进门，一句话也没说就进厨房了。"

路城听到他说的话，从厨房里走了出来，左手拿着菜刀，菜刀上还有一些蒜末，他白衬衫的领子上也沾了几点浅色的污渍。凌秋看了看他手里的菜刀，立刻警觉地挡在我面前："你想干什么？"

路城低头看了看自己手里的菜刀，拿右手的食指和中指轻轻抹去了菜刀上的蒜末，抬头笑着对凌秋说："不好意思啊，忙着做饭，陈薇也没说家里来客人，我急着多准备两个菜，大家认识这么久了，我以为不用招呼了，陈薇你招呼一下吧，我去准备午饭。"说完，他转身进了厨房。很快，厨房里传来了剁肉的声音。

我把凌秋拉到房间那一侧的阳台上，凌秋甩开我的胳膊，瞟了一眼厨房，龇牙咧嘴地小声道："怎么回事儿？不是说好今天我过来把他弄走吗？怎么他还做上饭了？怎么了？送别宴啊？没什么必要吧！"

我低头想了想，说："他可能走不了。"

凌秋差点叫起来，但他还是克制住了："你说什么？！我没听错吧？你刚看到他那样子了，我实话和你说，我都不敢把他留我家里，我怕哪天他犯罪把我拖下水。我给他找好暂住的地方了，待会儿让他收拾收拾。吃饭是吧？也行，吃完饭让他跟我走。"

"不行，刚刚那个情况你也看到了，你觉得他会乖乖跟你走吗？就算他今天真的跟你走了，那我明天很可能会被他闹得丢掉工作。还是算了吧。"

我之前以为路城只是想要一个能落脚的安稳的地方，或许我再想办法给他找个工作，他可能就会慢慢地正常起来，留下或者回国，他都会选择去过自己的日子。我以为他只是需要得到一种心理平衡，但事实好像并不是这样。

转 弯

那天的夜里，大概十一点多，我给木歌回了信息："我没有误会什么，也没有期待什么。阿诺河的景色特别好，右岸是富人区的房子和全城最好的酒店，那里总是灯火通明，那些灯光倒映在水里特别美。白天的时候，皮艇队的人会在下游组织练习，如果天气晴朗的话，每一帧都是电影镜头里的画面。我很期待你再次来到这座城市，我可以带你沿着河岸走一圈，从河边钻进小巷里，再从每个小巷通向各处的广场，从巷子到广场能听到路边的艺人弹奏的音乐声。你可能会和我一样爱上这座城市。当然，我也希望我能欣赏到十月的北都，可能，会有机会吧。"

发完消息后，我把对话框删了。然后从包里掏出木歌留给我的那台相机，取景器被放置在另一个小小的皮袋中，显得很精致。他还给了我另一个定焦镜头，无论是相机还是镜头都很沉，能从质感上推测它的价格不菲。我也有一台单反，是尼康的入门级，和他这个比起来就差太远了。其实我只懂一些基础的摄影，为了工作学过，但我并非什么疯狂的爱好者，可我喜欢他的相机。

白天那顿路城做的饭，凌秋没吃就走了。他在听完我说的话之后，直接从我家走了。走了之后又很快给我发了条微信："你最好当心点，我可不想给你收尸。"

过了一会儿又给我发了一条微信："你再考虑考虑，是工作重要还是命重要。"

接着又是一条："要不你住我这边来，我去别地儿睡。他既然那么喜欢住在你家里，你就全都让给他。"

我只回了他一条："别担心，我不会有事，他不会怎么样的，你相信我。"

"走了？不留他吃饭吗？"路城听见关门声问我。我隔着厨房的半边墙壁，看不到他的人，只听得见他的说话声和厨房里不断传来的剁肉声。

"不了，他警局有事情。"我说。

我说完这句话，听见剁肉的声音停了一下，接着又继续了。时间久了，可能路城已经忘记凌秋是个警察了，或许因为讨厌的缘故，他从一开始就没怎么在意过。

他做了糖醋排骨、清蒸鲈鱼、西红柿炒蛋、蚝油生菜，还有一个海带汤。

我从来不做饭，我讨厌厨房里的油烟味，以前在一起的时候，都是他做饭。如果他也不想做饭的话，我们就叫外卖或者出去吃。他做的菜一般，但是偶尔也会给人一些惊喜，不过我不挑剔，他做什么我吃什么。

糖醋排骨是我和他在一起之后，我唯一尝试做过的菜。有一年夏天假期我回国，外婆传授了我一个烧出好吃的糖醋排骨的特别简单的秘方，我当时也以为我是可以下厨房的人，所以回来后试了一次，糖醋排骨是做成功了，但此后再也没有过第二次。从那次之后我更加笃定，厨房不适合我。

"怎么样？"他问我。

"挺好吃的。"我敷衍着回答。心里塞着事，什么吃到嘴里都是一样的滋味，只要不过于难吃，都可以被敷衍夸赞。

他往我的碗里夹了一块糖醋排骨，一整块瘦肉当中一根骨头，上面有些脆骨，他知道我不喜欢吃肥肉，但很喜欢吃脆骨。我看着他的筷子伸到我的碗里，把那块精致的糖醋排骨放在我的小半碗米饭上，缓慢地收回了筷子。他可能在看我，但我一直盯着那块排骨和它下面一小片被排骨汁染成鲜亮褐色的米饭，像发呆一般地盯着它们。我心想，如果他能一直保持住他的恶意，或许对我来说，会轻松一些。

下午我在打扫卫生的时候，凌秋又给我发了一条消息："你妈找我了，问我路城的事，我什么都没说。就算不为你自己，你也考虑一下你妈吧，这么多年你妈一个人不容易，她不过是希望你找个好点的归宿，陈薇，别在同一条路上摔第二次。"

每次凌秋用一种老父亲的语调开始教育我的时候，我都会反感。我知道他在想什么，他无非认为我和路城会有旧情复燃的可能性。这也不能怪他，毕竟他不知道我和路城彻底分开之前的那段时间，我经历了什么。

当时在路城带着他妈妈离开佛罗伦萨回到南都后的第三天，我还是选择把我妈丢给凌秋照顾，而自己买了机票飞回去，企图最后尝试一次挽回这段婚姻。我妈看着我离开的眼神里没有责怪，只有心疼，我知道她难过，但我无法表达出我的知道，我感谢她，感谢她一次次地牺牲自己去包容甚至纵容我的任性，感谢她了解我的不努力到最后不会善罢甘休的性格。而凌秋却因为那件事一直生我的气，我知道他怪我不懂事，虽然他也没多说什么。

　　我记得当时，我和路城在南都的酒店见了一面，我好好地跟他商量，我会诚心诚意地上门去给他父母道歉，但是他也必须为了他的言行向我妈妈道歉，我们坐下来好好谈，不至于闹到要离婚的地步。虽然那个时候，我知道他家已经把我们的结婚酒席退掉了，但我还想再挣扎最后一次。路城答应了，他让我回西元等他的消息。然后我就回了西元，安静地等待他像个男人一样站在自己的妈妈与老婆的中间，公平地解决这件事。

　　但我回到西元第二天，一大早等来的消息却是："陈薇，你来南都我们痛痛快快地签字离婚吧，我妈以死相逼，我没办法。你先来离婚，等这件事过去了，我们感情好的话，还能复婚。"

　　这就是我千里迢迢飞回来想抓住的，我的白衣少年的尾巴。

　　我没有把这件事情告诉凌秋，我可以把它告诉我的任何一个闺密，却还是想在一直反对我和路城结婚的凌秋面前，为他保留一丝尊严，或许我要保留的并不是他的尊严，而是我自己的。我不想承认凌秋当初对路城的判断是对的，他说："他还是个没长大的孩子，你指望他能给你什么？"我天真地以为有感情作为基础，我不需要他给我什么，可我还是错了。不出任何事情的话，天地平和；一旦出事，你指望他给你一些作为你男人的责任感，抱歉，他给不了，也给不起。

　　假如凌秋知道这件事，他现在一定不会觉得我和路城还有复合的可能性。

我坐在客厅里摆弄木歌留给我的相机时，路城从房间里走了出来，手里端着电脑。他从厨房里也拿了一只红酒杯出来，倒了一些在里面，喝了一口，把酒杯放在我的杯子旁边。

路城和我几乎没有什么共同的爱好，我喜欢喝葡萄酒，白葡萄酒、红葡萄酒、起泡葡萄酒，我都喜欢，我甚至喜欢意大利用葡萄做的四十度的烈酒格拉帕，我还特意上过品酒课，考了初级品酒师的资格证。但路城对葡萄酒始终兴趣不大，他也喝酒，但什么都喝，他并不讲究，也不分好坏，几百欧元和几欧元的酒对他来说，是一样的。

他把电脑移到我的面前，他的电脑屏保是一张我和他站在共和广场的旋转木马前拍的结婚照。照片里我穿着白色的婚纱，他穿着黑色西装，打着领结，我记得当时拍了三套，这是第二套也是最正式的一套。这张照片是他抱着我转圈的时候拍下来的，我记得拍了好多次，因为我本身的重量加上那套婚纱的重量，还是挺沉的。照片里我俩都笑得很开心，拍照那天的天气特别好，光线也很好。摄影师是我从罗马请来的一个小姑娘，不太善于表达，有些腼腆，但是技术很不错。那天还拍了视频，视频是找的一家当地的婚庆公司拍的，付了六百欧元，但一直到现在，我都没去要过视频。拍照加视频一共花了一千五百欧元左右，这钱是路城家里给的，后来闹翻的时候，他家也把这笔钱扯出来做过文章。路城家很喜欢把各种花费拿出来做文章，他妈妈给我的黄金手镯和他家给我买的不到一克拉的钻戒，他妈妈最后都让他来找我要回去，他都照做了。

"陈薇，当时我们的婚纱照不是还有一些没修完吗？你问她要过来呗，还有那个视频，你也没去要吧？"

"怎么突然想到这事儿了？"我继续摆弄着相机，尽量对他的电脑屏幕视而不见，而他已经在打开电脑里的相册了，显得好像我们是刚拍完结婚照准备坐在一起欣赏那些照片的夫妻，这让我感到反胃。我下意识地站起来，把取景器从相机上取下来，放进它专属的皮袋子里，又把长焦镜头换成了广角的，塞回了相机袋里。

路城坐在那儿，一动不动地看着我收拾好相机放到柜子里，突然说："你什么时候开始玩摄影的？这相机挺贵的吧？"他说话的语气里流露出一丝令人不愉快的酸涩，像是他挤的柠檬汁洒到了我的脸上一般，我知道他那话里的意思，他想表达的是：你过得挺好啊，还买了这么贵的相机，你看看我的日子呢。

"是我朋友的相机。"我不是希望他好过，只是希望他别再用这种口吻和我说话。

我转过身面对着路城，他用一副讨好的表情看着我，这样的他让我更加厌恶。

"陈薇……你记得我们拍结婚照那天吗？我们，还有你妈和我妈，我们一起的，那天特别开心……"

他还是一样地缺乏语言表达能力，他说出来的话真的一点也不动人。我看着他，很想告诉他：我记得的，并不是开心；我记得的，是你妈甩了一整天的脸子给所有人看，当然，那也不是她第一天甩脸子，她从来到那里开始就对我和我妈没有看顺眼过；我记得的，你妈用嫌弃的眼神看我，说我背上长了几颗痘痘，皮肤真差，我已经解释过好几次，说那只是对衣服材料过敏，但她还是不断地念叨；我记得的，是那天晚上我劝你找你妈谈谈，让她不要再甩脸子给我妈看了，你同意了，但是你没有找她谈。我记得的东西一点也不美好，我记得的是我们感情崩坏之前最后那根你亲手剪断的钢丝。

可我什么都没说，这个时候再说这些一点意义都没有了。

"陈薇……"他的眼神里带着渴求，不，是乞求。

我的手机振动了一下，是一条微信。我的手机屏幕上会显示微信内容的首行。是木歌发来的消息："陈薇，你看看相机，里面有我给你拍的照片……"

我看到路城一直盯着手机，我伸手想去抓手机，但我突然停住了。接着我若无其事地转身去了厨房，把手机留在路城面前。等我从厨房拿来水回到客厅，手机的屏幕熄灭了，而路城已经去房间了。

我从茶几上拿起手机，点开木歌的微信。

"陈薇，你看看相机，里面有我给你拍的照片，我本来想等你自己发现的，但我想了一下，觉得你可能不是那种会随便翻别人相片的姑娘。我放在里面的存储卡是新的，里面只有我在你的城市拍的照片，我希望以后这张卡里只有我们两个人的照片，北都，西元，以及较远的佛罗伦萨，或者还有我们一起去的别的地方，一张不够就再加一张，这些照片都得好好地保存下来，永远别删。"

我一直以为木歌是不会说话的人，现在看来，他可能只是不会说话，并不是不会表达。他的文字里有一些慢悠悠的，并不算浓烈的心意，给人一种清雅而舒服的感觉。我觉得他是聪明的人，是一个懂得用文字和情绪来把控节奏的人。

在我眼下所身陷的困境里，我或许当真需要一个聪明人。

奔　赴

第二天下班，凌秋找我吃晚饭，我估计他还是想找我谈关于路城的事情，虽然他没明说。我还是答应了。

但是我出公司的门，才走到后花园的停车场，就看到了路城站在花园的池塘旁边，离我车很近的地方。我不知道他站在这里多久了，我朝公司看了一眼，刚刚我走的时候，很多人都在收东西，在我之前已经走了一拨人了。爱管闲事的达尼尔好像还没出来。

他怔怔地看着我，眼神里带着挑衅。我很想直接开车走，但我不确定他会干什么。

"上车。"我对他说。

他钻进副驾驶室，还没扣好安全带，我就赶紧踩了一脚油门把车开离了停车场，开到出口还特意从后视镜里看了看后面，有没有同事的车跟上来。

"你很紧张啊？怎么，谈恋爱和结婚都要瞒着公司，现在我已经不在公司了，还要对公司隐瞒我们的关系吗？"他语气讽刺地说。

"你什么意思？什么叫我们的关系？我们什么关系？我们已经离婚了！"我重重地敲了一下方向盘。

"就算是离婚，也比其他人关系更亲密，毕竟以前结过婚，生活在一起过，难道不是吗？你害怕什么？你其实是害怕我把你和客户的不正当关系抖去公司吧？"

我猛踩刹车停在路边，转头看着他，说："你什么意思？"

"给你相机的，就是在机场抱你的那个人吧？你不是说他是你的客户吗？"

"路城，你别太过分。我和谁交往，跟你没关系。"

"当然和我没什么关系，但是我作为公司的前员工，好像应该对我的前老板抱有一些善意吧。"

我冷笑了一声，看着他："你想用这种事情来威胁我？行啊，你去公司闹吧。"说完我就踩了油门。

我把车开到家楼下，让他下车的时候，他狠狠地瞪着我，龇牙咧嘴地抛下一句："陈薇，你别逼我！光脚的不怕穿鞋的，逼急了我什么事情都干得出来！"

说完，他重重关上我的车门就走了。我觉得好笑，不是因为他刚刚恶狠狠说的那句话，我记得他刚带着他妈逃离佛罗伦萨的时候，他在朋友圈发过一个状态，是这么写的：哥就是人狠话不多，逼急了哥哥也是会咬人的。

当时凌秋坐在我对面，看着那条状态乐了，他说，那就是一个没长大的小朋友。我当时不觉得好笑，甚至还责怪凌秋笑他，可我现在觉得好笑了。

凌秋住在市中心，为了上班方便，他在市中心找了一套十七世纪建造的老房子。我又在河边停了车，沿着河往里走。

今天的风有些大，河水显得有些湍急。我在河边停下来盯了河水好一会儿，从这个位置能看到河上那条矮堤坝，夏天河水低，堤坝上总是坐满了来约会的小情侣。

我转身朝后面走，一直走到可以下河滩的台阶前，朝下面望了一眼，便从台阶走下去。下面是河岸旁的大块草地，草地旁边有片人工沙滩排球场，是属于沙滩上一家露天音乐酒吧的。现在这个季节，酒吧已经不开了，只有夏天开。河滩看起来黑沉沉的，从这里看到的河水也显得黑沉沉的，只能隐约听见大风刮过河面引发的水流声。周围一个人也没有。

手机响了。

"喂？"

"你在哪里啊？我在停车场，我看到你的车了，你人呢？"

"来了。"

我走回上面的马路，刚上去没走几步，还没走到停车场，就看到凌秋迎面走过来。其实我有些近视，假如不戴眼镜的话，离我超过一米的东西我都看不清楚，但是凌秋的身形和走路姿势都特别好辨认。他很高大，走路的时候脚步又大又快，看起来像是准备去打架的。我以为他们局里的人都有着和他一样的走路习惯，但和他关系最好的那位大哥，走起路来却是慢悠悠的。

"你去哪里了？"

"我想去买瓶气泡水，沿路没找到。你急什么啊。"

"前面一片黑漆漆的，现在这个季节，哪儿来的气泡水啊，真有你的！我能不急吗？你可是家里养着变态的人，万一被绑架了呢？"

"变态在我家，变态还专门跑到市中心来绑架我，合理吗？"我斜睨他一眼，笑了。

我们俩去了以前常去的一家比萨店，就在离他家不远的一条小街上。凌秋吃东西的速度和他走路的速度正好相反，从小到大他都喜欢慢条斯理地吃饭，这个毛病即便他做了好几年的刑警都没有改掉。而我吃东西的节奏就比他快多了，我总是喜欢三两口塞饱自己，然后一边干干手头的事情，一边慢慢喝东西。

"凌秋，我要回国一趟。"他还在慢吞吞地切比萨的时候，我对他说。

他抬头看向我，感到意外："打算逃回去避难？"

我笑着说："你觉得呢？是因为工作，之前的项目需要我跑一趟北都，五天吧，大概也就五天时间。"

"什么时候走？"

"过两天，还没买票呢。"

可能是由于凌秋职业的惯性，也可能是由于我自己的敏感，有时候他和我说话，我总觉得他看我的眼神中带着怀疑与咄咄逼人，好像我是正在接受审问的犯罪嫌疑人。

我迅速地低下头，避开了他的目光，拿起手边的气泡水，喝了大半杯。

我确实对他撒谎了，老罗他们的项目已经清干净了，然而我今天在公司里用另一个借口提了年末的一周假期。自从昨晚木歌发来那条微信之后，我一直没有回复。今天上午，木歌又给我发来了一条微信，他说："照片看了吗？最近有回来的打算吗？半个月后我可能要去澳大利亚拍摄一个月，真不希望你回来的时候我不在北都。"

我不知道究竟是什么意念驱使了我，让我在那一刻毫不犹豫地决定回去。我看到消息的时候，第一个冒出来的想法就是，他会加入一个新的国外的团队，很有可能接触到另一个像我这样的女人。其实我很清楚，我身上吸引他的最大的闪光点除了外貌之外，并不是什么才华和能力，而是我拥有的国外背景。如果我不把握住这个机会的话，他很可能会喜欢上另一个和我相似的人，在别的国家。

不是我不自信，是这个社会让我无法盲目自信。

而我又太清楚我想要什么，即将离婚的木歌，可能是我将来的希望，无论是现阶段还是考虑将来的人际关系和事业，我都需要有这么一个人。而从感情上说，我喜欢他，我当然喜欢，他身上有太强烈的光芒，他的职业，他的作品，他工作的态度，他的样貌、举止、与我交谈的方式，他的眼神，他的每一个毛孔都在吸引我。

我去人事部提假之前，就直接回复他："我过几天可能就要回去一趟，但是待不了几天。"后来老板打给我，问我为什么要提假，我说："前几天的项目团队那里还有别的项目，我回去巩固一下人际关系，万一还能拿个大项目回来呢？"

可能我今天面对老板的自信和傍晚对路城表现出来的狂妄，都只是因为，我在心里认定，我抓住了一把保护伞，而我现在唯一要做的，就是及时地去撑开它。其他的东西，瞬间都变得不太重要了。

"陈薇？陈薇？"凌秋的一只手在我面前晃了好几下，把我的思绪拽了回来。

"啊，你说什么？"

他放下手的半路，又把手伸过来打了一下我的右手背。要不是他打这一下，我都没发现我已经扯了半天嘴角翘起的皮。

"你能不能改改你这个毛病？从高中到现在就没改掉过，每次非要搞得血淋淋的才肯罢手。"

我赶紧收手，凌秋每次看到我犯老毛病时打我的手，我都会听话地停下来，只有他的眼神会让我认识到这毛病的根源在于心里，每当我的心里承受压力、恐惧或需要大脑不断思考问题的时候，这种不经意的小动作就会出现，并很难控制。

可我并不愿意向任何人，甚至自己承认那是一种源自心里的病症。可是凌秋，他了解我的一切，他就像我的一面镜子，在他面前，我很难假装。面对他我经常会充满矛盾。有时我很需要他，有时我又会害怕他。

凌秋问："那路城呢？就把他这么扔在一边吗？"

我说："随他去吧。或许我回来的时候，他就消失了。"

凌秋把最后一块小魔鬼比萨塞进嘴里，撇了撇嘴："你就做梦吧，等外星人来带走他还差不多。陈薇，假如你不方便，我可以帮你联系一下他的家人，或者先给他找个工作，让他稳定下来，可能会好一点。"

我随意地摇了摇头："要找他父母，我自己去找。你别为他工作的事情操心了，就算给他找了工作，以他现在这样的状况，也根本不会去的。"

我心里很清楚，如果他父母真的很在意，就不会到现在还不来找我，儿子和面子相比，假如面子比儿子重要，那可见他们找我妈吵闹也只不过是为了泄愤罢了，谁都说不好，他们是不是再也忍受不了他而对他放任不管了呢？他后父毕竟还有个女儿，我们离婚那会儿他后父的女儿就怀孕了，他后父如果坚持不想管这个继子的话，他妈妈恐怕也没什么好说的，毕竟她完全被她这个老公养着。

回想起他妈妈在见我第二次的时候就不停地说她老公和前妻生的那个女儿的坏话，却又在她老公面前提到他女儿的时候表现出无比得体、宽容、大方、与世无争的样子，我忽然为他们感到悲哀。以前还真的没有去细想过，现在一想便发现，她和她的儿子，说穿了，不过是寄人篱下罢了。

"你是回去找那个人吧？"路城大声地冲我嚷嚷。

这会儿已经是半夜了，他叫嚷的声音在一片宁静里显得特别突兀，就像有人突然在宇宙中丢了一颗炸弹。

"你要再大声叫喊，我就请你出去。"我淡淡地说。

他突然安静了下来，转身到厨房里点了一支香烟，抽了两口，又表情激动地夹着香烟走到客厅看着我，他面部的肌肉有些抽搐，他今天没有刮胡子，嘴周围黑乎乎的，模样看起来有些像小说里的变态。可是我没动，我就坐在沙发上，看着他，我知道，逼急了他，他会想咬人，但是他不敢。如果他敢，他也不会跑回来找我，用穷凶极恶的开场去掩饰自己的懦弱，又用讨好的方式企图撑开他所期望的最后一把保护伞，而这些都不过是他对真实自己的遮盖罢了。

过了大约一分钟后，他收起了愤怒的眼神，停止了面部的抽搐，用颤抖的，但是很轻的声音说："那你就赶我出去呀，反正你也赶过一次了，不在乎多一次。"但他说完，却只是在厨房的水龙头下面熄灭了烟头，把烟头丢进垃圾桶，没有刷牙洗脸就进房间躺了下来。

他说的那一次，是我们闹出巨大动静的那天晚上。在我把他的手机丢下去后，他妈妈大叫着"疯了，疯了"地冲到了厨房，指着我的鼻子大声骂我是贱人。我的耳边充满了她的嘶吼声。我只是沉默地换上鞋子，想去楼下把手机捡回来，可刚走到门口，还没来得及开门，又听见了相同的嘶吼声朝向了我妈。

"你看看你女儿，你怎么生出来这种东西！你们都是什么东西！"

我冲过去推了她一把，听见自己发了疯一般地冲她吼叫："你是什么东西！不准你说我妈！"

接着我就只听见她如同泼妇一般，带着南都口音，无尽地、粗野地谩骂，她对她儿子疯狂地叫喊，她说这种媳妇儿，满大街都是，她是坚决不会要我的。她要我们回去就离婚，她恨不得那一刻就去取消婚礼。

最后我妈狠狠地打了我一巴掌，她大概是想制止这场看似因为她自己才扩张开来的战争。世界突然在这个巴掌后收了一下声，在短暂的停顿过后，我从地上爬起来，在路城的妈妈再次开口像疯婆子一般谩骂之前，我对着路城和他妈说："你们给我滚出去！这是我家，我花钱租的房子。"

路城愣愣地拉开了写字台旁边那张堆满了衣服的靠背椅的拉链，从里面取出一个荷包，那是每个月他给我六百欧元，而我返还给他的五百欧元零花钱，他取了出来，带走了他妈。这可能是他临走之前唯一记得的东西。家门被打开，紧跟着电梯门也开了，路城和他妈走了进去，那一刻，我是想出去挡住即将关上的电梯门的，但是我看到了隔壁的斯特凡诺和站在他身后的女人，我迅速回到了屋里，关了门。

我不能允许任何人欺负我妈，但我也曾一度为自己在半夜把他们赶走感到抱歉。

可发生的毕竟发生了，后悔也无法挽回。后来路城就带着他妈逃回了国内。之所以用"逃"这个字，是因为我一直都知道路城不想待在这里，而那件事不过是他逃走的一个借口罢了。可惜，他想象中的安逸和美好一样都没实现，他只能选择灰溜溜地回来，折磨我。

"路城，我回来之前，你离开吧。"我躺在黑暗里，看着天花板上一闪一闪的影子，平静地对他说。

过了很久，我数到第109辆车的时候，才听见他低声抽泣的声音，他说："陈薇，我变成现在这样，你没有责任吗？你凭什么觉得我会让你好过？我不会走的。我不会让你好过。"

北 都

　　我没有告诉木歌，我究竟哪天到北都，并不是为了给他惊喜，我也不知道为什么，我只是想了一下，选择了不通知他罢了。或许是因为假如他没法去机场接我的话，我会感到失望吧。我不想要那种失望，我的保护伞，最好是完美撑开的。

　　其实我并不是每天都和木歌联系，我也不会第一时间回他消息，他也不会连续回我消息，有时候我们一天发几条信息，有时候我们只发一条。

　　北都十月初的气候还不错，风是轻盈的，空气也干净。以前我总是春天来，我不喜欢这里的春季，它不像南都和我的家乡西元，春季气候温润，不会过于潮湿或者干燥，北都春季漫天飘飞白色杨絮，比南都和西元多很多，像下雪一样。我的皮肤很敏感，那些白色飘到身上就会引起我的皮肤过敏，而且空气也不够洁净，呼吸之间总能感觉出细小的沙粒。我从没有在所谓的美好气候里来过这里。

　　我没有去酒店，而是在四环租了一套小型公寓。放好行李，我先找了我闺密，她叫蓝泉，也是我前几年在做项目的时候认识的，她很快就变成了我在北都关系最亲密的人。她说她喜欢我，我也喜欢她。蓝泉是个高瘦的北方姑娘，长了一张冷漠的脸，我喜欢她的名字和她的长相，也喜欢她对待外界软绵绵的、说话慢条斯理的样子，所有外露的这些特征都像是在暗示她骨子里的倔强。她有个特别好的家庭，让我很羡慕，只有拥有这样好的背景的姑娘，才有资格展示外表温和却在内里端着的性格。我知道她的所有秘密，可她却不知道我的。

蓝泉约我中午饭点在她公司附近见面，她问我为什么这次突然回来，之前也没说一声。

我说，公司突然让我回来办事。她又问我要见谁，我说要见一家文化公司的项目负责人，只待几天就走。

"阿姨知道你回来吗？"

"知道。"

"那你回西元吗？"

"嗯，在这儿待两天就走，我回欧洲从上海飞。"

"我这两天特别忙，陪不了你了，你下次啥时候回来啊？"

"应该很快吧，最近一段时间我可能会经常回来。"

蓝泉将了将头发，拨弄着面前那杯饮料里的吸管，她今天没怎么化妆，只打了淡淡的粉底，涂了颜色不算艳丽的口红，但她看起来总有一种独特的好看，和任何人都不一样。

"你还不如干脆回来发展呢，咱们经常能见面，还能一起做事儿，多好。"

"我就快被人断路了，搞不好真得回来。"我低着头小声嘀咕。

"你说什么？"

"没事。对了，你上次给我妈寄的东西她收到了，让我谢谢你。你别老给我妈寄东西了，逢年过节也就算了，平时公司发点啥你都寄，你也不拿回自己家去。"

"哎呀，你不在，阿姨一个人，那我就给阿姨寄点东西呗。你就别管了。我才不拿回我家去，我在这里天天做上班狗，他俩到处旅游，逍遥得很，我还拿东西回去呢，他俩有时候可以一个星期不联系我，真是绝了。"

说着，她掏出来一张网上购物的卡，递给我说："这个你带给阿姨，我平时不在这个平台买东西，都是一些质量好的生活用品，我也用不着，你让阿姨用。"

她并不给我任何推辞的机会，说完她就站起来背包走了，说赶着回公司。

我打算买单的时候，服务员告诉我，蓝泉已经买过了。

其实我曾经想过很多次回来发展，但西元太小了，而北都总让我感到不自在，我没法在这样一座大城市里活成蓝泉的样子，我在这里总会感到拘谨，不自觉地小心翼翼，无法像在佛罗伦萨那样把城市当成自己的地界，行动自如。蓝泉也不是北都人，但是有时候我看着她的样子，会突然觉得，"肆意妄为"并不是一个贬义词。我希望每一个接触到我的人都喜欢我，所以我总会表现出我认为他们会喜欢我的样子去获得喜欢，但蓝泉对周围人的目光并不在意，她总是在做她自己。

我下午给木歌发了消息，就在酒店里等着他回我。一直到傍晚他才回："一直在郊区拍摄，你怎么来之前都不通知我？你在哪里？我待会儿结束过来找你吃饭。你等着我。"

我给他发了地址，一直等到将近十点，他才给我来电话，说他今天的拍摄结束了。我见到他的时候已经将近十一点半了。

木歌开了一辆吉普车，停在我住的公寓楼的下面，我上了他车的副驾驶室，他开出去转着圈在周围找他订的那个火锅店。

他的车里有淡淡的木香，应该是车载香水的味道，副驾驶室车门上塞了一堆文件，看样子应该是我下来之前才被他匆匆塞进去的，还有几张纸掉在我脚边，我没有帮他捡，尽量不让自己的鞋子碰到那几张纸。他的车里没有一点女人或者小孩的迹象，看来平时这车子只有他自己开。

"你住的这个地儿，我以前就住过，小的时候，我父母在这里有一套房子。"他说着侧过脸来对着我笑了笑。

"那现在你父母还住在这里吗？"我问。

"他们过世了。"

"对不起。"

"哎，没事，很久之前的事情了。现在这套房子，我租出去了，我住在北边，我们公司也在北边，我很少往这里跑。今天来找你，开过来都差点走错路，这儿以前特别荒凉，你看现在，变太多了。"

说话间，他找的店就到了。

"上次在佛罗伦萨，你不是说想吃重庆火锅吗？这家好像不错，我看网上评分挺高的。"

"行。"

我很高兴，他记得我说的话，能把那些细枝末节记在心里的人，总能带出很多温暖来。

北都的秋天夜里是充满凉意的，他见我穿得少，下车的时候特意拿了一件薄外套递给我。

"就在那儿，不远，你走我后面吧，给你挡风。"他说。

我笑着披上他的外套，跟在他后面进了热气腾腾的火锅店。这家店的名字叫"南风"，很雅致，不像是重庆火锅店的名字，倒像是江南茶馆的名字。

火锅店里只有零星的几桌人在吃饭，但是整个店里看起来却到处都冒着热气。我一瞧时间，已经快十二点了。

"他们开到几点啊？咱们吃饭来得及吗？"我小声问他。

他一边坐下来，把衣服和包放在桌子下面的竹筐里，一边嘿嘿笑着看我："你还真不了解咱们的国情，你以为都像你们那边呢，饭馆恨不得十点就关，KTV 也只到十二点。这种馆子都做夜宵的，不开到四点不会关门。"

服务员拿了菜单和铅笔放在桌上就走了，他把菜单和铅笔都推到我面前："点吧，想吃什么点什么。"

我瞄了一眼菜单，又把它和铅笔推到木歌面前，说："你点吧，我最不会点菜了，吃什么都行。"

他点点头，说："行，那我点了，你不忌口吧？我就随便点了哈。饿了。"

"行。你也一点都没吃吧。"

他边翻菜单，边说："对啊，这不是为了等着和你一起吃饭嘛，下午你发消息来的时候，组里正好来发下午茶，我当时就饿了，看着那菠萝包我硬是一口都没吃。"说完，抬起眼皮，冲我笑了笑。

我喜欢这样的木歌，他看起来很放松，他说话的时候带着北都的口音，有时候说快了，会吞几个字的尾音音节，有些含糊，但他说话的节奏让我感受到了他在这里的游刃有余。他在佛罗伦萨的时候，是拘束的，比我在北都还要拘束一些。虽然他看上去是一个胆大，敢于尝试的人，但在他不熟悉的地方他也会表现出不自然。而现在这样的他，一定更接近平时生活里最真实的他。

他叫了两小瓶白酒，一人一瓶。这里装酒的和装水的都是那种小号的搪瓷茶缸，一瓶白酒倒进去正好半杯，二两。

我很少喝白酒，我不喜欢白酒辛辣的味道，但是他喜欢的话，我愿意也喜欢一些。

我们谁都没提之前我们发过的那些信息里的内容，他聊了一些回来之后我们那个项目的事情，又聊了聊他近期参与拍摄的另一个专题片，到最后我们都喝完了茶缸里的白酒，他又要了两小瓶。等我们把酒再次倒入茶缸之后，他才问我："相机里的照片看了吗？"

我点点头："看了。"

"喜欢吗？"他问。

"嗯，喜欢。"

"最喜欢哪张？"

"最喜欢……"我最喜欢 KTV 里那张，他拍到的我刚好回头，目光正在掠过所有人的脸，还没落到他的身上。那一刻，我的眼里装着期待，但脸上的表情似乎又很淡然。只有我自己知道，那一刻我内心里的东西。

我没有回答这个问题，而是一直看着他的眼睛，最后问他："你说的是真的吗？"

或许是高度的白酒，或许是渴望知道答案的心情影响了我的理智，在我反应过来的时候，这个问题我已经脱口而出了。但是我很快低下了头，我总觉得没到该问这种问题的阶段。

木歌喝了一大口白酒，他说："你抬头看着我。你觉得，我有撒谎的本事吗？"说完，他笑了笑，笑容里带着些许无奈。

撒谎的本事，其实谁都有。我并不相信他是一个不会撒谎的人，这本来就不是一个诚实的时代了。可是他无奈的笑容和望着我的眼神，却让我难以对他的话产生怀疑。我原本就是抱着对童话的期待来见他的，我当然希望他对我的真诚是十分的。

"我只是随便问问。"我拿起筷子，从锅里夹了一块麻辣牛肉，放到碗里，又喝了口酒。

"可我不是随便答的。"

他举起杯子和我碰了下杯，一口喝完了杯里剩下的白酒，又要了两小瓶。我刚想把新的那瓶打开来，倒进我的茶缸里，他按住了我的手，只是轻轻碰了一下，便拿开了。

"你喝慢点，我喝酒快，我也不知道你能喝多少，你自己看着来。"他说。

但我还是把那瓶倒了进去，现在我的茶缸满了，火锅的热气噗噗地升腾，我额头上沁出了一些汗，很细，我能感觉到，但是它们不会滴下来。我突然有了一种安全感，是缺乏了很久的一种安全感。

今天可能是我认识他到现在，第一次发现他也可以滔滔不绝地说话。他和我说了很多他在剧组拍摄的故事，又讲了很多技术上的东西，如何构图、打光等等，他在讲述这些的时候，整个人都在发光。我不知道在他说话的时候，我看着他的表情是不是很傻，后来我总是回忆那天晚上我的表情，大概就是一副迷恋的样子吧。

我们吃到两点多才离开。走到店门口，我一不小心扭了一下脚，差点摔倒，他扶了我一把。他的一只手紧紧地抓住了我的手，他的手掌很暖和，有一丝潮湿。我抬头看他，他不好意思地把手松开了。"没事吧？"他问我。他把我的手放在他的胳膊上："没扭到吧？"我摇摇头，我没有把手从他的胳膊上挪开。

北都的凌晨凉意更重了，还有一些冬天才会有的雾气。外面大多数商家都关了门，比来的时候沉寂了许多，路上没什么人，路边停着许多车。

我说："你叫代驾吧，这边我认识，我能自己走回去。"

他站在他的车旁边，抓了抓脑袋，那模样看起来好像回到了佛罗伦萨市中心的酒店大堂，他满脸尴尬地让我给他点酒水的时候。

我笑了起来："那要不你送我回到楼下吧。"

"好。"他突然半低着头笑了，像个孩子。

走到公寓楼下，准备分别的时候，我对他说："我能问你一件事吗？"

他点点头："你问。"

"你第一次见我跟我握手为什么松松垮垮，只握半只手？"

他愣了下，然后看着我眯着眼睛笑了，他的眼角和鼻梁被笑容扯出来几条纹路，让他站在从公寓大堂打出来的冷淡的白炽灯光里，看起来依然鲜活和饱满。

"那是因为，我那时候手上都是汗，我怕你嫌弃。"

我们都笑了。

"陈薇。"

"嗯？"

"没什么。你快上去吧。"

我点点头，转身走上台阶，走到公寓大楼的门口，他又喊了我一声："陈薇。"

我回头看他，本想挥挥手，让他快回去，但他如风一般，忽然步上了台阶，停在我面前，抱住了我。我来不及看清他的动作，便感觉到了他的身体。

我眨着眼睛，越过他低下来的肩膀，望着面前的夜色，远处马路上的车辆闪着斑斑点点的光，那些光在移动着，而我们却如同静止了一般。他的衣服上，有着与之前闻到的，同样的洗衣液的香味。

西 元

　　第二天中午，我去了北都南站，坐上了回西元的火车。从北都到西元，差不多五个小时的车程。来回我都喜欢坐火车。以前我也坐飞机，但由于行李重量限制和机场距离太远，总觉得不是很方便，之后就改选了火车。五个小时也不至于让人心焦，虽然每次都幻想上车能睡个觉，或者看点书，可都会变成全程工作。

　　昨天晚上，木歌没有回去，他在我那儿睡了，但我们只是一起睡了而已，什么都没做。我们是说着话睡着的，我觉得很神奇。木歌和我说了很多话。他说，他不爱他的老婆，一直都不爱，但在生活里，其实他们之间没有多少矛盾，最后决定要分开，可能只是因为彼此不爱的平淡带来的索然无味让大家都觉得厌烦了吧。他说他从谈不同的恋爱，到最后决定选择和谁结婚，一直觉得女人都是一样的，婚姻也就是这样，不会再有什么值得期待的特别的人出现了。他没想过能遇到我，没有想过会遇到一个让他这么着迷的女人，他说那种感觉是神奇的，仿佛突然被什么神仙打了一束光到身上，从脑子到脚指头都亮了起来。

　　我说，我也是，我也是第一次有这样的感觉。

　　可事实上，我并不是。我喜欢过的每个人在我最初爱他的时候，都是以同样的方式走进我的生命的，只是到后来，时间久了，就不记得那是种什么感觉了。但是很显然，我现在又记起来了。

在车厢里落座之后，我翻了翻刚买的单向历，看到十号这天的日历上写了一句话：宜第六感——我身上发生了什么事，可到底是什么事呢？

这句话来自作家伊雷娜·弗兰的《恋爱中的波伏瓦》。我没看过这本书，但无论是句子还是这本书的名字都让我有一种神奇的巧合感，好像这句话就是奔着我来的，这一页日历是专门写给我看的。

我很清楚有时候女人的信仰和有些人相信算命没有什么区别，我们总喜欢把自己柔和地安放在一些巧合之中，无论是现实中发生的，还是精神层面的，我们都会选择去相信这些看似命中注定的缘分，它们让我们产生了许许多多对爱情和爱情发生时刻的错误认知。我并不是没有尝试过，可见到的时候，我依然选择相信这种巧妙。

我用手机拍下这页日历的时候，偏偏那么巧，木歌给我发来了微信。

他说："你上车了吗？"

我说："是啊，在车上了。"

他说："注意安全。"

我说："好。"

很简单的几句对话，却让我对这种奇妙巧合的信仰更加坚定了。我把这一页日历撕了下来，折叠好塞进了我的钱包。它可能会是一件十分具有纪念意义的物品，我想把它珍藏起来。

后来，时间走得比以往要慢许多，我一直在想念木歌。想念这种情感可能我已经很久没有过了，所以它的强烈竟然让我感到了一种迷茫。我拿出了木歌的相机，翻了很久里面那几张照片。我细致地研究了每一张的构图和灯光。我翻了好几次手机，但木歌并没有给我发来消息。我既感到焦虑又充满了期盼，矛盾的心情让我体会到的是一种久违的兴奋。

火车开到南都站，由于迷茫作祟，我还听错了报站，慌慌张张拎着大箱子就下了车，幸亏抬眼看了下站牌，离西元站还有半小时。我又匆匆回到了车上，若无其事地把行李放在最后一排的座位后面，坐回我的座位，瞄了一眼周围的人——根本没人注意我的动静。我自己低头偷偷笑了。

西元下很大的雨，舅舅来车站接我。他打了一把黑色的折叠伞，可雨实在太大了，露天停车场又比较远，我们走到车旁边的时候，几乎全身都湿了。这是一场雷阵雨，这大约一千米走过来就打了三次雷。我开车门的同时，第四次闪电划破了夜空，我的手机也振了一下，我先是一愣，接着赶紧掏出来，打开了微信——是木歌。

"你到西元了吧？"

我其实只想回答两个字：到了。或者再加一句也行，就说西元下很大的雨。

但是我在手机屏幕上都是水，连擦干都来不及的情况下，纠正了半天错字给他发出去的信息却是："刚到。想了你一路。"

我发完消息，把手机攥在手里，怀揣着不安，手机不像是手机了，振动仿佛能让什么魔鬼从屏幕里钻出来。

但他没让魔鬼出来，他回我说："我也是。"

"家里吃火锅哦，都备好了。这么开心呢。"舅舅看了我一眼，发动了汽车。

"对啊，回来太好了。"我说。

我在西元的老家在市中心一个很老的村子里，那是一个很有名的沿河风景区，所以到现在都没被拆掉。房子都是八十年代造的老房子，但是很多上了年纪的人在这里住久了习惯了，都不愿意搬走。一条街区的人都认识，不光是左邻右舍，还有沿街的商户，大家出门都会互相打招呼。街区里有个小小的街心公园，是这个村子人气最旺的地方，每天早晚都有好几拨跳广场舞的阿姨，遛鸟和下棋的大爷。我很喜欢这里，它是一个充满了烟火气的地方。

我妈妈和我舅舅舅妈，我表弟，还有我外婆住在临河的一个院子里。房子是很早的时候自己造的，有三层，本身并不算大，只是后面有个院子，显得别致一些。前门就在桥下，门口有一条石板路，门是向内双开的木门，很老的那种。我特别喜欢家里的后院，后院里两边石墙旁有祖辈种下的竹子，非常茂盛，中间还是一条石板路，从屋子到院门，院门口有块石碑。我一直不知道那块石碑是不是属于我家，是不是哪位祖辈留下来的，石碑上有四个题字：沉醉之居。却没有落款。

外公过世前，我一直听他说，西元周峰村是他的老家，他老家那儿有个比这里更好的房子。他说我小时候，他带我去过，每次去了我就不想走了。可我一点也不记得了，我对乡下的印象是模糊的。我只记得我爸的老家在乡下，也在周峰村那一带。我爸每次带我去乡下，都会去他家里的稻田，让我看爷爷奶奶耕种。我三岁的夏天，他就带着我赤脚站在稻田里，尝到了啤酒的滋味。我觉得那是尿，喷了他一身。那是我对他唯一的印象。我四岁的时候，他就过世了，他去世前已经和另一个女人结了婚。

我后来一直都没有和爷爷奶奶家的人接触过，他们不喜欢女孩子，因为遗产的事情，他们把我和我妈赶出了他们的村子。我跟我妈姓。再后来，在我赚到钱想去把我爸的墓从乡下迁来城里的时候，他们已把我爸的墓也迁走了。我再也没有见过他们家的任何人，也没再找到过我爸墓的位置。

我从未对别人提起我家的事情，除了凌秋，可能任何一个和我关系好的人，都没听我提起过家里的事情。路城的家人曾经问起过我爸，我说他生病过世了，他妈妈好像对我爸生什么病离开的特别介意，我能理解，毕竟，我也曾害怕被遗传。

但是我妈后来告诉我，他不是病死的。从小我就做着有关这件事的各种噩梦。在梦里，我总是认定是后来和他结婚的女人害死了他，我在梦里捅死过她无数次，但事实上，我早已忘记她的样貌了。

舅舅把车停在后院的门口，我妈早就已经打伞站在雨里等着了。

"回来也不提前说一声，匆匆忙忙的。"她一边嗔怪，一边帮我打伞，紧紧挽着我的胳膊进了院子。

我特别喜欢江南的春秋，竹叶的清香飘满了整个后院。还没进门，我就闻到了火锅的味道。我看到我表弟陈清年抱着我们家那只养了两年的英短，从厨房到客厅转悠着。老房子的窗棂上才刷过绿漆，厅里的灯是明亮的黄色。火锅的雾气蒙上了窗户，外婆已经坐在桌旁等了。陈清年歪头看到了正在进门的我，给我来了个油腻的眨眼，把我妈逗乐了。

可是最开心的时候往往会被一些灰色元素破坏，不，可能是黑色元素。

路城又给我发信息了。事实上，从我离开佛罗伦萨开始，他就不停地给我发信息。从开始的"我睡不着"，到"你到了吗？你在飞机上睡着了吗？"，再到"你睡得着吗？"。

"那个男人是不是要去机场接你？"

"你为什么不回信息？"

"你以为我不知道你和那个男人在一起吗？"

"我诅咒你们不得好死！"

"陈薇，你要再不回我信息，我就去公司把我们所有的事情抖出来！我还要和公司说你和客户搞不正当关系！"

"你是不是觉得和客户搞不正当关系不要紧？那我就告诉他们，你一直在泄露公司机密！我手上有证据！"

"陈薇，你和他睡了吧？你好自为之！"

"我一定，一定会让你死得很惨！"

这是他半小时之前连续发给我的几条信息，我对他设置了信息不提示，所以直到刚刚我才看到。

我妈去厨房帮忙了，我看了看外面，关上房门，拨了个语音电话给路城，响了半天他没接。我看了下时间，现在是那边的下午两点多，我打了个电话到公司，打给我的助理露琪亚，她很快接了电话。

我问她，公司有什么异样吗。

她十分流畅并且轻快地回答说，公司一切都好，我才走他们就想念我了，让我记得带礼物。

我挂断电话，直接关了机。路城还没有去公司闹，我不能保证他之后不会去。但我现在并不想思考这些，可能是逃避吧。木歌后来就没再发消息给我了。

晚上，我妈到我房里，说了半天别的事情，最后才问我："路城真的没去找你吗？"

"没有。他妈妈假如再打来电话，你就别理了。"

"后来没打了。我就是担心你，我怕就他后来那种状态，假如跑去你那里，会对你做出什么过分的事情。"

"妈，不会，放心，我不是一直在练拳击吗？我能保护自己。"

"你那花拳绣腿。"我妈故意面带嫌弃地点了点我的脑袋。

我知道我妈想什么，其实在她心里，可能带给她伤害最多的，还是路城那句话，她可能怀疑自己在我的成长道路上，有很多过失。但我不能去点破她的想法，我也不能表达我给她带来那么多伤害的歉意。我只能想办法告诉她我很好。而我也很清楚我妈的性格，这件事在很长一段时间里都会成为一种如同骨刺一般的存在，她年纪越大，很多事情越是没法轻易过去。

每次想到这些，我都会更加恨路城。

第二天我陪我从高中时期到现在最好的朋友方三日去文了个身，然后去看电影。我一直到中午都没开手机。到电影开场前，我才打开手机，立即收到了一堆凌秋的微信，还有一堆公司财务反馈过来的邮件，除此之外，谁的信息都没有。没有路城的，也没有木歌的。

我一点声音都没有，凌秋很着急，我只告诉他，我和方三日在一起，他就没再回了。凌秋一直觉得方三日是一个不想结婚、沉迷游戏的变态。准确来说，我觉得方三日是沉迷于游戏事业，她从大学毕业开始，就一直做游戏，做到了现在，是个绝对专一的人，也没有性取向问题，但她就是不谈恋爱。

我和方三日看一部有些吓人的悬疑片，到影片快结束的时候，差不多又是昨天那个时间，我去看手机，而木歌也发来了消息。总是那么巧。

木歌问："你在干什么呢？"

我说："我在看电影。"

他说："看什么电影？在电影院吗？"

我说："在私人影院，和我最好的女朋友，看一部悬疑片。"

过了十几分钟，片子里的女主角藏在门背后被变态杀手发现的那一刻，他又发来一条信息："你明天晚上有事吗？"

我忍不住笑了。

方三日侧头瞟了我一眼："你是被吓得精神失常了吗？"

"有点。"我还在笑。

我回他："没事。怎么了？"

我当然知道怎么了，我已经猜到了，虽然有些难以置信。他说过，他最近正处在全年最忙的一段时间，一直到年底，他都会非常忙。我只是不太相信，一个如此忙碌的人，会真的愿意为了我，挤出时间从北都跑来西元，毕竟那么远。

他说："你把你家地址和电话给我，我要给你寄一个包裹。"

我便给了他我在国内的手机号和我家的地址。过了一会儿，他又问我："西元火车站离你家近吗？"

电影里的女主角正被凶手掐住喉咙，摁在房门上，我瞄了一眼女主角无助的眼神，低头回他说："不是很远，西元本来就很小。你要寄什么东西呀？"

方三日瞟了我一眼："你能好好看完吗？这都快结束了，看完你再聊！"

我笑着收起手机，快到影片结束的时候，我的手机才又振动了一下。电影里的凶手正好在被女主角反杀，女主角拿着一根长长的尖头铁棍刺向了凶手，刺穿了他的心脏，鲜血飞溅她一脸。

我点开微信，木歌问："假如，那个……你有没有可能在五点多的时候去火车站接一下包裹啊？包裹可能不认路，我让我一个朋友带去的，他的终点站好像不是西元，他要接着往下走。"

我说："好啊，告诉我火车到站的时间。"

凶手好像已经死了，女主角跪倒在另一个男人的面前放声大哭，可是那个男人好像也已经死了，他的腹部插着一把刀。

木歌："五点零八。"

我："好。"

木 歌

　　西元的高铁站在城北，我以前一直不太喜欢那个火车站，路面停车场太远，叫滴滴不方便，每次都只能去地下室排队坐出租车，可下地下室只有楼梯没有电梯，设计一点儿也不人性化。

　　今天刮大风，走在路上都能听见大风在耳边咆哮的声音。我四点半就到了车站，接站口在地面上，只有一小块地方还有个棚顶遮阳挡雨，人一多，大家都在外面站着。

　　我到的时候，接站口已经站了不少人，有棚顶的位置早被占满了。风实在太大了，下过雨后的大风天，一下子就让西元入了冬。我看了看周围，就在接站口旁边，有一家卖饮料小吃的铺子，我以前竟然从来没有注意到过这家小店。

　　店门是玻璃的，上面写着：空调，奶茶，果汁，小吃。

　　我见靠门的里头，站着一个戴着大耳机，低头听音乐的少年。他面朝着门外的人行道，低头看着手机。他手里没有拿任何饮料，他可能只是站在里头避风的人。我推门走进去，门上的风铃响了一阵。里面是温热的，左边的两张大桌旁没坐人，只有两个小孩站在椅子上打闹，他们的家长正站在冰柜前买奶茶和烤肠。他们一定也是来接站的，谁都知道，这种火车站的小店，只要不是品牌连锁店，饮料都是又贵又难喝，没人会特意来的。

等那两个打扮入时的女人买完东西，回到他们闹腾的孩子身边后，我才走过去，想了想，要了一杯柚子茶。

木歌最终还是承认了他想给我的惊喜就是他自己。他说他是真想给我一个惊喜，他本来打算不告诉我，等到了西元，直接到我家附近打电话给我，骗我说包裹到了。可是后来一想，万一我没时间呢，他又没来过西元，而且他只有这一晚，明天上午他就得走了，下午还有活儿。

"美女，你的蜂蜜柚子茶好了。"

"来了。"

茶是温热的，里面有柚子皮和碎果肉，我知道，这是用那种用大玻璃罐装的蜂蜜柚子茶粉冲的，不值三十八块，可我忽然喜欢上了这个小小的，没怎么装修的，白色的屋子。我坐在右边的高脚凳上，戴着耳机，耳机里没有声音。身后孩子的吵闹声、家长的责怪声时不时传来，被耳机隔了一下，也不是很吵闹，我不时看向门口的那个少年，他依然站着，我忽然觉得自己能感受到他耳机里的音乐声，我不知道那是什么曲子，总之让人很舒适。我旁边坐着一个在看《围城》的女孩，我现在很少见到有人看这样的书了，看打扮大概是个中学生吧，我想。

木歌给我发信息，说他觉得快到了。又说，这车是不是晚点了，怎么这么慢。然后开始和我讨论这辆高铁的时速，抱怨在临城的小站停车。

最后，他说："进站了。"

然后，我听到了头顶上高铁站广播报站了："从北都开往江城的列车即将进站。"

店里的人开始往外走，他们都是为了这趟五点零八的列车而来。门口的少年摘下了脑袋上的大耳机，整理了一下自己的外套，走了出去；带着孩子的两个女人，把孩子的小书包背在自己身上，推着孩子出了门；我旁边的女孩放下手里那本书，回头对老板娘说了声"谢谢"，便也推门出去了。我看了看那杯只喝了一半的蜂蜜柚子茶，最后还是决定把它带走。

"谢谢啊，再见。"我回头对老板娘说，推门出了这家小店，门上的风铃不断响着。

我钻进外面等候的人群里，远远地望向出站口。没过多久，我就隔着玻璃看到了木歌，他穿着一件夹克，背着一只深蓝色的双肩包。他刚到玻璃门外，一抬头就看见我了，我远远地瞧见他笑着掏出票过了一下机器，连头都没低一下，他的目光始终落在我身上，他一直笑着，那笑容在他棱角分明的脸上带着几分稚气，他笑的时候，眼睛弯弯的，眼角垂得很低，像看到糖果的孩子。

"你等了很久吧？"

"没有。"

他握住我的手，把我的手裹在他的手掌里："还行，手还没太凉。"他低下头看着我，又抬头迎着大风笑了。

"我有这个呢。"我晃了晃手里的柚子茶。

可能是为了表现我对他的重视吧，我没带着他就近排队坐出租车，而是叫了一辆专车，原本指望那车能开到下车区，结果人家偏偏停在了老远的露天停车场。露天停车场有好几个区域，像我这种方向感差的人，根本搞不清楚 A、B、C、

D区分别在哪里。在我打了三个电话跟司机沟通半天，也没明白方位之后，木歌终于看不下去了，三两下搜了一下位置，直接拉着我沿着左边进站口那条道走到底，就见到了我叫的车。

"你还真是路痴啊，在佛罗伦萨的时候没看出来啊。"

"佛罗伦萨市中心每条路的名字我都记得住。"

"看来在咱俩今晚吃什么上不能指望你了。"

"可千万别指望我，在西元我可是搁家门口迷路的人。"

我们因为这些并不算特别好笑的笑话都开怀大笑，我从后视镜里看了一眼司机，心想，别人看我们会不会觉得像两个傻子，对彼此说出来的每句话都用力地回应，其实并没有那么必要。我们全程都紧紧握着手，非常紧，我会抚摸他的手背，他也会轻轻触碰我的每一根手指。他的手指修长，但并不细腻，就连他的手背都带着北都的干燥。我依然会从后视镜里偷看司机，但我并不在意，我甚至觉得他可能会羡慕，羡慕这种用眼睛就能识别的热烈的爱。

木歌挑的住处是北区中心的一个民宿。他说本来想住酒店，但是看到我去北都的时候住的这种民宿挺好，也想着在西元找一家试试。他挑的那家很便利，无论是吃饭、购物还是交通，但环境一般，就在北城中心商业区的一栋商业楼上。距离我和方三日昨天看电影的地方不远。

屋里有个吊椅，有个投影大电视，没什么特色。他在屋子里转了一圈，问我还行吗，我点点头，说挺好的。

他问我晚上想吃什么，我说随便，他便开始在手机平台上找吃的。我发现他并不是我之前认为的，对吃的无所谓的人，他找吃的东西的时候，显得特别认真，虽然他会时不时询问我的意见，但我总说无所谓。我也并不是真的无所谓，但我隐约觉得，或许男人会喜欢这方面的掌控权。

他选了一家日料店，网上评分挺高的，不远，步行距离只有一公里。他开了一下导航软件，看了眼路线，然后就把导航软件关掉了。

我问："你能认识？"

他说："能。"

我跟着他走了十来分钟，又问："你真能认识？差不多该到了吧？"

他说："路痴跟着走就行，别说话了。"

我立马闭嘴跟着走，却在心里偷着乐。我喜欢他说这句话的语气和表情，这成为我安全感来源的一部分，我知道这样特别矫情，但我就是忍不住想象日后他带着我去任何地方都胸有成竹的模样。我很难描述这种感觉，如同有一个人有一天突然就替代了你手机里的导航软件。

我们找的第一家日料店爆满，要等三十分钟，我觉得木歌不会是个愿意等座的人，便拉着他换了地方。后来我们去了另一家叫"无人问津"的日料店，和名字一样，店里只有零星的几桌客人，进去的时候我看他好像对环境有些失望。他说早知道应该在那家等的，我说或许这家有惊喜呢。点餐和酒我都让木歌做了主，只在他问我要不要芝士焗生蚝的时候，我拒绝了，我说热量太高了，他可以吃，我不吃，最后他也没好意思点。这家的东西其实并不怎么可口，但我还是表现出了对食物的欲望，把他分装在我碟子里的都吃完了。

我不想让他对这顿饭失望。

　　吃饭的时候，他不停地接到他工作组的微信。当我们把那瓶日本烧酒喝到接近瓶底时，他开始外放他工作组里几个老搭档的微信，是他长期合作的几个导演和摄像师，他们好像都是北都人，说话的时候含糊不清，背景里人声嘈杂，可能是在片场。木歌也含糊不清地回着他们不算太要紧的微信，我就托着下巴看着他，听他偶尔蹦出几个专业名词，并夹杂着乱七八糟的笑话。我知道自己是笑着的，因为那笑容是我端着的。我不想也去看自己的手机，这样显得不礼貌，但我对他那些没有必要外放出来的群聊内容并不感兴趣。可他总是边说边看着我，好像在故意让我了解他的工作似的，我也只能装出认真听的样子，其实我什么都没听明白。

　　后来我听到他回了一条老罗的微信，我觉得自己好不容易找到了切入口，便问他："老罗最近怎么样？"

　　"我们在一个项目上呢，就是那个专题片，我和你说的那个，老罗是导演。"他喝了一口酒，问我，"你是不是特喜欢老罗？"

　　我点点头："是啊，我特别喜欢老罗，他像爸爸一样，特别和蔼可亲。"

　　他的表情放松了一些，笑着点头："我也喜欢他，特好一人儿。"

　　晚上，我没回家，我也没打算回家。我也会想我们之间的发展速度会不会快了一些，我这样会不会让他觉得不矜持。但很快种种顾虑被"管他呢"三个字按了下去。我和我妈说，我在方三日家里睡，我还特意嘱咐方三日别拆穿我，

方三日答应的时候连问都没问我要干吗。只有方三日的反应
让我觉得，我已经快三十了。

"你和你妈怎么说的？"木歌问我。

我们回来的时候在楼下超市买了一些零食和一瓶红酒，
都是他挑的。这个公寓里没有红酒杯，也没有开瓶器。木歌
拿着红酒去了接待处，让工作人员把瓶塞起了，我们把红酒
倒在白色的茶杯里喝。那红酒不好喝，我放了半天仍旧是一
股酸涩的味道，但他好像不是很介意。他说，红酒的好坏他
真喝不出来。

"我说我在我闺密家过夜。"

他喝了半杯葡萄酒，拆开开心果的包装袋，倒了一些在
茶几上。

"你没和你妈说过我吗？你可以说你交了一个男朋友什
么的，我觉得你骗你妈也不好。"

我以为他是开玩笑，但他的表情显得一本正经，不像是
在开玩笑。

"我妈很麻烦的，她会刨根问底。"我尽量用随意的口
气说道。

他沉默了一阵，扔掉了手心里的开心果壳，抬头看着我，
说："你看着办吧。总之，有什么事的话，我肯定不会说我
不站出来的，你明白吧？"

我觉得他有些醉了，我没再接着他的话往下说。后来他
找了一部叫《浮城旧事》的电影，告诉我那是他正儿八经做
摄影指导的第一部电影。他说现在看起来，那里头的摄影很
差，但是那电影的导演不错，用了很多手持摄影。我不是很

懂这些东西，我觉得摄影挺好的，但是手持摄影晃得我头晕。我没发表任何意见，赞美或附和都会显得自己很蠢。

凌晨三点，木歌已经在我旁边睡着了，可我还睁着眼睛。我故意拉开了一点点窗帘，好让外面的车辆影子投在天花板上，这像是长期陪伴我的半夜自动播放的动画片。可我数着那些影子，却仍旧无法入睡。木歌打了两个多钟头的呼噜，挺响的，以前我特别讨厌别人打呼噜，可我好像并不讨厌他打，只是单纯觉得有些吵，但我没去碰他。我把他的手臂从我的脖子后面抽出来，轻轻放进被子里，我怕他的手臂被我枕得早上会发麻。我睡不着也不全是因为他的呼噜，大部分是因为，害怕天亮，害怕时间在睡眠里过得太快，等我清醒的时候，他就要离开西元了。

夜又开始变得空洞起来，我抱住他的胳膊，闭上眼睛。我不会告诉他，我有多么不希望他离开，我很清楚那些都是废话，所以我不会去说。还是睡不着，我开始告诫自己，不要忘记木歌能给我带来的利益，对于那些东西我都很清楚，可我发现虽然很清楚，但那些东西好像已经无法战胜单纯的感情了。

我为自己的发现感到有些惊讶，让我惊讶的是现在这样的社会，竟然还有单纯的情感。但是我又问自己，假如他离完婚，想和我结婚，让我和他在北都生活的话，我会愿意吗？后来，到快天亮的时候，我不再继续想这个问题，在他即将离开的现实里，我所希望的只有下次可以早点见到他。

我希望，再见到他的时候，我们都处理好了一切。当然，我不会轻易让他知道我的事情。

再 见

　　木歌醒过来的时候，我早就收拾好自己，坐在沙发上，帮他整理东西了。我有时候会希望自己看起来贤惠，虽然我并不常常这样。

　　天亮我才眯了没多久，就做了一个噩梦，我梦到路城跑去公司大闹，说了一堆事情。我睁开眼睛立刻拿起手机，确实看到了他发来的微信，很简单的一句话："陈薇，你为什么要这样对我？"

　　我把微信关了，看着外面的天一点点亮起来，然后爬起来洗澡化妆，收拾东西。木歌定的闹钟响了以后，他看了看坐在沙发上的我，半梦半醒地对我说，再让他睡十分钟。我想问他要不要早饭，可他又睡着了。

　　我还是给他点了一个早餐外卖，豆浆、鸡蛋饼和茶叶蛋，都是方便带走的东西。木歌起来的时候，果然时间不够他坐下来吃早饭了，他匆匆收拾好，我们就出门退了房间。我看到他换了一件贴身的 T 恤，想问他能不能把昨天穿的那件留给我，我喜欢那件衣服的花色，但我没有开口，这种要求可能会让我显得很傻。

　　到了火车站，我陪他排队到门口，门口要查看身份证和车票，我不能进去了。他好像以为我能进大厅，等轮到他进去的时候，他突然转头看我，好像不明白我为什么停住。

"这里我不好进去了，你走吧，进去等，吃个早饭。"我说。

他没有动，排在他后面的人有意见了，让他让让道。我记起上次在佛罗伦萨机场的情景，他也像这样停在路中间。我赶紧后退了几步，退出了进站的队伍，站在一边的空地上，靠着身后的栏杆，朝他挥了挥手，示意他赶紧走。他看着我，把票和身份证递了出去，然后转头进去了。

我的眼泪从眼眶里溢了出来，光天化日之下流眼泪太尴尬了，像个傻子，我半低着头，尽量不让别人看见我的脸。我朝着左边的地下通道走去时，手机响了。是木歌打来的微信语音电话，我接起来，眼泪还在流，我尽量控制自己的声音，但我同时又希望他发现我声音的颤抖，我希望他知道我哭了。

他说："你走错了，路痴，停车场在右边。"

我说："我去坐出租车，在另一个方向的地下室。"

他就站在落地大玻璃前，玻璃是灰色的，我看他隐隐约约的，但还是看得见他。我没有站到很近的地方去，我们隔着恰好的距离彼此观望，我相信他能看清我的模样。后来我挂了电话，转身走了。我的余光看到他还站在那个位置望着我。我喜欢这种告别的方式，最后留给我的是他对我久久的不舍。

凌秋找我了，直接给我打的语音电话，说去了我家两次，都没见到路城。我临走之前，把我的那把钥匙给了凌秋，让他没事的时候去我家帮忙看看。

"你家已经快像一个垃圾堆了，比狗窝夸张很多。我今天过去帮你整理出了三大包垃圾，可还是觉得有臭味。你什么时候回来？”

"明天，明天晚上的飞机。"

"行，你把航班时间发给我，我去接你。"

我回国之后，没有回路城的任何一条微信，我希望他能自己消停下来。但我不知道，我的这种希望是不是太天真了。路城的父母后来再也没有找过我妈，也没有找过我，可见他们已经放弃这个孩子了。连父母都如此，那我呢？我要继续忍受折腾吗？我甚至怀疑，路城跑回去找我，就是他妈教唆的，然后他妈又故意找我妈演演戏。

我给路城发了一条微信，问他在哪里。但整整一天过去了，他都没回，我也就没再找他。

傍晚，我开始收拾行李。我妈从小厅里走进来，坐在床的一角，打开我的床头灯。我想起蓝泉给的那张卡，翻了半天才从钱包里把它抠出来递给她。

"你下次一定要把蓝泉带回家来，上次你俩光顾着在外头玩，我也没见着她。"

"知道了，下次一定带她来见你。"

上次蓝泉来的时候，正好是我离婚的那段时间。我在工作圈子里从来不会和别人说我的私生活，蓝泉也不知道，虽然她和我很要好，但她毕竟是这个圈子里的人，我不希望牵扯到工作的任何人知道我的事情。我从来没有告诉过我妈我在工作圈里的一些行为，我害怕她会觉得这是我太过要面子的表现，我不希望她那么认为，所以我干脆什么都没说。我不带蓝泉来家里，就是怕她说一些不该说的。

我继续整理行李，而我妈开始在手机上琢磨那张卡的使用方式，她有一搭没一搭地和我聊天，我也不记得我们究竟聊了什么，扯到了我最近的工作，我说起了老罗他们的那个项目，我提到了几个名字，我说了小宽的性格，我也提到了木歌。我不知道我究竟提到了木歌几次，每次我说到他的名字时，他的名字都会变得莫名烫嘴，但是这种烫嘴的感觉又让我很兴奋。有时候我会含糊或小声地，装作不经意地在提到每个人的时候都带过他的名字，但我毫不偏心地提到了所有人，甚至还用大篇幅的赞美词去描述老罗给我留下的好印象。但我妈还是突然问起木歌来。

后来，她把头从手机屏幕上抬起来，望着我，问："他喜欢你吧？"

我妈觉得所有和我有过接触的男人都会喜欢上我，我有的时候很讨厌她的这种自以为是，但其实我心里是希望那样的，我在与人接触的时候，特别是那些我关注的人，我总会在他们的眼睛里、动作中确认我在他们心中的位置，我希望他们都喜欢我。可我总会抗拒地说她："你想什么呢！"

这次我在心里偷笑了，可嘴上还是一如既往地说："你想什么呢。"

她继续问："多大年纪啊？结婚了吗？"

"我也不知道，好像是八二年的吧，结婚没结婚我怎么知道？我和人家没那么熟，我去跟人家打听这些干吗……"

"八二年的，肯定结婚了。"我妈说。

"那既然都结婚了，就更不可能喜欢我了。"我有点不高兴，但我克制住不表现在脸上。

"男人喜欢女人，从来跟他结婚没结婚没有关系。不过，

你得注意点，假如是有家庭的男人你可不能碰。"我妈一本
正经地说。

我有些厌烦，我想问她怎么知道他结婚了呢，认识他吗。

但我只说："知道了，真的就是朋友。"

木歌是八二年的，比我大八岁。我没问过他的年纪，但
我在酒店帮他们登记的时候看过他的护照，我也没刻意去记
忆，但就是记下来了。我还知道他的生日是在八月份，好像
是狮子座的吧。我对星座的认知比较模糊。

后来我没再提木歌，我决定以后都不在我妈面前提木歌
了。直到有一天，或许能更正式地提起他的时候再说。

第二天，我刚坐上从西元去江州机场的巴士，大约上午
十点的时候，接到了我的助手露琪亚的电话，我一看这个时
间，就知道肯定是出了什么事情。她说，让我做好心理准备，
老板可能会找我麻烦。

"怎么了？"

她吞吞吐吐迟疑了半天才说："公司人事部那边收到一
封匿名的邮件，说是公司让项目总监陈薇，对，指名道姓说
的是你，为了接项目故意和客人搞不正当关系，还说你已经
结婚了，说公司道德败坏……"

"就这样吗？还说别的没？"

"没了。"她说，"你是不是得罪人了？是不是刚结束
那个项目……"

"没有。我能得罪谁？这么多年，看我不顺眼的人多了
去了。你快睡吧，你那边都半夜四点多了，不用上班了吗？
我现在去机场，回去见。哦，对了，大后天米兰有个旅游文

化博览会，你帮我订火车票，我去看下，那边有几个老客户，后天早上的火车票，十八号回来，那一晚的酒店订会场附近，我上飞机之前把会场地址发给你，你先睡，记得把手机调成静音。"

我撩开一点窗帘，看了看外面。又下雨了，十月的江南动不动就下雨，倒有些像六月的黄梅天。我和路城领离婚证的那天，差不多已经入黄梅天了，去年的黄梅天入得特别早，五月份整个江南一直下雨，没停过。我和他领离婚证的日子，正好是五月二十号。这事儿别人听着兴许会觉得我们是刻意为了记住那种讽刺，但我们还真不是故意的。那天偏巧就是五月二十号。要不是南都的那个出租车司机提醒我，我都未必想得起来那天是特殊日子。

我让司机去临河民政局，让他开快一些，他嘿嘿一笑，问我是不是去领证的，我下车的时候，他还特意祝福我新婚快乐。那天南都下很大的雨，我没带伞，一下车，就看到了撑着一把花伞的路城，站在民政局门口的一棵老槐树下面抽烟。

那把伞是他妈的。我们领了证出来，雨下得更大了。他犹豫着把伞递给我，我还没伸手，他就说，那是他妈妈的伞，让我别弄丢了，下次记得还给他。我笑着说："你自己留着吧，恐怕没有下次了。"

我喊了一辆去车站的快车，是一辆红色的吉普。那辆车载着我沿着马路绕了一圈，等我在马路对面再次经过民政局，透过车窗望向它门口时，我看到路城仍旧站在那里，手里拿着那把花伞，没有撑开来。他的头发好像被雨淋湿了，可能正在从发梢滴水，但我看不到那么远。他在抽烟，我想象他嘴里吐出的烟轻轻地缠绕在绿叶上，又被滴落的雨水冲散。那是我以为的，我最后一次见他。

倒不如，所有都在那里打住。

我在机场见了一个老客户，聊到了很晚。木歌今天很早就干完活儿了，他在我见客户那会儿好像就已经准备回家了。他之前说过，现在他还和他老婆住在一起，毕竟他女儿还不知道他们要离婚的事情，表面上他们还是装作和平时一样。所以平时他打给我，都是在家外面。对于这一点，我可以理解，毕竟有孩子，父母为孩子着想无可非议，虽然总有那么一丝不痛快，但我告诉自己，这真的没必要。不能去和孩子计较，我应该表现得更通达一些，让他感觉到我是善解人意的。

我和客户吃完饭，过了安检之后，突然又接到了木歌的电话。

"我以为你回家了呢。"我看了下时间，我的飞机是半夜的，而现在已经是十一点多了。

"我一直在车上坐着等你呢，陪你到上飞机吧，好吗？"他说。

我们就一直这么聊到了我上飞机，我挂电话之前问了他一个问题。

"假如我有天想回来发展，你觉得我行吗？"

"你是工作遇到事儿了吗？"他问。

"有一些吧，不是什么大事，但就是做得有点累。"我尽量用随意的语气。

他隔了几秒钟，说："你放心，有我在，只要我能帮到你，一定尽全力。假如你真的想回来，那我才开心呢。"

我挂了电话，偷着笑了。我觉得对于他说的话我并不需要考虑相信与否，他是在用行动证明，我可以相信他。我对我的这种想法深信不疑，我觉得他爱我爱得很扎实，或许我们只是萍水相逢没错，但这份感情的厚度并不一般。就像是某一个长在命运中的桩子被敲进了生命的泥土里。

我在关机之前，在微信里和他说再见。

他说，以后"再见"就是新的词了。

我问他，是什么意思。

他说，代表了再一次见面后发生的一切美好的事情。

他说，他从此会因为我而期盼再见。

冲　突

飞机降落在法兰克福机场，我需要等五个小时才能转机回到佛罗伦萨。我到法兰克福时，是当地时间早上六点半。落地，就收到了木歌的信息。

"到了吧？"时间掐得很准，我刚开机他就发来了。

"嗯，你怎么知道？千里眼呢？"我说。

他发了一张航空软件的截图过来，上面有我那趟飞机的飞行轨迹。

"我一直盯着呢。"他说。

我觉得心里有股暖流，这股暖流抵御了法兰克福清晨的大雾和阴冷，从下飞机到上摆渡车的那一小段路程里，我可能是唯一一个没有龇着牙，缩着脖子，却昂首挺胸走上车的人。我对自己的感觉又好起来了，之前我在飞机上反复思考，如何逃避或者解决的问题，这一刻都远离了我的思维，我好像因为心情太好而自动屏蔽了那些难题。

但难题终归还是在那儿，我当然知道。

我再次经过安检进关后，在刚开门的商店周围瞎逛，我想找个咖啡厅坐下来。其实我并不饿，我想喝一杯啤酒，我看到很多德国男人的桌上都摆着大杯的扎啤，它们看起来让人很有欲望。但我瞧了一眼时间，决定打消这种想法，我不想让人觉得这个亚洲女人很奇怪，连德国女人都不会这么早去点冰啤酒来喝。

木歌间歇性地给我打了几个语音电话，他在片场布景，没法一直和我聊天。我让他先忙，但他好像对于把我一个人丢在机场这件事感到很抱歉，所以尽管手里有活儿，他还是一有空就给我发信息或者干脆打个视频电话过来。

他现在会毫不避讳地重复对我说，他想我，他爱我。我以前很不习惯情侣之间这么直白的说话方式，这么明目张胆的几个字反而让人感觉不实在，很假，我从不要求和我交往的人对我说这样的话，同时我也不会对他们说。但我现在好像也习惯于回应木歌了，我也会说，我想他，我爱他。我对他说的时候，并不觉得这几个字苍白肤浅。

我找了一个靠近免税店的圆形咖啡吧坐了下来，要了一杯橙汁。木歌时不时给我发几张现场的照片，告诉我他在干什么，我很高兴他能这样顾及我，他确实是一个体贴的人，这和他给我的最初印象一点儿也不一样，我没有想到他是这样的人。

　　他在西元的那晚，我问过他，在我之前，我的意思是在他的婚姻里，他有没有过别的女人，他说没有。我信了，倒不是单纯凭他的话相信的，我觉得他在床上的时候显得很紧张并且有些生涩，像个大学生。最后，我感觉到了他身体的颤抖，但是他没有发出声音，只是轻轻地按住了我的肩膀，问我感觉怎么样。我笑了，我有点后悔，因为他好像被我的笑打击了一小会儿。我解释说，我只是单纯笑他的可爱。

　　在我的认知里，他无论何时都该是一个叱咤风云的人，我没想到他会有这样的一面，让我有些窃喜，我认为只有我才看得到这样的他。

　　我最后还是要了一杯扎啤。我开始就着他发来的照片，想象他在片场工作的样子，他的自信总是令人羡慕，特别是在他工作的时候。网上关于他的信息并不算多，但也有一些他参加会议和论坛的照片，我几乎把所有关于他的东西都翻了好几遍，还截了图。我觉得网上那些新闻照都拍得很难看，他的发言也很普通，我并没有太关注他说了什么。但不管怎样，照片上的他就像是站在另一个世界里的人，有时候我会觉得那样的他很陌生，是我无法触及的。但我又会矛盾地感到很满足，那样的他也是属于我的。不管下面坐着多少人看着他，不管周围有多少闪光灯对着他，也不管他工作的时候是不是也在吸引着很多别的人，他都是我的，实实在在地从肉体到灵魂，这样的想法让我觉得既高兴又满足，仿佛他拿过的奖杯现在都躺在我家里变成了我的荣誉一般。

登机前，才挂断木歌的视频电话，就收到了路城的微信。他终于回我信息了。

他说："你最好快点回来，否则我不知道我会干什么。"

我在心里说："你不是已经在干了吗？"对于他的威胁，我感到很疲惫，他或许还会干什么，或许不会，但我想让他的这些行为在我的生活里停下来。

凌秋在机场接到我，他以为我要回家，等他把我的行李全都放进后备箱之后，我告诉他，我要去公司，麻烦他先把我的行李丢回家，我去了公司之后就去找他。

"你为什么这么急着去公司？是不是路城去你公司闹了？"

"没有，但是他可能会做更恶劣的事情。总之，我先回去一趟吧，你帮我把行李拿回去，顺便看看那个疯子在不在。"我面无表情地说。

凌秋听见我用了"疯子"这个称呼，很明显地愣了愣，侧头看看我，说："行，我知道了。那我就在你家等你吧。你的车呢？"

"在公司停着呢。我待会儿打车回来。"

我不是故意说路城是疯子，尽管我心里就是这么想的，但我仍旧不想流露我的想法。我不想让凌秋觉得我是恨他厌恶他的，我觉得，我可能只是对他失去耐心罢了。

我刚进公司就感觉到了气氛的不对，我老板科尔德的办公室大门关得很紧，百叶窗也拉得很严实，就好像现在里面正在进行一场全国性的机密会谈。人事部的门开着，主管达尼尔就在我视线所及的地方坐着看手机，她上班的时候总偷懒，但我又能说什么，她是老板的表妹。达尼尔是个八婆，露琪亚说那封信是人事部收到的，可见达尼尔已经把这件事传得整个公司都知道了，毕竟我和她没什么特别的交情。

我敲了敲门，走进去，在达尼尔的桌子对面坐下来，把包放在她的电脑旁边。她放下手机，习惯性地把她的胖手指摆在面前的文件上，装出一副很忙的样子。她抬头看到我，咧开嘴笑着说："我以为是谁呢，你不是今天才回来吗？怎么就来公司了？"她一副若无其事的模样。

"信呢？"我问她。

"什么信？"她做出茫然又惊讶的表情时，她的双下巴会变成三下巴，她的口红印到她的门牙上了，但我一点儿也不想提醒她。

"邮件，你知道我在说什么。"

她原本可能还想装蒜，但或许我现在摆出来的架势比较咄咄逼人，所以她只好打开邮箱，把那封邮件打印出来递给我，说："你自己看吧。反正我不说，科尔德也会找你谈话的。"

我把那张纸随意叠了两下，塞进包里，拎起包从椅子上站了起来，低着头看着她："麻烦你以后管好你的嘴，我不需要你给我做免费广告。"

我以前从没和达尼尔发生过正面冲突，尽管我一直不怎么喜欢她，但我绝对不会用这种态度和她说话。我和谁表面上都是客气礼貌的，不能多个朋友少个敌人也不错，有些人也没有要和你争什么，不过就是八卦嘴碎而已。

但我今天就是看她不顺眼，我进公司之前就已经决定和她翻脸了，我突然之间不想再掩饰对她的厌恶，我觉得她的嘴应该被缝起来。

我敲科尔德的办公室门之前，露琪亚从办公室里出来拦住我，她的眼睛下面有点黑，我知道她可能一夜没睡好。那也不是她对我特别忠诚，只不过假如我在公司受挫的话，她也不会有什么好日子过。

"你要不别找科尔德了，不过是一封邮件，科尔德可能只是觉得被人威胁的感觉不好，气两天这事儿也就过去了。"

我说我有数，让她先回去做事："票和酒店帮我订了吗？"

"订好了。"她说。

我点点头，还是敲了科尔德办公室的门。

"进来。"科尔德的声音很阴沉。

我推开门进去，他正坐在黑色皮沙发上，一副沉思的样子。他面前的透明茶几上摆着一套封面有些色情的杂志，旁边放着电脑。我敢肯定，他这个沉思状绝对是听见敲门声才做出来的。

"回来了？过来坐。"他拍了拍他身旁的沙发。我看了一眼，绕到了茶几的另一边，在他的对面坐下来。

"我从达尼尔那边听说了邮件的事情，我想来解释一下，那些纯粹是胡说八道，大概是我在做项目的时候得罪什么人了吧，您不用放在心上。"

我特意用了尊称，以表示我对这件事的重视。

他摇摇头，说："我不觉得那些都是虚构的，至少关于你结婚的事情，我以前也听到过传闻，我不愿意管你们的私生活，我只要业绩。但是我也不想要麻烦，你明白吧？"

他摆弄着右手食指上样式夸张的戒指，挑起一边的眉毛对我说，"这人不仅发了你看到的这封邮件到人事部那边，还发了一封到我的邮箱，说是知道公司里之前的一些秘密，我有兴趣的话，可以找他聊聊。我回了邮件过去，但至今没有收到回信。你知道吧，他也知道我的邮箱。"

他干脆把那只戒指从手指上拔了下来，放在茶几上，喝了一口不知道放了多久的咖啡，皱了皱眉头，看着我继续说："我看过了，发邮件的邮箱是同一个，我想问问你，知不知道是谁。"

我摇了摇头。

"那你知不知道他说的是什么事情？"

我还是摇了摇头："我认为只是一个精神病人的恶作剧，如果和我有关的话，那只能是我得罪的无数人里面的一个了。至于他想继续造什么谣，我真的不知道。"

科尔德点点头："我也没其他意思，我就是觉得这种人很恐怖，尤其是在不知道他身份的情况下，万一他干点什么对我们造成不好影响的事情，就算全是造谣，也挺麻烦的。"

"我知道。"我说，"我这两天会尽量调查一下，看看是谁干的。"

"行。对了，露琪亚说你明天要去参加米兰的旅游文化展会，会不会太赶时间？要不要让其他同事去？你先休息两——"

"不用，"我打断了他的话，"那边有几个我的老客户，还是我自己去好了。您放心，这件事儿我会查清楚，不会给公司带来麻烦的。"

科尔德噘着嘴点点头。最后他在我准备出门的时候，对我说："听达尼尔说，看到路城了。他不是在中国吗？"

我说："我不知道。"

凌秋说，路城喝得烂醉，把家里弄得乱七八糟，凌秋是从阳台上把他扯进屋里的，他在阳台上大喊大叫。

我觉得牙齿发痒，从牙尖到牙龈再到牙根，都在发痒，我渴望自己能像一只疯狗一般失去理智扑上去疯狂地撕咬他，直到他停止威胁我，停止干扰我的人生。我凭什么要忍受他？我坐在出租车里，望着外面熟悉的路途，感到眼睛干涩，似乎有许多条血丝在我的眼球上慢慢炸开来，我感觉自己在发胀，我全身随时都可能会爆炸。

我大声让司机快点开。

我在等电梯时碰到了斯特凡诺，他牵着一只黑色的泰迪。这是我第一次看到他家的狗，我刚想走楼梯，但觉得不是很礼貌，只好挤进了狭小的电梯空间。泰迪对着我呜呜地摇着尾巴，好像并不害怕生人。斯特凡诺又提到了上次的那个快递，我含糊地应了一句，告诉他我一定记得找他拿。他说他没别的意思，是怕耽误我的事，万一是我有用的东西呢？我心想，假如真的是那样的话，就不需要他催促我去拿了，我只是怕去他家拿了包裹之后，让他看到我打开我家的门，尽管我不知道这几天路城究竟制造了多大的动静。想到这里，我避开了斯特凡诺的目光。

电梯很慢，电梯里的空气压抑得令人感到窒息，斯特凡诺在快到他楼层的时候，突然问我："你家这两天是不是有别人在？那天我好像看到你拿着行李箱离开了，不过这几天家里好像动静不小呢。没什么事情吧？"

"没有没有。"电梯还没完全停好，我就企图去开门，斯特凡诺制止了我，我不好意思地笑了笑，为我的心急道歉。"我家有个亲戚来了，他这几天借住我家，正好我不在嘛。我回来他就走的，是我表哥。"

"表……哥吗？"斯特凡诺反手关好电梯的推门，掏出钥匙站在门口看着我，"不好意思，可能是我看亚洲人分不清楚，我以为是之前你的那个男朋友，我好像见过他，哦，不，我的意思是你先生，我听我爸说的，他好像去中国工作了是吗？那个……我看到两次你表哥坐在阳台上，可能……"

"哦哦哦，没事，我表哥最近心情不太好，你放心，不会带来麻烦，他马上就要走了。"

斯特凡诺礼貌地冲我笑了笑，说他没有别的意思，只是单纯地出于关心。这种话我当然不相信，他一定是害怕什么精神不稳定的人在这个房子里闹出事情来。

斯特凡诺带着他的狗进去之后，我才敲门，凌秋把门给我打开了，从客厅里传来一股浓烈的消毒水的味道。

凌秋戴着橡胶手套，手里拿着拖把，把我让进屋子。我环视了一圈房子，尽管被凌秋收拾过，但一阵阵钻进鼻孔的消毒水的味道反而在提醒我，刚刚这里是怎样一片狼藉。凌秋放下拖把，想对我说什么，我冲他摆了摆手。

"人呢？"我说。

"房里地上呢。"他说。

我没有换鞋，大步走到房门口，静静地看着地面上蜷缩的那个人，我感觉到自己举起了手里的皮包，用力地朝着从被子里露出的那个头砸了过去。

我希望他立刻去死。

躲　避

我带着简单的行李去了凌秋家。他一路上都没说话，我不知道是不是我的状态吓到他了，我觉得不至于，他见过我歇斯底里的样子，但是这次我没有。

我只是把我的包砸到了路城的脑袋上，可路城连一点反应都没有，他太醉了，他只是迷糊地伸出手，把落在他脸上的两片卫生巾扫下去，然后继续睡，甚至没睁眼也没翻身。

我临出门时，听见路城很模糊地说了一句话，我在房门口停了停，为了确定那不是我的幻听，后来他就没再发出任何声音。

凌秋问我，需不需要明天他请假陪我回去拿更多的行李，好在他家住一段时间。

我告诉他，我明天会去米兰出差，后天才会回来，回来之后再说吧。他没再说什么。

第二天我一早就出发去了米兰。"欧洲之星"这种类似于国内高铁的快车充其量也就是动车的速度，从佛罗伦萨到米兰需要一个半小时。路上我接了木歌打来的一个视频电话，他最近喜欢上了给我打视频电话，他回家之后就很少给我发消息了，但我没有问他是不是不想让他还没离婚的老婆看到我们聊天。火车上信号不太好，我也不想让周围的人都注意到我在打视频电话，原本我就打算很快挂断。经过第一个隧道后，我正准备发消息告诉他我下车再给他打，结果他又打了过来，我还是接了。

他说："这会儿在休息，我跟你说十五分钟，你没事的话。"

我笑着对他说："好。"

我在和木歌的交往之中，会下意识地退让，会站在他的立场上去想很多事情，会为了让他高兴而去做原本我不想做的事情，也会暂时忘记周围人的目光，这些都是以前的我不会做的。我一直认为自己是一个足够自私的人，但和他在一起之后，我发现我并不是那样，并不是他改变了我什么，而是自己好像在变好，但是对这种变好我是有感知的，我并不清楚它是不是自然变化。

"我看你和你同事聊天都用另一款软件，那是什么？"他问我。

我正在过另一个隧道，信号断断续续。我问推着手推车经过的乘务员买了一杯卡布奇诺。

"你说的是'唯词'吧，我们这边都用这个。"我说，我不确定他听到没。我心想，难道他老婆现在还会查他的微信聊天记录吗？

过了又一个长隧道之后，视频断了。他没有再打来，他说要干活儿了，我松了一口气，在这样的途中一直打视频电话挺累的。我偷偷瞄了一眼旁边坐的戴眼镜的金发男人，他正在看一本讲营销的书，但我注意到他半个小时都没翻页了，我觉得可能是我影响了他的注意力集中度。

木歌说，他要去下载唯词。

过了没多久，他就说，他下好了，让我给他我的唯词号。我到米兰下车之前，收到了他用唯词发来的消息，他说他捣鼓了半天终于弄好了。我没有问他为什么下唯词，他也没有解释。我拖着行李箱往出租车点走的时候，脑中有了一种更合理的猜想——他可能只是为了更好地融入我的生活，或许觉得，比起微信，唯词让隔着时差和这么远距离的我们更贴近。

我在米兰待到了十八号下午才回佛罗伦萨。回去之前，我打了个电话给凌秋，问他我的车钥匙在哪里。我走的时候，把车钥匙留给了凌秋，让他把车开到他家那边的停车场去。

他接电话的时候好像正在外面出勤，他说钥匙在他家门口的第一个抽屉里，车停在他家楼下那个停车场他的车位上，让我出城时记得销号（我的车没有市中心通行证，必须用停车场的停车记录销号，否则会被罚款）。

"你打算回去吗？"他在一片乱糟糟的声音里问我，他的同事好像正在和他说些什么。

我犹豫了一下，说："不回去，我去老头那边住几天。"

挂了凌秋的电话后，我给鲁塔拨了一个电话，问他们那边有没有客人，我能不能过去待几天。

鲁塔是我在这边最要好的朋友，大学我们都是政治学院新闻专业的，后来恰好打工的时候又在一起，我们当时都在老头市中心的餐厅里打工。老头六十多岁，六十几我记不清楚了，鲁塔比我大两岁，后来他们在一起了。老头为了她在佛罗伦萨买了一块地，造了一个温泉度假山庄，他们常常住在那里。老头有个痴呆了好多年的老婆，还有个和我们差不多大的女儿，鲁塔觉得除我之外的其他人都不知道他们的关系，我一直觉得她可能把所有人都当成了傻子。但我并不介意他们的这种关系，我和老头也是很好的朋友。

我有时候会为鲁塔感到不值得，度假山庄说是为了鲁塔造的，但他只给了她百分之五的股份，还让她做了法人，这在我看来，多了一层利用的意味，因为据我了解，他给了自己女儿百分之三十五的股份。但我从不去提醒鲁塔，毕竟她的生活方式是自己选的，每个人只能自己去为自己的选择负责。可能她心里对什么都很清楚，但她仍然愿意这样罢了。没必要觉得只有自己是聪明的人。

鲁塔的语气显得很兴奋："这么忙的人居然想起了在乡下的我们，就算赶走客人也得欢迎你来啊。"

"你要这么说的话，我可不来了。我可不想你们赶走客人。"

"来吧，明知道这个季节没什么客人，你这个浑蛋，想今年都不见面了吗？今天上午我还和皮诺谈到你，他说你要是最近能来的话，他愿意去买最贵的野猪肉回来烤，看来他今天就要破费了。"皮诺是老头的小名，我们平时都这么称呼他。

我对着电话笑了："我八点之前到，正好来吃晚饭。"

出发前，我特意去找斯特凡诺拿了那个一直搁在他那里的快递。但我压根没上楼，我给他拨了电话，我说我才从米兰回来，要去另一个地方，想找他拿一下快递，不好意思一直搁在他那里。他说他在家，五分钟之后，他拿着一封信下了楼。

快递其实就是垃圾处理公司发来的年度账单，催我去交垃圾处理费。这种公司通常都会发一个挂号快递给你，生怕你不交钱。斯特凡诺把信封递给我的时候，带着一种神秘语气问我："你表哥走了吗？这两天好像没什么声音了。"我笑着点了点头，和他告别就开车走了。我觉得我好像没那么讨厌他。

温泉山庄完全弄好以后，我还没去过。我常常收到鲁塔给我发的照片，有他们种的橄榄树林的，有新种下去的那片葡萄的，有各种动物的，有大片的温泉和温泉周围的度假房的，还有饭桌上的各种食材的等等。度假这种东西对我的吸引多数时候只是视觉上的，甚至上升不到真正的精神层面，除非有什么特殊的力量吸引我开车走两个多小时的山路到那儿，否则我会觉得很浪费时间，度假等于无所事事，无所事事就是在浪费时间。我很直白地向鲁塔阐述过我的这个理论，她认为我是一个没有生活情趣的工作变态，我当时觉得那是对我的一种变相称赞。

但这次不一样，我迫切地需要一个完全不同的环境让我浪费时间。我想要一片干净的土地把自己藏起来。我直接给科尔德打电话要了两天假期，科尔德什么都没说就批了。但是没过几分钟，人事部达尼尔的助理就给我打来电话，问了半天我为什么要提前休假，以及这前后加起来的七天假期我打算什么时候补回来等问题，最后她小声地对我道歉，说这是达尼尔让她打的，她并不想找我麻烦。我只是笑了笑，告诉她不用担心，就把电话挂了。我就连和达尼尔较劲都没心思。我不知道我为什么会如此焦虑。

温泉山庄在马雷玛的小镇上，这里前几天一直下大雨，乡下那些小路变得特别泥泞。我不得不忍受着颠簸，把车一直开到山庄门口。我到的时候，鲁塔和老头都已经站在门外等我了。天已经黑了，老头正在和一个路过的牧民说话。老头是西西里人，个子不高，但是看起来浑身都很结实，这几年他肚子有些大，尤其是穿衬衫的时候，总能看到他的肚子跟个球一样挺在那儿。他看到我的车，便和人家挥手告别，朝我走了过来。他敲了敲我的车窗，我把车窗放下来，他把手伸进来刮了一下我的鼻子，开玩笑地说："我是真不想把你这种人放进来，都是看在鲁塔的面子上。"鲁塔穿着一件绿色的卫衣，破洞牛仔裤，站在老头身后笑得露出了牙齿。

鲁塔很漂亮，我第一次在学校见到她的时候，就被她的美貌吸引了。毫不夸张，她是我们专业最漂亮的姑娘，高个子，金发碧眼，身材匀称，你第一眼看到她就很难挪开目光。我那么喜欢她也是因为她太好看了，我总是喜欢漂亮的人，就像我喜欢蓝泉一样。

他俩都晒得很黑，我觉得鲁塔自从来了乡下，就没有以前那么好看了。上次我听老头说她总赤着脚跑去地里摘各种菜，我能想象那样的情景，我脑中她在地里撒欢的样子，把她以前上学时留下的一点书卷气抹没了。她有时候会跟我谈一些比较敏感的政治问题，以前在学校她会认真听我的观点，现在她不会了，她只会在和我激烈争论后，笑着说一句"算了"。我觉得她那句"算了"和她用于结束的表情都显得特别讽刺，就好像在对我说，她懒得跟一个没脑子的人继续争论。我觉得是这片空旷的地域让她更自负，她说话的样子越来越像老头。所以我们现在的聊天变得越来越简单，她不过问我的事情，我也不过问她的。我也没有告诉她关于路城的事情，但我今天却在吃过晚饭之后告诉了她我和木歌的事情。

可能是因为我迫切地需要一个人，来分享让我感到开心的事情吧，又或许是我特别想听见木歌的名字从别人的嘴里说出来，尽管她的发音总是不准确。

吃完饭，我和鲁塔坐在餐厅吧台的大圆桌前喝红酒，鲁塔坐在壁炉的那一侧卷一根烟，她卷烟的姿势特别优雅。乡间秋天夜里非常凉，空气里的水汽很重，还有一些雾，玻璃门外的夜色在雾里显得更加沉重了，今天看不见星星。

老头坐在沙发上打瞌睡，我有些惊讶地望着鲁塔，鲁塔对老头十点不到就开始打瞌睡表现得很平淡，甚至视而不见。看到我的表情后，她笑着说："你看，你很久没有在晚上和我们一起了，所以你都不习惯他新的习惯了，他最近都这样。"

我说："什么时候开始的？"

她把卷烟点燃，抽了一口，耸了耸肩："忘记了，有段时间了吧。年纪大了，睡眠就会变得很奇怪，大概是这样吧。晚上很早开始困，早上天不亮就醒了，每天都这样重复着。

以前晚上吃完饭我们总会聊天聊到半夜，现在我只能看看书。不过也挺好，习惯了都一样。"她语气很平淡。

两只黄狗从另一个门跑了进来，在我们脚边转悠，鲁塔蹲下来，拿一些桌上剩下来的肉给它们吃。我之前在照片上见过这两只黄狗，但我忘记它们的名字了。

在我们喝朗姆酒的时候，我断断续续地讲了我和木歌的事情，我觉得我讲得很乱，虽然我脑子里很清楚，但我在表述的时候把整件事说得支离破碎，好像这事儿是我从别处听来的，我只是在和她说一些我听来的乱七八糟的八卦而已。

说完后，她用奇怪的表情望着我："没了？"

我点点头："没了。"

她开始抬着头笑，黄色的灯光打在她的牙齿上，我看到她牙齿的内侧有一些卷烟留下的污渍。

"你笑什么？"我问她，她可能怀疑我说的这个故事的真实性，毕竟我很久没有和她说过关于个人情感的事情了。

她把手肘支在桌上，托着下巴，看着我眨巴眼睛，脸上仍旧带着笑意："你觉得他离婚的事情是真的？他真的会离婚吗？"

"真的。"我很认真地说，我觉得我的表情肯定不太好看。她一定是看到了我的表情，才耸了耸肩，说了一句"算了"。我没有为这句"算了"感到恼火，我只是不服气，但我不再和她争辩，反正这件事的结果她以后会看到，这并不是离我们很远的永远不会有标准答案的政治问题。

但是作为报复，我问了她一个问题，我看了看老头，问她："你想一直这么过下去吗？现在还好，等他七十岁、八十岁的时候呢？"

她抽了一口烟，慢慢把烟吐出来，壁炉里还有一些没熄灭的火星，之前我们在里面烤了野猪肉，烟飘向壁炉上方，在火星跳跃的地方散开来。

"想好了，我把我的生活想到了他临死的时候。"她说。

"那你怎么打算的？"

"没什么打算，就这样过。我陪他到死，等他死了，我就离开，我什么也不想要。"

我觉得她没说实话，这么多年怎么可能什么都不想要？她一定是为自己打算过的，起码会想到时候应该争取这个山庄多少股份，毕竟她还是法人。

可我还是问："为什么？"

她随意地笑了笑，说："没有为什么，就是完成一件事吧。我把陪伴他当成一件事去完成。我不想给自己留下什么不可弥补的遗憾，不希望有一天我离开了他，在很远的地方听说他去世了，我很难想象我会是一种什么样的心情，那样会让我觉得我和他在一起的那么多年都像不存在一样，他的名字会像任何一个陌生的名字那样传到我耳朵里，我知道那个男人死了，或许会为他掉几滴眼泪，那能证明什么呢？证明我曾经深爱过那个男人吗？我不想给自己留下那样空洞的遗憾。"

她说完，转头看了老头一眼，老头正斜靠在沙发的一角轻声打呼噜。她看向他的时候，微微笑了一下，眼睛里带着光。

我没再继续这个话题，我觉得她可能真的是这么想的。

消　亡

　　第二天一直到十一点我才起床，鲁塔也是，前一天晚上我们聊到三点才睡。聊天的大部分内容仍旧是简单的，她也会说一些老头家里的事情，比如他老婆的痴呆又变得严重了，他女儿要结婚了，向老头要求在城堡办一场超豪华婚礼，老头想减少一些预算，但他女儿并不退让等等。也说了一些市中心那间餐厅的情况。她说一切的口吻，都让她听起来像老头所有财产的女主人。

　　她还说了一些这里发生的事情，老头那些有趣的朋友和他们古怪的性格，她总是提到一个叫欧文的男人，我觉得她好像喜欢这个人。但我没问，尤其是在听说她那件计划完成的事之后，我认为我不该开口问她任何关于情感的问题。

　　今天的天气特别好，太阳很大，天蓝得很纯粹，万里无云。山庄非常大，有成片的草坪和好几个分散的小温泉池子。靠近住宿区的那个温泉池是最大的，被伊特鲁里亚风格的石柱分为两块，下面还有土耳其浴室和桑拿房。池子的旁边有大露台，大露台上面摆了遮阳伞和躺椅，另一边是沙发和茶几，可以让一堆人在这里办一个大型的宴会。我们很少在山庄里步行。庄园的门口停了几辆观光车，但我们不用它们。鲁塔喜欢开她那辆二手的吉普在里头转悠，她总让那两只黄狗也跳上车，在后座上乱蹦，她车里有一股潮湿的泥土味。

　　这里所有的装修都是老头自己设计的，他似乎对古老的伊特鲁里亚文化有种特别的执念，他的餐厅也是这样的装修风格，现在他又把更遵循古老文化的东西带来了这里。老头有时候会表现出他很吸引人的一面，他是个懂艺术也懂赚钱的生意人，他很善于把自己喜欢的东西融入他的生意，并且他始终相信他的做法是对的。

　　上午，我跟着老头和鲁塔去了制作橄榄油的工厂，他们自己的橄榄林收果后，总要找个工厂做橄榄油，一半自己用，一半带去市中心的餐厅卖。马雷玛镇上的人口音很重，带着含糊不清的后鼻音，这里虽然离罗马很近，但所有人好像都不受罗马的影响，自动融入了更南部的本土民族气氛。他们的口音让我想到了木歌。木歌在我站在橄榄油工厂外面晒太阳的时候，用唯词打来了视频电话，老头和鲁塔正在里面和生产商为了商标吵架。

　　木歌说他原本要去澳大利亚拍摄的那个项目取消了，因为片方的问题，我听得出来他的语气里带着一些沮丧，他问我下次什么时候回国。

　　"上次太匆忙了，你下次回来能不能时间长点儿？"他说。

　　"好，我争取。"

　　"你回来的话提前告诉我，我去请假，咱们出去走走。"他的语气重新变得兴奋起来，我很高兴我是那个能带动他情绪变化的人。他开始滔滔不绝地计划我回去时我们去哪里旅行的事情，直到老头和鲁塔推门出来。我迅速挂断了电话。

　　我们中午在镇上的餐厅吃饭。吃饭的时候，木歌一直用唯词给我发消息。我们现在几乎不用微信联系了。偶尔唯词会因为网络限制，收不到图片或者视频的时候，他才会用微信给我把图片或视频发过来。

他发来的消息都是关于旅游的，他发了好几个可以去的地方，还有线路和经典图片，甚至酒店和餐厅，仿佛我回去的时间已经定了，机票也买了，就等着出发了。

我没怎么回他的信息，主要是不知道回什么。而且老头和鲁塔很不喜欢我在吃饭的时候拿着手机，曾经有几次我在和他们吃饭时拿着手机回工作短信，他们把手机抢了，为此我们吵过不止一次架。

木歌后来说："微信上我也发了一份给你，你选选。我干活儿去了，选好告诉我，我听你的。"

我说："好。"我低头切开盘子里的小牛排，刀子碰到盘子发出吱啦的声音，我不禁笑了起来，抬头看了看他们，老头正在认真地发呆，鲁塔在找几分钟之前老头问她要的一个律师的联系方式，他们都没看我，我觉得我给自己隐藏不住的笑容找理由是一件很傻的事情。而且他们可真是双标。

"不是不让玩手机吗？"我故意说。

鲁塔连眼皮都没抬一下："宝贝，工作需要，别闹。"

下午我和鲁塔在最大的温泉池里泡了两个小时，还蒸了桑拿。鲁塔做了两杯斯普瑞兹端过来，放在池子旁边的石台上，还拿了一瓶起泡酒，搁在冰桶里。今天的阳光很充足，甚至有点儿烈，在这种空旷、房屋低矮的乡间，阳光的灼热程度甚至堪比夏末，晒到皮肤感觉阵阵发烫。

我发现我突然可以理解这种漫无目的地浪费时间，从下午开始酒精就参与了麻痹神经，只要我高兴，我可以在晚饭之前就把自己喝晕，不需要在乎别的东西。我让自己沉入水里，我觉得整个世界都在我周围冒泡，没有任何东西在这一刻能侵入我体内让我感觉不快乐，我竟然能在不可呼吸的环境里很放松。最后我从水里钻出来，狠狠地吸气呼气，我游到岸边，喝了一大口斯普瑞兹，里面的冰块已经被太阳晒化了，酒杯上蒙着一层诱人的潮湿的雾气。

"知道我为什么喜欢这儿了吧？"鲁塔靠在石台边看着我说。

她身上的水滴在阳光下一闪一闪的，好像水晶之类的装饰品。她眯着眼，黑色的睫毛膏在她眼角晕开来，她上午涂的口红还在唇上挂着，褪成了淡粉色，外圈还有些玫瑰红。我发现她还是和以前一样好看，不，好像更好看了，她身上带着一种不羁和野性，我不知道是不是这种生活带给她的。她再也不是当年在政治学院里那个捧着书处处退让的温和姑娘了。我又想起了她昨晚说的话。

我说："我明白了。"

她挑了挑眉毛："什么？"

我笑了笑，再次钻进了水里。上岸之后，我开始给凌秋发消息，让他有空的话，去家里看一下路城。但凌秋一直没有回我信息。

晚上，来了七八个老头的朋友。至于是七个还是八个，我一直没数清楚。我们在靠近吧台的地方摆了两张大圆桌，鲁塔晚上六点不到就在餐厅里放起了爵士乐，七点半开始老头那些朋友三三两两地到了，带了各自准备的红酒和甜点。

我和每个人打招呼握手，他们报出了名字，但我很快就都忘记了。我只记得其中的两个人，一个是亚历山大，他是老头这个山庄的工程师，之前我不止一次听他们说过这个人的事迹，说他怎么阴险狡诈，串通电工骗钱等等，所以对于这个被老头和鲁塔说得一无是处的人，居然出现在了这次聚会上，我觉得很惊讶，而且他吃饭的时候就坐在我旁边，还时不时和我聊天，看样貌倒是瞧不出这是一个阴险狡诈的人。

另一个就是欧文。之前鲁塔每次跟我提起欧文的时候，只说这人的名字，我并不知道他的身份，当我见到他时，我并没有想到这个人就是欧文，然后老头给我介绍，说了他的名字，他说欧文是他们这边工人的领班，说他什么都会，水电安装，砌墙，他都很专业。欧文和我握手时，我忍不住斜睨了一眼站在我身边的鲁塔，我敢肯定她喜欢这个人，尽管感到很震惊。

这个欧文，没比老头小几岁，脸上的褶子却比老头还多，鞋拔子脸，皮肤又黑又干，手特别粗糙，指甲缝里黑乎乎的，一嘴的烟味。我一直以为欧文是他们的律师或者是那个把土地卖给老头的人，我想象过他可能是年轻人也可能是中年人，我觉得假如鲁塔真的喜欢一个人的话，那个人肯定是比老头更有魅力的。我之前还怀疑是我猜错了，但是他俩在整个晚餐过程中的眼神互动让我更肯定了，欧文带着浓重的口音说笑话的时候，鲁塔总是最捧场的那个，尽管他说的笑话一点儿也不好笑。

宴会还没散场的时候，老头就开始昏昏欲睡了，而其他人还在一边把葡萄酒当水喝一边大笑着聊天。聚会一直持续到半夜十二点多，他们才三三两两地离场。欧文走的时候，鲁塔跟了出去，他们在门口聊了好一会儿，直到老头的呼噜声突然停止，从沙发上弹起来，鲁塔才进来收拾桌子。

后来我俩坐在院子里喝一瓶带着香草味的巴西朗姆酒。今天的夜空中满是星星，鲁塔仰靠在餐厅门口的藤椅上，一边抽烟，一边看着夜空。两只黄狗趴在透明茶几的旁边，它们还在盯着茶几上放的那几个干瘪的柿子。

"你为什么不问我？"鲁塔突然说。

"什么？"

"你看出来了吧？我喜欢欧文，他也喜欢我。"

说实话，我有点想笑，想着欧文的样子，我不知道她所谓的喜欢究竟是什么样的感受。我没有办法把那两个字具象化，它们就像别人跟我描述一颗星星的方位一样抽象。

"嗯，我看出来了。你们……"

"我们没有发生过任何事情，只是互相喜欢，他性格很好，和皮诺是完全不一样的人，而且他很幽默。"

我仍然无法想象，究竟要多好的性格才足够吸引鲁塔，他的幽默我今晚见识过了，他的冷笑话确实挺冷的，我甚至不知道他究竟在说什么，他说了一些南部的乡下词语，我觉得鲁塔也未必听得懂。

"我觉得——"我其实并不知道自己要说什么，但是她直接打断了我的话。

"我知道，"她说，"我不会和他发展任何关系，尽管我很喜欢他，也很渴望我们能有别的关系，但我绝对不会脑子糊涂到和一个完全没有前途的这个岁数的人发展。我为自己考虑过。"

她突然把脑袋从藤椅靠背上抬起来，看着我，无奈地笑了笑，说："薇，我昨天没说实话，其实我为我自己打算过。只是我打算得并不具体。我唯一知道的是，除非我找到一个更好的人，否则的话，我目前只能继续这样。就算我已经不爱他了，似乎也没什么更好的选择。这个山庄有他的心血，也有我的心血，我无论如何都不会放弃的。我不会去选择别的喜欢的人，比他条件差的人，为了我自己。我知道你要说什么，也知道你有什么疑问，你知道吗，有时候，我会觉得自己理性得可怕，我以前从没想过，我有一天能为了一些现实的东西把感情扔掉，但是现在看来，人是可以突破自己的底线的，人什么都会做。"

起了一点风，我觉得后背发凉。

正对我们最远的那头，有一片竹子，鲁塔说那里有蛇，我从来没往那里走过，但是现在，我总觉得黑暗里有什么东西正在靠近我们，它们在穿越低矮的草丛，或许还会钻过菜地和葡萄架，直到将我们包围。这种突如其来的莫名的恐惧让我直接跳了起来。

鲁塔感到不可思议地抬头看着我，我摸了摸嘴唇，心跳太剧烈使得我双腿发软。

"你看到什么了？"她问。

我盯着黑暗，愣了半天才反应过来，她刚刚好像问了我问题。

"不知道。"我说。

我觉得黑暗里，有什么东西在溶解，溶解到了那片有很多条蛇的令人恐惧的水潭里，它们在黑暗的缝隙里裹成了一团，然后逐渐消亡。

我躺在离温泉最远的那间房里，天花板上悬挂着一台老式风扇，它慢悠悠地转着，但没什么风，我总觉得它随时会掉下来，砸中我的脑袋。我闭上眼睛，感觉屋子四周陷于黑暗。天在沉下来，快沉到接近温泉水的时候，我的眼前出现了阿诺河。我看到了河对岸那些漂亮的房子在河面上的倒影，我看到自己沿着浅滩一直走，上面那层马路上的灯光好像与世隔绝了一般离我越来越远。我看到一些类似于灵魂的东西从我身边飘过去，他们散发出朦胧的白光，但我并不害怕。我在圣三桥那里停住了脚步，好像有人在背后喊我的名字，可我回头去看，身后却是无尽的黑暗，没有任何人。

第二天中午，鲁塔正蹲在餐厅门口喂那两只黄狗的时候，我接到了凌秋的电话，他告诉我：

路城死了。

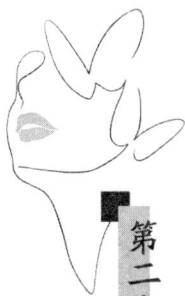

第二章

　　我一直在问自己，看到了真实的他，我还会像以前那样喜欢吗？还迷恋吗？

　　我不知道，但我唯一清楚的是，喜欢好像已经变成了一种习惯，并不是可以选择的了，我似乎没什么退路了。

尸 体

这是我人生当中第二次走进停尸房。第一次是因为我爸，在我四岁的时候，我记得那时候也是一条长长的走廊，停尸房在走廊的底端，一个阳光永远照不到的地方。那一次我是欢快地走过去的，因为不知道即将到达的地方是哪里，我蹦蹦跳跳地跟在外公身后走了进去。我记得那里面站了一屋子的人，我爸躺在靠墙的一张床上，脸上盖着白布。我趴在床边上，掀开了他脸上的白布，接着就被我妈拽走了。

我知道他死了，他们说的，可我不知道死了究竟是什么意思，所以我没有流过一滴眼泪。后来当我明白死亡究竟代表什么的时候，却已经哭不出来了。

傍晚，佛罗伦萨开始下大雨，凌秋说，这两天佛罗伦萨一直在下雨，阿诺河的水已经逼近桥面了。

外面的天很阴沉，尽管才五点钟不到，但天像是要压住所有白光一般努力地往下沉，我站在走廊上，看外面的瓢泼大雨，哗啦啦地倾向地面，仿佛正在演奏一支慷慨激昂的曲子，一点都不悲伤。走廊的白炽灯在这样沉闷的雨天，把屋里的墙壁照成了灰白色。我与那个有着红色灯标的走廊尽头还有一百来米的距离，但我站着不想动了。那天我从家里出来，路城说的话我其实听见了，它们现在正一字一字地敲击我的神经，我木然地盯着走廊另一头的窗口，好像那个白衣少年，拿着他黑色的长伞，始终站在雨中，从未走开过一样。我开始朝着窗户那边移动，我听到凌秋在我身后说话，但我没有停下来，我一直走，走到窗户旁边。

窗外的院子里有一棵槐树，我看到路城站在那棵槐树下面抽烟，烟袅袅上升，缠绕在绿叶之间，又被落下来的雨水打散。

他抬头冲我笑了笑，对我说："陈薇，我爱你。"

我确实听见了，但我不想听见。

今天是十月二十号，整整五个月。这恐怕会成为我一生中最长的一段时间，我从来没有像现在这样感受到时间的走动是可见的，秒针一格一格跳动的时候，像是在提醒我时间在空气中腐朽，腐朽的空气隐藏在大风雨中，但我闻不到腐朽，我闻到的，是泥土的味道，像鲁塔的吉普车里那种泥土的味道。

木歌又发来一条信息，我掏出手机看了一眼，他说："今天早上看到了一个十分像你的人，在大马路上，当时隔着一个十字路口，我差点鬼使神差地跑过去喊住她，但是我一想到你的名字，就停了下来。我觉得我魔怔了，陈薇，我觉得我真的魔怔了。陈薇，你怎么不回我信息？"

我把手机按灭了，塞进包里，开始朝着尽头那个有红色灯标的地方走，凌秋从台阶处走过来，跟在我后面。

有个穿制服的中等身材的警察，他大概是凌秋的同事，我看到他朝我后面递了一个眼色，然后帮我们推开了那扇门。

路城躺在靠近左边墙的地方，白炽灯光下，他身下金属的冰冷色散发着凛冽的寒光，一道一道的，有些刺眼。我挪到他旁边，那个警察只把白布掀开到他的头下面，我一直睁着眼睛，我看到了他的那张不太像他的脸。我觉得自己好像还站在家里的房门口，正准备举起包砸向那个从被子里露出来的脑袋。我下意识地握紧了手里的包，生怕它会自己飞出去。

我的脑中开始出现一些声音，凌乱的，我需要集中注意力去听才能辨别那是在哪里，是谁在说话。

有个女人说："你们确定吗？"

路城转向我，问："确定吗？"

我听见自己说："确定。"

接着是笔尖划过纸张发出的沙沙声。我觉得自己的手在不停地颤抖，脚也开始发软，最后我蹲了下来，把头埋进身体里。

我听见自己在说："对不起，对不起。"

从那个房间出去，警察就把我带进了一个屋子。凌秋事先告诉我了，警察要问我一些问题，让我别紧张，带我去的不是预审室，只是接待室。

问询我的警察先给我做了自我介绍，说了他的名字，还说凌秋是他的同事，让我放松一些，很快问完就让我回去。我立刻把他的名字忘记了，我点点头，在桌子前坐下来。这间屋子很小，和电视上那些审讯室没有什么区别，只不过显得亮一些，墙壁好像也不是那种可以让隔壁房间监控的玻璃。

"陈薇女士吗？您和路城先生是什么关系？"

"我们在中国结过婚，但在这里没登记。"

"结过婚的意思是，你们离婚了是吗？"他一直在本子上写，都没怎么抬头看我。

"是的。我们离婚了。"我说。

他突然抬起头，盯了我几秒，问："能问下原因吗？"

"家庭问题，双方家里的原因。对不起，这是私人问题，我能不回答吗？"

"对不起，女士，我们只是例行公事。您最后一次见到他是在什么时候？"

"十六号晚上，我那天刚从中国回来，凌秋也在我家，我只回去了一下，后来我和凌秋一起走的。"

"那晚后您没有再回去是吗？"他问这个问题的时候，脸上带着不怀好意的笑容，我觉得有些事情他们已经从凌秋的嘴里知道了。

"对，我住在凌秋家里。"

"这几天您都没有再回去过？也没有见到路城先生？"

"没有。我十七号早上就去米兰了，十八号下午才回来。回来之后，我就去了马雷玛的一个度假山庄找我朋友，一直到今天才回来。"

他突然停下笔，瞄了我一眼："您对日期记得很清楚啊。"

"我的行程都会记在手机日历上，工作需要。"

"有人能证明吗？"

"我去米兰的行程，我公司的人都可以证明，凌秋也可以证明。我去马雷玛的度假山庄，山庄里见过我的人都可以证明，需要的话，我可以提供他们的联系方式。"

"好的，那就麻烦您了。您去马雷玛之前，没有再见过路城先生是吗？他这段时间是住在您家里的吧？"

"对，没有。我出发之前，只回去拿了一个一直放在邻居家的快递，连楼都没有上。"

我不停地摁着手指的关节，又开始想去撕扯嘴唇上的边边角角了，那种感觉好像魔鬼一样牵引着我，我开始听不清楚面前这个警察说的话。路城苍白的、肿胀的脸反反复复地出现在我每一次闭眼瞬间的黑暗里。这间小房间让我感到透不过气来，我想赶紧离开。

"女士？女士？"他伸手在我面前晃了晃。我猛地抬起头，用牙齿咬着嘴角。

"还有问题吗？"

他低头合上本子，说："暂时没有问题了。但将来可能还会需要请您配合调查。"

"他……我能问问你们是在哪里发现他的吗？"

"阿诺河下游的浅滩。"他说。

路城的尸体是昨天傍晚，大概五点多在下游的河滩上，被一个捡垃圾的人发现的。凌秋告诉我。

"他是怎么死的？淹死的吗？"我坐在副驾驶座上，看着雨水不停地扑打在车窗上，又沿着玻璃滚落下去，留下来一条长长的水痕，很快就被另一个雨滴同样的轨迹覆盖了。

"还不好说。"凌秋侧头望了我一眼，继续说，"其实关于这事儿我不应该跟你说太多，毕竟是内部的调查。不过法医最终的尸检结果还没有出来，现在暂时没有确定是溺毙，尸体有些特征和溺毙不太符合，万一检查出来确定不是溺毙的话，可能会变得比较麻烦。"

"你的意思是，不是溺毙的话就变成他杀了是吗？"我转头看着他问。

凌秋突然踩了一脚刹车，用手在我胸前挡了一下，左边有个疯子几乎贴着我们的车超了过去。

"神经病！"他骂了一句，把手收回去放在方向盘上，"大概就是这个意思。因为溺毙的话他杀可能性是比较小的，他们也会对他近期的活动和精神状态进行评估，判定是否属于自杀。但如果，"他偏头看了看我，"如果是入水之前就已经死了的话，那就会被判定成他杀案来进行调查。"

"你说他们，是什么意思？假如是他杀的话，不是你们部门的事情吗？"

"如果是他杀，我也会成为被怀疑的对象。"他又看了我一眼，"我属于第一批到现场的，我确定那是路城的时候，主动做了报告和笔录，这个案子我是不可以参与的。"

"他的……死亡时间有吗？"

"还没有最终确认，要等进一步尸检报告，现在的初步判断是十七号到十八号。这几天雨很大，对法医的现场判断有很大的影响，所以现在也只能等报告了。"

"进一步的报告什么时候会出来？"

"就这两天吧。"他说，"现在负责这件案子的那个人，和我一直是一个组的，他怀疑不是自杀。"

"为什么？"

"没找到他的手机，但是他裤子口袋里却带着护照。他觉得自杀的人不会带护照吧。"

"有可能手机丢了吧。他带着护照，或许是为了，为了让人找到他的时候能快速辨认身份吧。"

"待会儿去你家找找看有没有他的手机。"

凌秋陪我回了家。我开门的时候，发现门是锁好的，屋子里很暗，门窗都关得死死的，空气里仍旧残留着消毒水的味道。我把家里所有的灯都打开，屋子瞬间亮了。凌秋走到厨房，打开了窗户和推拉门，让外面的风能透过百叶窗的缝隙吹进来。大雨的声音突然之间像被连接在音响上一般放大了。我看到客厅的茶几上，摆着木歌的那台相机。我那天离开家之前，特意把相机收进了柜子，我不知道路城是怎么发现它的。相机一直开着，我按了两下，已经没电了。房间地上的铺盖也被收了起来，叠得整整齐齐地摆在角落里的沙发上。我床上的被子也叠过了。洗手间那块碎掉的玻璃上多了一层包裹严实的透明胶带。我看了看凌秋，他摇了摇头，说不是他弄的。

我们四处都翻了好儿遍，没有找到他的手机。他的行李箱里只有一堆换洗的衣服，他的笔记本电脑就在写字台上，没电了。我找了半天也没找到电源线，他可能忘记把电源线带来了。洗漱用品都在厕所的架子上，还有几件脏衣服在脏衣筐里面。

"要不要我把他的东西带走？到时候警察也会来拿的。"

"不用了，留在这里吧，到时候警察要来的话，让他们提前说一声，免得惊动周围的邻居，以为我这里发生了什么。"

凌秋到十一点多的时候才离开，原本他不想走，我说我想自己待着，他只好走了。他离开后，我接到了鲁塔的电话，她问我是怎么回事。

"警察打了电话，问了一堆关于你的事情。究竟是怎么回事？"

"他们问了什么？"

"问你十八号是不是和我们在一起，几点到的，这两天有没有什么异样，有没有单独离开很长时间。还问我们认不认识一个叫路城的人。我想了半天，觉得这名字挺耳熟的，后来他们传了一张照片过来，我记得那个人，那不是你以前带来餐厅吃过几次饭的同事吗？他怎么了？"

我顿了顿，说："哦，他死了。"

然后我就把电话挂了。鲁塔又打了好几个，我都没接。我蹲在路城的行李箱旁边，那是一个黑色的新秀丽行李箱，是我们一起买的，在我们第一次一起回国的时候，同一个款式，他买了一个黑的，我选了一个红的。他的行李箱还很新，没用过几次，拉链上的包装塑料都没拆掉。行李箱上贴着卡通字母"L.C.W"，贴纸是我挑的。我看了看自己的指甲，开始一点点地把贴纸抠下来。抠完以后，我走到厕所，用毛巾蘸了一些热水，把箱子上面贴纸留下的印子一点点地擦掉。我把毛巾丢在身边的地板上，盘腿坐了下来，看着箱子，就这么一直坐着，坐到了凌晨三点。

我的手机响了，是木歌发来了唯词信息。

"陈薇，你回信息啊！我打你语音电话你也不接，你怎么了？"

我回了一条信息过去："对不起，我这里出了点意外，晚点联系你。"

回完这条信息，我关掉了手机，把它放在毛巾旁边，还是这么坐着，一直到早上五点，我重新打开手机，打开唯词，看到木歌给我发了十几条信息。还有来电。

我在对话框里输入："我有个同事死了，自杀。"写完后，我按了发送键。

大约过了一分钟，木歌打了个视频电话过来，我把它转换成了语音，按下了接听键。

"喂，陈薇，你没事吧？究竟怎么回事？"

我没有说话，在长久的沉默后，我开始抽泣，我没办法让自己停下来，我听见自己的呜咽声从喉咙口和鼻腔里发出来，像一只小狗。我抱着手机在地上蜷缩成一团，不停地颤抖。窗外亮了，光从百叶窗的缝隙里漏进来，照亮了房间的另半边，可我还在黑暗里坐着，房间的灯已经开着了，整个房子的灯都开着，可我依然觉得很黑，好像白天的日光再也不能越过那条界线了。黑暗会让我永恒地沉沦在里面。

木歌一直没有说话，我听见他的呼吸声穿过手机，蔓延到了我的耳郭，很轻柔，也很凝重。

最后他说："我来找你吧。"

我说："不用了，我会回去的。"

我挂了电话，捡起地上的毛巾，抹了一把脸。然后打开微信里与我妈的对话框，给她打了一个语音电话。

"喂，陈薇吗？"

"喂，陈薇？说话！"

"喂？"

"妈……"我没办法让自己的声音停止颤抖。

"怎，怎么了？陈薇，快说啊，怎么了？"她的声音也开始颤抖。

"妈……妈，路城死了。"

凶　手

我预计会有一场暴风雨到来，所以出门前，我关掉了所有的门窗。最近我看了天气预报，这一周都有雨。十一月还没到，雨季却提前到了，空气里飘浮着水汽，耳边环绕着滴滴答答的声音。我不知道隔壁的斯特凡诺是怎样让他家那条狗从来不叫的，我依旧能听见他的手机振动声和说话声，但我听不到狗的动静，后来我也没见过那只狗。

我一直开着灯，暖黄色的灯光能让我觉得温热一些。我每天晚上躺在亮堂的屋子里，看着天花板失眠。灯光让我不再能看到天花板上那些外面汽车的影子，我的失眠变得很严重，我的闹钟每天在早上七点钟响，那是一首欢快的充满了鸟语花香的起床音乐，我在听见第一声鸟叫的时候关掉它，我不想听见第二声。

二十二号上午，我去了一趟公司。二十一号，警察去过公司了，我从露琪亚那里了解到了一些情况，并不是我主动找她问的，她在警察离开之后，第一时间打了电话给我，问我究竟是怎么回事。现在公司里所有的人都知道了我和路城的关系，当然，可能一直都是我一厢情愿认为这件事没人知道，就像鲁塔，我也喜欢把其他人当傻子。他们也知道路城死了。露琪亚说达尼尔表现出了异乎寻常的惊恐，就好像她看到了案发现场一样，她和全公司的人说，她有一天早上看到了路城，那时候她就肯定路城是住在我家的。露琪亚说到这里，我突然觉得很好笑。或许在这个时候，达尼尔的幽默感终于发挥了一些作用，我想说她说得好像她见到路城从我家走出来似的。我没对露琪亚说什么，我只是告诉她，我会回公司的。

我带着我的辞职报告去了公司，直接去人事部交给了达尼尔。达尼尔见到我就像见到了杀人凶手一般，露出一脸的惊恐神色，又将惊恐慢慢转变成惊讶，最后变成和善的笑容。她客客气气地收下了我的辞职报告，并翘着兰花指松松垮垮地握了下我的手，表示遗憾，希望我保重自己。我觉得她假如去演戏的话，会成为一个好演员。我没有见科尔德，尽管在我离开之后，他打了一通电话给我，对我进行了表面的挽留，告诉我我可以放假到调查结果出来，之后这件事并不会影响我的工作。我听出了他语气里的抗拒，他大概生怕我说"好的，那我不辞职了"这种话吧，这么多年了，我太了解科尔德了，他一直觉得公司的名誉是第一位的，一个能把警察引来公司的员工，无论曾经做过多大贡献，为公司赚得过多少利益，也必须赶紧消失。于是，我顺从且礼貌地告诉他，不必担心，我很好，感谢他的照顾，以后有机会再见。

尸检结果出来了，凌秋告诉我，路城的血液里有高浓度的酒精以及安眠药的成分，但是肺和胃里都有水，指甲里没有泥沙，他确实是溺死的，但很可能在入水之前已经失去意识了，无法判定为自杀。

"那是不是就是他杀了？"我问。

"也不能这么说，现在情况有点复杂。他们一直没找到他的手机，无法获知他的行动轨迹，也没出现什么目击证人。并不排除，他是准备用安眠药和酒精自杀，结果在失去意识的时候溺水。现在还需要进一步搜证和排除。他们可能还会叫你来一趟警局。"

"你呢？"

"我？我有不在场证明。死亡时间出来了，十七号晚上八点到十八号凌晨三点，我那两天都在警局。他们可能会去查你去米兰参加展会的证据，你来的时候把车票的信息和酒店信息都带着吧。"

"他们去过公司了，我相信他们都有了。"

二十二号傍晚，我被叫去了市中心的警局。警局外面有一扇很大的铁门，一直开着。里面一层有几个办公室是给市民办理业务的，以前我来找凌秋的时候，都在铁门后的这个院子等着。院子里有口井，凌秋说那是十七世纪处死死刑犯的地方。我在那口井旁边停留了一会儿，然后往楼上走。这是我第一次去刑事组，他们的办公室在三楼。

凌秋说，就算他已经排除了自身的嫌疑，也无法参与这件案子，因为他是直接关联人员，但是有消息他会尽可能地提前通知我，虽然那并不符合规定。

这栋楼是十五世纪造的，楼梯很窄，石阶也有破损，楼道里很潮湿，墙壁和地面上都有水印，越向上灯光越亮，像是故意这样设计要把黑暗和脏东西去除干净一般，亮到晃眼。凌秋已经在三楼的楼梯口等我了，他看到我，微微一愣，这几天我都没见他，我不知道是不是我的样子吓到他了，我勉强对他笑了笑。

"你没睡觉是吗？你这几天都没睡觉是吗？"他抓住我的胳膊，我抬头看他的时候，他的眼睛红了，我立刻避开了他的目光。

"嗯。"

他放开我的胳膊，很轻地拨弄了一下我的头发，拍了拍我的脸，贴着我轻声说："没事的，陈薇，你听我说，打起精神，待会儿他们问什么你就答什么，这些都只是走个流程，我也被他们问了好几遍，这件事很快就会过去的。他们已经调查过他的精神状态了，七月份的时候，他曾经在国内接受过心理治疗。"

"他家里提供的证明吗？"

"不是，是胡洋。他们找过胡洋了。七月份是胡洋家里人帮他找的心理诊疗师，他父母应该根本就不知道。胡洋说，他家从他离开那个游戏公司之后，就没再管过他。他妈妈不愿意带他看心理医生，她觉得那样会让他的后父很没面子。后来是胡洋家里人看不下去了，他的精神状况明显是有问题的，所以……"

"我知道了。"

走到走廊的一半，有一盏特别亮的白炽灯突然在我的头顶闪了一下，我不知道是我眩晕了还是灯光的原因，我踉跄了一下，停住了脚步，凌秋迅速抓住我的肩膀，我还没站稳，突然听见背后有人歇斯底里地吼了一声："陈薇！"

我机械地转过半个身子，我看到有团黑影冲了过来，我的脸上迅速挨了一个很重的巴掌，我被那个巴掌打到了地上，脸上的麻木瞬间传遍了全身，我无法从地上爬起来。凌秋挡在我面前，我看到那团黑影还在奋力地冲过来，我眯着眼，顶着强烈的白光看了好几秒终于看清楚了，那是路城的妈妈。

她穿着一身黑衣服，像个疯子一样地挣扎，后面拉着她的是胡洋和路城的后父。

"杀人凶手！是你！是你杀了我儿子！杀人凶手！是你——！"

她的嗓子嘶哑到破音，我感觉地面都在震动。很多人都跑了过来，有人把我从地上拖了起来，我捂着脸，瘫软地靠在墙壁上，看着眼前的这一幕。

我看到胡洋在朝凌秋使眼色，大概是让凌秋赶紧带我走，路城的爸爸双眼发红，用一种憎恨的表情瞪着我，他妈妈还在不停地嘶吼，她的脸比魔鬼还要狰狞。路城那张苍白的脸再次出现在我的面前，有一瞬间，我觉得他妈妈的脸被他的脸覆盖了，是路城在对着我疯狂地嘶吼。

"是你——！是你——！"

我颤抖着躲在凌秋的身后，凌秋护着我把我拉进了近处的一个房间，关上门，让我在沙发上坐下，他蹲在我面前，挪开我捂着脸的手，轻轻地抬起一点我的下巴。

"肿了，妈的。"

凌秋的眼睛红了，我想说点什么，可我开不了口，我仍然感觉麻木在我的体内每一个细胞里打转，我没有办法动弹，我好像被什么锁住了。我的耳边还回荡着那一声声嘶吼，许久那嘶吼才逐渐远去，整个屋子如同坟地一般沉静了下来，只有窗户上噼噼啪啪的雨点声。

"陈薇，陈薇，陈薇，你说话。"

我抬起头，凌秋的身后多了两个人，他们穿着便衣，但是从眼神来看，他们也是警察。凌秋站起来，把那两个人拉到了贴近门口的角落里，小声私语了一番，然后拍了拍他们的肩膀，那两个人点点头便开门出去了。

凌秋回到我身边，再次蹲下来，说："今天我们先回去，明天上午我再陪你来。对不起，陈薇，我来的时候没看到他们，我不知道他们来了，我知道已经通知了家属，但我不知道他们来得这么快，我以为签证要办理一段时间，我不知道，胡洋说他们手里有签证……陈薇，对不起。"

我摸了摸他的头发，他的头发有点自然卷，小时候就那样，又细又软，看起来总是很蓬松。我从沙发上站起来，对他说："不用了，我没事，今天问完再走吧。我也不想天天来警察局。"

"你确定？"他在我身后问，而我直接开门走了出去。

我的脸依然在一阵阵地发烫，麻木过后，是火辣辣的肿胀和疼痛，我不停地用舌头去舔脸颊的内侧，口腔里有一层皮脱落了下来。我面前坐着两个人，就是刚刚和凌秋说过话的那两个人。他们也报上了名字，好像有一个叫艾利欧的主问人，另一个负责记录的人的名字我不记得了。

这个艾利欧我以前见过，不知道是多久之前了，好几年前了吧，好像我们还一起吃过饭，那会儿凌秋刚搬到市中心的那间房子里，我记得他和凌秋是同一届进刑事组的。我看着他的脸，放松了一些。

"女士，您是在十月十七号早上去的米兰是吗？"

"是。"

"交通工具呢？"

"火车，公司帮我订的票，早上八点的火车，坐十八号下午两点半左右的那趟回来的。"

艾利欧点点头："您在米兰参加的国际旅游文化展会，是从几点开始到几点结束的？"

我想了一下，说："我记得开始的时间是上午十点，中午有午餐会，下午继续一直到晚上，七点来钟吧，还有个餐会。公司帮我订的酒店就在会场旁边，中午餐会的时候，我去酒店办理了入住，早上太早了，我只是先把随身行李放在了酒店，大概一点多才去办入住的。"

"就是说您午餐会没有参加是吗？"

"午餐会是开放的自助餐，我吃了简餐，和我认识的几个客户聊了聊才走，从会场到酒店步行只要五分钟，我办理完入住，在酒店休息了一下，前后也就大概半个小时吧。"

"晚上您是几点离开的？"

"十点来钟，有个我很熟的客户和我住一个酒店，我们在大堂还聊了一会儿，大约十五分钟吧，后来我就回去休息了。"

"您为什么十八号下午才回来？"

"十八号上午我约了客户见面。我这边有他们的名字和联系方式，走之前我会留给你们。你们可以去查一下，但是拜托你们，不要提及我的隐私，可以吗？我不希望我的私人生活被曝光。"

艾利欧点点头："您放心，现在很多东西都已经查实了，我们不会再就一些您的私人问题去和需要联系的证人说明。您只在米兰待了一天，但据我们了解您回来之后没有拿别的行李就去了温泉山庄是吗？您是在去米兰之前就已经计划要去温泉山庄的吗？"

我愣了一下，艾利欧的眼睛长得有点像鹰眼，这让他的眼神看起来比别人更犀利。我知道，他并不是这件案子的负责人，但他似乎很想让这件案子变成一桩凶杀案，好让他有立功晋升的机会。我很少见到意大利人对工作表现得如此积极，他好像也是西西里人，和老头一样。

"并不是计划好要去温泉山庄，之前的情况你们也了解了，在那样的情况下我不是很想回去，所以我多带了一些行李，预备出去住几天。"

"您没打算住在凌秋警官家里吗？"他十分认真地问我这个问题，让我觉得有点哭笑不得。

"你的意思是，我只能住在凌秋家里，而没有别的选择了吗？"

"哦哦哦，不，不是这个意思，您不要误会。这只是一个例行的问题，您不必在意，我没有别的意思。"他迅速道歉，半低下头摸了摸鼻子。

"还有其他问题吗？"我说，"差不多了吧？"

他摸着鼻子点点头，把手放下来，摆在桌上，对我说：

"差不多了，我还有一个问题，纯粹出于好奇。我们跟您的邻居求证过了，他证实了您很早之前就有个快递一直放在他那里，他提醒过您两次您都没有去拿，为什么您要在十八号去温泉山庄之前去拿快递呢？"

他的鼻子被他揉得红彤彤的，像匹诺曹的鼻子，我真害怕它会突然变长。

"我只是突然想到要拿一下，又不想上楼，就让他拿下来了，有什么问题吗？"

"哦，没有。只是问一下。"他笑了笑说。

暴 雨

接下来的两天，我把自己关在家里。外面的雨没有停过，手机里的日报 app 发来新闻，阿诺河的水有溢出来的危险。我没有出过家门，甚至没有去过阳台，但阿诺河涨水的场景却好像就在我眼前一样，暴风雨似乎把天空压到了河面上，河底的泥沙都被卷到了河水表层，堤坝变成了小瀑布，河水像大海那样翻滚，在越来越高的河面上，漂着一具尸体。

我在沙发上因为过于困倦睡着的时候，总会从这样的梦境里惊醒过来。

木歌的那台相机仍旧在茶几上放着，我没有收进去，没有充电，我有些害怕把它打开。我突然觉得，那里面会钻出一张路城的脸，我甚至不敢去碰它。我用一块白色的桌布罩在它上面，为了挡灰尘。屋子里的灯一直都亮着，窗户都开着，但我把百叶窗拉得死死的，我害怕大风在半夜拍打木头发出的声音，就像有人在家里走来走去，鞋跟敲击着地面，啪嗒啪嗒。

凌秋这两天都没声音，我不知道为什么，但我没有找他。木歌一直在给我发消息和打视频电话，我几乎不接他的视频电话，总是把视频转为语音。我不想让他看到我现在的样子，我怕会吓坏他，现在这样的我还能让他继续魔怔吗？我没有自信。

他问了我两次有关"那个自杀的同事"的事情，我反复说等我回去再和他说之后，他就不再问了，继续规划我们的旅游。

"要不我回国吧。"我说。

他愣了一下，问："你的意思是永远回来吗？"

我顿了顿，说："我不知道，你觉得呢？"

他过了几秒才说："看你啊，你要是想回来发展也可以，我一定会帮你的，但是你要想清楚，你放弃了现在的工作会不会觉得可惜。你好好想想，再做决定。"

我没有告诉他我已经辞职的事情，过了好半天，我才哦了一声。

"我其实是怕你回来以后不习惯，你在外面那么多年了。"

我没再说什么。我很想问他，难道就没有考虑今后我们生活在一起的事情吗？难道他会愿意迁就我而来国外生活吗？还是说，他压根就没有想过今后会和我生活在一起？

我后来都没有提过这个话题，我不想揣摩他的想法。我相信很多东西是需要我回去之后才可以进一步讨论的，隔着时差和这么远的距离我能得到什么？我看着面前那杯起泡酒，细密均匀的气泡不停地从杯底升起来，升至表面，然后破裂，什么都没有。

二十四号晚上，我开始收到陌生号码发来的手机短信。

短信内容是："你杀了人，我会永远看着你。你不得好死！你全家都不得好死！"

"别以为没有人看到你，杀人犯！"

"你会遭报应的，杀人犯，你全家都会跟着你下地狱！"

…………

大概每过一个小时，我就会收到一条这样的信息，持续了一晚上。二十五号早上，我给凌秋打了电话，问他在哪里。他身后很吵，他好像在闹市区的马路上。

"你怎么了？"他问。

"你能来我家吗？"我说。

"要到下午，陈薇，我这儿有点事，我回头给你打电话。"说完，他把电话挂了。

我叹了口气，翻身从床上下来，赤脚走去厨房拿水。厨房里的垃圾发出一阵阵臭味，我好几天没有丢过垃圾了。其实我没吃什么，只是把冰箱里烂掉的蔬菜扔进垃圾桶里而已，那些蔬菜还是路城在的时候买的，我根本就没去过超市。现在它们躺在垃圾桶里腐烂了，发出了一阵阵的恶臭。我想到了路城的尸体，他的尸体被发现的过程在我脑中一晃而过。我迅速换了衣服，穿上鞋，拿了钥匙，把垃圾袋小心翼翼地从垃圾桶里提起来，我本想再套一个垃圾袋，但我实在不愿意那么做了，我现在只想把这一袋子腐烂的菜丢出去。

我提着垃圾袋，让它远离我的身体，上了电梯。垃圾袋的水滴滴答答地滴在电梯里，我以前每次上电梯，假如看到电梯的地面上有散发臭气的水渍，都会在心里埋怨做出这种事情的人素质太差，而现在，我竟然变成了我讨厌的那种人。

我拎着垃圾袋快速走出电梯，关上电梯门，走出楼道。刚出楼道门，我就感觉到突然有什么东西从右侧的人行道上快速朝我飞了过来，但是等我反应过来的时候，我已经被砸到地上去了。我揉着脑袋，看到我身边躺着一只黑色硬皮包，包里的许多东西都掉了出来，散落在地上。我抬起头，面前不远处有个咬牙切齿的妇女恶狠狠地瞪着我，仿佛要将我吃掉一般。我迅速爬起来，没管丢在一边的垃圾，掏出钥匙准备直接开门上楼。

但是她没放过我。她飞快地冲上来，抓住我一侧肩膀的衣服，朝着旁边有门铃的地方撞去。我抽出一只手，狠狠推了她一把，没有推动，我只能用脚去踹她。我不知道我究竟踹了几脚，她突然放开了我，后退了几步，捂住了肚子。我发誓，我不是故意的，我并不想动手。我再次拿出钥匙想开门，但是她又冲了过来，带着痛苦和愤怒的表情，像疯了一般地想拿头撞我，我闪身躲开了，她一头撞到了墙上，咚的一声，她再次抬头时，我看到鲜血顺着她左侧的面颊流淌下来，可她并不罢休。

她举起一只手，拿食指指着我，咬牙切齿地说："是你杀了我儿子！是你杀了路城！是你杀了他！"

她再次朝我冲过来，我不知道是什么驱使我拾起人行道旁边的垃圾袋，拼命地朝她的脑袋砸去，我记得，垃圾袋里面有发臭的蔬菜，有我丢进去的烂掉的苹果和香蕉，还有什么？还有我原本要拿出来的，扔到另一个垃圾桶里面去的酒瓶……

我听见哐当一声，我不知道是我手里的垃圾袋砸到她的脑袋发出的声音，还是她突然倒在地上发出的声音。我忽然感到周围的世界安静了，除了拉长的汽笛声之外，我什么都听不见。街道上有一些人走了过来，有人弯腰去看躺在地上的那个人，好多人从前面的邮局里钻出来，朝这边指指点点。我看到楼道里站着斯特凡诺，我又看到了他的那条黑色泰迪，它正站在他身边兴奋地吐着舌头，而它的主人脸上却充满了惊讶和厌恶。我感到头皮一阵阵发麻，这个世界丑陋的样子让我觉得恐怖。我听见自己大叫了一声："是你害死他的！"然后，我开始奔跑。

我推开挡住我去路的几个人，疯狂地奔跑，我脚上的一只拖鞋不知道在什么时候掉了，我一只脚光着踩过地面的石子和泥水，大雨把我淋得很透，我从头发丝到衣角到裤腿都在滴水。我在不知道是哪里的一个角落停下来，环顾四周，这里好像是我读大学时候的一家体育用品店，现在店倒闭了，还没有新的商家进去。我靠着墙角坐下来，尽可能让自己蜷缩在角落里，我把头埋下去，从缝隙中看脚底下流出来的血，慢慢汇入雨水里，变成粉红色。

我没有带手机，我手里攥着家门的钥匙。我一直这么坐着，雨也一直没停下来。我想念木歌，我想听听他的声音，我想打个视频电话给他，让他告诉我这一切都没有关系，只要我回去就好了，只要我买张机票离开这里，去他身边就一切都会好起来。

我突然获得了一些勇气，从地上爬起来。雨下得更大了，天阴沉得仿佛一口巨大的棺材，把见到这片黑暗的所有人都装在里面。可我不想在里面，我想爬出去。我捋了捋自己的头发，开始往雨里走。我不知道我现在是什么形象，周围的人经过我时并没有回头看我，在他们的眼里，我可能是一个疯子或是一个乞丐，这个社会好像再也不会有暴雨中的同情，还好没有，否则的话，我还需要向停下来的路人说明我的遭遇，可我能说什么呢？或许我该装作疯子或者乞丐，去打消好心人的好意。我不断这么想着，一直到我走到路口，都没有出现我臆想中的好心人。

但我看到了凌秋，他站在雨中，没有打伞。他蓬松的头发像一顶帽子压在他的头上，他脸上除了雨水，还有慌张的表情。我站在路口看着他，他没看到我，他抹了一把脸，正要往另一个方向去。我飞快地跑过去，从身后抱住他。他的衣服也是冰凉的，他浑身也在滴水，但我能感觉到他身上的热度，他是温热的，他是这个时候唯一温热的。我紧紧地抱住他，把脸贴在他的后背上，大声地哭。我知道我哭得很大声，我的耳膜不断接受来自我喉咙的噪声，我的嘴里不停地灌入我的眼泪，它们在雨水中仍然咸涩发苦，我感到被我撕裂的嘴唇在盐分里更深地裂开，我的嘴角可能正在出现一条深深的裂缝，它在受到折磨的同时涌出鲜血来。

凌秋掰开死死扣在他身上的手，拽住我的手腕，转身把我摁进了他的怀里。

"没事了，陈薇，没事了。有我在，一切都会过去的，陈薇。没事了。"他不停地重复着简单的几个字，他也不停地念着我的名字，把我搂得很紧，我甚至喘不过气来，但我没有挣开他，我想只有这样是安全的，在一个安全的束缚里，比游走在自由的肮脏中要强上数百倍。

凌秋带我回到我家，进门后，他让我赶紧去冲个澡，别让自己感冒，我照做了。其实我想第一时间去拿手机，看看有没有木歌的消息或电话，但我不想在这个时候让凌秋不高兴，我太需要他了。我很快就去了浴室，打开热水，站在花洒下，让身体每个部位都能充分地接触到热水，水只是温热的，但很快就让我感到浑身发烫，冰凉麻木的四肢慢慢恢复知觉，我听见自己身体里的血液在流淌，从慢到快，我想象自己的身体里淌着一条鲜血汇成的河流。

我关掉热水的时候，听到了从客厅门口传来的声音。我听得出来，讲话的人是斯特凡诺。

"对不起，我已经报警了，警察来过了，他们晚些时候应该还会再来，因为我刚刚打给他们说，你家有人回来了。要不你们自己去警局吧。那个妇人在医院，我也不知道什么情况。"

我站在浴室温暖的雾气里，听客厅传来的动静。我也不知道过了多久，凌秋说："对不起，知道了。我是她家人，我会转达的。"

斯特凡诺又说："她还没回来吗？如果你还找不到她的话，可以报警去找找。反正我已报警了，你可以待会儿和警察说明一下情况，他们估计能找到人。"

我裹上毛巾，一把拉开浴室玻璃破了的门，我的手好像被划到了，尽管玻璃上有两层胶带，可能某个缺口没有贴上，或许它一直静静地等待着这个划破我的手的时刻，我感觉到右手的手掌心，有一股温热的液体流了出来，我左脚的脚底一阵刺痛，它今天才被石子割破，我是一个如此不完整的个体，既然已经这样了，我还有什么可以惧怕的呢？

我觉得我的体内充满了能量，那些能量在我裹着浴巾带着流血的手和脚走出去的时候，几乎要从我的大脑里喷出来。如同宇宙爆发一般，我感到太阳穴被它们顶得生疼。我冲到门口，看到斯特凡诺惊讶得半张开嘴，同时皱着眉头，凌秋回过头，一脸迷茫地望着我。

我推开凌秋，用力把大门打开，直到我听见它碰到背后我那个红色的新秀丽行李箱，即将弹回来的时候，我才一把顶住它。我的毛巾在身上快掉下来了，我用一只手拽住胸口的那一截，尽可能轻蔑地看着眼前这个高大的栗色头发的钢琴家。

"怎么，报警啊？我也想报警，斯特凡诺，知道吗，你每天的放屁声都在影响我的生活。对，连你在隔壁放屁我都能听见，你知道吗？所以我不得不接受你那些乱七八糟的床上吟唱，我很想知道，咱们之间那堵墙究竟干吗用的！你别以为我不知道，你天天偷窥我的生活！我出门进门出差你都知道，你还有什么不知道吗？我告诉你，我讨厌你很久了！

你不是好奇吗？来，我告诉你一个秘密，之前在我家那个，不是我表哥，你没看错，那就是我老公。哦，不对，前夫。你知道他现在在哪里吗？警察告诉你没？他死了！他死了！知道吗？他死了！他死了！"

　　我像疯子那样龇牙咧嘴地冲他重复最后一句话，我看到自己的唾沫飞溅到了他的脸上，我并不想那样，但我已经无法控制住自己，我停不下来。我甚至想狂笑，我已经咧开嘴露出了牙齿，凌秋突然从背后把我拽了进来，关上了门。我大声地喘气，并瞪着他，我想冲他大吼，但我深深地吸了一口气，控制住了自己。我为了控制自己浑身都在发抖，他从浴室拿出来另一条毛巾裹在我身上，可我仍然不停地发抖。我听见走廊里传来了斯特凡诺的咒骂，他的咒骂可能引来了楼上楼下的人，于是他提高了音量，直到走廊里的讨论声盖过他零星的咒骂，最后慢慢恢复平静，大家都关上了门。沉寂突然落下，像一张网一样罩住了这栋大楼的半截。

　　我蜷缩在沙发上，咬着嘴唇。我觉得我可能是个疯子，本来就是疯子。

　　凌秋给我处理了手上和脚上的伤口，我没有感觉到一点疼痛。他倒了一杯热水，放在我面前，在我旁边坐下来，静静地看了我十几秒。他身上的衣服还是湿的，头发也没干，只有侧面的几根头发卷了起来，我想让他也去冲个澡，但我看着他一直没说话。漫长的沉默过后，他终于带着沙哑的嗓音开口说："陈薇，你不要这样。路城的死跟你没关系。"他说完这句，挪开了眼睛，垂下了头。

　　又是一阵沉默过后，我听见自己机械地笑了两声，眼泪从我的眼眶里涌出来，它们越过我的下睫毛，滴到了脸颊，淌到了下巴上，然后掉落在我的手背，钻进了我手心的裂缝。

它们在亮堂的屋里，屋外的黑暗里，哗啦啦的雨水里，毫无声息地带来刺痛。

逃　离

二十六号上午，我搬离了这间公寓。

我没有和房东打招呼，我也没有再见到斯特凡诺，在我对他发完疯之后，隔壁的声音莫名其妙地消失了，我不再听见手机振动的声音和说话声，他们的生活突然在那堵薄墙的后面隐形了。

前一天傍晚，警察还是来了。又是那个艾利欧，他事先似乎并没有通知凌秋，凌秋在开门的时候，我看到了他脸上一闪而过的惊讶，他大概以为斯特凡诺说的报警是胡诌的。艾利欧的身后还跟着两个穿制服的警察。

"他们是接到报案的同事，我们是正好碰到的，我是为了案子来的。"艾利欧的脸上带着礼貌的微笑。

那两个民警确实是来走个过场，他们得知凌秋是刑事组的之后，变得更加随意。说那个人并没有什么很严重的伤，已经在医院里做了全面的检查，人也出院了，由于语言不通，他们也不会立案，只是有人报了警，按照规矩他们得来找我做个笔录。我说完大致经过后，那两个警察笑了笑，说路城的妈妈在医院里也大吵大闹，跟泼妇似的，也不知道在说什么，急诊科的医生开玩笑建议送去精神病院看看。谁都没有因为这个玩笑而笑出来，他们尴尬地做了收尾工作，并且告诉我，他们会去查那个给我发骚扰短信的手机号，假如查出来和她有关系的话，他们会通知我，到时候我可以通过律师提出警告和诉讼。随后他们和我们告别先行离开了。我在陈述的时候，艾利欧一直坐在沙发的另一侧看着我，我不用看他都能感受到他犀利的目光，他的目光和凌秋的不一样，它们是具有穿透性的。

艾利欧在那两个警察走了之后，挪到了靠近我的沙发一侧，他刚想开口说什么，我打断了他。

"路城有些遗物留在这里，如果有需要的话，你们可以拿走。"

我刚想站起来，他摇了摇头，说："不用了，假如他的遗物里面有什么关键的线索或者证据，比如遗书之类的东西的话，我相信您早就交给我们了，对吧，陈薇女士？"他说到我名字时，发音特别奇怪。我愣了一下，突然觉得有点好笑。

我摸了摸下巴，看着他的眼睛问："他的手机还是没找到吗？"

艾利欧皱了皱眉头，我看到他快速地瞟了一眼坐在我旁边的凌秋，当他把目光再次移到我脸上的时候，他舒展开了面部肌肉，微微一笑，说："对，还没找到。"

"请问今天来有什么事吗？"我问。

他又看了一眼我手掌上的胶布，从一开始，他就不停地看向我的手掌。我下意识地缩了缩手，掌心朝下放在大腿上，看着他。他又斜了一眼厕所的玻璃，问我："那玻璃不修一下吗？可得小心啊。"

我不想再继续跟他在无关紧要的问题上浪费时间，我再次问他："今天来是有什么问题吗？"

"哦，对，有个问题想跟您确认下。您上次的口供，我们——核对过了，没有问题。只有一件事，您和与您同酒店的客户，十点钟左右聊天的地方是酒店的哪里？"

"您不是说都核实过了吗？我们是在大堂酒吧靠近吧台的地方坐着说话的，您可以去问那天在酒吧值班的人员，我相信他们应该对我有印象，因为我打坏了他们一只酒杯，我坚持给了赔偿。"

他翘着嘴点点头，然后低头看着自己手里的笔记本，说："对，这点我们核实过了，他们说您还从吧台要走了一只红酒杯是吗？"

"是啊，我带回房间喝酒了，我客户送了我一瓶红酒，我不想带走，那天晚上就喝掉了。"

"可据我所知，您退房那天，房间里可没有空酒瓶啊。"

"艾利欧警官，我不记得我把酒瓶放在哪里了，很可能在垃圾桶里面，我想知道酒店的清洁工每天收拾那么多间房的垃圾，他们记得清楚每间房的垃圾桶里有些什么吗。"

他官方地笑了笑："对不起，女士，我不是这个意思。我也是为了办案问清楚，我们去查酒店大堂的进出记录的时候，发现有人恶意删除了视频。"

"什么意思？"

"本月十六号到十八号的酒店大堂监控视频被人侵入酒店行政部门的网络恶意删除了，我只是觉得这件事太巧合了。"

我有些惊讶地看着他，却不知道说什么。我知道他在怀疑我，他们去查酒店大堂的监控视频是理所当然的，但会是谁恶意删除视频呢？

"看来您好像不知道这件事啊。"他眯着眼睛说。

"可笑！我怎么可能知道谁会去删除酒店的视频？您是在怀疑我吗？不好意思，我可没有入侵网络的本事。"

艾利欧又看了一眼我身旁的凌秋，凌秋没说话，他也看着艾利欧，脸上甚至带了一点挑衅的神色。

"另外，女士，您到米兰之后租了一辆车对吗？"

"对啊。"

"您的酒店那么近，为什么要租车呢？"

"警官，我好像不止一次说过我要见客户吧，我的客户地址您难道没有查过吗？我十八号上午见的客户在米兰郊外，难道要我走过去吗？"

艾利欧点点头，又说："您十八号见客户，十七号一早就把车租好了。"

"警官，我们不是警察，有案子才会去查，我们做项目做市场，什么都得准备在前面，以防有突发事件影响进度，您说呢，是不是这个道理？"

"没错。"他脸上又换上了虚假和气的笑容，"当然，可您的车在十七号晚上停在哪里？我看了酒店停车场的监控视频，您租的那辆尾号为 N18 的白色大众并没有在停车场出现过。"

"酒店停车场要钱的，警官，我为公司省钱，停在会场后面的停车场，如果那里有监控摄像头的话，您也可以去查一下。"

他低头摸着鼻子让一种带有讽刺性的笑容停留在脸上半天后，抬头凑近我小声说："恭喜您，您的车停的地方没有监控摄像头。"

我笑着站起来，刚想说话，凌秋却先开了口。

"艾利欧，你这是怀疑她，杀人？如果你有证据，你可以直接把她带走，没有的话，麻烦你不要老拿捕风捉影的东西来骚扰她。我们是警察，不是街上那些下三烂的侦探。"

艾利欧摸了摸他的鼻子，站起来，收起脸上的笑容，隔着茶几瞪着凌秋说："说得对，我们是警察，你也别忘了自己的身份，秋。"

艾利欧临走时说，米兰酒店的监控视频他们已经找到备份了。

艾利欧走后，凌秋开始帮我收拾行李，他没有提到关于案子的事情，只在看到房间角落里，已经被我全部收拾好，拉链拉起来摆在门后的路城的行李箱时愣了一下。他一开始没有碰那只行李箱，最后他特意走过去，把那只行李箱放进了储藏室。

"那个箱子，先别拿了，我晚点过来把它拿去给胡洋。"他说。

"凌秋，"我说，"你觉得路城会是被杀的吗？"

凌秋关上储藏室的门，关掉了储藏室的灯，转身对我说："你很在乎吗？"

他的眼神有些咄咄逼人，我移开目光，走去茶几那边把木歌的那台相机装进大的帆布包里，扣好扣子。凌秋走到我旁边，对我说："你放心，艾利欧不会老来烦你的，对于这个案子局里也希望尽快以自杀结案，毕竟到现在也没有出现证据证明他杀，也没有目击证人，几个坚持认为是他杀的人给出的说法也都是捕风捉影。"他顿了顿，"你过几天先回国吧，回去放松一段时间。"

"你相信这件事跟我没关系是吗？"我问他。

我不知道他为什么盯着我的脸盯了很久，最后他看着我的眼睛，对我说："你说呢，陈薇？从小到大，我什么时候不相信你？"

事实上并不是这样，从小到大，凌秋都是那个在我每次说谎犯错的时候，站出来包庇我的人。

我抬头看着他的眼睛，他的眼睛里倒映着灯光，还有微小的我在认真看他的脸，我忽然觉得他的眼睛里有一场电影。

我轻轻地点了点头，说："我知道。"

暴雨到二十六号早上开始逐渐变小，但天还是沉的，风很大，雨也没有停下来。我把能扔的东西都扔掉了，最后我以为一趟搬不走的东西，却只塞满了我和凌秋两辆车的后备箱而已。

"那些衣服什么的，你确定都不要了吗？"在我把几大包衣服和包丢进捐赠箱的时候，凌秋问我。

"嗯，不要了。"那些东西都是我和路城在一起的时候买的，我不想把有关他的任何东西带走。

"你房东那边怎么办？合同还没到期吧。"

"还有两个月的押金在他那儿，就当是赔偿金吧。你觉得经过昨天之后，他们还会希望我住在这里吗？"我讽刺地笑了笑。

在我把车开去市中心的途中，木歌给我打了一个视频电话。昨天他发来的消息我都没回，也没回他的语音电话。

我接通视频电话的时候，他正坐在车里，他说他今天开的电车，停在公司附近充电呢。他问我昨天为什么失踪，又发生了什么事情。

我说："昨天出去办事，手机没带，车开出城才想起来，来不及去拿了。"

"你没带手机？那你一天怎么和外界联系的？"

"我和我同事一起。"

"你现在去哪？上班吗？"

"搬家，我把租的房子退了，我先搬去我朋友那边住几天。"

"为什么？你朋友是谁？公司里的吗？"

我突然有些厌烦，他之前那些模棱两可的话瞬间都冒了出来，不停地在我脑中打转。我不想和他多说，我没法和他说我究竟经历了什么，并痛恨在我需要面对这一切的时候，他关注的重点竟然在无关紧要的地方。

"嗯。"

我打算打开收音机，缓和一下自己的情绪，顺便找借口把视频电话挂断。

"陈薇，"他突然说，"上次你说的事情我考虑过了。"

我把伸向收音机按钮的手缩了回来，放回方向盘上。

"什么事？"

"就是你说的你想回国那件事。"

"我也没说我要回国，我就是，我就是随便那么一说。"

"你听我说，你上次不是说做得累吗？你要想回来的话，我觉得也可以，你在这圈子里也做了这么多年了，咱们可以在外面开个文化公司什么的，专门接项目，你有国内外的人脉资源，其实挺有优势的，我这边的话可以拿我自己的工作室入股，到时候咱们也可以接一些活儿。"

"你的工作室不是挂在加纳文化下面的吗？你怎么单独拿出来入股？"

"我那只是挂牌，换个地方挂一样的，这倒不是什么问题。主要是你得想好，你是不是真的要回来发展。陈薇，我跟你说过，你要做任何事情，我都无条件地全力支持你，但前提是你得决定好，我不希望你因为希望和我在一起而放弃你自己的生活。"

我把目光移到手机屏幕上看了看他，这是隔着屏幕的半小时以来，我第一次看他，我把目光再次移向前方的时候笑了，我说："你好像还不知道，我和你在一起的时候，才感觉是在真正生活。"

我似乎相信了一些话，比如"柳暗花明又一村"，又比如"置之死地而后生"。当一条路走到令人绝望的至暗时刻，老天就会给你一束光。我没看错，我庆幸我没看错，我的那束光就是木歌，而且它在自己延伸过来，我又想到了"命中注定"这句话。

雨再度变小的时候，天微微亮了起来。阿诺河的水位很高，但河对岸那些漂亮房子的上空出现了一处打开的云层，天光从云层里漏下来，罩住了河岸。我没有把车停在禁区外，而是一直开到了圣三桥，我的手机很快响了，我没看屏幕就知道是凌秋，因为我偏离了我们的路线。可我这一刻，只想亲眼看看天光乍泄的样子。

我买了十一月一号回国的机票，我没和凌秋说我的打算，我没有和他提到木歌这个人。我只告诉他，我打算听他的话，回去放松一段时间。

这几天，路城的妈妈没再出现，艾利欧也没有找过我，只有那两个上门找我录口供的民警联系我说，发消息威胁我的那个号码查出来并不属于路城家里人，但也有可能是他们拿别人的身份证去注册的手机号，但民警给出的名字我却并未听过，不是胡洋的，也不属于我所知道的路城认识的任何其他人。这件事我觉得有些奇怪，但我并不想深究，毕竟后来，我没有再收到类似的信息。

我打了电话给鲁塔，告诉她，我要离开一段时间。她问起我有关路城的事情。

"警察没再找过你们吧？"我问她。

"那倒没有。不过究竟怎么回事啊？你那个同事怎么死的？和你有什么关系？"

"哦，他自杀了，可能压力太大了吧。和我没什么关系，只不过因为我是他的上司，所以警察例行询问。对不起，没第一时间告诉你们，我前几天因为这件事心情很不好，毕竟认识好几年了，关系一直不错。"

"是啊，看出来了，当时你带他去市中心的餐厅吃饭那几次，我和皮诺都以为他是你的新男朋友，只是你没告诉我们呢。没想到居然……"

"是啊，真是可惜。"我听见自己说话的语气极为平淡，有一瞬间，我感觉路城的死好像已经过去很久了，久到我可以当作一件平常发生的事情去说。

我开始不再吃不下饭，也不再失眠，我不再觉得那些黑暗的、把我拖入深渊的细胞在我体内乱窜，我发现自己变得正常了，不知道是不是搬离了那个房子的缘故。白天我会坐在阿诺河边看天慢慢晴朗后一点点退去的河水，但太阳落山之前我一定会远离它，我想我可能再也不会在夜里去河边散步了。对面那些漂亮房子在河中的倒影，似乎在晴朗的白天更好看一些，不必再等到夜里了。

临走前一天，凌秋去警局了。我一早起来收拾东西，木歌不停发信息来提醒我带这带那，后来我让他别啰唆了，他发了一连串调皮的表情，很识趣地干活儿去了。他每次给我发来很多表情的时候，我总觉得他还是个男孩儿。今天我的心情特别好，我把凌秋家里的所有窗户都打开，让外面的阳光照进来。我给他彻底地打扫了屋子，当屋子变得十分干净的时候，它在阳光下显得太过朴素，于是我决定去楼下巷口的花店给他买几盆花回来摆在窗台上。

结果我一出门，就发现自己忘了带钥匙。我边朝花店走，边给凌秋打电话，但是打了好几个他都没接。我走到花店门口，老板正在里面扎一束鲜花，门口摆着很多小型的盆栽，有一盆黄色的蔷薇特别好看。我蹲下来，凑近盆栽，又拨了一遍凌秋的电话，把手机夹在耳朵和肩膀之间，响铃十二声后，没有接听。我一抬头，手机从我的耳边滑了下去，摔在地上，屏幕摔得粉碎，直接绿屏了。

我付了黄蔷薇的钱，把花盆抱在手里，一直走到市中心警局的门口。我再三犹豫，最后还是跨进了铁门，绕过那口井，朝着楼梯口走去。刚走到楼梯口，我就碰见了一个人。

"你好啊，陈薇。"艾利欧笑着同我打招呼，他换了一个发型，头发更短了，被他用很多发蜡强行压在一边，他比实际年龄看起来大了起码十岁。我注意到他今天穿了制服。

"你好。"我面无表情地对他点点头，想绕开他往上走。

"你去哪里啊？"他拦住我。

我不得不停下来，对他说："我来找凌秋警官。"

他一脸诧异，夹杂着些许不解和无奈："凌秋？他……他辞职了，他没和你说吗？"

"什么？"我轻轻地毫无底气地抛出这两个字。他装作没有听见，低头看了看我手里的花盆，笑着说："这是送给我庆祝我升职的吗？"

我空洞地看向他，他现在的模样比怀疑我杀人的时候还要令人反感。

可能是见到我毫无反应，他又说："我开个玩笑，但凌秋真的辞职了。"

凌　秋

　　凌秋的房子很老，也很小，是个只有五十平方米不到的一居室。沙发贴着床垫，床垫直接摆在地上，一张席梦思，没有床架。进门的左侧有个书橱，上面摆着许多乱七八糟的小玩意儿，好像都是动漫的手办。外面的天又阴沉了一点，淅淅沥沥地飘起了雨丝。我把放在窗台上的那盆黄蔷薇端了进来，摆在书架的唯一一个空格处。厨房连着更衣室，空间都很小。

　　我在席梦思旁边的沙发上坐下来，隔着书架看凌秋弯着腿和背，在厨房里给我煮咖啡。厨房缩在进屋左侧走道的角落里，倾斜向下的屋顶让人感到格外压抑。凌秋转过来看到我，冲我笑了笑，说："干吗看着我啊？东西都收拾好了吗？"

　　我突然有些心疼他。我站起来，走到他身边看着他。

　　"你干吗呀？怪吓人的。你去收拾东西。你的那些乱七八糟的行李先堆在更衣室，你要缺了什么，晚点让我给你寄。"

　　"凌秋，你也回去吧。"

　　"嗯。嗯？什么？"他看着我又笑了起来，"我倒是也想回去啊，这不是还得上班嘛。"

　　我没有告诉凌秋我碰到艾利欧的事情，也没有问他是不是辞职了。从警局往回走的路上，我一直在想，如果他辞职是真的，那么他会为了什么辞职呢？其实我不知道的事情太多了，我甚至不知道他为什么会留下来做警察，他爸爸是西元市警局的局长。我坐在楼下等他回来，一直等到下午三点，他才出现。

"你怎么不上楼？"

"没带钥匙。"

"你怎么不打我电话？"

"打了，你没接。"

他摸了摸口袋，掏出来一部前年出的老款的华为手机，又赶紧把它塞回了裤兜里，说："哎呀，拿错了，这是工作手机，我那只手机扔家里了。"

我把"我去警察局找过你"这句话咽了下去。

他把咖啡倒在两个小杯子里，端过来放在木制的圆桌上。我靠墙坐着，用勺子搅拌了两下咖啡："你还有闲置的手机吗？我今天也来不及修我的手机了。"

他喝掉了杯子里的咖啡，站起来走到进门的地方，从抽屉里拿出他的那只手机，冲我晃了晃："我把我这个给你用吧。"

我看了会儿他手里的手机，把咖啡勺从杯子里取出来，一口喝掉了那杯浓缩咖啡，苦味在舌根上漾开来。"你把另一部手机给我用呗，我就不占用你这只了，里面那么多资料什么的。"

他愣了下说："里面也没什么，另外那只是我的工作手机啊。"

"你也不太用吧，也没怎么见你用过，你把那只给我吧，你清理下再给我好了。"

凌秋没再说什么，他掏出那部手机，拔出了里面的 SIM 卡，捣鼓了一会儿递到我手里，我开机看了一下，里面什么都没有，好像是恢复出厂设置了。

晚上雨又停了，我把收拾好的两件行李放在进门的地方，开了一瓶白葡萄酒，等外卖送过来。凌秋通常不在家做饭，他用的是电磁炉，烧熟东西非常慢，今天我们没有去楼下的那家比萨屋，我在网上挑了一家日料餐厅，叫了外卖。

"你不是很久没吃日料了吗，今天怎么想起来吃了？"他一边帮我检查随身包里的证件，一边漫不经心地说。

"以前和路城在一起的时候，老吃日料，后来我就不想吃了。今天又突然想吃了。"我说。

凌秋把证件塞回我的包里，走到圆桌旁边，给自己倒了点白葡萄酒，晃了晃杯子。杯里的淡黄色液体有些笨拙地旋转着，他头顶的那盏小黄灯照出了杯中的漩涡。

"他的家人过几天就会回去。"他说。

"哦。他的遗体呢？"

"也会被带走的。"

这是这些天来我们第一次提到路城和他的家人。

凌秋端着酒杯走到窗口，趴在窗台上望着外面。从这里可以看到市中心那些矮房的屋顶，全部都是红色的瓦，却并不显得整齐，白天可能是风景，晚上却在黑乎乎的夜色里透露出几百年的疮痍，一块块好像贴了很久的膏药，散发着雨后泥土的味道。我第一次发现，很多东西是因为我们习惯了才觉得美，如果细致地去查看每个角落的话，就会很轻易地发现美当中难看的部分。

我好像没那么留恋这座城市了。

"我找过阿姨了。"他转过来看看我，又把目光投向了窗外，楼下的酒吧逐渐吵闹起来，年轻人是不需要吃饭的，他们的夜生活似乎只需要酒精就足够了。"我是说你妈妈，我找过她了。她说你上次说路城死了，就再也没回她的消息接她的电话，她很担心，如果我不找她，她可能会直接过来找你。"

"哦，你和她说了什么？"

"你为什么不告诉她你要回去的事情？你是不是并不打算回西元？"

"你告诉她了？"

"没有。"

我也站起来，给自己倒了一杯白葡萄酒。这一瓶的度数有些高，十三度，挂杯让酒在杯子里看起来很漂亮。我端着杯子，走到凌秋身边，靠在窗帘上，看着他的侧脸。凌秋的鼻子很挺，我的也很挺。小时候因为我们总是待在一起，别人家的家长老喜欢拿我们开玩笑，说我们长大后要是接吻的话，鼻子都会被挤压到变形。这个玩笑在漫长的成长岁月里，一直让我觉得是个好笑的赞美，对于外貌的。很多人说我俩长得像，大概是相处久了，连长相也会变得相近吧。那些爱开玩笑的家长或许都以为我们有一天会谈恋爱，结婚，生孩子，永远地在一起，就像从小到大的时光永远不会发生偏移一般。但我越长大就越清楚，那些开玩笑的家长都是别人家的，既不是我的家长也不是凌秋的家长。这个社会上有一种东西叫门不当户不对，凌秋的父母从来没让我去他家玩过，而我们一起长大的痕迹全都印在我家附近的巷子里，每一瞬记忆都在那里。我已经忘记了凌秋的家究竟在西元的哪一个区域，他们一定是搬过好几次了，我想，他们有不止一套房子。

有的时候，我很嫉妒他，甚至达到了憎恨的地步。可能是他和我太过亲近了，我会不自觉地对他所拥有的东西产生敌意。而那些和我并不十分亲近的人，我只会觉得他们身上所有的美好都散发着圣洁的光，我只能羡慕。我越羡慕别人越仇恨凌秋，我有时候很清楚我脑中的邪恶，但我控制不住它的滋生。他有的时候会变成我的敌人，在他妈妈每次开车到巷口接走他，并用看一抹轻飘飘的灰尘的目光看我的时候，我会因为自己感觉卑贱而在心里怪罪凌秋，可我依然和他待在一起，我喜欢和他待在一起，我喜欢他总是跟在我身后不声不响的样子。只有我知道，他有的时候会被我默默讨厌。我永远都不会和可能成为我敌人的人生活在一起。

"凌秋，你记得吗？"

"什么？"

"小时候，我们在乡下。你刚认识我的时候，记得吗？"

"记得，怎么突然提这个？"

"你记得村口的那块墓地吗？那次我们晚上跑去墓地玩，有团鬼火追着我跑，我被吓得摔在田里大哭。你跑过来把我从田里拽出来，拉着我的手把我送回家。那时候我爸的灵堂都还没撤走呢，你就站在门口用大人的口吻教育了我半天。"

他笑起来："我说什么了？"

"你说，这个世界上没有鬼，那些鬼火不是幽灵，是自然现象。"

"哈哈，我真这么说吗？像个小大人啊，你看我小时候就聪明。"

"是啊，你还说，死亡并不可怕，你说你见过很多死人，你相信那些人都是因为活着不幸福才死掉的。你敢相信吗，这是你六岁的时候对我说过的话。"

他突然收起了笑容，转过头来看着我，他的眼睛里有沙发旁边那盏白灯的亮光，好像星光一样。我发现他的眼珠特别黑，黑到任何倒映在里面的东西都很清晰，像装着一条静默且澄澈的河流。

我看着他，感觉自己扬起了嘴角。我想告诉他，是他让我懂得，死亡并不是终结，死亡可能是这个生命需要重启，而必须经过的一个暂时的状态。我到后来才懂得这些东西，并坚定地相信了。

有些生命尴尬地活着还不如愉快地离开。

"是吗，凌秋？"

"嗯？"

门铃响了，外卖到了，我们停止了谈话。

晚上，我躺在床垫上，凌秋躺在沙发上。就算关了窗户，楼下酒吧嘈杂的音乐仍旧非常大声，我觉得整栋楼都在震动，这几天都这样。凌秋说这栋楼住的要不是也在楼下 high 的小年轻，要不就是耳背眼瞎的老人家，谁也碍不着谁，倒显得他不太正常。

我看着天花板，这里旁边没有马路和车辆，天花板上没有可数的影子。

"凌秋，睡了吗？"

他过了半晌才回答我："还没。"

我从床垫上爬起来，赤脚走到沙发旁边，盘腿坐在地上，在黑暗里望着他。

"怎么了？"他翻了个身，侧过来对着我。

我往前挪了挪，到足够靠近他的地方，我伸出手，轻轻地触碰他的额头、鼻子、脸颊，他一把抓住我的手腕，轻声说："你怎么了？"

我微微低下头，盯着他的眼睛，然后把脸贴上去，说："你亲我一下。"

他大概是发愣了，但他还是抬起头，在我脸上亲了一下。

我笑了笑，尽量低下肩膀，直到我感觉到我的鼻子碰到了他的鼻子，它们并没有挤压在一起，我轻轻转过脑袋，让它们交错而过，我感到他的鼻尖碰到了我的脸，而我的唇落在他的嘴唇上。他的嘴唇很软。

我没有很快抬起头，我伸出舌尖触碰了一下他的嘴唇，我感觉到他的身体微微颤抖了一下，他伸出双手放在我的肩膀上，把我推开，然后翻身坐了起来。

"陈薇，你干什么？"

我能就着暗夜里微弱的光亮，看到他正盯着我，但他的五官是模糊的，我看不到他的表情。我从地上爬起来，坐到他身边，望着他，轻声说："你难道不想吗？"

"你是喝多了吗？"他的声音仿佛是从鼻腔里出来的，被呼吸声包裹着。

"你觉得呢？"

我们在黑暗中就这么坐着望着彼此，大约十几秒后，他突然搂住我，用力地亲吻我。我没有想象过与凌秋的这一幕，从来没有。我对我和凌秋的关系似乎早就缺乏想象力了，我们之间好像只存在根深蒂固的那种情感。

他突然停止亲吻，拉着我的食指和中指站起来，把我带到了床垫上，然后继续亲吻我。凌秋身上总有一种十分熟悉的气味，那是我小时便开始熟悉的气味，我觉得那是只有他才有的，像某种带着小白花的植物的味道。他的吻在我的鼻息里不断填补这种气味，似乎在提醒我究竟在干什么，在提醒我那是凌秋，是我再讨厌也不忍心去伤害的人。但我没有停下来，我觉得鼻子很酸涩，温热的液体已经在黑色的空洞的漩涡里打转了，我不想让它们流出来。

他的手指隔着衣服在我身上游走，后来他掀起了我的衣服，把手伸了进来，他的手很凉，凉到我想问他是不是觉得冷，当他的手指慢慢滑过我的肌肤，快要到达胸口的时候，他停了下来，十分突然地停止了所有的动作。

他飞快地把手从我的衣服里挪了出去，也不再亲吻我。他帮我拉好衣服，抹了一把自己的脸，身体后仰，似乎想和我保持安全的距离。

"怎么了？"我睁开眼睛，用手背把滴下来的眼泪擦掉。

"我不能这样。"他说。

"你不想吗？还是怕你会后悔？"

他转过脸看着我，沉默地看着我。后来他说："我怕你后悔。"

这个夜里，我让他睡在我旁边，他照做了，却离得我很远，几乎贴到了床垫的边缘，随时可能会掉下去。我大概到快天亮才睡着，我不知道凌秋是什么时候睡着的，我们一直都没再说话，连呼吸声都很轻。

在我快睡着的时候，我好像迷迷糊糊地听见凌秋说："陈薇，你是不是不会回来了？"

我做了个梦，梦里很混乱，我看到了路城，他在朝阿诺河里走，我站在后面望着他，我想喊他，但我发不出声音。我听见有人奔跑的脚步声，还有人喊我的名字，我以为是木歌，却看到了凌秋，他告诉我木歌不会来了，可我不相信，我沿着河道一直走，一直走，从黑夜走到天明，凌秋一直跟着我。到最后，我在一个肮脏的隧道里躺下来，躺在黑色的脏水里，脏水表面有一层油，它们被隧道口涌入的白光照出了五种颜色，而脏水的另一头漂浮着路城的尸体。我没有找到木歌，凌秋站在隧道外面，始终没有走进来。

我醒过来后仍然记得这个梦，好奇怪，通常来说，我会飞快地忘记梦里的所有内容，可这个梦，我后来竟然一直记得。

第二天，凌秋没有去机场送我。我起来的时候，他已经不在屋里了。

他给我留了一张字条，是我不见好几年的，印象里他的笔迹：

陈薇，我今天有任务，不送你了。我给你叫了车，十点半。走的时候检查一下证件，别丢三落四。家门不用锁了，带上就行，你走的时候把钥匙放在门口的柜子上。对了，路城的案子，这几天就会以自杀结案。陈薇，无论你在什么地方，我都会一直保护着你，在你需要我的任何时候，我只希望，以后你能过你想要的生活。到了给我报平安。

凌秋

情　人

木歌在机场接我，我刚落地，打开手机，他已经发来微信说，他到了。

我在飞机上只睡了一小会儿，只亮了几盏读书灯的机舱，有点像另一种深渊，总是让人无法集中精神入眠。我在飞机上看完了好几部电影，但到了下飞机的时候，我却不记得我究竟看过了什么。这是一趟太过漫长的飞行，或许是因为期待，或许是因为害怕期待太多而失望。

我给木歌回信息，告诉他飞机已经在滑行了，但我出关和取行李还要一些时间。他问我要不要喝咖啡，我说要杯卡布奇诺吧，他说等我去取行李的时候他给我买。机舱里似乎还残留着早餐咖啡的气味，我努努鼻子嗅了一下，闻到的却是凌秋厨房里传来的红色铁罐 illy 咖啡的香气。凌秋没有在转机的时候问我是不是已经安全到达了法兰克福，也没有问我是否登机开始下一段航程了，以前他总是会不厌其烦地问几遍，生怕我会连登机口都搞错。我看了下时间，现在那边才早上六点不到，我想了想，还是等到了酒店再给他发信息报平安吧。

北都最好的季节似乎已经过去了，我隔着飞机的窗户望出去，整个机场都是灰蒙蒙的，好像风一吹就能扬起地上的灰似的。我还是不喜欢北都的气候。

我推着行李车出去的时候，边走边飞快地扫了一眼那些站在栏杆旁边伸长了脖子望着出口的人，没有看到木歌。我绕开人群，打了个电话给他，他说他在出口右边的星巴克等咖啡呢，我说"我去找你吧"。一出来我只瞧见左边有个星巴克，我推着车直接就往那儿走，才走到门口，想进去绕一圈的时候，突然有个人从我右边冒了出来，他手里端着一杯咖啡，冲我嘿嘿笑。

"我就知道你会走错店，刚跟你说右边，你就左转了，跟你一路了，你这个路痴呀。"木歌把咖啡递给我，接过我手里的手推车，"走吧，酒店我就订在机场旁边的希尔顿。"

木歌的头发长长了一些，头顶上能看到不少白头发，看起来像故意染的，我忍不住伸手摸了摸他的鬓角，他歪着脑袋任我摸，眼睛眯成一条缝地笑着说："哎，有白头发了吧，年纪大了。"

北都的冬天似乎提早来了，出机场就感受到了大风和干燥，是我印象里那种毫无色彩的北方气候，冷淡的灰白颜色铺天盖地，没什么太明显的生气。

"冷吗？"木歌捏了捏我的外套袖口，"咳，你穿得真厚实呀，典型的南方人，怕冷。"

我一点都不想反驳他的话，就只是笑，他看我的眼神里带着宠溺，我喜欢他这样和我说话，这让他那含糊不清的北都口音也变得特别了，只有他对我说话的腔调才能让我感觉到一些北都美好的色彩。我不想对他出生和成长的城市抱有抗拒心理。他之前说，我是典型的南方姑娘，浑身带着被水包围的灵气，是精致的小女人。我从来没想过"小女人"这样的词会用在我的身上，似乎很不贴合，但当我在他面前时又觉得好像是贴合的，或许是他事先给了我这么一个标签，我认为那是他喜欢的，便不自觉地开始装作他喜欢的样子。我也可以时常羞涩、弱小，躲在他身后，和他对话的时候仰望他，哪怕我并不认同他说的。

　　之所以住在机场旁边的酒店，是因为第二天一早我们就要搭飞机去云南。这是我回来之前，木歌就定好的行程。他问我去过云南吗，我说没有，他说："那我们就去云南吧。"

　　他规划了大概的路线，租好了车和民宿。小巴车在毫无风景的机场高速上行驶着，车里没几个人，木歌拿着手机给我看他订好的民宿的照片，给我看他规划路线上的景点，时不时问我好不好。他的声音被小巴车发出的嗡嗡声盖去了一半，从飞机下降时开始，我就一直耳鸣，这种间歇性的耳鸣总让我觉得自己的耳朵好像进水了，我听自己说话瓮声瓮气的，所以我只说"好"，其他都不说。

　　他说："你累了吗？话这么少。"

　　我笑着摇头，把脑袋搁在他的肩膀上。我不想告诉他我耳鸣，我觉得这是丢人的事情，每次坐飞机后运气不好的话，这种感觉会持续到第二天，甚至第三天才会好转，我觉得这是一种残疾。

"你的手怎么了？"他摸着我右手的掌心，那上面还有一条明显的红色疤痕。我是疤痕体质，伤疤需要很久才会消失，我觉得这也是一种残疾。

"之前被划破了，没事儿。"我轻描淡写地说。

那间房子厕所门上的玻璃开始进入我的脑中，我甚至能听见皮肤擦过玻璃鲜血渗出来的声音，大片的红色开始形成画面，瞬间，我浑身的汗毛都立了起来。我赶紧抓住他的胳膊，让自己贴得更紧一些，只有这样，我才会觉得自己好像能把那些挥之不去的噩梦从脑中清除掉。

酒店不远，庞大的建筑群笼罩在脏兮兮的空气之中，周边毫无色彩，连绿叶都没有，从马路下来就是酒店，从酒店上去就是机场高速。所谓的五星级酒店，等你走进大门，拖着行李走将近一分钟才走到前台的时候才会感觉出它的空旷和大，但没什么人气。木歌办理入住登记的时候，我给凌秋发了一条微信，告诉他我到北都了。在接下来的几个小时内，我反复查看手机，但他始终没回我信息。

我们进了房间，我随便收拾了下东西，就打算去冲个澡。木歌坐在靠窗户的沙发上，在软件上找附近的餐厅。我把外套脱掉，换上了一件丝绸的长睡衣，赤脚走到他面前，坐在他腿上，搂着他的脖子亲他的脸。他盯着手机屏幕上的韩国炸鸡套餐，反复上下滑动，大概在考虑吃哪个。

"你要吃哪个？"他眯着眼睛斜睨我。

我笑着站起来，一边往浴室走，一边说："你居然就想着吃呀。"原本只是个玩笑，但他好像当真了。我洗到一半的时候，木歌直接推门走了进来。我刚冲完头发上的泡沫，一睁眼看到他站在我面前，被他吓了一跳。

"你干吗？"

"不是说不让看吃的吗？"

他往手上倒沐浴露涂我身上，我忍不住咯咯地笑起来。

"你怕痒吗？"

"不太怕。"

他挠挠我的脖子，挠挠我的腰，又挠了挠我的胳肢窝，看我没什么反应他就放弃了。

"哎，真是啊。你怎么不怕痒呢？我就很怕痒。"

"怕痒的怕老婆。"

"那我怕你。"

淋浴间很宽敞，我把水调得偏热，雾气很快就升腾起来了。

"这沐浴露挺好闻的嘛。"他蹲下来在我的小腿上抹沐浴露的时候说。

"我带来的。"

"你还随身带沐浴露啊。"

我看着水珠子在他的发丝上跳跃，他身上的皮肤比脸白许多，他的肋骨一条条的很明显，被水冲洗后，他身体的轮廓显得更清晰了。我把沐浴露抹在他的身上，他隔着水雾低下肩膀和我接吻，我感觉到水流从我的头顶倾泻下来，水花在我们的身体上飞溅起来，又被水流打落，重新飞溅，重新打落。我闭着眼亲吻他的时候，在脑中想象了一幅灯光和构图都很完美的画面。

我站在梳妆镜前吹头发的时候，他洗完澡走了出来，身上散发着我带来的沐浴露的香味。我总是喜欢带着自己的洗发水和沐浴露出去旅行，我喜欢把我需要用到的瓶瓶罐罐在洗手池的镜子前排开，摆得整整齐齐，好像是为了宣示我对生活的一种态度，其实我并没有那么精致，我带来的护肤品我可能只会用到三分之一，可我仍旧不厌其烦地带着它们。

木歌走到我身后，扫了一眼瓶瓶罐罐，无奈地笑着摇头。

"你们姑娘都好麻烦。"他说。

"这叫讲究。"我说着，腾出一只手，把一瓶保湿霜递给他，"喏，擦擦你的脸，糙死了。"

"呀，你还嫌弃我了。"他接过我递的保湿霜，拿在手里转了两圈，打开盖子随便抹了一点到脸上，表情狰狞地胡乱擦了擦，"你上次可不是这么说我的，你还说我脸看着又干净又年轻呢。"

"你知道什么叫矮子当中挑将军吗？"

他凑近镜子瞪了我一眼，从我手里拿过吹风机，给我吹头发。以前路城也给我吹过头发，那是很久很久以前的事情了，久到我忘记了那时是否也有过这样的感动，是那种听见血液在心脏奔涌的感动。

"木歌。"我说。

他关掉了吹风机，低下头看着我，我从镜子里看着他："你会离开我吗？"

他抬起头，看着镜子里的我，说："不会。"然后他打开吹风机继续帮我吹头发，动作显得特别笨拙，吹了半天都没干，后来我抢过吹风机，他故意用手弄乱了我的头发，然后跑开了。

　　我们拉上窗帘，把灰白色的光线都挡在了外面，然后我们赤裸着身体钻进被子里。我们很快出了许多汗，汗水甚至把床单都弄湿了。我躺着睁眼看着天花板，许多模糊的斑斑点点在我的视网膜上打转，他在我耳边喘气。我的手指数着他的肋骨，从上到下，从下到上，他突然说："我太瘦了是不是？"我笑了笑，摸了摸他的肩膀，他的肩膀很宽，肩膀和上臂充满厚实的肌肉。

　　"不瘦，但你可以多吃点。"我说。

　　他眯着眼睛把头放到我的肩窝里，蹭了蹭我的脸颊和下巴，他的下巴上有一点点胡楂，刺到我的皮肤让我感到一阵阵酥麻。

　　"陈薇，你给我写的观后感我看到了。"他说。

　　那篇观后感是针对他跟我说的一部电影，叫《情人》，梁家辉演的，很老的片子，我以前没看过，他说他很喜欢。于是我看了一遍后，又看了第二遍，那部电影的灯光和胶片感给了我很深的印象，还有它过于真实的内容。观后感是我在回国之前写的，我用邮箱发给了他。我不太记得我写了什么，大概写了很多很多东西，比如影片里的灯光布景，这些东西是我从他那里学到的，我写下来是为了告诉他，我一直都在认真听他分析这些东西。我好像写了影片里镜头的前后呼应所形成的暗喻。但究竟那些大段大段的东西写的是什么我记不太清了。我只记得到了最后，我写道：

　　"影片的最后好像是一种隐喻，那个姑娘站在轮船上，仿佛第一次遇到那个男人时的场景。她靠在轮船的栏杆上，看着一辆车停在远处，她觉得他就坐在车里，一如往常在后座坐着，但我觉得那个男人没有来。那是那个女人希望获得的感动，因为从来没有承认过爱，所以也不会承认失望。当她离开的时候，突然希望那样的爱可以具象化，她渴望相信男人爱她，所以她觉得那男人坐在停在远处的车里，望着她。

"这里面的姑娘成了一个作家，影片的结尾，我觉得是她小说里的结尾。她给自己的小说写了一个她所希望的结尾，那个男人在多年后来电告诉她，他一直爱着她，从未停止，那么不真实。"

我还写道："我不相信这里会有好的结局，太假了，没有人会时隔那么多年突然说一句'我爱你'的，这个世界上永远只有持续的放不下和关联以及持续的爱恋和情谊。我爱你。"

他用一只手撑起头，在逐渐适应的黑色中看着我，于是我也这样撑起脑袋看着他。他伸出手把我前额的头发拂到耳后，然后轻轻地拉了拉我的耳朵。

他说："你总想得很多，你是不是以为我是故意给你看带着好看结尾，本质上是个悲剧的故事片的？"

我笑了，他真是聪明，我就是这么怀疑的，我总会在他给我的许多话语和蛛丝马迹之间看到一些不好的指向，但我不觉得我是一个悲观主义者，大部分时候，我保持平和的心态去看待所有的事情，不能说对任何事情都乐观积极，但也不轻易悲观。我只是在和他的这份感情里，总觉得有些拿不准，我不知道是不是这段时间发生的事情让我总会想得过多。

"没有，你没这么文艺。"我说。

"对，我没这么文艺。陈薇，不管我对你说什么，你都不要多想，好吗？我不是和你一样心思细腻的人。但是，我会特别在意你的心思细腻，我不希望我不小心说的话或者做的事对你造成伤害，那样我自己也会很难过的。以后我们一起看电影，一起把每一部电影都说得很透彻。我分析灯光摄影，你说剧本内容，隐喻什么的，这样我还能有所长进。你也知道，我一直都缺少一点文化。"说完，他躺下来仰着脑袋笑。

"好。"我说。

我们沉默了一小会儿，他突然侧过头，看着我。

他说："陈薇，我不会让你后悔的。"

"那假如有一天我觉得我自己错了，觉得我和你在一起是错的怎么办？"

"那一定是我的问题，一定是我让你觉得错了，但我不会让你有这个机会的。"

这几句话都很熟悉，不管是从我嘴里说出来的，还是从他嘴里答出来的，都带着还没退散干净的熟悉感，可我来不及细想，也许是北都沉甸甸的空气让我无法太过细致地思考每个字，四周的静谧使人容易沦陷，我觉得我在这条深邃的散发着光彩的河流里沉浸了下去。木歌在没有光的地方看我的眼神能让我看到光，我相信了这种光，也相信了它对我的指引。

我心里依然彷徨和不安，但我想暂时把那些影响我情绪的东西都抛开，单纯地感受一点力量。

《情人》里，那个年轻的白种女孩要钱，我不要钱，我要别的东西，更多的东西，一个好的结果，我觉得我要的东西是纯粹干净的，所有挂在周边的细碎的事物都捆绑在对这个纯净的好结果的寄望之上。所以我并不带着目的。对吧？我这么问自己。

"那如果我只想利用你呢？"我钻到他的怀里，开玩笑地问他。

他也半开玩笑地回答我："那我也心甘情愿。只要你要，只要我有。行吗？"

"听起来还不错。"

半 山

第二天一早七点多的飞机，我们要去丽江。

我原本以为晚上我会睡得很好，因为很累，也有了起码的短暂的踏实。但我在短暂的睡眠过后，在木歌不知道看了几集我连名字和演员都没记住的电视剧，关了灯准备睡觉的时候，我醒了，并且再也没有睡着。他喜欢睡觉的时候有一点声音，于是他开了电视，在催眠般的新闻播报里很快睡着了。今天他的睡眠很轻，没有打呼噜，可我听着新闻却越听越精神，我也不知道新闻里究竟在说什么，但我彻底睡不着了。大概是时差作祟吧。

我闭上眼睛又睁开，睁开又闭上，数了饺子又数了羊，渴望自己在某个意识模糊的瞬间突然走进梦里，可什么都没起作用。最后我小心翼翼地挪开木歌放在我脖子下面的手臂，轻手轻脚地下床，坐到沙发上，拿出手机翻了翻微信，凌秋还是没有回我，我看了看他的朋友圈和微博，都没动静。

我想再发一条信息给他，但是前天晚上的一幕幕突然宛如梦境进入我的大脑，我飞快地关掉了和他的对话框，关掉了微信，把手机的屏幕按灭，放在旁边的小圆桌上。

我并不是后悔做了什么，我只是觉得不应该，因为那是凌秋，比起别的，我更害怕失去他，我好像把有他在当成了不可动摇的永恒的事情。而我知道，一切都是错误的。

我点开手机里所有的软件，全部都干干净净，没有一点痕迹，这个动作我在飞机上就重复了好几遍，结果都是相同的，我不知道我为什么会这么忐忑。我又开始不停地摸着我的嘴唇想要找到一个口子，但我很快制止了自己的小动作。我不想把这个小动作带入我和木歌的旅行当中，因为一旦开始，就无法停下来。每当疼痛和鲜血淋漓一起到来的时候，我不仅会冒冷汗和心慌，还会莫名其妙地感到自卑，我需要遮遮掩掩直到鲜血不再冒出来，用足够红的口红来覆盖伤口。

我再次蹑手蹑脚地爬上床，小心地钻进被子，贴在木歌身上，抱住他的一只手臂。他动了一下，把手臂从我的胳膊里抽出来，放到了我的脖子下面。

"睡不着了吗？你转过去，我从背后抱着你。"他的声音听起来让他好像还处于半梦半醒中。

我转了过去，背对着他，他转过来从身后抱住了我。这个姿势让人感觉特别安心，可我依旧失眠到了天亮。四点多我就起来梳洗整理了，木歌也没睡几个小时，迷迷瞪瞪地爬起来收拾东西，他带了一个很大的箱子，他说他装了半箱子器材。

"你昨天是不是没睡好？"

我们站在酒店门口等机场大巴的时候，他点了一支烟。外面天还没亮，灰蒙蒙的罩着一层雾气。

"后来睡得不错。"我说。

他连着打了好几个哈欠："真是佩服你们这些年轻人，我们这种老家伙确实比不了。"

"那你是承认自己老咯？"

"我承认在睡眠这一点上，我比你老。"他抽完最后一口烟，把烟头摁灭在宾馆门口放置的烟灰缸里。

"那可不是，从年龄上来说，三岁一个鸿沟，那咱们隔了二又三分之二的鸿沟。基本上是黄浦江的宽度了。"

他随意地撇撇嘴说："我媳妇比我小十岁呢。"

我不知道是不是我突然收起笑容太过突兀的缘故，他的脸上出现了明显的尴尬，他想找寻一些别的话题，可能又不知道要说什么，所以站在原地摸了摸脑袋，又摸了摸早上刚刮了胡子的下巴，并把一只手伸进裤子口袋里，偷偷瞄了几眼我的表情。可我并不觉得他在后悔把这句话说出来，我心想，他想表达什么呢？警告我不要太得意忘形吗？对，可能我之前是有些得意忘形了，因为我一直以为他那即将与他结束关系的对象（我不想称呼太太、老婆和媳妇三者中的任何一种），应该和他相差不会超过三岁，一定是三十五以上的年纪了。在我的理解里，男人的枯燥无味首先来自对年龄的排斥，但我实在没想到，对方竟然是一个比我还小两岁的女人。

"啊，这么小呢。"我听见自己说，我的大脑还在找寻他对那段关系失去兴趣的根源。

"所以，年纪不能说明什么，我之前不就跟你说过嘛，我没有遇到过你这样能吸引我的人，年纪大小对我来说，是无所谓的。"他看着我笑，似乎很真诚。

"那些说你嘴笨的人，怕是有什么误会吧。我觉得你的嘴挺行的。"

我不想显得不懂事。我从没相信过他那随意找人结婚的说法，我一直都认为是他失去了原本的兴趣而已。假如不是年龄让他失去兴趣的话，那就是小姑娘的不懂事了。

这时忽然起了风，雾气被吹散了一些，但清晨的寒冷却加重了不少。木歌靠过来，把我搂在怀里。

"我真的不会说话，你可别不高兴啊。"他的声音被风吹得起起伏伏。

我的两只手都垂在下面，我偷偷地用左手狠狠地掐了一下自己右手的掌心，就在那条疤痕还没退掉的地方，我肯定那一下一定会留下更明显的血印子，我确定足够用力了。我把右手放进上衣的口袋里，故作轻松地说："你觉得我有那么小气吗？"

我必须承认，他压垮了我的一部分优越感，我此前的自信都变成了并不应该存在的得意忘形。

我们在机场吃了麦当劳，木歌一直很困，飞去丽江的飞机上，他一路都在睡。他靠在我的肩膀上，把我的手包在他的手掌里，他的手比我的手大了整整一圈。他的手指上没戴戒指，但他左手的无名指上却有一个文身，花体字的"M.G"。我刚开始一直在想，这个人得有多自恋，才会把自己的名字首字母文在左手的无名指上啊。后来我问他，是不是爱自己比爱别人多才会把自己的名字文在手指上。他说，是为了提醒自己要多爱自己一点。我问他为什么。他说，因为他总是最后才爱自己，经常吃亏，经常受到伤害，在各种关系之中，总会遭遇奇怪的背叛，可他总记不住，吃完亏就会忘，永远都是后知后觉的那个，到最后就剩自己为自己感到难过，那种感觉很不好。

我当时听完没说什么，那个时候我和他还没在一起，我只能默默地心疼这个大男人。我摸了摸他手指上的文身，他突然醒了过来，只睁开一只眼睛，眯着眼抬起头看我："怎么了？你怎么都不困的？"

我低下头，小声地说："以后我疼你。"

他突然笑了，紧了紧握着我的手，重新闭上眼睛，嘀咕道："你们这些文人啊，脑子真的是跳跃得让人无法理解。"

他老说我是文人，是因为我大学是学新闻的，我一直很喜欢写作，我长期给杂志社写点稿子，有短篇小说、散文，还有诗歌、影评，这些年来，我写了很多东西，也发表了很多东西。他陆续看了我写的所有东西，然后他告诉我，和我聊天他打了活到现在在聊天里打过的最多的文字，和我在一起他读了活到现在读过的最多的文字。我把这个当成很好的赞美。我一直觉得写字是一件能令人精神放松的事情。我很想写个长篇小说出来，但这么多年下来，我一直写写就停了，没有完整写过真正的长篇。我总觉得很多我想表达的东西，用文字难以说清。木歌说，那是因为我的内心世界太丰富了，丰富到也许只适合停留在我的内心，世界上任何朴素或华丽的辞藻都没法表达。我特别乐意地接受了这种玩笑的说法，或许真的是那样。

但我想，可能有一天我会把我和木歌的故事写出来，如果它真的能长久伴随我的灵魂的话，或许我会找到一种合理且丰富的表达方式。那个故事里，或许会有许多其他人，比如说凌秋。

我从初中到高中，写过很多包含了凌秋的文章，凌秋读过一些，他很乐意出现在我的文字里。但后来上了大学，一起到了国外，我发现我习惯依赖他的时候，就不再写了。因为我不想让那种依赖变得更严重，尽管，无论我写还是不写，都没改变过依赖逐年加重的趋势。

凌秋还是没有回我消息，我开始感到不安，我尽量不让自己往奇怪的方面想，我不认为他会出什么事情。

我们到丽江的时候，已经是中午了。走出机场，南方温暖的气候迎面而来，既空气干燥，又有温热的风。阳光斜铺到地面上，拉出长长的阴影，马路边都是绿化带。车行的人来接我们去取车，木歌定了一辆宽敞的红色吉普，他说那车拍照好看。我们一路开到了主城区，又开出了主城区，一直开到了海拔三千多米的地方，有个半山别墅群。木歌预订的房子就在这里。别墅群的旁边有个人工湖，人工湖的岸边栽种了一圈垂柳，倒是很像江南的河岸。我们的车子沿着上山的坡道，在一群别墅之间穿行，直到上了这一带的最高点后，进入一个缓坡，我们才在密林里的一片屋子中，找到了我们的那间。

"你看，这屋子的门牌号多好啊，199。"木歌搬行李进屋的时候乐呵呵地对我说。

我从车门上把手机取下来，随手点开看到了一个未接来电，居然是我妈的。她知道我国内常用卡的号码。我和木歌说，我打个电话，然后一直走到与我们隔了一整个院子的另一间屋子门口，才回拨过去。响了好几声，我妈才接起来。

"喂，陈薇吗？"

"妈，是我。我出差了，还没时间跟你说，我得过阵子才能回西元。"

"我知道，听凌秋说过了，所以你看我也没来问你。我找你是想问你，凌秋那孩子怎么回事啊？"

我心里一紧："什么？什么意思？他怎么了？"

"我问你呢，他昨天夜里突然发消息给我，说路城的事。他关照我假如路城的家里人来烦我的话，让我通知他，还给了我一个号码，是国内的。他回来了吗？他放假了？"

我的脑袋里出现了嗡嗡的声音："什么？凌秋吗？"

"对啊，你问我吗？你不知道？"

我愣了好几秒，才又说："妈，你把凌秋给你的那个号码发到我的微信上。"

"你不知道？他回来没通知你？你俩怎么了？你俩吵

架了？"

"没有，你别问了，你把号码发给我就行了。"

我听到我妈还在那头说些什么，但我心神不宁地把电话挂断了。

凌秋回来了？凌秋回来为什么不告诉我？他是故意的吗？他是在生我的气，还是别的原因？没到一分钟，我妈就把那个号码发了过来，我立刻按下了拨通键，但是响了很多声都没人接。我挂断之后，又打了一遍，还是没人接。我打开微信里与凌秋的对话框，给他发了一条信息："你是不是回来了？为什么不接我电话？"

发完信息后，我整理了一下表情，若无其事地走到车旁边，后备箱里只剩下一件小行李了，我把它拎出来搬了进去。我进屋的时候，木歌正准备出来，他在门口停了一下，问我："你给谁打电话呢？"

我说："我妈。我没和她说我回国，她从别处知道了，发消息来质问我呢。"

"哦。"他掏出钥匙，准备走出去的时候，又停下来问我，"你没和老罗小宽孙菲菲他们说你回来的事情吧？"

"没啊，怎么了？"

他用钥匙挠了挠头皮，说："你要没说就先别说了，也别发朋友圈啥的。"我看出来他说这话的时候有些为难。

"为什么？"

"咳，我怕他们知道你回来，以为你在北都呢，晚点叫你吃饭什么的，要是发现咱俩都不在北都……也挺不好的。你上次不是说你每次回来都要跑北都办事的嘛……"他说完偷偷瞄了我好几眼，显得慌慌张张。

我其实很想再争辩，但突然就回过神来，只说了句"知道了"便进屋放行李了，我听见他在我进屋之后迟疑了半天才走出去的脚步声和锁汽车的声音。

看来他并不想让他公司的人知道我们的关系。我想到我回国之前，有次我们聊天，他还曾经开过玩笑，说假如哪天我们和认识的那群人一道吃饭的话，他可能会露馅，因为他看我的眼神和傻笑他自己根本没法控制。想到这件事，我讽刺地笑了两声，一回头，他正好站在门口看着我。

"陈薇，你别误会，我倒不是为了我自己，我是怕影响你，老罗很喜欢你，你也知道，男人嘛，不管是哪种喜欢，有没有想法，都不会很愿意你和别的男人，尤其是他周围的男人，有过于亲密的关系，你懂的吧，我就是怕影响你。"

"是吗？那其实倒不要紧，我辞职了，我没跟你说吗？你不是说咱们回来开公司吗，我觉得回来也挺好的，你分析得很有道理。"

"啊，你辞职了？"他脸上的表情看起来就好像从来没考虑过我是真心说要回来发展的一样，"你为什么辞职啊？你是真的打算回来发展？"

我转过头，开始忙手头的事情——把行李箱打开，取出要用的东西，摆到合适的地方去。还有我带回来的红酒，我得拿出来，让它们在一个阴凉处保持静止状态。我把注意力尽可能地集中在手里正在忙的事情上，不去想我不想触及的区域。

不知道过了多久，在我完全放弃去想木歌究竟站在哪里在干什么的时候，我突然抬起头，看着被我放在靠近阳台的三瓶红酒，说："我还没想好，我只是这么说一说。"

后来，我们谁都没再提这件事。

天　使

木歌找的这间屋子很大，景色很好。进门的左边靠墙有一张简易的床，被我们用来堆放所有的行李。与此相连的厅里有两张民族风的躺椅，中间摆着一张木桌，木桌旁边是一个电子壁炉。从厅里能去阳台，阳台与旁边的房间也连着。房间的大床正对着巨大的落地玻璃窗，有一张灰色的床垫顶着窗，旁边有个小门，从那也能去阳台，但对着小门的阳台处摆了一个藤吊椅，我们一般走客厅的门去阳台。

阳台是这间屋子的精华。地板是木质镂空的，低头能看到下面的树叶和绿地，藤椅旁有个小小的温泉池，里面落了一些灰尘和落叶，以前来的人或许也不太用它，毕竟夜里屋外冒着高地的寒气。栏杆也是木质的，和地板的颜色一样，偏暗的灰色，看起来又扎实又朴素。栏杆外的近处是蓝瓦与古老的飞檐，斑驳的树影映在掉了墙灰的白色水泥墙上，在阳光里显得更加斑驳；远处是绵延起伏的群山和水域，天很蓝，云朵飘成长长的片状，好像有意映衬着山川与湖泊，望向高处隐约能见到雪山的轮廓。那些景色比画更美。

木歌说，他喜欢这种蓝天和白云，比国外的真实，国外是碧空万里，见不到云的，但他喜欢云。

"白云是这种天蓝色的灵魂。"他说。

我们在阳台上拍了好几张照片，木歌带了另一台佳能的相机，我用他给我的那台。他给两台相机都带了不少镜头。我没告诉过木歌，我以前上大学的时候也常常背着相机出去溜达，也喜欢摄影，我自认为构图也不错，但从来没有好好学过。我怕他笑话我的三脚猫功夫，所以在他告诉我如何调整参数的时候，我都很虚心地听。木歌拍风景的时候，我就拿镜头对着他，我特别喜欢看他举着相机在我的镜头里出现的模样，我会对着他调整光圈、快门速度、感光度、白平衡、构图，直到我觉得他的样子可以在我的镜头里定格成画，我才会拍下来，我希望我给他拍的每张照片都是完美的。

他给我看过不少别人给他拍的照片，我觉得都不好看。所以，我希望他会发现，他只有在我的镜头里才是最好看的，这是其他任何人都做不到的，因为他们不会带着和我一样的情感去为他按下快门。

下午我们去了古镇，回来的途中，木歌看到了一个集市，非要拉着我去溜达一圈。

"这哪里是集市嘛，就是个菜市场。"我跟在他后面走进去的时候说。

"菜市场才好逛，我就喜欢逛这种地方，走着走着就会撞到那些卖五花八门的小玩意儿的摊子。"他说着，就看到了一个编竹篓子的小摊，便指着那些看起来像上山用来背菜的竹筐对我说，"你看你看，这竹背篓多好啊，我真想买一个回去。"

"你买它干吗？这么大，都能装个人了。"

"我可以把我闺女装里头背着她玩儿。"他有些得意地笑了，看到我的时候，又立刻收起了笑容，给那个编竹篓子的、满脸皱纹、皮肤黝黑的阿姨拍了张照片，然后拉着我的手往前走了。

他一直没怎么提过他的女儿，所以当他突然提起来的时候，我不自觉地愣了一下，但我还是飞快地往脸上堆起笑容，我其实并不喜欢这样的感觉，但理智在提示我，绝对不能去和孩子争什么。我之前就想过，假如他说到孩子，我得表现得很高兴，如果可以，眼神里加入一些疼爱就更好了。虽然我希望他不要提起，但我也一直在提醒自己，那孩子无论将来跟着谁，我都必须表现出对她的热心。不知道为什么，我忽然想到了路城的妈妈，想到了路城那个和他没有血缘关系的妹妹。

在我胡思乱想的时候，他拉着我的手走到了一条五彩的路上。

这还是一个中间和左右两边都是菜摊的地方，但不一样的是，这条路笔直地通向雪山。这是一幅神奇的风景图，菜摊的棚顶是蓝色、红色和橘色的，它们的一半都被阳光刀刃一般笔直地斜切而下，旁边的阴影处还有几辆三轮车和几个临时的车摊，所有的人都显得朴素平实，黝黑健壮，他们脸上随意的笑容都是相似的，带着高地粗糙的粉红色。而这一切的平凡铺成了一条笔直的路，通向远方明亮的、雾气缭绕的雪山。我站在路口，好像突然感受到了一种能量。

木歌走到一个摊位前去看绿叶菜，他想晚上回我们租的屋子里烫火锅吃。我蹲下来，举起相机，拍了一张有他在里面的照片，他穿的外套也是红色的，他在我拍下来的照片里，侧对着我，伸手去拿装绿叶菜的红色塑料袋，对面的阿姨乐呵呵地说着什么，他也在笑，他的后面是青色的山腰和白色的山顶。

凌秋还是没回信息。

我们回到住处的时候，天色还没暗下来，木歌坐在大厅整理照片，我在阳台上穿着短袖的运动服打拳。我也忘记，我是从什么时候开始练习拳击的，有好几年了。以前，家门口有条很长的隧道，晚上经过的车很少，几乎没人路过，每次独自穿过去的时候都会觉得不安全，所以就学点拳击防身，结果一练就停不下来了。

木歌躲在屋里，隔着窗户给我拍了视频和照片，我满身大汗地进屋的时候，他拿给我看，说："你看看你，作为一个姑娘你竟然这么暴力，我之前都没发现。"

我说："现在后悔或许还来得及。"

他笑着把我拿出来的浴巾递给我："我觉得来不及了，我已经做好挨打的准备了。洗澡去吧，水帮你烧热了，你洗好了出来咱们就能吃饭了。"

我接过毛巾朝浴室走，木歌在身后大声问我要开哪一瓶红酒。

我说："你看着办吧。"

说实话，我没带太好的红酒回来，木歌不懂红酒，我一直觉得给不懂红酒的人喝很好的红酒是一种明显的浪费，所以我回来之前挑了几瓶我平时常喝的中等以上的酒，但我先挑了两瓶很不错的酒寄回家了，估计包裹还没到。那两瓶酒是我预备送给老罗的，老罗懂酒，以后在国内的事业上，说不定还需要他的帮忙。

白天木歌说的话我再三想了想，好像是那么回事。当然，那是他为自己找出来的理由，我不相信他首先想到的是怕影响我，他只是担心影响他自己罢了。但他那些拙劣的借口，也并不是没道理。没有必要在尘埃落定之前，过早地暴露我们之间的关系。

等我洗完澡从浴室出来，裹着浴巾准备吹头发的时候，木歌正占着洗手池洗今天买回来的绿叶菜和水果，这个屋子没有厨房，只有厕所和浴室之间有一个洗手池。他把一个洗干净的小西红柿塞进我的嘴里，摸了摸我湿漉漉的脑袋，端起装着菜的绿色盆子回客厅去了。

"你在家里的时候也常常做饭吗？"我问他。

"我一般自己吃，自己吃就自己做咯，做些简单的，我喜欢吃那不得会做一些嘛。"他说。

我看到镜子里的自己扬起了一边的嘴角，这个笑坏透了，我心里想着，打开了吹风机。

吃晚饭的时候，木歌用他的电脑播放那个我连演员都没搞清楚的电视剧，不停地吐槽说剧情很傻，灯光和摄影很烂。

"那你还看？"我说。

"那不是想看完嘛。"他一面回答一面目不转睛地盯着屏幕。

　　为了体现我的懂事，我选择笑而不语，默默听他继续谈论那些我完全不知道是什么的人物和场景。之前说好的一起看电影，竟然在第二天就成了过眼云烟。但这也没有让我感到不高兴，毕竟人在实践当中都会有一些太过真实以至于不太能被理解的行为，大家都在演着各自的角色，我把木歌的这种行为称为暂时性的罢演。

　　我的手机突然振了两下，我打开一看，是蓝泉发来了信息，说我在回来那天给她邮寄的东西她收到了。我想了半天，问她："我给你寄了什么？"

　　蓝泉回道："你失忆了吗？你刚从西元寄来的，之前我说很喜欢的那个迪奥的粉底啊，你说送我当生日礼物的。"

　　我突然想起来，大概两个月前，蓝泉让我去丝芙兰帮她看那款迪奥新上的粉底，我就直接买了，她要给我钱我没收，说要给她当生日礼物，但我对那个东西竟然毫无印象了，我放在哪里了？

　　我问："寄件人是我？有没有手机号码？"

　　蓝泉发来了一串号码，我一看，是之前我妈发给我的凌秋在国内用的手机号码。东西是他帮我寄给蓝泉的，他一定是走的时候发现我把东西落在那里了，我一般会在要给别人的东西上面贴上收件人的姓名、地址和电话，为了提醒自己把东西送给他们。

　　我端着酒杯，打开门走到了阳台上，把门关好，依然能清楚地听到屋里电视剧的声音。我把酒杯放在藤椅旁边的地板上，又给凌秋发了个信息，让他回我信息。才把手机按灭几秒，我又打开，拨了那个号码，仍然没有人接。我继续拨那个号码，我不知道自己究竟拨了几遍，花了多久，但屋里的电视声还在继续，屋里的人也没什么动静。我就这么一直拨，拨到那头终于有人接起来。

"凌秋，你在哪里？你干吗这是？你说话！"我没等他开口，就朝着手机凶狠地说，但声音并不大，我怕被木歌听见。

可对方不说话，只呼吸，我听了半天都是明显的气息声，就是无人开口。

我突然觉得整张脸都在发热，有股火苗在我脑中不停地跳跃，我深吸了一口气，预备升高音量，刚想开口，那头说话了——是个女的。

"你好，你找凌秋吗？"她问，声音很甜，但实在太甜了，透着一股酸味儿。

"对，你是谁？"我听见自己的口气里带着明显的咄咄逼人。

"我是……我是他女朋友，我叫嘉美。小秋去洗澡了，要不待会儿我让他打给你吧。"

我愣了一会儿，在确定对方还没挂断的情况下，我听见自己问："你们在哪里？酒店吗？西元的哪个酒店？"

"我们……我们在他家。"

我把电话挂了。

凌秋带着一个不知道从哪里冒出来的姑娘去了他家，而我连他家在西元的哪个方向都搞不清楚，可我们认识了二十几年，这个女的和他认识多久了？有二十几天吗？

小秋？这么多年来，就连我都没这么喊过凌秋。我盘腿坐了下来，端起地上的酒杯，把里面的半杯酒一口灌进了喉咙里。

我发誓，我不是嫉妒。我只是想不通，为什么凌秋一边在关心我妈，一边在给我的朋友寄东西，一边不理我却又和别的女人在一起。他想干什么？他是不是在报复我，就为回国前一晚我对他做的事情？

阳台的门突然开了，屋里的电视声陡然增大，我必须说，那部我连演员都认不清的电视剧让我实在很反感。

木歌探出半个身子，问我："你还喝酒吗？我把那瓶威士忌开了吧。"

我把酒杯底扣在食指和中指之间，从地上爬起来，拍了拍屁股上的灰尘，说："开吧，今天多喝点，反正明天不用赶飞机。"

木歌好酒，谁都知道。我觉得他喜欢我，其中有一部分原因是他觉得我也喜欢喝酒。但我只对葡萄酒有偏爱，这是我从来没告诉他的，可他什么都喝，他是对酒精有偏爱。我以前不喜欢这种男人。木歌很少抽烟，只有在喝多的时候才抽，后来我们喝了半瓶威士忌，他点了一根烟，让我穿上外套去阳台，他要给我拍照。

我已经忘记他拍了什么，让我摆了什么姿势，但好像都是挨着栏杆完成的，他用了我带来的补光灯，我记得他往上面绑了一张纸巾，为了制造柔光的效果。但我的意识已经有些模糊了。后来在拍一张照的时候，我反复摆出喝酒的动作，那些液体在逼人的寒气之中，随风灌入我的体内，慢慢地灼烧起来，就好像我举着火把进了一个冰窖，我的四周都是冷冽的，只有我自身是热的。

再后来的事情逐渐在意识里变得模糊了。

我记得我们站在阳台上笑得很大声，我问木歌，他为什么会自己睡到另一个房间去。他说，因为有一年算命的说他不能睡在朝北的房间里，否则会生病，那间主卧朝北，他就去客房睡了。他后来哭了，说他女儿是天使，他问我知道什么是天使吗，我知道他喝醉了，但我依然回答说，我知道。我摸了摸他的头发，我说我知道。

我四岁的时候就知道什么是天使，他长得很干净，很白，很瘦，比一般孩子都高，他站在人群里，远远地望着我，最后他走了过来，坐在我旁边的草垛上。我想我那个时候一定很丑，全身裹上了粗布白衣，头上还绑着丧带，我像个野孩子一样在祠堂的草垛上打滚，从我面前走过的每个人都看看我，他们看我的眼神充满了同情，有些人直接把同情挂在嘴上喋喋不休，没人理我，而我什么都不懂，我只是觉得很窘迫，因为所有人都在参观我，而我也明白自己似乎应该装成一个很惨的孩子，我找不到我妈。直到那个在人群后面盯着我的男孩子，拿着一个棒棒糖走过来，在我旁边的草垛上坐下来，把他的棒棒糖递给我还给我剥去了糖纸的时候，我忽然感觉自己不再是一个人了。所以他问我为什么不哭的时候，我说我为什么要哭。我舔着他给我的棒棒糖笑了，后来我们一直在一起。

我喝多的时候，总是不厌其烦地想起凌秋，想起他的天使事迹。但我从来没和别人说过这些，就像我从来没和任何人说过凌秋可能会成为我的敌人一样。它们都是我心中的秘密，因为我在意识模糊的时候会觉得这个秘密太过可怕了，同一个人的身上，具备魔鬼与天使两面。

我忘记后来我和木歌是怎么去床上睡觉的，我只觉得庆幸，这是好几天来，我第一次彻底地睡着了，尽管我做了一整晚的梦。

早上醒来之前，我清晰地在梦里看到阳台上的温泉池里，漂着一具尸体，我没走近看，但我见到路城的银框眼镜，在尸体旁边慢慢沉下去，带着许多气泡。

后来，我没敢再靠近那个温泉池。

怀　疑

第二天起来就已经是中午了，木歌比我起得还要晚，他眯着眼睛走到阳台上的时候，我已经做了一百个俯卧撑，站在栏杆边上拉伸了。今天的天气还是格外好，整个阳台都笼罩在阳光里，风很清爽，这里与北都和西元的气候都不一样，倒是有些像意大利北部山区。

木歌走过来捏了捏我的肩膀，皱着眉头说："一看就是武馆里跑出来的小爷们儿。"

我乐呵呵地说："可不是嘛，你力道都未必有我大。"

"哎哟，给你个梯子立马可着劲儿登上云霄啊。"

"要不比比。"我拍了拍我的胳膊。

他拿起我随手挂在栏杆上的毛巾，盖在我的脑袋上，拉住我的手把我往屋里牵。

"别嘚瑟了，外面风大，你快点去冲个澡，别着凉。待会儿咱们去雪山。"

后来木歌发给我好几张照片，是昨天晚上和今天中午我在屋外做运动的。他拿手机拍的，但是抓的瞬间特别好。有一张是刚刚拍的，我特别喜欢：我穿着运动服站在阳光下，背靠着栏杆，随意地看向地面，眯着眼睛，阳光的刺眼反而让我脸上的表情带上了一些温和的笑意，风吹起了我的一缕头发，它们飞扬在我的额前，我的身后是清晰的雪山，发出白色的光。

玉龙雪山不知道为什么没有开门，木歌就开着车带我从另一条路绕到了离雪山更近的地方。他挑的那条路基本上是山路，弯弯绕绕的，盘旋而上或下，一路上几乎每一段的风景都不一样，有时候能看到呈冷色拼接的峡谷，有时候可以看到沿路的村庄。木歌有时候会停下来拍几张照片，有景也有人，他看到背着我们昨日在那个市场上见到的那种竹篓子往前走的村民，会让我拍几张，看到黄色的土狗趴在路边的屋子门口也会让我拍上几张。

他说："这些才是这个地儿最真实的东西。你知道吗，其实我自己每次去一个新的地方，总会想着去挖掘点什么，景点以外的、别人看不到的东西，这些东西能给我不少灵感。"

我看得出来他特别兴奋，丝毫没有因为景区不开门而感到失落。一路上，他和我说了一些他工作的时候去过的地方，发生过的事情，冒过的险，还有一些令人兴奋的惊心动魄的瞬间。我从那些东西里面听出了他不羁的一面。小宽曾经和我说过木歌是个很不羁的人，但我始终不太认可用这个词，我觉得是小宽曲解了"不羁"的意思，到现在为止我仍然没觉得木歌是个不羁的人，但他诉说的这些故事是能体现出他的不羁的。我忽然觉得这些精彩的冒险故事里头的他更加让我喜欢，故事里的那个人潇洒得如同一个江湖中的侠士，随遇而安，不惧危险，且总是能克服重重障碍，像是一颗在朴素的环境里升腾而起的不平凡的灵魂。

当我听他描述的时候，我的脑中不停地冒出各种词句和画面，后来连我自己也觉得荒唐了，我就笑了起来。

他在靠近峰顶的路边停下车，问我笑什么。

他停车的地方，我相信是我们这一路上风景最多，也最壮观的地方。绵延的雪山仿佛在伸出手就能摸到的地方，我们面前有一棵半枯的树，零星的几片叶子和深褐色的没什么养分的枝干正好做了雪山的前景。阳光在我们右边的峭壁之下，谷底有一个巨大的人工湖，接近谷底之处是被修整得特别整齐的梯田。

我瞪大了眼睛，惊讶于眼前的一切。刚想下车，木歌突然伸手拉住我的胳膊，稍微一用力便将我拉向他，他用力地吻了一下我的嘴唇，并轻轻咬了一下。他放开我的时候，我看到他的嘴唇上印着我大红色的唇印，我默默地低头笑了，没告诉他。

"陈薇。"

我站在悬崖边拍雪山的时候，听见他喊我，我便转过头去，看到了他的镜头，我还没来得及笑，他就按下了快门。我以为这张照片会是今天的精华，但后来他给我看照片的时候，我却更喜欢另外一张，那张照片很暗，他好像没来得及调参数就拍了，我背对着他，我的面前是雪山，但我们都在偏暗的青灰色里，可我莫名喜欢。

我们下山的时候，天已经快黑了，由于景区那边的路不通，所以我们绕了半天才找到下山进城的路。我们去一家有当地特色的火锅餐厅打包带了一些菜回去吃，木歌看中了店里自制的烧酒，我们也买了一些带回去。

快进半山别墅群时，我让木歌在入口的湖畔停了一下车，我说想拍几张照片，让他先开进去。

"这黑咕隆咚的，你要拍什么？"

"我马上就回来，你先去吧。我都闻到后座的菜汤味儿了，怕是洒了。"

"你能认识路吗？"

"认识，哎呀，放心吧。"说着，我就从车上跳了下去，关上了车门。我原以为木歌会和我纠缠很久，结果他倒是爽快地开走了。

我等他的车拐进了我看不到的巷子，转头朝马路对过儿走去。那边有一家我之前就查过的开到晚上九点半的手机店。手机店的门面很小，在白炽灯的照射下，玻璃门显得很脏。门上贴满了无关紧要的小广告，让这家店看起来很不专业。

门是双开的移动门，我推开一边，走了进去。杂乱的玻璃柜台后面坐着一个正在吃面的人，他抬头看了看我，放下手里的一次性筷子，吞下了口中的食物，望着我挤出来一丝微笑。但他没站起来，也没和我说话，微笑后，他拧开手边那瓶饮料仰着脖子往嘴里灌。

"您好，之前我打过您这边的电话。"我说。

"哦，你需要什么？"这个皮肤黝黑的瘦骨嶙峋的年轻人说普通话的时候带着明显的地方口音，他把饮料盖子重新盖紧，放在柜台上。

"我之前打来的时候，问过您这边能不能恢复手机数据。"

"哦，什么手机？"他面无表情地问，我怀疑我之前打电话联系的人并不是他。

我从口袋里掏出那只凌秋的华为手机，放到玻璃柜上，头顶上的白光打在手机的黑屏上，把手机膜上的痕迹清晰地照了出来。

"不小心删了什么数据啊？"他从杂乱的柜面上的一个小盒子里取出来一根牙签，剔了剔牙，拿起我的手机看了几眼。

"不小心格式化了，我主要想恢复短信里的东西。"

"云端备份了没？"

"嗯？什么？"

"云端啊，备份没啊？"

"我……我不记得了。"

"那就是没有备份咯。"他把手机递给我，"开一下。"

我接过手机，把它打开来，重新递给小哥："对不起啊，能不能麻烦您帮我试试恢复下这个手机的短信内容，其他无所谓，我只要短信就行。"

他瞟了我一眼，说："关键是你也不知道你备份了没有，如果你备份过的话，只要有云端的账号密码就可以恢复数据。不过，可能自动备份了你也不知道。这样吧，你给我账号密码，我帮你试试看，你要是觉得不合适，我教你操作也行。"

"不，你帮我试试看吧。"我也不知道我自己在说什么，其实我并不相信他说的，但我不自觉地顺着他的话往下认真地说。

"行，放心，你全程盯着啊，我不会看你隐私的。你把账号密码给我吧。"

我看着他愣了半天才反应过来。

"对不起，那个……我账号密码忘记了，能……能黑进去吗？"

小哥讽刺地干笑两声，说："姐姐，感谢看得起，但真没那个能力，我要能黑进云端，我在这里开什么手机店啊？你以为我在演电视剧呢。"

我尴尬地扯了扯嘴角："我那个……忘记账号密码了。"

"你有账号也行啊，找回密码就行。"

后来我拿着手机出去了，告诉他我明天或者后天再来。我也不知道明天的规划，也不知道后天是不是还在这里，木歌什么都没说，他应该没规划每天的行程，我们每天都是随意走动。其实我并不喜欢这样，我喜欢把一切都计划好，然后按照计划走。但我不想让他觉得我有一些难以改掉的职业毛病，所以我什么都没说。

走回屋子的路上，我一直在想凌秋的云端账号是什么。

半山别墅群的小道很黑，没几盏路灯，但我竟然没有迷路，等我抬起头，发现自己已经站在屋子门口了。我刚想伸手敲门，却从窗户里看到坐在客厅暖炉边上的木歌正在打视频电话，看样子他应该是在和他的女儿打，隔着窗子我就看到了他表情里的宠溺。

我一直等到他好像说得差不多的时候才轻轻地敲了两下门，我从窗口看到他迅速挂了电话，朝门口走过来。

"你怎么这么久？拍了什么呀？"他说。

"晚饭弄好了？"我把背包放到门口的床榻上，以免他继续问我要照片。

"你看，你看，你一看就是那种平时被照顾得很好的姑娘，说吧，是不是在意大利有人照顾你呀？"

我也不知道他是如何从与女儿亲昵聊天突然转换到与我亲昵对话的，有时候，我竟然会觉得所有人都是神奇的高情商物种，可我宁愿他们是傻子。

"对啊，对啊，我结了婚的，我家里还藏了一个老公呢，把我照顾得可好了。"

"你可别开这种玩笑啊，我会当真的。"木歌刻意摆出一张不高兴的脸。

晚上吃的是当地的一种肉，还有一些绿叶菜。我和木歌在那家餐厅里的时候，我还记得那些是什么，但转头我就忘记了，现在它们都被扔在我们面前的小锅里，这口锅是我们昨天在集市上买的，我们还买了插座和红酒杯，它们至今都带着那个集市朴素的味道，质量过关，但仿佛只能用几次。沸水的表面漂出了一层难看的淡粉红色的沫子，那些沫子堆在锅的边沿，很多绿叶菜上也积了厚厚的一层。我看了眼木歌，他似乎没打算去管那些沫子，这会儿他倒是又显现出他在真实里的不羁来了。

我放下筷子，不想吃了。

"怎么了？吃饱了吗？还有好多肉呢，再吃点。"

"我歇歇，等会儿再吃。"

我斜靠在躺椅上，端起酒杯喝了一大口。那个餐厅做的烧酒醇厚，有一种与这里的天气相符的干爽口感。我们打回来的酒装在矿泉水的塑料瓶里，木歌当时看着都笑了，拿回来后我们倒在喝茶的小盅里。木歌带了不少茶叶，我以前不知道，他竟然是个喜欢喝茶的人，这倒是有些符合他的年纪。我对茶没有什么爱好，只在别人给我面前的小茶杯满上的时候觉得它香，像饮料。我对茶的品位就好像木歌对红酒的品位。才第二天，他已经受不了红酒的温和了，他说那酒好喝但没劲。

吃饭的时候，他继续放他那部和我毫无关系的电视剧，并且一边吐槽说剧情走向奇怪一边又和我说话，错过内容之后倒回去重看。他干什么我无所谓，我从回来到现在一直在想，凌秋可能会用的账号和密码，我打算明天再去那个店走一趟。

我发了个消息给蓝泉，让她打一下那个寄件人的电话。

她直接一个电话打过来，问："为什么？"

"帮我个忙可以吗？那个包裹不是我寄的，我现在不在西元，帮我寄件的人一直没有回我信息也不接电话，他欠了我一笔钱呢。"

"可……那个电话是西元的啊，你老乡欠你钱不接你电话？"

蓝泉好像特意查了那个号码，她带着明显的"我就听你跟我胡说八道吧"那种口吻。

"对，是我喜欢的男人，我怀疑他找了别的女人，你帮我打电话看看，是不是他接的。"

"收到。"

蓝泉立刻挂了我电话，我听着突如其来的嘟嘟声无奈地笑了笑，女人的八卦心比猫的好奇心更强烈。

过了没多久，蓝泉就回了我电话。

她说："叫凌秋是吧？咱们认识时间也不算短了吧，你居然从来没告诉过我你有个发小叫凌秋，太过分了啊。"

"是他接的？是男的接的？"

"不然呢？是他本人接的！我问了，他说他叫凌秋，不然我怎么知道他的名字。等下，你说怀疑他喜欢上别的女人，他不会是和什么女人过夜被你发现了吧……哦……怪不得你叫我看看是不是男的接呢。我跟你说，咱们渣男可不要啊，不管是不是发小，要确定有了别人，就算了啊……"

她还在滔滔不绝地说些什么，可我的思绪已经飞出去了。

"他和你说他叫凌秋，是我发小吗？"我打断了她。

她愣了一下，说："啊，是我先问他是你的什么人，他半天后才说，是你的发小，叫凌秋，也没问我是谁，就不说话了。然后我就尴尬地挂了电话。"

她又问："你确定你喜欢？是你发小的话，喜欢很多年了吧？"

"没，最近才喜欢。"我也不知道我在说什么。

蓝泉还想问什么，大概是发现了我的心不在焉，决定不再和我啰唆便挂了电话。然后她发了条消息给我："对熟悉的人很多都是错觉，如果他不爱你就算了，我听他提起你的声音挺冷淡的，别受伤，宝贝。"

我按灭手机屏幕的时候，木歌开了阳台门走了出来，屋子里仍然在播那部仿佛永远不会完结的电视剧。他走出来的时候，我正坐在阳台正中央的地板上，我头顶有大片的星空，风很大，但星空没被吹散。

他在我身边盘腿坐下来，端着他的相机，他换了一个广角镜头。他还拿了一瓶红酒出来，没拿杯子。

"咱们对瓶喝吧，好吗？"他一边起木塞一边看着我问。

我愣了一下，随即点点头，说："好。"

他对着瓶口喝了一大口，递给我，然后端起相机，对着我。我一边把瓶子举到嘴边，一边用手挡住我的脸，他伸出一只手拍掉了我的手，立刻按下了快门。我听见了快门的声音，大笑起来。

"你别拍我那么丑的样子。"我说。

"一点也不丑，真实的样子。我希望你以后也都是真实的你，起码和我在一起的时候。"他说。

我盯着他的眼睛，他的眼珠不像凌秋的那样黑，有些深棕色，和我的比较像，所以很多东西倒映在他眼里的时候都显得不太深刻，甚至浅淡。过了好久，我才说："那你呢？你和我在一起的时候，也可以只有真实的样子吗？"

他迟疑地扯了扯嘴角，从地上爬起来，退到角落里对着我按了快门。

放下相机，我听见他说："陈薇，你真的爱我吗？我觉得你好像也没那么爱我。"

魔 鬼

我很早就起来了，但木歌还是睡到了中午。我起来后，步行去了一趟昨晚去的那家手机店。那家店在马路边的转角处，白天的光线让它看起来更加灰蒙蒙了。我推门进去，却没见到昨晚那个小哥，换了一个戴眼镜的。

"有事吗，美女？"他热情地站起来和我打招呼。

我看了一眼他的银框眼镜，在进门处愣了一下，有点想退出去，但最后我把这个念头打消了。

"您好，老板，昨天晚上我来过，和您同事聊了。我有个手机不小心被我恢复出厂设置了，我想恢复数据，您同事说假如云端备份了的话，可以恢复，不过我把云端的账号密码忘记了。"

我的话还没说完，他便换下了热情的微笑，带着几分疑惑瞄了我一眼，接着微微扬起一边的嘴角，露出一副好像知道了什么的表情，对我说："您要是有账号密码能恢复的，不然的话应该恢复不了。而且啊，说句实话，要是他刻意隐瞒什么，他是绝对不会备份的，现在人做事一般没那么不小心。"

我一下就明白了，他应该是以为我是拿着手机来查老公是否出轨的女人，看来他们经常接到这种业务。

我实在不想和这个戴银边眼镜的人多待，于是我说我晚上带着账号密码过来，就立刻从店里出去了。

回屋子的路上，我接到了凌秋的电话。当我看到屏幕上显示那个我不太熟悉却被迫记住的国内新号码时，我感觉到自己的心脏被什么力量如同捏泥塑般地捏成了别的形状，手机的铃声进入了胸腔，我听到了荒芜与空旷的回响。

最后，我按下了通话键。

"喂？"

他没说话，就和那天晚上那个自称他女朋友的姑娘一样，只有呼吸声，不说话。但这段沉默更加漫长，漫长到仿佛我们都进入了一个静止的空间，可我面前的垂柳还在风里飘动，湖面上仍有轻风掠过带起的波纹。

过了很久之后，我听见他终于开口了，带着浓重的鼻音："是我，你找我了？"

不知道为什么，这一刻，我忽然觉得凌秋不是凌秋了，他好像变成了另一个我不认识的人，我甚至不太能认出他的声音。

"你怎么了？你回国了是吗？你为什么不接我电话？为什么不回我信息？"我听见自己的声音在轻微地颤抖，好像胸腔地震一般。

"对，我回国了。你找我有事吗？"他说。

我很想朝他发火，问问他这些行为到底是为什么，但我没有，我只是学着他冷冰冰的口吻说："没事。我想问的事情有点多，等我回西元我们再说。"

"行。"他说完这个字就果断地挂了我的电话。

我把手机捏在手里，继续朝半山的小路走，快走到缓坡的时候，我停了下来，摘下手机壳，从里面拿出来一张纸，那是凌秋在我离开的时候留给我的纸条。我拍了一张照，用微信给他发过去，又补了一句："你是找了个女朋友，就打算把这些都变成空话吗？"

他没回，我料到了。

我回到屋里的时候，木歌正在打电话，看到我立刻就把电话挂了，他刻意地转移了话题，大概是害怕我开口问他和谁通话，但我根本没打算问。

后来我们开车去附近的小街吃了一碗乌鸡米线，在城中的街上转了几圈。我们转去了一个卖小玩意儿的地方，木歌用一只手托着他挂在脖子上的相机，用另一只手拉着我的手，穿梭在这个集市熙攘的人群里。他会在一些小摊位前停下来，挑几件小东西拿在手里多看几眼再问问价格，但他今天不怎么拍照，我原以为他会一直拍，可他却紧紧拽着我的手。

"你不拍照吗？"快走到出口的时候我问他。

他用大拇指摸了摸我的手背，侧对着我说："怕把你弄丢，你看这里人这么多，据说路痴最容易在人多的地方走丢。"

我笑着说："我又不是小孩子，走丢了会哭着找家长。"

"你不是说你十八岁嘛，那不就是小孩儿嘛。"

"那你岂不是太老了？和十八岁的姑娘在一起，你都可以当爸了。"

"你这就不懂了，我现在是吃香的大叔，等你到三十岁，我就变回十八岁的'小鲜肉'，你怎么都逃不开对我的喜欢。"

我们站在出口的两根水泥柱子之间笑，旁边摊位的小姑娘大概是听见了我们的对话，一边偷瞄了我们几眼，一边也跟着笑。

我说："我们快走吧，人家肯定觉得这两个人怎么说话这么没脸没皮的。"木歌哈哈笑着拉着我的手走了出去，把市场的喧闹和人流都抛在了身后。我回头看了一眼，大门洞的阴影里人头攒动，挡住了从门外照进去的光。木歌在门口的茶叶店里买了两袋普洱，从茶叶店出来，他提着红色的塑料袋，给我拍了一张照片，我刚巧回头看他，我身后全是模糊的走在阴影之中的身影。

人能走出阴影的时间好像比想象中还要短暂，白日里的光可能是这个世界上最难守住的东西。

那天晚上我和木歌坐在阳台的吊椅上聊天，他的电脑在客厅里继续播着那部似乎每一集都有枪林弹雨的电视剧。

木歌和我说起了他的父母，说他父亲去世前有些抑郁，大概是因为工作的原因，始终没有得到缓解。他说，有很多事情他在父亲去世前想不通，等他父亲去世了，他才一一想通了。

"人生其实没什么过不去的事情，但我们通常没自己想的那么洒脱。就算想洒脱，也很难做到，生存和生活永远是我们一辈子最难且无法逃避的课题。"他说。

我给他的杯子里倒了一些红酒，夜里的灯光在酒杯里摇摇晃晃。

"你为什么突然变得这么深刻了？"我说。

"和你说这些的时候，我也才真的去想这些，一边说一边让自己通透一些不好吗？你告诉我一些你家里的事情吧，关于你的父母什么的。"

"你真的想听吗？"

他点点头。

除了凌秋，我从来不与任何人说我的事情，但我决定告诉木歌一些事情，我觉得我身边有个巨大的黑洞，我迫切地需要找个人来填补，我需要一个人来分享我的秘密，并且告诉我他会护着我。

我爸妈在我很小的时候就离婚了，很多记忆已经模糊了。唯一的一点对他们在一起的印象，也只有无尽的争吵罢了。后来他们离婚了，我跟着我妈回了她娘家。我爸娶了别的女人，那个阿姨我见过，我记得她把从她嘴里拿出来的口香糖偷偷给我，让我捏小兔子玩。很多人都说后母恶毒，我也不相信她会是什么善良的后母，但她还没来得及表现对我的恶毒，我爸就去世了。

"我爸走得很突然，他们说他是得病去世的，但我不相信，他去世前还每天都来幼儿园接我，带我在幼儿园门口的地摊上买最贵的玩具，我妈后来跟我说过，他不是病死的。"我尽量用一种平静的，好似在讲别人的故事的口吻来陈述这件事。

"那他怎么死的？"

"我觉得是被那个女人害死的。"

木歌笑了起来，他说："你也太阴暗了吧。"

"阴暗？"我有些不相信自己的耳朵，"你说我阴暗？"

"你说，你什么都不记得，就因为你妈妈说你爸不是病死的，你就觉得他是被那个女的害死的，你这想法毫无道理啊。"他的口吻里带着一种天然的不屑。

我想起乡下举行葬礼那天晚上，凌秋带着我回到灵堂门口，那个女人披麻戴孝地靠在木门上，与另一个男人说话，看到我时，跨出门槛瞪着我讥讽地说："野孩子，怎么还晓得回来！"第二天晚上爷爷奶奶赶走我和我妈的时候，她就站在他们后面动都没动，后来爷爷奶奶为了几千块的遗产和我争抢的时候，她也在他们旁边。她永远站在我能看到的角落里，着急地跳出来扮演面目可憎的角色。

"你懂什么，我希望她死。"

"嗯？你说什么？"木歌的声音很亮，和我听见的我自己低沉的声音一点都不一样。他父亲的去世让他变成了一个通透的人，而我父亲的去世让我的心里积聚了这么多年都无法消除的仇恨，所以他连声音都可以显得高高在上，我突然笑了起来。

"你笑什么？"他举起酒杯，等我和他碰杯。

"你说话的时候，真的从来不去考虑听的人的情绪吗？"我举起酒杯，后退了一些，我不想和他碰杯。

"我让你不高兴了吗？"他又伸长了一点手臂。

"没有。"我低头笑了笑，任他碰我的杯子。

　　木歌白天的行为让我产生了一些错觉，我以为他可以成为另一个天使，一个真正进入我生命的天使。但并不是每个人都可以成为那个填补黑洞的人，也不是每个人都会因为你表面拒绝但内心渴望得到的怜悯而生出更多心疼来保护你。我忽然发现，最无力的感觉也不过就是这样，有些恐惧一直摆在那里，但我身边的人无法将其带走。

　　木歌站起来，端着酒杯走到右边靠墙的那个温泉池旁边，朝里面看了看。

　　"要这天再热一些，我们倒是可以放点水泡个温泉，夜里外头太凉了，我看这水也不会太热。"木歌转过头，指着温泉池子对我说。

　　我用力闭上眼，又睁开来，坐在藤椅上没动。这时，我的手机响了，是个陌生号码。我一边接起来，一边往屋里走，我隔着落地窗看到木歌掏出相机开始对着远处的景色拍照。

　　"喂，你好，陈小姐吗？我是手机店的小修，我给你留的邮箱发了一个邮件，你看下，应该只有那点内容了。"

　　"打开了是吗？密码是哪个？"

　　"你给的纸条上写的最后那个。"

　　下午去超市回来前，我又去了一趟手机店，和木歌说我要去路口打印，让他先回。木歌说要等我，我说："你去给你女儿打个电话吧。"他脸上的表情瞬间就蔫了，接着就把车开走了。

　　手机店里前天晚上的那个小哥回来了，我松了一口气。我给了他一张纸，上面是我列出来的所有我认为可能正确的账号密码。

"您其实可以自己上网试啊，何必找我们呢？还有泄露隐私的危险。"

"我给你钱，你做生意不就行了，泄露隐私那就是你的事情了。"我扫了他的二维码，给了他八百块，"可以吗？图个吉利。"

"别这么凶嘛。"小哥高高兴兴地收了我的纸，说，"你等我信吧。"我把我的邮箱地址留给他后，就离开了。

在那张纸上，我写了凌秋国内新的手机号和国外的常用手机号，以及三个我知道的邮箱地址，至于密码，我给了他的生日，他入职的年月日，他毕业的年月日，最后我写上了我的生日。

他的密码是我的生日。

我在我的电脑上打开邮箱，点开第一个带附件的陌生邮箱发来的邮件。

邮件里有段信息："美女，账号的云端备份里基本上什么东西都没有，短信是空的，只有一个备忘录，还有两张照片。你看下吧。放心，一次性买卖，账号密码我已经忘记了，我不会再登录这个账号的。"

我点开下面的附件，附件几秒钟就加载出来了。

我先点开了那个命名为"照片"的文件夹，文件夹里有两张照片，拍得很模糊，我关掉照片。又点开旁边那个备忘录的文件夹。里面只有一个文档。我点开文档——虽然我早已经做好了准备，但那一刻我还是感觉到我的心脏漏跳了好几下。

文档里有几行字：

1. 杀人犯，别以为没人看到你杀人。

2. 你杀了人，我会永远看着你。

3. 杀人犯，你不得好死。

…………

最后有一条没有编号的："陈薇，是你杀的人吗？"

我的手一抖，电脑差点从我腿上掉下去。我抬头望了一眼阳台上的木歌，他正拿着相机对着我，我从玻璃上看到了自己的表情，呆滞又恐惧，像见了鬼。他放下相机，不解地看了看我，我伸手挡住了自己的脸，勉强笑了笑，然后他转头去拍别的了。

我迅速地关了文档，深深地吸了口气，又点开了旁边的照片，照片很不清楚，像是对着屏幕拍下来的。我把照片放大再放大，放大到满屏都是噪点的时候，我终于看清楚了照片里的内容——这两张照片拍的是一个地方：米兰展会酒店的侧门通道，从那里可以直接去展会场地后面的停车场。第二张照片里有个人的模糊影像。

我合上电脑，望向窗外，对面半山的灯少了一圈，夜色更沉了，木歌穿着黑色的外套趴在栏杆上，绵长的白光和黑暗让他的背影看起来像一个鬼。

醉 孽

　　很早，我和木歌便启程去了香格里拉，我们只在香格里拉待了两天。我们去独克宗古城的那天，阳光非常好，人也不多。我拉着木歌对着一家不营业的窗帘店外的玻璃拍了我们的合照，可是光线有点暗，我们俩从玻璃上看一点儿也不亲密，我拿着相机对着玻璃上的我们，他在旁边笔直地站着，像根木头一样，这张照片看起来一点也不喜庆，反而有点恐怖。

　　离开香格里拉的时候，我才知道，这座城市名字的意思是：心中的日月。我很喜欢这个意境，尤其是我们大清早往大理开的路上，我见到了天微亮时蓝色的雪山和青绿色的峡谷，它们被云雾笼罩，好像仙境。我们的车走过海拔四千米的盘山公路，我觉得我们真的在从"心中的日月"里走出来，又走进去。

　　木歌停车在江边拍照时，我看着绿色的江水问他："你觉得我在北都会习惯吗？"

　　他正举着相机拍江面上的晨光，没回头看我，我听到好几声快门声后，他说："那得看你，我就怕你不习惯，北都那个气候啊，你皮肤这么敏感，还有那个……哎，这张好，这张好，你看。"他拿着相机凑到我面前，给我看他刚拍的那张照片，我点点头，推开他的相机。

"那我不习惯不是有你吗？"

他似乎愣了一下，抬了一下头，不知道是因为我的问题还是想确认取景的角度，然后他重新对着相机屏幕调整参数："对，但我的意思是，你要想好。北都那地儿，你也知道，想留的人多，能留好的人不多。"

过了好一会儿，我看到他收了相机准备上车才又说："你说的留得好不好的是北漂，我也算吗？你不是都有安排的吗？"

他把相机放进他的背包里，把背包搁在我们俩的座椅之间，一边开车一边对我说："对，是，是那样，但这事儿也是要计划的，不是说你一来北都，咱俩就开个公司啥的，不都得计划好再做事嘛。"

我看着窗外，除了宽宽窄窄的江水、水库与堤坝，还有一些似乎尚未启用的天桥和车道。这是一个与我平日里生活的地方截然不同的地域，开阔，高远，本应该让人产生和环境相称的心境。可我没有，好像越往美好的地方走，我就越感到自己在往下沉，那些水域让我喘不上气，我时时刻刻感到自己的身体漂在水中，好像一具尸体。我也很渴望摆脱这种感觉，所以我希望木歌能给我一些念想。

"那合作的事情可不就是说做就做的吗？你是说这件事还需要规划很久吗？要多久啊？"

我尽量让自己的语气显得平静又温和，只带有一种纯粹的疑问，但木歌似乎听出了一丝怨气，那并不是我的本意。

他再次把车停下来，熄了火望着我，但我没转头看他，我拿起相机打开车门下了车，开始对着面前的一根木头柱子和远处的雪山拍照。从这里看雪山角度并不好，因为雪山顶被密林挡住了，只露出了一点点尖角。

木歌也下了车，没拿相机。他点了一根烟，抽了两口，对我说："陈薇，我们谈谈吧。"

我没理他，继续拍照，回看时，我发现许多照片都是失焦的。我坐回副驾驶座，收起相机，他灭了烟头，坐回了驾驶座。

"行，谈谈吧。你想说什么？"我看着他说。

"陈薇，你等我一段时间行吗？老罗这边还有几个项目，我想做完。另外，我可能还需要一点时间去处理，处理……嗯……家里的事情，你知道有些事情想得简单，但其实处理起来挺麻烦的。我也不想让你来北都干等我，浪费你的时间，我想你来的时候，已经什么都准备好了。而且我不希望你后悔，所以你再谨慎地考虑一下，你是不是真的愿意以后都留在北都，或者不在北都，咱们去别的地儿发展都行，你是不是愿意放弃国外的身份，完全回来。你真的得好好想一想。"

他说话的时候，我开始抠我的手指甲，有段时间没剪了，指甲长了，我特别不喜欢指甲长长，一旦它们具备了伤害功能我就想去撕破我的嘴唇，我有段时间没犯毛病了。但这毛病总在不经意间发作。

"陈薇？"

"嗯，知道了。开车吧。"

大理挺热的，是秋天的那种热，但是夜里风大。我们住的地方就在洱海的旁边，是个带院子的小楼，进门是庭院，左边的房间是餐厅，从楼梯往上是各个客房。这个房子在巷子深处，老板来接我们的时候，帮我和木歌拿了一些行李，走了好几条上坡的小路，最后才到。

老板和老板娘都是江南人，他们说因为喜欢这里就一直没走。老板娘看向我和木歌的表情带着一种心知肚明的暧昧，我说："我们是兄妹。"

"你为什么这么说？"

到房间之后，木歌坐在阳台的靠背椅上，用一种慵懒且毫不在意的姿态问我。

我拿相机拍他，镜头里的他，表情可能更加肆意一些，这几天来，我第一次在白天的镜头里看到他这么放纵的表情。

"我说什么了？"

"兄妹。"他把电子烟放在椅子旁边的玻璃圆桌上，眯着眼睛看右边沿着湖滩延伸出去的小楼群。

"我只是觉得，别人没必要知道我们的关系。"我也用一种不太在意的语气说。

"我总觉得有时候你不想让别人知道我们的关系。"他的口吻像在开玩笑。然后他站起来，走回房间去收拾东西。

房间不大，从对着洱海的整面落地窗可以看到房间里的一切，贴着落地窗有张沙发和一个长方形的矮桌，一个可以泡澡的按摩浴缸显得特别突兀，浴缸旁边就是带着蚊帐的大床。浴室和洗手间假如不拉上帘子，站在阳台上就能把一切看得清清楚楚。唯一的亮点可能就是这个独立的大阳台了，阳台有房间的三分之二大。

可能是旅程临近结束，木歌已经不再抱怨房间太小了，比起香格里拉的酒店，这里起码有风景，空气也自由，他说。

我没接他之前说的话，我不想否认我好像忽然缺少承认我们关系的勇气，这是他造成的，他给我的感觉好像是我们的这段关系并没有任何向旁人公开的道理，我们应该躲在隐秘的地方，偷偷地体验一种刺激感，而后如何发展全凭造化。

　　我进屋的时候，他正蹲在地上收拾箱子，我便也开始收拾我的箱子，我们都没说话。不知道过了几分钟，他突然叹了口气，转头对我说："那我们出去的话是不是不该牵着手？毕竟是兄妹，会显得奇怪吧？"

　　我放下手里的衣服，望着他，说："你是觉得我们有必要在这种地方表现得很恩爱吗？"

　　他机械地笑了笑："不在这里在哪里？"

　　"这里是局限的地域，超越了我们熟悉范围的陌生地域是吗？我们偏要在这样的陌生环境里作秀给每个人看是吗？"

　　"陈薇，我只是在开玩笑。"他脸上出现了无奈的表情。

　　"不，你不是。你不想让这种场面出现在北都，我知道的。你是想让我在陌生的地方尽可能地和你亲密，然后这趟结束，我们各自回归，继续装作一副什么都没有的样子是吗？你让我回来的时候，可不是这么说的。"

　　他站了起来，走近我，抓住我的胳膊让我也站了起来。他比我高出一个头，我无法用仰视的目光展示我的凌厉，仰着脖子好像总是欠缺一些气势，所以我就这么看着他，面无表情。他半低着头看着我，眼神复杂。在短暂的对视后，他紧紧地抱住我，把脑袋搁在我的肩膀上，他的下巴让我感觉到骨头疼痛，但我没动，就让他这么一直抱着，什么话都没说，但我流了眼泪，泪水滴到了他的衣服上，我猜他感觉到了，后来，他看我的眼神里充满了心疼。

原来会哭的孩子才会有糖吃，可我其实并不是一个会哭的孩子，我是那个只会握着拳头，用一双愤怒的眼睛瞪着欺负我的人的孩子，所以我从来没有多余的糖吃。

洱海是湖泊，这里的环境让我对意大利北边的加尔达湖区甚是怀念。我和木歌说，假如有一天他能再去意大利，我一定带他去参观一下那个湖区，那是个神奇美妙的地方，但他无动于衷。他开车的时候经常干一些别的事情，但他总在我说话的时候走神。他的手机不停地叮叮响，但难得见他回，回的也都是无关紧要的信息，他一般回语音，很少发文字。所以他的手机一响，我就会抑制不住去想，是谁给他发的消息，他究竟隐藏了多少信息。

晚上我们在住所附近的一家烧烤店打包带了一些烤串回去吃，开了最后一瓶红酒，我们还有从香格里拉买的小罐装的青稞酒。吃饭的时候，他继续看他那部似乎永远完结不了的电视剧，我开始在手机上看一些艺术类的东西。

木歌对艺术毫无兴趣，他十分诚实地告诉我，欧洲他去过的那些博物馆里能引起他兴趣的东西，只有恰好的光线和一些画作，但那些画作让他感兴趣的也只是构图的精致，他对作画的人和画背后的故事丝毫没有兴趣。我既失望又觉得好笑，这样一个一直以来被我视为大师的、文气十足的人，告诉我他缺乏一些文化，这是实实在在的对自己的评价，没带半分谦虚。不爱读书，甚至不爱看字，不爱艺术，不注重影视剧的内容，他是个纯技术型的人，我开始有些明白他为什么做不了导演了，那些错过机会的说法应该都是玩笑话。

我一直在问自己，看到了真实的他，我还会像以前那样喜欢吗？还迷恋吗？

我不知道，但我唯一清楚的是，喜欢好像已经变成了一种习惯，并不是可以选择的了，我似乎没什么退路了。一开始相信了童话故事，现在就算知道很平庸，也只好继续相信下去。

我们在按摩浴缸里泡澡的时候，我放了我喜欢的音乐。木歌说："你喜欢的音乐很阴沉。"

"你好像很喜欢用这样的词。"我说。

"我不是说你。"他喝了一口手边的威士忌。

我低头看泡在水里的我们的腿，都很细，都很直，都很白，看起来像漂浮的尸体。想到这里，我迅速从水里爬起来。

"你干什么？"他问。

"我先出去了。"我说。

他突然从后面抱住我，亲吻我的后背。

"陈薇，我其实挺爱你的，但是你有的时候让我觉得你难以捉摸，我不喜欢这种抓不住的感觉，你知道吗？我们本来可以更好的，起码这趟旅行可以更好一些。我原本也没想要这种不上不下的感觉。"他在我耳边说话的时候，嘴里的热气喷到我的脸上，夹杂着浓郁的酒味。我开始回忆，我们一晚上喝了几种酒，这种感觉好像大学时代参加那种放肆的一定会喝醉的 party，我总是 party 上清醒到最后的人，就像现在一样，我还很清醒，但木歌已经喝多了。

我不想听他说实话，于是转过身吻住了他，他的呼吸变得急促，但我迟迟无法集中思想，我的思想不断地被牵引到别的地方，直到我感觉到他的身体在水中颤抖，我游离的思想才回到了我的身体里。

我听见自己的声音漂浮在水面上，我说："我们要个孩子吧。"

他没有松开我，还是抱得紧紧的，我听见他说："好啊，要个孩子吧。"

那天夜里，我做了一个很长的梦。

我感觉自己好像陷入了沼泽。我在黑夜里看到临近天亮的白光，它们打在我的左脸上，让我的右侧身体陷入更深的阴影。我停留在长长的阴森的河道上，看黑色的泥土从脚下滋生蔓延，一点点地铺满整个浅滩。但我并没挣扎，我潜意识里知道这是在做梦，这种潜意识按住了我的挣扎，我感到很平静，内心似乎毫无波澜。后来，我看到凌秋从远处奔跑过来，像小时候那样，却在离我很远的地方停了下来，他的手里握着会发光的贝壳，照亮了我脚下踩着的黑色泥土上的油，我看到黑洞洞的色彩里，漂着路城身体的轮廓，像极了一幅可以令人短暂悲伤的画。

我突然从这个梦里惊醒，外面的天还是黑的，我翻身下床，赤脚跑到厕所对着马桶呕吐，我闻到了腐烂的气味，像极了尸体的。冲水后，我盖上马桶的盖子，趴在上面喘气，眼泪和鼻涕都挂在我的脸上，我不想去擦。

不知道过了多久，我蜷在地上的双腿感到针刺般发麻，我才试图支撑着站起来，扶着墙往屋子里走。经过床前那个放着电视机的写字台时，我看到桌子底下亮了一下，是我放在那里充电的手机。我蹲下去拔了充电器，拿起来看，有一条刚发来的微信，这会儿已经是凌晨三点四十五了。

微信是凌秋发来的。

他说："不是空话。陈薇，我会一直保护你。"

我把手机的屏幕按灭，放在地板上，眼泪不受控制地从眼眶里涌出来，滴到我的衣服上，滴到地面上，我只能控制自己的喉咙，不让它发出声音。

窗帘没有拉紧，阳台很亮，我从这里能看到缺了一点的月亮。我想走出去，可我不敢动，黑暗的静谧空间里，好像只有我在努力克制，不弄出任何不该有的动静。

尽 头

从城区古城绕出来的时候，木歌开着车钻进了一个陌生的小路纵横的村子，他想找寻沿着湖开回去的路，但偏偏碰上一大片正在修的沿湖地带，只能在几个村里钻来钻去，经过一段又一段泥泞之后，我们才找到一段似乎可以走通的路。

我在这段旅途的最后一天见到了最好的沿湖景色，飞鸟在由湖岸延伸出去的石墩上一字排开，浅滩上有几株枯树，枯树旁边却又是绿意盎然的说不出名字的树木，它们的根在水里，独立生长，直到树冠处才与旁边的同类植物聚到一起，形成密林。湖滩上都是细小的石子，水轻轻漫上来，被风推到枯树根处，又推下去。这里的风景很精致。

木歌为了等飞鸟起飞，坐在湖滩上好久不动。

我笑他："你和'打鸟'的大爷别无二致啊。"

他说："我可不就是大爷嘛。"

我拍了他坐在地上端着镜头对着那排鸟的照片，他驼着背伸着脑袋的姿势有些搞笑。起风的时候，我钻回了车里，木歌过了好久才回来，摸了摸自己的胳膊，穿上外套说："有点冷。"我也觉得冷，我没多带一件外套，但他看都没看我就开车了。我们又误打误撞地进入了一片广阔的油菜花田，才找到回去的路。我小时候去过的乡下，也有大片的油菜花田，油菜花田上的落日景色并不会让我感到惊喜，但木歌显得很兴奋，把车停在路边就下车不停地拍照。

我忘记从什么时候开始，我见到他拍照会忍不住想，他拍的这些照片会被他存在哪里，毕竟短期内他应该不会取出任何一张来给别人欣赏。前天他和老罗通话的时候我不小心听见了，他和老罗说，他在江西干活儿，我听到的时候直接笑了。后来他想和我解释，被我打断了，越是解释越是遮掩得难看，就像衣服上的补丁一样。

晚上我们又从那家烧烤店打包带了一些烧烤回去吃，吃饭的过程中木歌把那部漫长的陪伴了我们整个旅程的电视剧看完了，我看到最后好几个人倒在血泊中都给了特写镜头，木歌看着那些突兀的特写镜头笑着啃羊肉串。

快吃完饭的时候，我接到了我妈打来的电话，我走到阳台才接起来，听到的却是那头嘈杂的声音，有人在吼叫，有人在哭闹，有人在用平静的语气说话。我听见我表弟陈清年平和地说什么"你们再这样我们就报警了"，我还听见我妈的哭声，在那哭声之中，夹杂着凌秋时不时冒出来的几句话，但我听不清他说了什么，我只能辨认出他的声音。后来，电话被挂断了，我再打过去就没人接了。

我坐在阳台上看着外面，所有的景色都没进入我的眼睛和大脑，我只看到了下面黑洞洞的湖水，仿佛巨大的漩涡。我猜到发生了什么，但我仍然在保持冷静的思考。我打开了唯词，最近这个软件经常发生故障，打不开或者收不到信息。刚打开，我就看到了一条来自鲁塔的信息。

她说："你什么时候从中国回来？上次给我们打电话的那个叫艾利欧的警察，来温泉山庄找我们了，又问了一堆关于你的事情，尤其是你上次来我们这里的那几天和前后几天的情况。到底怎么回事？你和你那个中国同事的死有什么关系吗？对不起，我不该问的，那个人是不是你以前说过会和你共度一辈子的人？我一直没问你，只是想等你自己想说的时候再告诉我们，无论你选择什么人我和皮诺都会祝福你的，你知道的。薇，你能不能告诉我到底发生了什么事？我为什么会感到这么不安呢？"

我没有回。

我点开和凌秋的微信对话框，反反复复输入句子，删掉，重写，再输入，再重写。最后我发了一句："你在我家是吗？"

木歌突然敲了敲落地玻璃，指了指手里的相机。我看到他给相机换了一个鱼眼镜头，还装了三脚架，我点了点头。他又从箱子里掏出几个别的镜头，装在一个布袋子里拎了出来。

"今天晚上这天空还行，你看，能看到云，还有星星，咱们试试，看能不能拍出来。"他手里还有一个紫光灯，他说那是他在片场定位用的，射程特别远，所以有的时候他会在夜里用它做道具。

他打开紫光灯，我从镜头里看到那束光直冲到了天空的云端，对岸的灯光亮了一些，天上的星光暗了一些，云亮了一些，这座楼顶的飞檐暗了一些。那束光是神奇的，好像可以选择让这个夜空里什么亮起来什么暗下去。

木歌玩得正起劲时，凌秋给我打来了一个电话，我拿着手机直接走进了屋里，背对着阳台按了接通键。

"凌秋？"

"我在你家。"他的声音很低沉，但语气却是他一贯的平静。凌秋通常只会在和我说话的时候有些情绪的起伏，和别人说话时的语气向来是平静无升降的，似乎很少有大起大落的喜怒哀乐。我在他的语气里听到了他惯常的那种陌生感。

"是不是……"

"是，你什么时候回来？"

"我明天中午的飞机，下午就到。"

我听见他叹了口气，他好像在抽烟。

"你把航班信息发给我，我去接你吧。明天见面再说。你做好心理准备，今天闹得你们那一片的人都出来了，我也没办法。你放心，我今天住在你家，阿姨没事。"

"谢谢。"我说。

他笑了一声："你居然还会对我说谢谢。"

我不知道该说什么的时候，突然听见阳台门被打开的声音，接着听见木歌在我身后说："你干吗呢？快过来。"

凌秋很轻地笑了两声，把电话直接挂断了。我转过身，木歌已经没站在阳台的门边了，我隔着玻璃窗看到他蹲在地上摆弄三脚架。

我走出去，在他旁边的地上盘腿坐下来，伸出手想拦住那束打在天上的光，木歌打了一下我的手，说："不能把手伸过来，这东西能把手指烧掉。"我把手缩了回来，心里却总有把手再次伸出去触碰那束光的冲动。

"木歌。"风很大，擦着耳朵吹过。

"嗯？"他盯着镜头没看我。

"你不是说我回来的时候你会一直陪我吗？你请了二十天的假吧，那你跟我回西元吗？"

他拍了最后一张照片，开始收三脚架："陈薇，我还有个项目要收尾，你等我回去弄完，我就去西元找你，行吗？"

我把桌上的镜头装进镜头袋里，用轻松的口吻说："我只是开玩笑。"

他没再说什么。

最后这晚的时间仿佛是静止的，我们收拾好行李，倒腾了半天，看了看时间竟然才九点半。明天一早我们要开四个小时车去昆明机场，晚上本该早睡的，但好像大家都没什么困意。木歌坐在贴着落地窗的沙发上拿手机打牌，我靠着浴缸坐在地上拿着一本书发呆，那本书是我顺手从凌秋家拿的，一本意大利语版的《别离开我》，我看了将近一个小时，仍然停留在第一章的第二页。

后来，我合上书，看着木歌。我看了他很久，他一直没抬头，直到输了一局，他才抬头看我，一脸好奇的表情。

"你看着我干吗？"

"帅啊。"我说。

他笑着拿起电子烟，吸了两口："也只有你说我帅，你看我周围那么多小姑娘，就没像你这样看上我的，这么多年一个也没有。"

"那你老婆怎么看上你的？"我笑眯眯地说。

他愣了一下，放下电子烟，半低着头看着电脑屏幕说："咳，她呀，大家都是普通人吧。"

我也低下头笑了，把后面想说的话吞进了肚子。我昨天在看他电脑里的照片时，无意之中翻到了他给他老婆拍的一个系列照，说实话那个女人的长相没给我留下任何印象，我只记得她抱着她女儿站在一棵大树下的照片，笑得很自然，很阳光，很幸福。

我不觉得那是一种讽刺，相反，我突然对家庭又有了向往。我开始想象假如有一天我和木歌在一起生活会是什么样子。在所有这些黑暗的事情后面，这种想象变成了我心里的最后一片净土，仿佛只要我能跨入那个区间，我就可以抛开一切黑暗。那些发生过的事情、遇到过的人，都可以瞬间与我断绝关系，只要我抓住机会。

可当我在想这一切的时候，我的脑中却不停地出现凌秋的脸和他的声音。

这个晚上，我经历了最难挨的一次失眠，头疼，心慌，浑身发冷，让我在躺到床上的那一刻就知道入睡是不可能的。木歌的一只胳膊被我压在脖子下面，另一只胳膊放在我的身上，我背对着他，这是我很喜欢的入睡的姿势，可它仍旧失效了。他的呼吸很重，但没打呼噜，电视里新闻频道的声音很低。他知道我不喜欢伴着声音入睡，所以这十天来，只有在我先于他睡着的时候他才会开着电视睡觉。

我今天从躺到床上起就开始装睡，所以我听见了他躲在洗手间里打电话时说的所有话。我听见他说："我明天就回来，大概下午四五点就到。"

"对，那台车要保养了，我明天联系一下那个人，你开过去就行。"

"出来干活儿的，哪有时间逛街啊，我回去给闺女买她一直要的那个重力车，上次不是你没买嘛。"

"知道了，行，随便吃什么。"

他尽量小声地说话，可周围太安静了，这些字的发音就不断地灌入我的耳朵，可神奇的是我心里竟然毫无波澜，我只是想了一下，他是不是在给他那位"快要离婚的老婆"打电话，那些话听起来就像是一个出差在外的男人在回去前跟家里报平安似的，我闭着眼睛在关着灯的房间里笑了笑。后来他挂了电话从厕所里走出来，站在我旁边看了我一会儿，还帮我撩了撩遮脸的头发，亲了一下我的额头才又走进厕所去洗漱。

我始终没睁眼睛，我的脑中是一片飘浮的黑色。我保持着意识清醒并闭着眼睛一直到临近五点，我们的闹钟快要响起来的时候，我突然睁开眼，因为我感觉自己看到了路城站在浴室里对我笑。那是一种极其恐怖的幻觉，我突然从床上坐起来，木歌在我旁边翻了个身，面向另一侧继续睡，而我死死地盯着浴室的角落，透明的玻璃让黑暗显得更加深沉，稍微有一点点光亮就显得影影绰绰。我深吸了一口气，然后屏住呼吸下床一口气走到浴室打开灯——只有花洒在缓慢地滴水，什么人都没有。我在白炽灯的光照下站了好几分钟才退出去。

我站在厕所的镜子前一直不停地侧头去看亮着灯的浴室，我低着头把牙刷完，尽量睁着眼洗了脸，最后我抬起头在镜子里看了看自己：一副毫无血色的面孔。我从化妆包里掏出镊子，凑在镜子前把眉毛修了修，或许能让自己看起来精气神足一点。

我把镜子前的化妆品收了起来，只留了洗面奶和润肤露给木歌，然后我看了一眼放在桌子下面充电的手机，上面有一条我妈发来的微信："陈薇，路城的妈妈一直说是你杀了人，我绝对不相信。你告诉我，你和路城的死一点关系都没有，一点关系都没有，对吧？"

我盯着手机的时候，闹钟突然响了起来，木歌醒了。他迷迷糊糊地从床上坐起来，揉了揉眼睛看着我："你起来了？收拾好了吗？"

没等我回答，他就下床朝洗手间走了。

我们从这个院子出去的时候，天还黑着，车停在几条巷子外的路口。早些时候我们已经把大部分不会再用到的行李装车了，所以我们手里都只拖着一个小行李箱。走到路口，突然从黑暗中冲出来一只狗对着我们狂吠，木歌吓了一跳。

"妈呀，疯狗。你先走，快点。"他说。可他一边说一边往我身后躲。

我淡定地笑了笑，继续保持速度往前走，我说："疯狗不是这样的，它不会追上来，它只是看到陌生人习惯性叫唤罢了。"

"你确定它不会追上来吗？"他紧紧地跟在我身后，要不是巷子里没有足够的空间，他现在肯定已经挤到我身侧来了。

我瞟了他一眼，干笑两声："你居然还有这么尿的时候啊，没被疯狗追过吧？"

他不说话了。

中途，我趁着在休息站休息，木歌小睡十五分钟的空当，下车给我妈打了个电话，但是她没接，我又给她回了一条信息："我下午就到了，凌秋会来接我。我没有。"

我发完消息钻进车里，木歌还在睡着，鼻息很轻，他好像在外面睡觉的时候鼻息都很轻，从不轻易打呼噜，好像他睡着时潜意识也能分清他身处的场合一般，从来不让他丢脸。我凑近他的脸，他的睫毛很长，嘴唇有点红，像涂了唇膏似的。我亲了他的脸，他醒了。他刚醒的时候总是先睁开一只眼睛，大概是为了判断还能不能继续睡，假如不能的话再把另一只眼睛也睁开来。

他眯着眼睛看我，扬起嘴角，抬起头亲了一下我的额头，然后他直起座椅，摸了摸我的头，把车开离了服务区。

"木歌。"

"嗯？"

"你喜欢我放的这首歌吗？"

"这是什么歌啊？"

"叫《晴歌》。"

"怎么听起来这么阴沉？"

"你又说阴沉了。"

"我指的是音乐。"

"那你不喜欢？"

"不喜欢。"

"那你喜欢什么？"

"你上次在 KTV 唱的那首就挺好的。"

我笑了起来。

我们在去机场之前吃了过桥米线，那是我到了云南后一直想吃而没吃到的东西，然后我们一起去还了车再去机场。我回西元，木歌回北都。

我们的登机口不在一处，我的航班比他的早一些，我走去登机的时候，他给我打了好几个语音电话，我没接到，等我坐到位置上问他，为什么给我打语音电话，他说害怕我没看到登机通知。

在我把手机设置成飞行模式前，他把他给我拍的照片和我说喜欢的那几张飞鸟和落日的照片都发给了我。

我发微信问他："是已经想我了吗？"

他发了一个笑而不语的表情。

我后来才意识到，那些明显的不舍往往都在昭示更为普通的分离。

隐 藏

　　飞机提前落在了西元机场。西元的机场离城区很远，却又离城郊的村庄很近，没有需要走很久的机场高速，让它显得有些土气。

　　凌秋站在出口等我，他没提前给我电话和信息，但我一走出去，就在人群里看到了他。在去出口之前，我觉得自己心脏的每一根神经都被高高地悬挂起来，我的心脏仿佛躺在一张吊床上，摇摇晃晃，可我见到凌秋的那一刻，那种感觉忽然消失了，周围的嘈杂也都消失了，只有飞机落地后留给我的耳鸣还在我的耳朵里拖着长音。

　　凌秋走到我身边，接过我手里的行李推车，看着我弯了弯嘴角，什么都没说便往前走了，我安静地跟在他身后。

　　他开了一辆黑色雷克萨斯的 SUV，车很新，他帮我把行李悉数放进后备箱后，我钻进了副驾驶的位置，扣上安全带。车里有一股新车的味道，还有淡淡的木香，那是他的车载香水的味道，我看了眼出风口，车载香水是他在意大利一直用的那种，自从有一年他生日我送了他一次后，他就再也没换过。

　　"新买的车吗？"

　　他系好安全带，发动了车子，他把车开出停车位的时候说："我爸的。"

"哦。"

我没见过他爸，他也只是偶尔会提到他的家人。

"你昨天，在我家待了一晚上吗？"

"嗯。"他始终目视前方。

"你家里，没问你吗？"

"他们不管我。"他说。

他把车开上了高架，西元在下雨，天色渐渐暗下来，空气中充满潮湿的雾气，窗外的天空是一片没有尽头的灰色，高架下的运河水翻着泥沙，里面一条船也看不到，路灯还没亮起来，这个时间段的西元显得特别灰暗。

"我查了一下，他们住在离你家不远的一个酒店里，我是说路城的家人。路城的爸爸应该也不赞同他妈妈这种发疯的行为，但是拿她没办法，他妈妈不肯走，白天去派出所闹，晚上就去你家闹。已经连续两天了。"

他说话的时候，我一直看着雨刷上上下下。

"你为什么不告诉我？"

"我本来想等你回来再说的。"他偏过头，朝我这边看了一眼，我不知道他是看我，还是看后视镜，"我觉得就算我告诉你了，你应该也不能马上飞回来。他们也就是闹一闹，昨天晚上我报警了，派出所那边说今天白天他们在所里闹了一上午，没消停过，民警碰上这样的人也很头大。"

"她在派出所里闹什么？"

他没回答我，转移了话题："他们刚回到南都就来了西元，路城的葬礼还没办。"

我把右手放到嘴唇上，凌秋斜了我一眼，习惯性地伸了伸手，又放回了方向盘上，我看到他的动作愣了一下，便把手也放了下去。

"那路城的，路城的遗体呢？"

"火化了，他们在那边火化了带回国的，运送完整遗体回国的费用太高了，他们承担不起。"

凌秋把车开到我家路口，找了个位置把车停了进去，禁止停车的牌子就在他停的位置后面立着。

"你要不先走吧，这儿也不好停车。"

"昨天已经停了一夜了，也不在乎这点时间了。走吧。"

他打开后备箱把我的行李全都搬了下来，给我一个最小的行李箱，把我的背包背在肩膀上，又从车里拿出来一把伞递给我，自己拖着大箱子直接走进了雨里。雨下得很大，他朝着我家的方向一路小跑，我打着伞跟在他后面。

我家的前门关得死死的，我们绕到了后门庭院那儿。凌秋站着敲了敲门，我把伞举过他的头顶，他抹了一把脸上的水，他的头发也在滴水，我从口袋里掏纸巾想给他擦擦的时候，陈清年把门打开了。

陈清年接过凌秋手里的行李箱，喊了我一声"姐姐"，表情无奈地转身进去了。院子里没开灯，我隔着小路和两旁黑乎乎的竹林，看到远处从绿色窗户里漏出来的黄色的暖光。上次回来也下雨，却和今天在这场雨中回家的感觉截然不同。我觉得我浑身都是冰凉的，这份冰凉在客厅里温暖的黄色灯光中显得更透彻了。

我妈不在客厅里，只有外婆一个人在客厅里坐着，屋子里也没有晚饭的香气。这种下雨的天气，地上都是湿乎乎的，我在进门处把鞋子脱下来，袜子也已经湿了，凌秋给我递了一双拖鞋，帮我把鞋子放在鞋架上，此刻，他比我看起来更像这个家里的成员。

外婆见到我，脸色沉重地说："陈薇回来了啊。"说完，她站起来在桌子旁边站了一会儿，就转身进自己的屋里去了。舅舅从里头走出来，说："回来了啊？今天没买菜，我们叫外卖吧？你们要吃什么，我来点。"

我感受到了家里的特殊气氛，连饭也不做了，大概是准备迎接另一场即将到来的"战争"吧。我开始想，我是不是不应该在这个时候回家，假如我在的话，路城的妈妈见到我可能会更加疯吧。

"舅舅，我来点外卖吧，你们说想吃什么，陈清年你想吃什么？"凌秋说着，给陈清年递了一个眼色，陈清年点点头，帮我放好行李，我就看到他朝我妈的屋里去了。

凌秋帮我把行李放到房间里，我递给他一块毛巾和干净的衣服："你去冲个澡吧，都湿了。"

"你先去吧，你头发都湿了，别着凉。"

我摸了摸自己的头发，是湿了一些："我先去找我妈，狼狈一点少挨骂。"

我一转身凌秋就拉住了我的胳膊："阿姨昨天一晚上没睡，无论她说什么，你都别反驳，该解释的我都解释过了，她应该也不会骂你，只是这事情太突然了，都不太能接受。"

我又转过身面对着凌秋，我看着他的眼睛，说："我妈今天凌晨发消息给我，问我和路城的死有没有关系。你让我无论她说什么都别反驳，如果她说我杀人呢？凌秋，你也觉得我和路城的死有关系吗？"

　　说完我立刻走出了房间，并且关上了房门。我不想听见凌秋把某些话说出来。等我在黑乎乎的走廊里站定的时候，我才意识到眼泪已经在我的眼眶里打转了，我立刻拿手背把它们擦干净。我把手伸向我妈房间的门把手时，手停在半空中不停地发颤，我看了看自己的手，放下来甩了两下，开了门。

　　我妈的房间很暗，只开了一盏白色的床头灯，她斜靠在床上，陈清年坐在床边，看到我进来，他站起来，走出去的时候拍了拍我的肩膀。

　　"妈。"我走到她身边坐下来。

　　她看了我一眼，就移开了目光，没说话。她的眼睛里布满了红血丝，她看起来很累。

　　"妈，对不起。我不知道会这样。"我的声音微微发颤，我的耳朵还没好，那种仿佛浸在水中一般的嗡嗡声到现在都没消退。

　　她缓缓地把脸转向我，看着我，床头灯的光勾勒出了她脸的轮廓，使得她的表情看起来十分严肃，我已经很久没有见过这种表情出现在我妈的脸上了，她大部分时候脸上都是温和带笑的，有时也会露出很凶的表情，但和现在我看到的不一样。这样的表情，只存在我的记忆里，那会儿她刚把我的姓改成她的，我老写错，每一次纠错时，她脸上就会出现这种严肃的表情。

　　"陈薇，你告诉我路城是自杀的，路城的妈妈为什么一直死咬着，说他儿子不是自杀的？你能告诉我吗？路城死得

太突然了，你一直没和我把这件事说清楚，你不觉得你这样
做，对我，对我们家里所有人都很不负责任吗？"

"妈，他怎么死的，你没问凌秋吗？你不相信我说的，
凌秋说的你总该相信吧。"

"凌秋？凌秋从小到大就会包庇你，从小到大就会护着
你，他说的话我也不相信，我还是要听你说。"

"妈，这是死了人的案子，凌秋他是个警察！他作为一个
警察他会包庇我吗？你这是在怀疑我杀人吗，啊？……妈，
你怀疑是我杀了路城？"

足足十几秒的沉默后，她再次移开目光，看向门口，凌
秋在门口站着。

"阿姨，我点外卖，您要吃什么？"凌秋问。

她叹了口气，半躺下来，脱离了床头灯下的阴影，她脸
上的表情也柔和了下来。

"我就不吃了，你们吃吧，我睡会儿。"

我走出了我妈的房间，关上房门，凌秋背靠在墙上看着
我，我家的那只猫突然出现在我的脚边，坐下来抬头望着我，
它的眼睛在发亮。

"金币。"凌秋弯腰把猫抱了起来，猫乖顺地钻进他的
臂弯里。

我走到客厅里，打开了走廊里的灯，又走到门口，打开
了院子里的灯。凌秋把猫放到了地上。他的身上穿着我给他
拿的衣服，小了一些，那还是几年前我们上大学时一起回国，
他来我家找陈清年通宵打游戏的时候带来的衣服，西瓜红被
洗得褪了些。凌秋上学的时候一直又高又瘦，身材有些像木

歌，后来上了警察学校，练出了一身肌肉，有段时间，我老喜欢捏他的胳膊，戳他的肚子。

"凌秋，帮我个忙行吗？"我说。

外面的雨小了一些，我走出院子的时候，看了一眼河里的水，水涨得很高，看来最近都在下雨。以前江南的雨季是很有规律的，很少在雨季外的季节连续下雨，这几年的天气越来越难测了，就连即将到来的冬天也变得湿漉漉的，像地中海的气候。

周边的人家都亮了灯，到饭点了，走在路上，仿佛在用鼻子品尝各家的晚餐。我们从新造的那座桥上走过了河，河对岸有个酒吧区，除了那一片之外，其他地方都没什么光。

刚下了桥，凌秋停下来，他手里拿着一把我妈几个月前用积分换的黄色大雨伞，黄色很亮，倒像他手里提了一盏灯。

"你确定你要去？"他问我。

我点点头，继续往前走："我回来了，总不能全家等着他们再上门来闹吧，我还是自己去找他们吧。我上次还在家楼下打了她呢，也总得道个歉，就当为了上次的事情去道歉吧。"

"你得想好了，那次在警局，后来在你家楼下，你也都看到了，她是完全失控的。说实话，昨天你不在，她虽然疯，但没到那种完全失控的程度，她只是大喊大叫而已，没动手。你这么直接去找她，还不如别让她看到你。"

"躲起来继续看着她天天去骚扰我家里人，我就把你推到前面，帮我全家挡着，是吗？然后呢？持续到哪一天？三天五天七天还是半个月？她儿子死了，她不会善罢甘休的。"

我停下来，看着河对岸的灯火，似乎离我很远，我不知道我家是那些灯火里的哪一个，"凌秋，我后来总会想，假如死的是我，我妈可能比她还疯。"

他们住的宾馆离酒吧区不远，是个公寓式宾馆，在十三楼。

我进电梯前，收到了木歌发来的消息，他告诉我他到北都了，飞机刚落地，还在滑行。他问我是不是已经在家里吃上饭了。我把手机塞进口袋，进了电梯。凌秋按了十三楼的按钮，拉住了我的手。

如果有的选，我也想躲起来。从小到大，遇上任何事情，我都喜欢躲在凌秋的身后，他一直是那个护住我的人，我妈那句话说得一点都没错。小时候我打碎了外公的花盆，他站出来说是他打碎的，上小学时我打了骂我的男生他补上两拳说人是他打的，高中毕业我要出国，他陪我一起走。我们还是孩子的时候，总在家门口和另外几个孩子玩老鹰抓小鸡的游戏，我从来没做过老鹰，我永远是那只躲在凌秋身后牢牢抓着他不放的小鸡。

我抬头看着凌秋，他可能感觉到了我的视线，便也侧过脸来看着我。

"你回来为什么不告诉我？"我问。

他移开视线，盯着电梯门没回答我的问题。

"是因为你的那个女朋友吗？"

"不是。"他说。

到了十三楼，电梯门开了，凌秋拉着我的手走了出去。这是一条光照很不好的走廊，电梯口的感应灯似乎坏了。只有左侧的一截稍微亮一些。

凌秋拉着我朝左边走："没弄错的话他们那间应该是1310，在最后第二间。"

走到稍微亮一些的地方，我再次停下来，拉住了凌秋。

"没事，我在呢，我不会让她对你动手的。"他说。

我看着他，迟疑了好一会儿，才问他："你辞职了是吗？"

他看着我的眼睛，微微张开嘴，嗯了一声。

"凌秋，对不起。"

我放开他的手："你别跟我一起进去了，你在外面等我一下吧，不会出什么问题的。"

"不行，陈薇。"

"这次，你听我的吧。"

我推开他的手，他站在原地没动，看着我朝1310走去。我原本不是想道歉的，我想对他说的话是，我希望我们之间能像以前那样坦诚，但我把这句话咽下去了，我自己对他坦诚吗？又凭什么叫他这样做呢？

解 困

1310的门是很一般的涂了漆的防盗门，但在我看来它堪比洪水猛兽。

我敲门之前回头看了一眼站在离我不远处的凌秋，离开了亮一些的那段，我甚至看不清楚他脸上的表情，随后我敲了敲门。

过了好一会儿门才被打开，开门的是路城的后父，他看到我后愣了一秒，接着露出了惊讶的表情，然后他那带着啤酒肚的庞大身躯挤了出来，小声地对我说："你走吧，你来干什么？你快走吧。"我原本很喜欢路城的后父，我从小没父亲，过去的那些年都不曾有过把"爸"这个字喊出口的机会，所以当我见到路城的父亲，叫他一声"爸"的时候，我是很开心的，他也让我体验到了来自一个父亲的疼爱。可惜，我们两家的"战争"爆发后，他竟然坚定不移地站在了路城妈妈的那一边，纵容她撒泼闹腾逼着路城和我离婚，这一次也是，如果他能少一点纵容的话，也不至于走到今天这种局面。

"叔叔，我见一下阿姨吧。"喊"叔叔"的感觉很奇妙，毕竟我见到他的第一次是喊的"爸"。

"老飞，谁啊？"路城妈妈的声音从屋里传出来。

路城爸爸看了一眼站在我身后的凌秋，皱着眉头对着我们挥了挥手，意思是让我们走。凌秋似乎也想上来拉我离开，但我没动，我推开了那扇门，路城的妈妈正好在门口露出脑袋。她见到我的脸时，倒退了三步，直到跌坐在床边上继续用感到不可思议的、极其愤怒的眼神瞪着我。

我听见她惨叫，她从喉咙里发出一种不像人类发出的声音，能撕裂肉体一般，这种声音是一种绝望的哭喊。周围有几户人家开了下门，探了几下脑袋，又迅速把门关上了。这种公寓楼里基本没人管闲事。

我朝她走了两步，她始终没从地上爬起来，我只能低头看着她。

她突然停止了那种凄厉的叫声，望着我的表情也变得惊恐起来，眼睛睁得巨大，眼珠子像是要掉出来似的，她的喉咙里开始发出一些呜呜咽咽的声音，她颤抖着伸出手指指着我，抽泣着说："陈薇，你是杀人凶手，你是杀人凶手……"

我慢慢蹲下来，然后跪在她面前，这是她曾经找路城问我讨要过的道歉，我想，我现在就给你。

"阿姨，我也很难过，但我没有杀路城。就以前所有的事情，我在这里向你道歉，你需要的话，我可以给你磕头，但是请求你不要再去找我家里人了，请你离我妈远一点。"

"不……不，陈薇，是你，你是杀人凶手。路城他是不会自杀的。"她有气无力地指着我，她喉咙里的呜呜声让她说不出更多的话来。

"阿姨，请你和叔叔尽早回去，给路城补个葬礼，让他安心地离开吧，好吗？我相信他现在也不想看到你们这个样子。"

她突然从地上爬起来，冲进厨房，翻了好几个抽屉，不知道从哪个抽屉里面抽出来一把水果刀，她手里拿着刀冲到我面前，用刀尖指着我的鼻子："你信不信我让你去陪葬？"

她的头发乱得像疯子一样。

这时，凌秋和路城后父都冲了进来，凌秋试图挡在我前面，被我使劲推了一把，他没站稳，跌坐在地上。路城后父想接近她，她拿着刀转向他，大吼着让他别动。

看来，她已经疯了。

我伸手拦着凌秋，一步都没往后退。我也不知道我为什么可以如此淡定，我的脑袋里是空的，从我进入 1310 的那一刻开始，我的脑袋就是空的。我不觉得她会真的拿刀捅我，但假如她伤了我的话，这件事或许能更迅速地解决，我不必担心这个疯子会在西元继续疯下去。

"行啊，你试试。"我听见自己冰冷的声音从天灵盖冒了出来。

凌秋大概觉得我疯了，他狠狠地抓住我的胳膊，想把我从这里带走。

"凌秋，别动我！"我朝他吼道。然后我转身就向路城的妈妈逼近了几步，我用余光扫了一眼凌秋，他可能被我吓到了，站在那里没动。

路城妈妈举着刀往后退了两步。我听见自己用嘲讽的口吻问她："怎么样？捅我吗？"我不知道究竟是在哪个瞬间，我的灵魂从自己的身体里逃跑了，现在我身体里仿佛有另外一个灵魂，她是那个疯了的我。

我握住路城妈妈的手和她手里的那把刀，在左边的胳膊上划出一道长长的口子，她立刻把刀扔到了地上，鲜血从那个口子溢出来，我能听到皮开肉绽的声音。凌秋在我旁边说什么，路城的后父也在说什么，但我什么都听不见，我从口袋里掏出手机，打了报警电话，我说："我被人用刀子伤害了。"

我挂了电话后，转头看到凌秋正以一种感到不可思议的表情看着我，我听见路城的后父说："都是疯子，一群疯子！"

派出所就在旁边，警察很快就来了，他们来的时候，我的伤口还在流血。路城的妈妈一句话都没说，无论警察问什么。巧的是和他们白天闹腾的派出所好像是同一个，也是，这边和我们家那边属于同一个辖区，有个片警见到路城妈妈时露出了一副极其无奈的表情，他还嘀咕了一句："又是你们。"

"那位叔叔说是你自己拿刀划的。"有个年轻的警察对我说，他说的叔叔指的是路城的后父。

我转头看向凌秋，又转过来对着他说："同志，您可以问他，当时那把刀是不是在那个阿姨的手里。"

凌秋在片刻后，轻轻地说了一句："是。"

年轻的警察有些犹豫地看了看我的伤口，似乎在思考这个事情该怎么处理。虽然凌秋故意不说，但我当然知道路城妈妈在派出所闹什么，无非是说我杀了她儿子，让他们去抓我。这案子是国外的，她在一个派出所闹，能闹出什么结果来？

"同志，对不起，实在是给你们添麻烦了，我报警是因为我怕她会继续发疯，她的精神已经不正常了，你们也看出来了，我不想追究什么责任，这算误伤吧，如果需要的话，我们去派出所录个口供。我就希望各位能帮我劝劝他们，他俩之中如果有个精神正常的，就把另一个带回去。他们都不是本地人，主要是他们不仅骚扰我的家人还扰民，今天这种伤害行为我相信也不是经常发生，但最好还是赶紧让他们离开西元，免得你们也麻烦。"

警察来的时候，半层楼的人都钻出来看了热闹，所有人都在说"疯子故意伤人"的事情，就好像我家附近的所有人都在说"听说那家的陈薇杀了人"一样。最后就我和凌秋去了一趟派出所，这个区的片警估计这辈子都不想看到路城的父母了。

我离开这栋楼之前，特意走回屋里看了眼路城的妈妈，她面无表情地坐在地板上，背靠着床角。我走过去，蹲下来，握住她的双手，贴近她轻轻地说："妈，你知道吗，是你害死路城的，是你把路城逼上了死路，你好好想想，你做过什么吧。"

路城的后父在门口站着，我出去的时候，他拉住我的手腕，轻声说："我会带她走的，我保证不会让她再发疯，你也放过我们吧。"

我笑了笑："放过？爸，我什么时候不放过你们？是你们一直不放过我，你们故意让路城去意大利找我是为了这个结果吗？你觉得他是个累赘了，希望他早点离开是吗？爸，你知道吗，你选错了，假如当初你好好地选择，今天应该不会变成这样。"

我在说这些话的时候，根本没去注意他的表情，他好像与我隔了一个世界一般，我看得到那些微动，但它们似乎无法进入我的大脑皮层，我只觉得浑身的血脉偾张，我手臂上流血的伤口，仿佛在释放憋屈的灵魂，我竟然感到很爽快。

从派出所出来，我和凌秋沿着黑乎乎的街道往回走。快走到来时走过的那座桥时，凌秋突然停住脚步，他的手里还是握着那把黄色的大伞，看起来比周围的任何东西都亮。

雨又淅淅沥沥地下了起来，凌秋用很低沉的声音问我：

"陈薇，你怎么回事？你是疯了吗？"他的声音里夹杂了一点小心翼翼。

我手上的伤口已经包扎好了，当然不深，只不过我是疤痕体质，这条伤痕怕是又要跟我许久了。

"你为什么那么做？"他又问。

"你觉得呢？"我看着他的眼睛问。

凌秋的眼睛在我心里，永远是世界上最好看的，澄澈透亮，那里面能装下全世界所有美好的事物，它们总是装满了不一样的光。

"陈薇，"他把一只手放在我的肩膀上，轻轻地捏了几下，"你能不能不要这样？你这样……"

"什么？"

"你这样，我觉得我不认识你了。"

我挣开他的手，坐到湿漉漉的台阶上，使劲地按了几下伤口上的纱布，刺痛感立刻沁入神经。我低头看着脚边的小水洼，说："什么是我？凌秋，怎样的我是我？怎样的我又不是我呢？"

他在我旁边坐下来，把伞放在腿上，低头看着地上问我："你来之前是不是已经想好你要做什么了？"

我笑了起来："她拿刀不是我叫她拿的吧？我怎么可能在来之前就知道她会去厨房找出来一把刀呢？"

"不是，"他说，"我的意思是，你本来也不是为了去好好谈的是吗？"

"凌秋，你可以和疯子谈判吗？谈什么？我让他们别来骚扰我家人，她会听吗？你看到她的样子了，你觉得有谈判的必要吗？但是凌秋，我道歉了，我跪下来道歉了，我不欠他家什么，因为我知道我要干什么，所以我事先跪下来道个歉，就当为了以前和即将发生的过错道歉，我真的，真的，不欠他家什么。"

凌秋转过脸来看着我："如果没有那把刀呢，你打算怎么做？"

"她不是喜欢打我吗？我让她打，她不动手，就逼她一下，没有矛盾就制造矛盾，不行就撞个墙什么的，我总有机会受伤的，所以我看到她拿刀出来，我想都没想，那是一个更方便的道具。"

"你疯了吗？她万一真的捅了你怎么办？"

"她不会的。"

"所以，你当时叫我不要进去，是怕我碍你的事是吗？"

我从地上爬起来，拍了拍屁股上的泥沙和水，往上走了两级台阶："我现在，在你心里，就是这样的一个人是吗？"

他真的想错了，我不让他进去，是我不想让他看到我这个样子。

我继续往上走，桥上一个人也没有，这是一座刚刚建造好的仿古桥，整座桥是楼阁的样貌，里面装着红漆镂空窗，还有故意做旧的白墙，以及沿墙而挂的字画。

凌秋从后面追上来，当我走到第二幅字画前的时候，他从后面一把抱住我，把头垂在我的耳朵旁边，紧紧地贴着我，那把黄色的伞被他当成拐杖抵住了地面。他的鼻息轻拂在我的耳郭上，我耳朵里残留的鸣响好像忽然完全停止了。但我听见他的声音在我耳边响了起来："陈薇，不要变成你自己都不想看见的样子，好吗？"

周围的静谧被无限放大了，我听到风拂过那些字画纸张表面的声音、桥下河水里落下雨滴的声音，还有我自己的心跳声，它们都在瞬间被无限放大，衬托着凌秋问我的那个问题。

"你难道不觉得，我本来就是这样吗？"

我从他的拥抱里挣脱，转身抬头望着他。

"你以后不管遇到什么事，都不能想到去伤害自己。"他说话的声音微微颤抖。

我低头瞄了一眼手臂上的伤口，伤口并不深，但确实一直在刺痛，可那种疼痛持续一段时间后就习惯了，比起路城的父母，这点伤带来的痛绝对不会让我感到更加煎熬。但我还是点点头，告诉他我以后不会再这么做。

我们走回去的途中，我问凌秋："艾利欧是不是还在查路城的案子？"

凌秋轻轻皱了皱眉，而后点点头，问我："你怎么知道的？"

"鲁塔说他去温泉山庄找她和老头问询了，他还是怀疑我，是不是？不是说，要以自杀结案了吗？"

我扭着脖子抬头看凌秋脸上的表情，但他在走路的时候只是看着地面，并不抬头，也不看我："你别管了，他也不是只怀疑你一个人。"

晚上，我快睡着的时候，唯词突然显示有信息进来了。

我眯着眼睛点开唯词，好半天更新的信息才显示出来，是露琪亚发来的："那件案子究竟是怎么回事？警察今天又来了，他们把那件案子叫作凶杀案。你不是说路城是自杀的吗？怎么变成凶杀案了？"

坦 诚

凌秋那晚回去后没再找我，我也没找他。我们显得很默契，好像提前打过招呼一样。

路城的父母没再出现，陈清年说，听凌秋说他们已经回南都了。

"凌秋哥哥这几天怎么不来了？"陈清年靠在我房间的躺椅上，一边玩手机一边问我。

我正在看一本我连一个字都没读进去的小说："不知道，忙吧。"陈清年从小就这么喊凌秋，长大了也没把称呼改掉，他喊凌秋哥哥时，我有时候会觉得我们都还停留在小时候。

陈清年突然一骨碌从躺椅上爬起来，把脑袋往前伸了伸，问我："他女朋友是怎么回事啊？他说什么他女朋友住在他家……这是什么情况啊？"

我把面前这本始终只翻到前言部分的书合上，转头看着他："凌秋和你说的？"

"是啊，他哪里来的女朋友啊？从意大利带回来的？怎么这么突然？"

我把头转回来，再次打开面前那本书，翻到了有折痕的那一页，还是前言："你管好你自己吧，别多管闲事。"

"这怎么叫多管闲事呢？那可是凌秋哥哥。"陈清年站起来，拉过一条板凳坐在我旁边，"姐，我觉得你真是特别奇怪，我一直以为你肯定会和凌秋哥哥在一起，结果你居然跑去结婚了。现在姐夫……不，路城都死了，那你总能和凌秋哥哥在一起了吧？你觉得这个世界上还有比他对你更好的男人吗？其他男人哪个能和他比啊。"

"陈清年，他不是已经告诉你他有女朋友了吗？"

"所以我才问你啊，他好好的哪里来的女朋友啊？就算真的有肯定也长不了，我看得出来，凌秋哥哥眼里装不进其他女的，你还没我了解。"

我叹了口气，翻了一页书，依然是前言："我看是你比较喜欢他吧，你去和他在一起好了。一口一个'哥哥'的，这么大人了不幼稚吗？"

"你这是哪里受的气撒我头上……"陈清年摇摇头站起来走了，但他走到房门口又停了下来。房门没关紧，金币轻轻地扒开门，毫无声息地走了进来。陈清年把金币抱起来，站着磨蹭了一会儿，又关上门，站在门边上对我说："姐，我能问你一个问题吗？"

我听出了他口吻里的迟疑，这个问题大概不会是什么好问题，所以我没抬头转过去看他。

"你问。"

"路城……路城真的是自杀的吗？"

"你不是应该问过你凌秋哥哥了吗？怎么，你也觉得是我杀的人？"

"不是，你说什么呢！你是我姐，我怎么会觉得你杀人啊。只是我觉得凌秋哥哥对待这件事的态度很奇怪，我每次提到这件事，都觉得他在回避，好像在刻意隐瞒什么，可能是我多心了吧。算了，反正这事儿也过去了。主要是……他父母过来闹的那劲儿，而且之前……我收到过他的消息。"

我转身盯着他，金币从他手里滑了下去，跳到了我的床上，用那双透明的黄色眼珠子盯着我。

"什么消息？谁的消息？路城的吗？"

"嗯。是他去意大利找你之前发的，我没想到他真会去找你，我觉得你俩领完离婚证这事儿就算过去了，所以我当时没回。后来，后来听说他死了，我才想起来。"

"几月发的？"

"九月初。"

"删了吗？"

"没。"陈清年从口袋里掏出手机，点了几下递给我。显示是九月七号发的，路城发的是手机短信，用的是他之前在国内常用的那个号码。

路城说："清年，我想去找你姐。我觉得没有你姐的日子，我根本没法振作起来。你觉得，我去找你姐的话，我们还有可能吗？"

那天晚上，我突然很想念木歌，便给他发了消息，问他能不能给我打视频电话，他一直到半夜才回我说他还没收工。

我去找路城父母的那天晚上，木歌只在到达北都后给我发了一条信息，我没回，他也没再发了。换作以前的话，我只要一会儿不回，他就会不停地发信息打电话，甚至一晚上不睡觉等着，现在我的不回、他的不找好像变得越来越理所当然了。我本来以为，一段感情进入新的阶段，应该是两个人共同促成的，但我发现我还没准备进入冷却阶段，他就先进去了。我以为经过这么多事情，加上与他在云南相处的十天里对他新的认识，我也会做好准备进入那个阶段，开始慢慢地正视我们是否真的合适等现实问题。然而，这种突然到来的冷却给我带来了一种近乎急迫的心焦，我感觉到自己的身体被悬挂了起来，被挂在一根细枝上，风随便一吹，我就会掉进河里，那种空无的漂泊感让我觉得很不安全。

我想起木歌很多好的方面，那些他对我说过的话、做过的事，被我一点点地捡起来，捡起来之后重新拼贴，他好像又变成了我刚认识他的时候，那个闪闪发光的、没有缺点的人。我在家看了一部电影，片尾的人员名单上，木歌的名字出现在摄影指导那一栏，我暂停了画面，放大他的名字拿手机拍了照片，我仿佛能透过屏幕又看到他在工作时那种充满光亮的样子，我的每个细胞似乎都在表达对他的想念。

我发消息给他，告诉他我在某电影的结尾看到他名字，可他过了半天只给我回了一个微笑的表情，既没有被我夸奖的骄傲，也没有开心，那个表情里唯一有的就是敷衍，我甚至能想象他掏出手机看到我的信息时，随意发个表情给我便退出和我的对话框的画面。

有时候我也搞不懂人的情绪和思想中的那些矛盾究竟出自哪里，木歌越是冷淡，我却越是渴望，就像曾经渴望阿诺河对岸那片富人区的光一般，他似乎在我的潜意识里形成了一种推着我往前走的力量，如果我放开那股力量的话，我可能会失去最后的希望。

我问他会不会来西元找我，他总说再等等，最近挺忙的，之前出去那么久，好多工作耽搁了，要忙上一阵子。

"我可能没多久就要走了。"

"你不是辞职了吗？"

"你不是叫我想清楚吗？我还有一些事情要回去处理下。"

"你回去应该不会在那边待很久吧？而且你走也要来北都走吧，你不是从北都进出的吗？那我在北都等你来。你什么时候走？"

"这个月末吧，还没定下来。"

"那你定了告诉我，如果最近能有点空，我去找你。"

我的话是故意说的，他的话是随便答的。其实我很想直接问问他，对我的热情是不是已经彻底过去了，也不再爱我了，这种冲动每次顶到嘴边，都被我压了回去。我开始尝试揣摩他的想法，他这么快速地冷淡是不是因为我身上的神秘感消失了？还是因为他能感觉出我对他的感情很牢固，他不再像以前那样随时害怕失去了呢？于是我开始不给他发消息，并且用尽量显得不在乎的语调回他信息，我以为这样做他能回到以前，能把曾经护在我周围给我的安全感还给我，能再次变成那个告诉我就算只想利用他，他也心甘情愿的人。

我很清楚，假如感情不能找回来，那他对我做出的所有承诺可能到最后都只是空话。可是我在种种试验过后，他依然如此，甚至更加冷淡了。我让他每天起来和回家都给我发消息，他照做了，但是消息内容就是："我起来了。""我到家了。""我要开会去了。""我要干活儿去了。"

我不能再继续坐以待毙了，假如我不先去北都，看来他是不会来西元了。有了这个打算后，我先给蓝泉打了个电话，告诉她我要去北都。

"你过来做事吗？"

"嗯，去见个客户。顺便介绍个人给你认识。"

"是上回那个发小？"

"不是，是个圈子里的人，你见了就知道了，你认识认识，或许以后你有啥项目还能找他呢。"

"这么神秘，行吧。你到了告诉我。"

我本来想给老罗发消息，但是仔细想了想，便没这么做。我告诉木歌我要去北都了，他的声音听起来挺高兴，问我住在哪里，想吃什么，说他去火车站接我。

我说："我带你见见蓝泉吧，她一直说想认识你呢。"我和木歌提过蓝泉，但我从没跟蓝泉提起过木歌。

"几号啊？你来的那几天我特别忙，我不能保证我的时间。"

"你晚上时间都没有吗？"

"不能保证，我的意思是，你们先约，不用管我，我要有时间的话就来，没时间的话就下次。"

我记得我上次和木歌提到蓝泉，木歌问我蓝泉知不知道他的存在，知不知道我们的关系，我撒谎说我告诉她了，他很高兴，说到了北都他请蓝泉吃饭，当然，只有我觉得可以带他见蓝泉的时候，他才会见，他完全尊重我的意思。这时间过去好像一个月不到，对于同一件事情的说法都已经变了。

"好，我知道了。"我说。

去北都的前一天傍晚，凌秋来了，没有提前打招呼。饭点前，陈清年去丢垃圾，一开门就看到了站在院门口准备敲门的凌秋。

凌秋今天穿着灰色的帽衫、运动裤，他的头发剪短了一些，刘海被他梳到了右边，看起来好像换了个人似的，我见到他时，总有一种几年没见的感觉。

他带了好几个菜过来，有我外婆最喜欢吃的板鸭，陈清年喜欢的鹅翅，我妈最爱的鹅掌和给我舅舅晚上佐酒的好几样小菜。他把菜一样样从袋子里取出来摆上桌时，我感觉我们仿佛回到了出国之前，那会儿他经常像这样带着菜来我家找我，然后整晚赖着不走，和陈清年玩游戏，我就在旁边看电影，那个夏天我们仨总是随意地躺在地板上铺的凉席上睡觉，那时的陈清年还是没长高的戴眼镜的小胖子，现在他都和凌秋差不多高了。那时候多好啊，一切都还没发生，我可以选择不出国，就不会认识胡洋，不会认识路城，也不会认识木歌，我还是我，凌秋也还是凌秋。我可能永远都不会搞清楚凌秋的家在西元的哪边，但他仍然会时常来找我，他和我家的每个人都很要好，比我更清楚他们的喜好。把我从小带大的外公去世的时候，凌秋陪我在灵堂里守了一夜，他好像参与了我身边的每一场生离死别。

我依然觉得他会成为我的敌人，可他早就是我的家人了。

"陈薇，你想什么呢？过来吃饭吧。"他坐在靠近窗户的那一侧，对着我笑。家里所有的人都围着方桌坐了下来，屋里的黄色暖光似乎又亮了一些，中间的暖锅冒着热气，窗户很快蒙上了一层薄雾。我在凌秋旁边坐下来，用手指擦掉了从他面前那只没干的碗掉落在桌上的水滴，冲他笑了笑："吃饭。"

吃完饭，我们在院子里的石凳上坐了一会儿，这两天已经不下雨了，地上都干了，但天显然更凉了，我们开着院门，从河边吹来的风钻过竹叶，扑到身上更加冰凉了。

"你明天什么时候的火车去北都？"

"陈清年告诉你的吗？他真该去做间谍。早上八点半。"

"去几天啊？"

"还没定，再说吧。"

我们沉默了一会儿，他抬起头望着院门口，我好像听见他深深地吸了口气，然后问我："北都那个人，叫木歌是吗？靠谱吗？"

我的心脏上下晃了晃，侧过脸看着他："你从哪里知道的？"

他还是望着前面，说："上次你回来，路城找我说过这事儿，他问我认不认识那个人，我确实认认真真想了很久，然后我告诉他，我从来没听你提过这个名字。我本来觉得可能是他多心而已，后来……后来你回来却没回西元，我就猜到了那个人确实存在。"

　　我收回停留在他脸上的目光，也把它投向他目光投向的地方，笑着说："你不是因为这个才猜到吧。那假如我告诉你，那个人只是普通的客户，你信吗？"

　　"不信。"

　　"为什么？"

　　"因为太了解你，陈薇，你这次回来的时候，我就知道，你不会再去那边了。所以我才问你，那人靠谱吗，值得你这样孤注一掷吗。"

　　我没接话，过了好一会儿才问他："那你呢，你为什么辞职？我当时对你说，要不你也回来吧，你说你要上班，但是那会儿你已经辞职了，对吧？为什么你又回来了呢？"

　　他突然笑了，转过脸对着我："假如我说，是因为我不想待在没有你的地方，你相信吗？"

　　"不信。"

　　"为什么？"

　　"因为你有女朋友了，上次我打给你她接的电话，你是为了你女朋友回来的。"

　　他笑了起来，说："既然你已经有了答案，那为什么还问我呢？"

　　我也笑了。我当然知道这不是所谓的答案，前一个也不是全部。我也了解他，但有的时候，我会告诉自己不要承认自己对他的了解，有些事情糊涂一些就过去了，如果不是到了非要说清楚的时候，那些提前说出的实话就是最难听的东西。

　　我不能要求凌秋对我保持坦诚，因为我也从没有做到过，我们之间其实从来没有过真正的坦诚，那些更深的东西，大家都瞒下来了。

欺　骗

　　火车到北都南站时，木歌来接我。车站的人很多，我花了一些时间才随着人流走到出站口，他站在一群人的后面，戴着一顶黑色的渔夫帽，穿着米色的风衣，衬得他更为修长。

　　他冲我招招手，我走到他面前，他接过我手里的箱子，笑着说："饿了吧？想吃什么？"

　　"火锅吧，想吃辣的。"我说。

　　我们向车走去的一路上，他都没牵我的手，我每次想去挽他的胳膊，他都会恰好做个动作避开我的手。

　　"你是不是不想让别人看到？"我用开玩笑的语气问。

　　"哎呀，不是，你还真是喜欢多想。"他说。

　　他开了另一辆车来，是一辆白色的本田，我问他为什么换车，他说大车借给别人开出城了，得过几天才能还。我突然想起了，我们旅行回来前，他的那通电话，我笑了笑，什么都没说。

　　我们站在马路边等红灯，他突然看着我笑了起来，说："你挺有意思的，居然还怀疑我在外面有其他小姑娘。"

　　这是我前阵子开玩笑似的问他的，但我确实有过怀疑，可他直接否认了，我也没再问。

　　"难道没有这种可能性吗？"我照常用开玩笑的语气说。

　　"我以前都跟你说过了，这么多年，就没小姑娘看上我，虽然我也挺纳闷，按道理说，我这种类型的大叔不应该挺吃香的吗？但就真的没有啊。你是唯一一个。"

　　我的心里又钻出了一点乐："行了吧你。"

　　我好像在和他的这段感情里，变得越来越容易满足了。从刚开始他回消息慢一些我都不满到每天只要给我发条消息我都觉得可以了，再到现在这么一句话就能让我在心里偷着乐，我仿佛离最初口口声声说会永远爱我的那个人，越来越远了。这种退让的过程又迅速又自然，等我反应过来时，已经如此了。这趟来北都的旅程与任何一次都不一样，我带着期盼，却又觉得内心平静，我时刻告诉自己并不是那么在乎，然后我要把这种无所谓演出来。但我见到木歌时，并没有按照自己设定的角色演。我猜，我在北都这明晃晃的日光下站着，红绿灯照着，我脸上表现出来的对他的感情，根本就无处隐藏。

　　吃完火锅，他送我回酒店的路上告诉我，他今天下午要去开会，会议怕是要持续到半夜，早的话他就来找我，晚的话他就回去睡，明天早上再来找我，因为会场离他家比较近。

　　"你和老罗他们说你来北都的事情没？"他问我。

　　"没，怎么了？"

　　"那你准备说吗？"

　　我想了想，说："不了吧，又没事找他，也没带礼物，空着手有些不合适。"

"行吧，那就下次好了。我也没说你要来。"

我在酒店前台登记时，木歌去找停车场停车，等我登记好带着行李进了屋子，他才给我打电话问我在哪个房间。我问他在前台登记没有，他说不用登记了，麻烦。他说话的时候草草带过每个音节，我总觉得他不是嫌麻烦，而是不想让任何人知道他来过这里。

他很快地贴上来亲吻我，脱掉我的上衣。房间不大，装修很商务，床倒是不小。他把一切弄得好像在完成任务，我觉得自己也没多少激情，我一直无法集中注意力，直到他放开我，仰躺在床上，我才发现都已经结束了。

他躺了一会儿，起来冲了个澡，穿上衣服后，抱了抱我。

"你的每件衣服都很好闻，有一股洗衣液的香味。"我把头贴在他胸口说。

"我们家的衣服都有这种味道。"他说着，放开了我。

"你们家的衣服？"我小声地念了一句，他好像没听到。我看到他低头看了眼我左前臂上的细小疤痕，但他什么都没问，拎着包朝我挥挥手就走了。

一直到晚上，他都没给我发消息。

蓝泉约我去了一家烧烤店吃晚饭，我中午吃撑了，肚子里还残留着火锅的辣味，没什么胃口，她叫了两扎精酿生啤，随便点了点串儿，一脸郁闷地望着我。

"你究竟怎么回事？"她问。

"什么？"

"说不上来，反正我觉得你最近有点奇怪。你和你那个发小怎样了？"

我摇了摇头："不是他。"

"嗯？什么意思？什么叫不是他？"

我喝了一口啤酒，看着她，我在心里犹豫，不知道要不要向蓝泉吐露我的秘密。我没有和蓝泉说过我的任何一个秘密，这可能是唯一我想与她分享的，因为她也在北都，这好像成为我和她分享秘密的重要原因。

"蓝泉，我跟你提的那个，想介绍你认识的人，是木歌，你知道他吧？"

蓝泉慢慢瞪大眼睛盯着我，举起杯子喝了好儿大口，把啤酒咽下去才说："你不是吧，你别告诉我，你和木歌在一起啊……"

"怎么了？你们接触过？"

"他那个文化公司有个圈子里挺有名的导演，也是个制片人，姓罗，你认识吗？"

我点点头。

她低头想了想，说："我们之前在一个项目里遇到过，他们那个片子是我们做的出品。我有个同事和他合作过好儿次了，跟他挺熟。有一回我们吃饭，饭桌上没几个人，聊着聊着，就聊到了木歌。那天他本来也要来的，他不是在圈内名声大嘛，我还挺期待见见他本人的，他不是话很少，也不太接受采访嘛，就挺神秘的，但那天他有事没来。老罗多喝了几杯，就说到了木歌，说他就算有假期也不回去，老在外面玩儿，挺不顾家的，也不太管他孩子的事情。这么说他结婚了呀，你……这没结果的事情啊，你真的和他在一起？"

"他说他快离婚了。"我双手转着啤酒杯，看着里面黄色发白带着泡沫的液体，轻轻地说。我的脑中浮现出那天晚上，木歌流着眼泪对我说，他的女儿好像天使的画面。我当时认为那是即将离别的痛，我猜测他女儿在他离婚后会跟她妈妈。"也不太管他孩子的事情"——所以，真的是即将离别的痛吗？

"有吗？这也就是前阵子的事情，我不知道啊。但是如果他对他现在的家庭都这样，就算离婚，你也得想清楚啊，他会不会和你在一起后真的改变些什么，你知道人都有惯性的。"

我后来大概还断断续续说了一些关于我和木歌的事情，但具体说了什么，蓝泉问了什么，我很快就不记得了，我说那些事情的时候，总觉得都不是真实发生过的，好像那是属于别人的故事，但我却保留了对故事的情感。我依然记得，他去机场接我的那天晚上，深情地对我说过："陈薇，我不会让你后悔的。"明明时隔不久，但我现在回忆起这些，只觉得很空洞。

我给他发消息说我回酒店了，假如他结束早的话告诉我。他过了很久才回我信息说估计不到凌晨结束不了，到时候看情况，让我睡的时候告诉他。

我在酒店里独自开了一瓶红酒。北都这个城市的冬天似乎来得格外早，干燥的冷风让我回忆起几年前每一次独自出入这个城市的孤独。这座城市似乎吝啬于给不属于它的人归属感。

一直到凌晨四点，木歌才发来消息说："刚结束，明天中午来找你。明天还得开会。"

　　那一晚，我又没睡踏实，睡眠很浅，似曾相识的梦断断续续，等我睁开眼时已经天亮了。

　　到了九点，我本想给木歌发消息，我打开和他的对话框，又关上。然后我打开了和老罗的对话框，给老罗发了一条信息："罗导，我到北都办事，向您问个好。"

　　老罗立刻回了我信息："问好哪里行，晚上吃饭。别推辞，我来组织。"

　　没过几分钟，木歌就打来了电话，问我是不是告诉老罗我来了。

　　"嗯，我思来想去，不打个招呼也不好，所以就给他发了个消息，结果他叫我晚上吃饭。他找你了？"

　　"哎呀，是啊，他刚打给我说你来了晚上要吃饭，让我找地儿。"

　　"可你不是要开会吗？"

　　"老罗喊吃饭，我哪能不来啊？我来发消息喊他们吧。开会我晚点去就是了。"

　　挂了电话，我坐在镜子前看着自己，房里的窗帘还没拉开，灯光偏暗，我的脸在阴影里显得有些奇怪。我突然想起了木歌形容我的词：阴沉。是吗？我对着镜子里的自己慢慢露出笑容，我上扬嘴角直到看见自己的牙齿。

　　木歌到一点来钟才到楼下，我钻进他车里的时候，特意打了个电话给汉莎的客服，问回去的机票。挂掉客服的电话，木歌随口问了我一句："回去的机票订好了吗？"

　　"还没有。"

　　"那你订好和我说，我尽量空出时间来送你去机场。"

"哦，对了，那台相机忘记给你拿来了，下次带给你吧。你不急用吧？"

"没事儿，不急用。"

我撒谎了，那台相机就在我的背包里，我来了北都就没拿出来过，但在来北都的路上，我还看了之前我们在云南拍的照片，我本想这次就还给他的，但我现在又不想还给他了。我总觉得我必须抓点他的什么宝贝在手里，才能维持住牵绊，虽然我不知道他究竟有多重视那台相机。

我们在酒店附近吃了个简餐，就回到了酒店的房里。木歌仍旧像昨天那样，用很短的时间完成任务一般，结束后他就睡着了。我盖着被子躺在他旁边看着他，摸了摸他的脸颊、他的睫毛、他的鼻子和下巴，然后我把手指放到鼻子下面嗅了嗅，上面好像也沾染了那种洗衣液的味道，他家的味道。我从被子里钻出来，穿好衣服，下了床。

他半睁着眼睛抬了下头看看我："你起来了吗？不困吗？"

"不困，你睡吧。"我坐到挨着床头的单人沙发上，开了一瓶刚从冰箱里拿出来的气泡水。

"那行，你到四点叫我，咱们早点走，晚了会堵车，开过去得一个小时呢。"

说完，他翻了个身，很快就睡着了。我沉默地喝着气泡水，那些气泡在进入我喉咙的瞬间纷纷爆裂开来，带着强大的冲击力，好像在把一些情绪捏扁之后静静地吞下去。

四点他的闹钟响了，他设置的是报警声音，他说假如不是这种声音的话，他起不来。我之前嘲笑过他，说他坏事干多了，只有听见报警声才会舍得从床上爬起来跑路。

他磨蹭了半天，直到近五点我们才从酒店出去，晚饭定的是六点，他好像选了一家江浙馆子。

"在你们这儿，江浙馆子上档次是吗？"

"哎呀，是啊，北都菜有什么好吃的，川菜也拿不出手，只有你们那种水灵的地儿做出来的东西才好。"

他又说："你和老罗感情是有多好啊，小宽听到你来也是激动得不得了，专门给你拉了个群，把上回那几个人都叫了来，孙菲菲把下午的会议都推掉了，就为了见你。"

"是吗？那你呢？你的会议呢？你还得去吧？"

他用余光扫了我一眼，说："咳，孙菲菲那个会议和我那个会不是一个等级的，她去开会就是去坐坐，汇报汇报，我们开会都是实实在在要讨论出方案来的。"

"那你几点得去啊？"

"今天那会推迟了，灯光指导有事儿，来不了，换到明天了。今天安城那边来了人，是上回我们一个项目组的，喊我去吃海鲜喝酒，我本来想带你去那边的，这不是老罗喊嘛，我就说晚点再看。"

"那我还害你少吃了顿饭啊。"

"那也不是这么说的。"

"你不是怕别人见到我俩一起吗？还能带我去呢？"

他没听出我话里的讽刺，随口回答说："哎呀，那不要紧，就说带一朋友，反正他们之前也没见过你。"

我低声干笑了两下，便不再说话了。路过海胡路的时候，他指着路边的老房子对我说："我爸妈以前就住这儿，我就是在这儿长大的。"

我认真地去看那些房子，它们外墙斑驳，像极了西元我住的地方周围那些七八十年代的老楼，老楼之间的巷子总是又细又长，我想起了我和凌秋小时候，又忍不住去想象木歌小时候生活在这里的光景，可能这个时刻是今天到现在为止，我内心唯一出现一丝柔软的时刻。

木歌为了不迟到，一路开得飞快，在车辆行驶缓慢的地方钻着空子往前开。我发现他在北都开车的风格与他在云南时完全不同，在云南一路上车少，他总是开得很平稳，我以为他开车就是那样的风格，可他在北都开车开得比蓝泉还要"潇洒"。这不是一种灵活的劲儿，而是一种毫无惧怕的肆意。

本来有一小时的车程，他开了四十分钟我们就到了，停车的时候，他看了看时间，对我说："你看，我厉害吧？"

我笑着点头，他以为我真在夸他。

老罗已经到了。说实话，我见到老罗还是很开心的。我喜欢老罗身上的儒雅气质，那种气质和木歌的截然不同，老罗身上带着一种特别的收敛，还有眷顾的温和，喜欢开玩笑，却又会自己控制分寸。我每次想起老罗的时候，就忍不住去想，假如木歌是老罗那样的人的话，我们关系的走向会不会全然不同，但这个想法其实很可笑，因为假如木歌是老罗那种人的话，我们似乎连走到一起的可能性都没有。

小宽、孙菲菲他们后来都到了，他们一一与我拥抱，特别是小宽，我看得出来他挺喜欢我，说下次有项目一定还要找我们公司，我只能笑着不说话，我没法把我辞职的事实在这种场合说出来。

来的路上，木歌特别关照我说："一定要装得咱俩许久未见。"

我说："好。"

所以，整个晚饭时间，我都没去看他，后来不知道由什么起头，大家聊到了单身问题，说完小宽后，他们把目标转移到了我的身上。小宽很不合宜地指着木歌说了句："老大，老大单身。"

木歌赶紧扬了扬筷子，做出一副要打小宽的架势："说什么呢！别胡说！"

小宽低下头嘀咕道："我这不是开玩笑嘛，再说，也是事实啊，你不是早就领了离婚证嘛。"

我看到木歌吓得一哆嗦，瞄了我几眼，赶紧低头往嘴里塞食物。

老罗说："别胡说，他这哪能算单身啊。"

接着我听见老罗突然把话岔开问了木歌家的房子还是车子的事情，话题就彻底转移了，我的脑中开始混乱，但在混乱中又有一丝清晰。我没看木歌，我的目光反复游移在其他人的脸上，但我完全听不见他们在说什么，他们说的每个字我都明白，但连起来后那些意思完全无法进入我的大脑。

"陈薇，你说是不是？"孙菲菲对着我笑。

"是。"我也笑着冲她点点头。

是，假离婚吧。

是吧？

含义

　　吃完饭，木歌叫了代驾，他对其他人说，他送我回酒店。老罗带的红酒很好，可现在留在我舌头上的味道却有点苦和涩。我用牙齿刮了刮舌头，想去掉一些令人难受的苦涩味，好像没什么用。我跟在木歌的身后，走到停车场，我有种冲动，想转头自己叫车走，但这个念头还在我脑袋里徘徊时，我就已经钻进后座了。

　　"我还得去那边坐会儿，你先回酒店，我结束了来找你。"他坐在副驾驶座上说。

　　我一直看着窗外，北都夜里很亮，被沿街的灯火和车灯照得和白天一样，可车里很暗。我看着木歌的后脑勺说："那你带我一道去吧。"

　　他犹犹豫豫地开口说："不太好吧，那些人和老罗他们都认识，明天在公司里也会见面，今天你要是没见老罗还好说，这都见了，万一到时候说起来……"

　　"这很要紧吗？"

　　他不说话了。过了一会儿，车快开到酒店的时候，他说："你是不是生气了？我保证就去一个小时，一个小时后我就来找你。我后备箱里还有你上次说想喝的一瓶红酒呢，我一直带着，咱们晚上把它喝了吧。"

　　我没再说什么。停好车，他陪我走到酒店楼下后就又打了一辆车走了。我一边上楼，一边给蓝泉发信息。

我："帮个忙吗？"

蓝泉："什么事儿？"

我："木歌的事情，帮我找找渠道查一下呗。"

蓝泉："你想查什么？"

我走出电梯，打开房门，把门轻轻地关上，靠着门在对话框里输入信息。

我："我想知道，他是不是已经离婚了。"

我把木歌的相机拿出来，坐在沙发上反复看那些照片。他在我的镜头里的每个瞬间都很生动，生动的温和，生动的肆意，生动的认真，可眼睛也是会骗人的。我关掉相机，把它塞进背包里，闭上眼靠在沙发上。

闭上眼只有黑暗，以及灯光留于黑暗的斑斑点点，那些和木歌在一起的画面被切割成了碎片，在黑暗的旋涡里越来越模糊，那些光斑让它们看起来像一大摊谎言。

木歌给我发信息了，将近十一点半的时候，他说他快结束了，我说好。但一直到一点多他才真的结束。

"没办法，走不掉，我给你发信息那会儿本来是真要结束了，结果有几个人非要拉着去KTV，就只好去坐坐了。"

他在电话里跟我解释的时候，我已经站在酒店门口了，远远看到他拎着一瓶酒，嘴里叼着烟朝我走过来。今晚北都很冷，我没加衣服，觉得冷风一阵阵地贴着胸口往里钻，浑身都被吹得生疼。他拉着我在酒店门口的咖啡桌前坐下来，从兜里掏出一个开瓶器。

"你去问酒店前台要两个红酒杯，这不拿红酒杯喝糟蹋。"

我笑着说："你好像突然会喝红酒了，还知道心疼了。"

"花了不少钱呢，怎么能不知道好坏呢？你去啊。"

他看着我，我站起来，拿起酒瓶和桌上的开瓶器，对他说："上楼吧，楼上有杯子。"

"哎呀，我还想在外面坐着呢。"

我没等他把话说完，就自己进门朝电梯走了，他只得快步追上我，电梯需要房卡才能上楼。他的身上混合着烟酒味，看他样子就知道喝了不少。

进屋后他用冷水冲了一下脸，打开了那瓶红酒，问我："杯子呢？"

"普通玻璃杯，别拿了，对瓶吧。"

"别啊，这么好的酒可惜了呀，普通玻璃杯也行啊，总比没有好。"说着，自己从架子上取下来两个水杯，打开水龙头冲了冲，各倒了半杯红酒，递给我一杯，我把杯子放在桌上，他仰头一口喝了半杯。

"你今天不高兴了吧？"他的嘴角留着红酒的痕迹。

"没有啊。"我说，低头啜了一口，红酒在水杯里弥漫着一股寡淡的涩味，确实浪费了。

"明天也不能陪你了，一天都是活儿，你几号回西元啊？买票了吗？"

"还没。"

"那你买了票告诉我。"

"反正你不能送我，就不用管了，我走的时候告诉你好了。"

"你买了票告诉我嘛，万一我能送你我肯定去送你。"

他眯着眼睛对我笑，笑容温暖真诚，可我已经不相信自己的眼睛了，我的情感在告诉我，他是我认识的那个木歌，但理智拒绝接受这个过于主观的判断。我面前的这个人究竟是什么样子，他戴了几层面具，我已经搞不清楚了。

"木歌。"

他喝得有些迷糊的时候，眨眼的速度变慢了，看上去表情都是迷离的。

"怎么了？"他伸出手摸摸我的脸。

"你准备什么时候，兑现你对我的承诺？"

"什么承诺？"他缩回手，拿起瓶子给自己倒了最后一杯，晃了晃瓶子，已经空了，"陈薇，我没给你什么承诺，我不能给你任何承诺，我给不了你什么承诺。"

我的神经在我的体内跳动了一下，血液好像不再流动了，我坐着没有动，我相信我脸上的表情没变化，我只是盯着他，盯着他的眼睛，那里面的倒影果然是浅淡的，我连我自己的脸都看不见。

"你不会辞职，也不会离婚是吗？你一直在骗我是吗？"

他握住我的手，低头看着它们，我也低头去看他的手，我摸了摸他左手无名指上的文身，今天它显得格外惹眼。M.G——他是真的只爱他自己吧。他以前说过的那些话，比屁还要轻，可我竟然相信了，我在心里笑话自己，然后我笑了起来。

"你是不是觉得我很好骗啊？"

他重重地叹了口气，像是在表演："不是的，陈薇。我很在意你，真的，只是有些事情是需要水到渠成的，我也不能那么轻易地去做什么，这些事情都要一步步规划的。陈薇，我不是骗你，我跟你说那些的时候我是真心说的。"

"真心说了，但从没想过要真心去做是吗？"

"陈薇……陈薇，很多，很多东西，都要遵循自然规律，你知道吗，自然规律……"

他不再说话了，摇摇晃晃地站起来，摘掉手表，脱了鞋子，迷迷糊糊地躺到床上，很快就睡着了。我的杯子里还有刚开始倒的那半杯红酒，我端起来喝了一口，仍然是一股酸涩的味道，好像它永远也醒不开了。我坐在沙发上，看着木歌，想起凌秋那晚在院子里对我说的话，不禁又笑了起来，笑着笑着，眼泪就流了出来，不是我想哭，而是谁在撕扯我的神经，揉捏我的内脏，我浑身都在疼。因为疼痛，我的眼泪一直没止住。

早上木歌走的时候，我已经醒了，但我紧贴着墙躺着，没睁眼。我听见他洗澡的声音，他还是用了我带来的沐浴露，他洗完澡走出来，房里便都是那股沐浴露的香味。他爬到床上，亲了亲我的脸，低声在我耳边说："陈薇，我先走了，晚点发消息。"我听见他拿东西，穿鞋，走路，开门和关门的声音。他似乎在关门前停了一下，我闭着眼想象他站在门口看我的画面。

我从床上坐起来，拉开窗帘，对着窗口看了一会儿，今天好像是晴天，但是阳光都被高楼大厦挡住了。微信上有一条消息，是陈清年发来的，问我什么时候回去。唯词上也有一条消息，是鲁塔的。

她说："那个警察告诉我，那个人是被杀害的，我知道你收得到我的消息，能不能联系我？我和皮诺都很担心你。"

我还是没回。

中午蓝泉约我在她公司附近的咖啡吧见面，我到的时候，她已经坐在那儿了，还给我点好了咖啡。

"这架势，你是不是有什么会刺激到我的东西要告诉我啊？"我开着玩笑坐下来。咖啡是热的、加豆奶的无糖拿铁，蓝泉总记得我的喜好。

"不是什么刺激人的，但也不是什么让人高兴的。"

"你说吧，没事儿，我大概能猜到。"

我从桌上的小木盒里抽出包装好的咖啡搅拌棒，拆掉了包装纸，拿在手里敲着杯口。蓝泉拿着搅拌棒使劲在杯子里搅了几下，抬头看着我，表情显得特别严肃，好像她马上要郑重宣布什么似的。

"那个，你让我查的，我找人查了，其实一问就知道了，有没有离婚我不知道，但是他们现在的那套房子和两辆车都在他老婆名下，据说是去年为了继承父母的一套房子突然转移到他老婆名下的，他老婆也是业内的，具体做什么我不知道。"

"那他可能会净身出户吧。"

蓝泉一脸无语地对着我说："姐姐，你觉得可能吗？木歌爱钱这事儿和他的业务好一样广为人知吧。再说，在北都这种地儿，他对你的爱是有多深啊他要净身出户。你别怪我话说得不好听啊。"

我低着头把搅拌棒放进了杯子，咖啡上有一朵简单的拉花，被我从中间搅断了。

"我知道，我开玩笑呢。"

"而且，陈薇，这种近四十的、有家庭的、在外面玩玩的男人太多了，不能他说什么你就信什么。"

"是吗……"

我知道，尽管我什么都知道，但那一丝不可思议的感觉还是让我保留了怀疑的权利。我是不是还能相信他是个好男人？他还是不是那个对我说要把我们拍的照片放在那张新的相机存储卡里，不够就换一张，永远别删的人？是不是那个给我希望给我点起河对岸的灯，说永远都不会让我后悔的人？

"陈薇，你好好想想，你是真的爱他吗？还是你只是被他的才华吸引？这是两码事。你本来是想等着和他一起生活的吗？他适合和你生活吗？你这么去想，别一个劲儿地往里栽。"

我搅乱了咖啡上那层拉花，彻底搅乱了。

"我也不知道，可能是吧。"

我和蓝泉分手前，我问她："你知道木歌的老婆叫什么名字吗？"我问她这个问题真的是鬼使神差，突然有个念头从我脑中一闪而过，我还来不及抓住，它就已经消失了，却留了这个问题给我，我就带出了口。

"不知道，我问问吧。"她说。

我买了下午五点多的车票，我不打算再在北都留一晚上了，尽管到西元可能半夜了，但我迫切地想回去。收拾好行李寄存在前台，我打车去了一趟老罗的公司。老罗的公司离我住的地方不远，我去之前没和任何人打招呼，到了后发现只有老罗在，其他我认识的人都出去干活儿了。

"怎么来也不说一声？"老罗给我递了一罐果汁，"你们小年轻不喜欢喝茶，我知道，喝果汁吧。"

"我可不是小年轻。"我笑着说，在老罗办公室的沙发上坐下来，"我马上就回西元了，顺路过来看看你们，下一次见面不知道要到什么时候呢，结果就只有您在，太不巧了。"

"你看你，怎么，只见到我这个老家伙让你失望了是吧？居然还说出来，哎，真是伤心。"老罗装作抱怨地看着我。

"哪有，见到您就够了，我没其他要求。"

"我看你呀，是不是来找木歌的？"

"当然不是，我真的只是顺路过来看看你们。您看您，一边老拿我和木导开玩笑，一边还要提醒我他是有妇之夫，您这几个意思嘛。"我故作轻松地开着玩笑，但这两句话在我嘴里上下滑动，每个字都显得很没质感，我听着它们的音节都透露着心虚，但我不敢把目光从老罗脸上移开，"木导昨天吃完饭送我回去的时候就说了今天他干活儿，不在。"

老罗挑了挑眉毛，放下茶杯："其他人吧倒是真去干活儿了，木歌今天是请假，他和小关去车站接人了。"

"小关？"

"木歌他媳妇儿，他老丈人和丈母娘来了，特意请了假要去接。"

"哦，应该的。"

我不知道我脸上的表情是不是很明显地暴露了尴尬，但我努力地保持住了我的笑容，一直到嘴角僵硬，牙齿发酸，我才和老罗告别。

我像木头一般打车到酒店拿行李然后到了车站，原本时间已经有些仓促了，可我正朝进站口走的时候，偏偏又在出站口看到了一个熟悉的身影。

　　那个身影瘦瘦高高，穿着风衣，戴着黑色的渔夫帽，旁边走着一个比我矮一些的女人，手里牵着一个扎马尾的小姑娘。他们正随着人流往外走，大概要去地下车库。那个熟悉的身影手里推着两个行李箱，他们旁边还跟着两位老人。

　　我在隔着许多人的远处，咬着嘴唇望着他们，直到嘴唇被我咬出血来。他们钻进更深的人流，我渐渐看不清楚了。世界上的故事总是这么多巧合，好像许多情节推动都得靠这种巧合来完成一样，它们看起来都很虚假，我倒是希望这一刻，我的眼睛在骗人。

　　我的手机在口袋里振了一下，是一条微信，蓝泉发来的，就只有几个字。

　　她说："木歌的老婆叫梦关。"

　　梦关。

　　M.G，木歌。

　　M.G，梦关。

　　我站在人流里，笑出了声。

第三章

“我以前从没觉得我们之间有……”

“有爱情吗？”

“有可能。”

“现在呢？”

“不知道。”

“那就从现在开始想这种可能吧。”

夜 色

　　火车停在西元站，直到出站我才想起来，我没告诉家里人我今天回来。我在出站口站了很久，久到接晚班车的人全部离开，久到我忘记已过了半夜。风忽然变大了，它在我耳畔由私语变成了高声的呼喊，像是有人见到了令人惊恐的事情咋咋呼呼的。

　　我拉着行李箱走了几步，行李箱的轮子在地面上发出突兀的声音，车站上那家小店居然还亮着灯，但卷帘门已经放下了三分之一。我伸手推了推里面的玻璃门，门被我推开了，我弯着腰钻了进去。

　　"姑娘，我们打烊了。"老板娘一边收拾烤肠机一边说。

　　"啊，对不起。"我本想转身出去，一回头，看到了门上贴的那几个字：空调，奶茶，果汁，小吃。我的头顶上好像又响起了火车的轰鸣声，同时传来广播声："由北都开往江城的列车即将进站。"门口的风铃响了起来，看书的姑娘，戴耳机的少年，带着孩子的妇女，他们都在往外走。墙上的时钟虚晃了一下，我好像看到时间定格在了五点零八分，秒针和分针都不再动了。

　　我回头看着老板娘，说："能不能卖给我一杯热的蜂蜜柚子茶？"

　　老板娘愣了一下，还是给我做了。我端着热乎乎的杯子，出了店门，店里的灯就在我身后暗了，老板娘走出来，对我说："姑娘，路上当心点。"然后她拉下卷帘门朝停车场走去。

我看着面前亮灯的马路，沉默地站着，左右两边的路尽头都是黑乎乎的。风越来越大，手里的蜂蜜柚子茶很快就在风里凉了下来，风刮着刮着就下起了雨，这一定是彻底入冬的雨了，冰冷刺骨。

我拉着行李箱后退了几步，退到狭窄的小店的屋檐下躲雨。然后我掏出手机，已经凌晨一点了，我记得我好像连家门的钥匙都没有，我一直是没有家门钥匙的那个家里人。

最后，我给凌秋打了电话。

"你在哪？"听他的声音似乎没有丝毫困意，但我猜他应该是被我这通电话吵醒的。

"我在火车站。"风雨声好像比我的声音还要大，于是我稍稍提高了音量又说了一声，"高铁站。"

"外面下大雨，你找个地方躲雨，我马上来。"说完，他就把电话挂了。

我把行李箱往里挪了挪，在地上盘腿坐下来。手里的柚子茶已经彻底凉了，屋檐挺窄的，水滴沿着屋檐往下落，滴在行李箱上，水珠子蹦起来又溅到我脸上，冰凉的感觉从皮肤一点点地渗入血管、神经、细胞。我眨眼的每一个瞬间，眼前都闪过那次木歌来找我时，走出站台的画面，我听见他的声音在嘈杂的雨水声里响起来："你等了很久吧？"

我望着沿着屋檐形成的雨帘，空洞地点了点头。

远处有个人举着伞，踩着潮湿的地面朝我跑过来，风把他的伞吹到了头顶上，他笔直地举起一只手让伞不被吹跑，地上的水被他踩得四处飞溅。我站起来，拉起行李箱往雨里走了两步，红色的行李箱一下就被雨水冲刷得锃亮。

"不是叫你找地方躲雨吗？干吗不躲在站台那边啊？"凌秋顶着风把伞撑到我的头顶，但是风太大了，伞被掀得往上翻了，凌秋伸手把我往屋檐下推了推，自己站在那雨帘下试图把伞面翻过来。

我拉了他一把，把他拉进了这个狭窄的屋檐之下，又将那杯半满的凉透了的柚子茶放在行李箱上，跟着从他手里拿下那把伞，三两下翻过来，递回他手里。

"果然是小学手工课不及格的人，翻个伞都不会。"我笑着说。

"还不是你给我的破伞，连这点风都招架不住。"他检查了一下伞骨，又把伞递给我，"你撑着，行李箱给我。"

我没接伞，看着他没动。

"怎么了？得赶紧走，一会儿下更大，我车在路边打着双闪呢，别被拖走了。"

我接过伞的瞬间，雨声好像突然在我耳边放大了，我看到自己用空闲的那只手抓住了凌秋黑色外套的衣角，踮起脚靠近他，直到闻到他鼻息中那股特有的白花香味，才忽然安心地闭上眼睛亲吻他的嘴唇，他的脸上都是冰凉的雨水，衣服上也是，但他的嘴唇是热的。我睁开眼睛的时候，凌秋正一脸惊讶地看着我。我转身把放在行李箱上的柚子茶扔进店门口的垃圾箱里，举起伞，对他说："我们走吧。"

凌秋愣了一下，接过我的行李箱，把行李箱推到伞能挡到的一侧，自己走在雨里。

他车头的黄色灯光，在大风和雨水形成的迷雾里闪烁着。快走到车旁的时候，我说："凌秋，我都做了些什么？"

但是风雨声太大了，他或许没有听见。但我钻进车里的时候，好像听见他说："其实你并不用这样，我也会和以前一样对你的。"风把他的声音都吹散了，可能那只是我的幻听。

坐到车里，他从后座拿了一件干净的白 T 恤递给我："擦擦吧，头发都湿了，别感冒了。"

T 恤上是新衣服的味道，我擦了一下脖子上的水，看到凌秋的发梢也在滴水，想给他也擦一擦，他拿手推了我一下，立刻避开了我的目光："你擦吧，我没事。"

车子驶到高架的时候，我说："我不回去了，别往我家开。"

"为什么？"

"我忘记说我要回去了，也没有钥匙，现在太晚了，我找个酒店吧。"

"你回来没和家里说？为什么不说？你几点到的？"

"忘记说了。十一点多吧，不记得了。"

半晌之后，车子进了隧道，雨声忽然变小了，他转头看了我一眼，说："陈薇，你怎么了？"

我把头靠在椅背上，手里攥着那件 T 恤，看着我们慢慢接近隧道的尽头，在心里准备好听雨声突然变大。但我没回答他，我也不知道我怎么了，隧道仿佛给了我一种安全感，这里面稳定的灯光和与世隔绝般的安静，似乎能带着我短暂地脱离生活，可这段路太短了，我们很快就到了出口。

风雨疯狂地拍打着车窗，我总觉得它们好像会突然突破那些看似牢固的玻璃，纷纷冲进来。凌秋说："去我家吧。"

"嗯？不了吧，你爸妈在家吧，不好。"

"不在，我自己住。"

"哦，那，女朋友呢？"

他沉默了几秒，说："不在。"

凌秋住的地方在西元的北区，我以为那会是位于高档小区里的房子，但他带着我七弯八拐地开到了北区最老的新村，在一条黑漆漆的巷子里把车停了下来。

那是在临马路的楼里，六楼的房子，没有电梯。他拎着我的箱子，一步跨两级台阶地上到了六楼，用钥匙打开了601那户的门。

"进来吧。"他打开客厅的白炽灯，一张简单的长方形老式餐桌和四把椅子挨着右边的窗户摆着，进门的右边是厨房，左边是洗手间，都不大。连着门厅有两间房，差不多大，稍微大一些的卧室连着一个不算大的阳台，装修很简单，老派的风格。

"你爸妈住哪里？"

"也在北区。这房子是我从小住着的，上高中的时候，他们搬去新家了，但我喜欢住在这里，比较舒服。"

"上高中你就在这儿住着吗？一个人？"

"嗯。跟你说了，他们不管我。"

我记起了小时候，那辆时常会出现在我家弄堂口的黑色轿车，车窗打开时，总有个妆容精致的女人探出头喊凌秋的名字，凌秋见到她，就会和我挥挥手，跟着那辆车离开。那个女人也总会看我一眼，不带任何表情，那眼神里藏着分明的不屑。

"我记得你妈妈，你小时候她常来接你。"我说。

他从衣橱里取出一套被褥，把它们摆到没有阳台的那间房的床上，又把床上原有的睡过的被褥收起来，头也不抬地说："那不是我妈。"

"嗯？"

这么多年来，凌秋从来没和我说起过他的家人，我只知道他父亲的职业，那是他在意大利递交宪兵学校的申请表时，我看到他的亲子关系公证书上写的。但我没多问，他也没说。不提及他的家人似乎是我们之间长久以来的一种默契，那辆黑色的轿车一直是我童年的噩梦，对于招致我嫉妒与仇恨的东西，我完全不想知道任何信息。

"什么意思？"

我问得很小心，似乎空气里有什么细碎的晶体，而我的问题可能会导致它的碎裂。我突然有种感觉，可能我即将触碰到一件我想象以外的事情。

凌秋摸了摸写字台上的台灯，将它打开。那盏灯上很干净，一点灰尘都没有，黄色的灯光却很暗淡，好像很久都没有换过灯泡了。

"那不是我妈妈，但我喊她妈妈。可这个称呼也是表面的，我不觉得我真心喊过她。我妈妈在我很小的时候，不记事的时候吧，就走了，我爸从来不告诉我她去了哪里，只说她不喜欢在这个家里待着，我对我妈没什么印象。后来我爸就娶了这个女人，我有个姐姐，我没告诉过你吧。"他看着我笑了笑，"我姐姐比我大一岁，我爸后来告诉我那是那个女人的孩子，她离婚后孩子跟她，所以和我爸结婚就带过来了，不过，我一直觉得这是谎话。"

"为什么？"

"不知道。我觉得我姐就是他俩亲生的孩子。在我之前就生下来的孩子。"他打开抽屉，那里面摆着一本他的出生册，我也有一本相似的。他把出生册拿出来翻到最后，上面贴着一张一个穿着垫肩小洋装、踩脚裤的，长相秀气的女人抱着还是婴儿的凌秋的相片，她看怀中那个婴儿的眼神是溺爱的，在我的出生册上，也有一张我妈抱着我的照片，她看着我的眼神与笑容与凌秋他妈是如此相似。

"这是我妈留给我的唯一一张照片，我有时候会拿出来看看，觉得她真是挺陌生的一个人，可能根本没在我的生活里存在过。"

"你为什么会这么想？"

他把出生册收进抽屉里，关好抽屉，抬起头看着我："如果真的存在，她为什么从来都不找我呢？如果真的存在的话，她可能早就死了吧。只有这么想，我才会觉得他们的谎言既恶毒又合情合理。"

"凌秋……"

"陈薇，不要这样看着我。我对这些事情没有什么执着的恨，我也不是不喜欢那个女人，只是她对我也就那样，毕竟我不是她亲生的孩子，而且她也有自己的孩子。我和我姐姐也不亲近，因为我从小一直排斥那个谎言，所以也排斥她，但她对我也没什么不好。如果心里不带着恨的话，明面上我的生活就可以很普通，很平常。我从小到大，只想要普通又平常的生活。"

他冲我笑了，可我却只能呆呆地望着他，灯光似乎又暗淡了一些，他站起来说去厨房找个灯泡过来换上。

我开始打量这个房间，书桌上没有台式电脑，只有一台凌秋最近用的手提电脑。书桌是灰白色的，有个角落的漆已经脱落了，露出了里头切面不平整的木头。衣橱和书桌是一个颜色，镶着两面椭圆的镜子，天花板上有台老式的吊扇。房间的白墙上什么都没有，但留下了一些胶布的痕迹，我猜，以前他上学时拿的那些奖状可能在搬家的时候都被带走了吧。可他还是自己住在这里。

原来，这才是凌秋一直生活的地方，这个屋子曾经在我的想象里，或许还出现在梦里过，都是跟那个年代的那辆黑色轿车一般气派的屋子，我幻想过它的天花板上挂着水晶灯，它里头装着最豪华的家具，可我从来没有想象过它是这样的，我也从来没有想象过我羡慕了这么多年的，凌秋的家庭和生活竟然是这样的。

我没有同情凌秋，我同情我自己，因为我太可笑了。我的那些因为看到和想象而产生的嫉妒甚至仇恨让我从未接近过凌秋的灵魂，我在自己想象出来的噩梦里，与一个和我最亲近的人保持了最远的距离。

他拿着灯泡走进屋，问我在想什么。

我问他："所以你小时候不带我来你家，并不是因为你爸爸妈妈不喜欢我，嫌弃我是吗？"我突然觉得自己有些语无伦次。

他把台灯关掉，屋里突然就黑了："嫌弃？嫌弃你什么？你想什么呢？我妈，我的意思是我后妈，在我们小时候一般是她送我去你家那边玩，然后去接我。去的时候，她会把我放在路口那边，现在有几栋房子拆掉了，就是以前好几个巷子连着的小广场那边，接的时候，如果看不到我，她就会叫司机开进去。记得吗，有时候你会看到她来接我，那车和司机都是她的。她来我家的时候生意就做得挺大的了，他们都说是我爸在背后帮她，但不管怎样看得出来她挺强的。我记得她问过我一次，为什么不带你回来玩，我不说话，她也就没再问了。其实她对我也不差，只是她和我爸确实不怎么管我，可能我在家太不爱说话了吧。但他们都知道你。"

啪嗒，灯又亮了，他的眼睛突然就把亮了一些的灯光装了进去。

"凌秋，你为什么以前从来不告诉我这些事情？"我看着他的眼睛问他。

"因为……"他露出玩笑似的笑容，"因为我有英雄主义情结吧，被你知道我的秘密的话，我觉得你可能会认为我不够强大去做那个能保护你的人吧。小时候不说，到长大就更没法说了。你知道吗，其实我挺羡慕你的。"

"羡慕我？"

"对啊，因为你家是一个能让我特别开心的地方，可能保护你是我的借口吧，为的是让自己心安理得地赖在你家不走。"

他说着笑了起来。我也笑了，我觉得自己好像在听一个新的故事，像极了童话，却又不是，因为这个故事里总有暖黄色的灯光照不到的阴暗角落，它们从脑中滋生，慢慢地成长，最后它们成了事实，成了故事里听不到的黑色部分。

"那你为什么现在又决定要告诉我了呢？"

"因为，因为我觉得，你离我越来越远了。"

"你能和我一起睡吗？"

晚上，凌秋拉着我的手睡着了，像小时候那样。我做了一个梦，梦里我回到了四岁，那时我第一次见到凌秋。他穿过一堆人，走到我跟前，递给我一支棒棒糖，在我身边的草垛上坐下来，他说我头上绑的米白色的带子好像我的尾巴，我笑了。后来他带着我走过一片向日葵花田，走进了村子另一头的一间屋子，里面站着一个穿着垫肩小洋装的女人，温和地冲我们笑。

他说："陈薇，这是我的妈妈。"

秘　密

早上我把自己收拾得很整齐后，才和凌秋一起回了家。舅舅在门口接行李的时候说："怎么回来也不说一声？中午都没买什么菜。"

"车太早了，没顾得上，睡了一路。"

"你这车是早，干吗这么早啊？事情要是办完了就买晚点的票回来嘛，你这是搭了早上六点多的车啊。"

"是啊，六点多那班车。"

凌秋说："舅舅，中午随便吃好了，下午我和陈薇去买菜，晚上回来吃个暖锅吧，天怪冷的。陈清年呢？晚上回来吃饭吧？"

"他在家呢，今天调休。"舅舅把我的行李推到屋子里，转头看了我一眼，张了张嘴，却什么都没说，大声把陈清年叫了出来。

陈清年才起床，顶着鸡窝头在客厅里转了几圈，从厨房里拿了一块面包叼在嘴里，转悠到我房里，斜靠在门框上含糊不清地问我："你咋不回我消息啊？不是问你什么时候回来吗？凌秋哥哥去接你的吗？"

"怎么了？想我了啊？"我说。

"我才不想你呢，我想凌秋哥哥。"

凌秋笑嘻嘻地对他说："下午咱们一起去买菜吧，晚上吃个暖锅。清年还想吃些什么？下午一道买回来。"

陈清年一脸神秘地冲凌秋使了个眼色，凌秋就跟着他从我的房里出去了。我总觉得他们好像有什么事情在有意回避我，刚想跟出去看看，手机上就进来一条微信，是木歌的。

木歌说："你在哪里？老罗怎么说你昨天就回去了？你昨天来公司了吗？"

我把手机放在桌上，蹲下来收拾箱子，把箱子里的东西全部取出来，一件件归置好，拉上箱子的拉链，把它放到房间的角落里，然后转过身，一直盯着桌上的手机。带着还没回的木歌信息的手机，好像成了一颗定时炸弹，它仿佛会因为我回过去的几个字而在我的体内爆炸。我走过去，把手机从桌上拿起来，反复点开和他的对话框又关闭。以前的信息都被我删除了，有一些被我截图存了下来，后来我把和他的对话框整个删掉了，我不知道那样做的意义究竟在哪里，但总觉得那些消失的对话似乎有让人平静下来的作用，他再发来信息时，我至少可以假装，曾经都是空白的。

我把相机从包里取出来，刚打开第一张照片时，继续翻下去的勇气突然带着我的小部分灵魂从身体里跑了出去，有一种悬空的心慌，我赶紧关上它，把它放进了书桌的柜子里，我把挂在柜门上的那把锁也锁上了，好像要困住什么会跑出来伤人的恶灵。

我还是给他回了信息："到西元了，走得匆忙，就不影响你工作。"

他很快又回了过来："你下次什么时候来？是不是要等走之前了？"

我没有再回，我把和他的对话框删掉了。

午饭后，外面原本阴沉沉的天出了一点太阳，天上的云层仍旧很厚，但阳光撕开了几个小口子，落了一点金色在河面上。

凌秋拉我出门的时候，没带上陈清年，我问他为什么，他说想带我去个地方。

他带我去的地方叫南城寺，是在城郊的一座寺庙，周围都是荒凉的田地，这寺院平时没什么人来，只有举行什么佛教仪式的时候，才会有信徒专门从别处赶过来。这里离我爸以前所在的公墓挺近的，但后来他的墓莫名其妙被叔叔他们挪走之后，我再也没来过这个地方。在我的记忆中，我没进过南城寺，但我记得在它黄色的院墙外面有几棵长得特别好的桃树，一到开了春，就能见到满树的桃花。我以前每年去给我爸扫墓都会从这里经过，那正好就是能见到满树桃红的季节，所以我一直对这里有印象。

"为什么来这儿啊？"

"进去转一圈呗，烧个香再走。"

"你什么时候开始信这个了？我记得你连寺庙的门都没进过吧。"他半低着头微微一笑，摸了摸鼻子，叫我下车。黄色的院墙外那几株桃树的枝干似乎已经被修剪过了，光秃秃的没有一片叶子，院门外的地上也很干净，连落叶都没有。

寺庙中间的大木门是关上的，左边有个半开的小门，走进去里头是卖香火和纪念品的地方，坐着一个小沙弥，看到我们便站了起来，走到我们面前，双手合十鞠了个躬，一抬头就笑眯眯地看着凌秋说："哥，你还真来了啊。"

"你们认识啊？"

凌秋笑着说："他是小时候一直住在我爷爷奶奶家附近的弟弟。"

小沙弥笑嘻嘻地看着我："这是陈薇姐姐吧，小秋哥经常提到你，果然是大美女啊。"

"出家人别油嘴滑舌的，小心我告诉你师父。"

"出家人还不能开玩笑了啊。"小沙弥乐呵呵地转身从柜台里拿了两捆香，两根粗蜡烛，还有一沓元宝，装在塑料袋里递给我，"姐姐，三十块。"

我看了看凌秋，他说："你有钱的吧，这钱你得自己出，待会儿转一圈，我带你去烧香区。"

　　我付完钱，拎着塑料袋，跟在他后面进了寺庙。

　　"凌秋，你难道是那种经常会来寺庙里烧香的人吗？我怎么不知道啊。"

　　他在进门处的两个池塘边停下来，对我说："你来看这池里的水。"

　　池水上漂着一层鲜绿色的水藻，这些水藻让原本就不清澈的水看起来很混浊，水里有很多鲤鱼在游动。他指了指旁边的水池，说："这些水都是活的，一直通到你家门口的运河。但有时候，我会觉得，这种地方的生命很神奇，你不知道它们从哪里来也不知道它们会去哪里，它们通达万物，它们活在活着的水里，我们看到的只是表面的不清澈，你不知道水里的样子。我不是信鬼神，但有时候我相信这些生命带来的力量，可能是一种信念吧。这样的地方，有时候走进来，就好像能驱散一些心里的阴影。"

　　他转过来看着我："陈薇，我带你来是想让你见一个人。"

　　他带我绕过大殿，一直走到寺庙最里面的一条走廊的尽头，那里有个很不起眼的小房间，他敲了敲门，带着我走了进去。

　　这是一间很朴素的禅房，屋里有一股淡雅的檀香，不刺鼻，房内没有供奉什么，只有进门的地方挂着一幅字画。右边还有个房间，空间很小，有个穿着一身素衣的、上了年纪的和尚朝我们走过来，行了个礼。

　　凌秋对我说，这是宣明大师。

　　"你就是陈薇施主吧。"他说。

　　我有些蒙地点点头。凌秋从房里出去了，留下我和这位宣明大师两个人坐着。

宣明大师问："你和凌秋是从小一起长大的是吗？"

我点点头，说："大师和凌秋是认识的吗？"

"是啊，凌秋的母亲每年都会来寺庙捐赠，很多年了。他小时候我就认识他了。但他长大后很少跟着他家人一起来，前阵子他从国外回来，突然自己跑来找我，我见到他都差点没认出来。"他说起凌秋的时候笑眯眯的，好像一个普通的长辈，满面慈祥。

"你有什么心事吗？"他突然问我。

"我吗？"我愣了下，"我没有，我没什么心事。"

"我以为他一直说要带你来见见我，是因为你有什么难以解开的心结。"

我低头想了想，说："之前是有，但现在已经解开了。我把所有事情都想通了，现在我不再有心结了。"

宣明大师点点头，说："能自己想通是最好的，自己能解开的心结，那就不算心结，顶多算个心事。如果把一切都想明白了，就算再大的心事也不能形成心结。心结是个危险的东西，有时候它会让你伤害自己也伤害身边的人。施主，保护自己，才能保护身边的人。"

我走出了宣明大师的房间，凌秋正在门口的庭院里站着，我停下来看着他的背影，不停地想，他究竟对这个大师说了些什么。

我走到他身边停住，拍了拍他的肩膀，他侧头看着我说："这么快就出来了？我每次都得和大师聊一个多小时。怎么样？和大师聊了些什么？"

阳光突然变得有些刺眼，我眯起眼睛看着他："你为什么好端端的带我来见这位大师？你是觉得这大师能让我顿悟还是什么？凌秋，我没有心结，以前想不通的事情也都想通了，我不需要任何人让我顿悟。我们走吧。"

我并不是生气，我只是忽然对这里产生了一种奇怪的恐惧，那种感觉很快就蔓延到了我的全身，好像凌秋所说的，那股力量正在我的体内厮杀，有团阴云始终在我的头顶上挂着，再强的阳光都无法将它驱散。我迫切地想从这个地方逃离。

"陈薇。"快到院门口的时候，凌秋忽然拉住我停了下来，他盯着我，仿佛有什么话非得在这座寺庙里说完才能出去。

"我们就不能先出去再说吗？"

他从口袋里掏出钱包，又从钱包的夹层里抠出来一个黄色方块状的东西，塞进我的手里，说："这是宣明大师给我的，你拿着吧，贴身放。"

我摊开手，那东西看起来像是用黄色的布条缝起来的，针脚齐整，表面上看不到任何字。我捏了两下，里面可能有一张纸，他说宣明大师给的，那里头八成是张符吧。我哭笑不得地看向凌秋："你……你一个警察什么时候变得这么迷信了？这还真不像你的作风。既然是大师给你的东西，你就好好收着，我不需要。"

他突然紧紧攥住我的手，一本正经地说："你收起来吧，贴身放着，就当是为了让我安心，行吗？"

这时，天好像又阴下来了，大片深色的云填补了阳光撕开的缺口，阳光突然就消失了，那股所谓的力量也仿佛突然跟着消失了一般，我不再感到恐惧，心里渐渐平静下来。我有些迷信地想，是不是这个护身符真那么灵验呢？这真是个可笑的想法。

"你要是给我一个护身符就能安心的话，我就好好收着。可是凌秋，你究竟怎么了？"

他没回答我，拉着我往外走，一直到坐进车里，他才对我说："路城的葬礼在十二月八号。"

"几号？"

他发动车的时候，说："十二月八号。"

"他们是故意的吧。"那是我们定好要举办婚礼的日子，我机械地笑了笑，"他们挑个嫁娶的黄道吉日办丧事吗？"

"路城的爸爸前几天打了个电话给你妈妈，阿姨没接，让陈清年接的，他爸希望你能去一下，说是有东西想交给你。"

"希望我能去一下？"

晚上，大家围着饭桌坐着，中间的鸳鸯锅冒着热气，汤水在锅里沸腾冒泡，舅舅和舅妈时不时地往锅里放点菜，升腾的热气被窗口吹来的风吹得四处飘散。所有人都不说话，陈清年只低头从锅里夹菜夹肉，放进面前的碗里低头吃，其间他偷瞄了几眼凌秋，被我看到了，他便迅速把目光收回到碗里，认真吃。我妈端着茶杯盯着锅里也不动筷。我外婆吃了几口便出去打牌了，越近八十岁她越是不想管家里的任何所谓的大事。凌秋坐在我旁边，一个人快喝完半瓶白酒了，我开始闻到他身上的酒味。

"你少喝点吧。"我小声对他说。

他好像没听到似的，又往自己的杯里加了一些。

　　我放下筷子，叹了口气，看着那口锅说："我们能不能好好吃顿饭？有什么事情，等饭吃完再商量不行吗？本来也不是多大的事情，没必要影响家里吃饭吧？"

　　陈清年半抬了下头，偷瞄了我一眼，嘀咕了一句："不都是饭桌上说事情嘛，习俗问题。"

　　"吃你的饭，陈清年，有事你不说，非要让凌秋和我说，有意思吗？"

　　陈清年迅速低头吃饭，不再说话了。

　　"吃饭吃饭，吃完饭再说。"舅舅站起来，从凌秋手边拿起白酒瓶子，给自己倒了一些，放在了身后的柜子上，"吃饭。"

　　我妈拿起筷子又放下来，看着我："我觉得没什么好去的，之前都闹成这样了，这算什么意思？选了个这样的日子，还来叫你去。他们既然觉得，觉得是我们陈薇害死了路城，那还去什么？去送人头吗？这不明摆着报复吗？"

　　"妈，不是说吃完再说嘛。"

　　"陈清年，你当时接电话的时候就该回绝他们，什么叫晚点商量一下？商量什么啊？还有，这事儿都让你别跟你姐说了，你让她知道干吗？"

　　"阿姨，是我和陈薇说的，陈清年只是把这件事告诉了我，让我决定要不要告诉陈薇。"凌秋端起杯子，又喝了一大口。

　　"那你为什么又要告诉陈薇呢？你又是以什么立场告诉她的呢？你代表谁？"我妈抬高了些嗓门。

　　"妈，你干吗这样啊？你怪凌秋干吗？就算你们都不说，我难道就不会知道了吗？路城他爸能找你难道不会找我吗？"

凌秋在桌子底下伸手轻轻拍了两下我的大腿，抬头看着我妈语气平和地说道："阿姨，对不起。我只是觉得陈薇有知道的权利，她应该自己决定去不去。"

我妈拿起筷子狠狠地摔在桌上，一支筷子从桌上蹦到了地上，她瞪着凌秋不说话，直到锅里的汤沸腾到往外飞溅，她才撑着桌子站起来，说："凌秋，你有时候管得有些多了。陈薇，你不准去。"说完，她就离桌回屋了。

舅舅把电磁炉调小了一挡，锅里还是在沸腾着冒泡，舅妈站起来开始整理碗筷。陈清年又调大了一挡，往里头加了点开水，放了些菜："哎呀，再吃点，没吃饱呢。"但他低头吃了几口，也把筷子放了下来。

"什么时候这事儿能过去啊？"陈清年抬头看着我，"姐，这事儿还能不能过去了？咱们家现在每次吃饭坐下来就得提心吊胆，一不小心饭就吃不下去了。这人都已经死了，怎么还有这么多破事呢？怎么就没个头了呢？"

舅舅拿筷子敲了几下陈清年的碗："你吃你的饭，胃口不好别赖这赖那，说话也注意点，那毕竟是你前姐夫，什么死了死了的。"

我低头看着自己手里的筷子，太干净了，连一点汤汁都没沾上。陈清年说的不错，最近一家人坐下来好好吃顿饭是一件特别难得的事情。

"别说了。"我放下筷子，站起来，到门口换了鞋，走了出去。

净 土

　　西元的冬天还是到了，这里的冬天是阴冷且潮湿的，寒气会透过衣服钻进骨头里，让你从头到脚感到麻木。尤其是现在，这冬天还没走进深处，今年雨水多，风也没停过，初来乍到的寒冷还没侵入河水，就轻飘飘地浮在空气里，让来不及把棉衣拿出来的路人哆哆嗦嗦地低头走路。

　　我一出门就觉得冷，立起了毛衣领子也还是冷，直到凌秋跟上来，张开一只手臂搂住我的肩膀，我才觉得有了一些暖意。

　　"这么冷，出来干吗呢？"他说。

　　"是啊，出来干吗呢？你也冷吧？"

　　"我还好，喝酒了。喝完挺热乎的。"他笑了笑，"平时不喝，不知道这酒还能暖身。"

　　我这才意识到外面的风有多大，一转身就把他往回推："回去吧，喝了酒吹风上头。"

　　他嘿嘿地笑了起来，那表情看起来有些傻："没事，在那屋里被热气熏得才上头呢，外面风凉一下挺好的。不过咱们还是回去吧，你去找阿姨好好谈谈。"

　　"我知道。"

　　走到院门口时，我看到门口那块写了"沉醉之居"的石碑变得亮了许多，旁边还摆了一盆小雏菊盆栽："这谁放的呀？"

"你忘了呀，小时候你骗陈清年，说那个字念'沈'，说这叫'沈醉之居'，古时候是一个叫沈醉的商人的院子，还说十二月一号是他的忌日，陈清年就信了，你那会儿还带着他每年这天纪念一下，所以每年这天他就擦石碑摆小花。这么多年下来，我真怀疑他连你的谎话都忘记了，只知道这是他多年来的习惯。"

被凌秋提醒我才想起来，确实有这样的事情，但我出国之后十二月很少在国内，这么多年下来，竟然把它给忘记了。

"今天已经十二月一号了吗？我以为还是十一月呢。"

"你都把日子过混了，陈薇，别生陈清年的气，他不是听起来那个意思。他今天白天跟我说路城葬礼的时候，顺便告诉了我路城给他发过的那条消息，他说他不想瞒着你，怕以后你知道了会生气，但他又不敢说，怕阿姨不高兴。他其实挺心疼你的，今天他还跟我说，假如你最后决定要去的话，他陪你一起去。"

我叹了口气，抬头看着凌秋："我知道，他虽然是我表弟，但从小和我一起长大，我能不知道他想什么吗？我当然不生气，我谁的气都不生，我只是觉得最近我给家里带来的这些事情，让大家都很为难，我也很想知道，这些事到哪里才算个头。"

凌秋跟我走进院子，院子里的灯开着，客厅里的灯也开着，我看到舅舅和陈清年还坐在饭桌旁，那瓶白酒就放在我舅舅的手边。

"走吧，进去把饭吃完，我陪你舅舅喝点。"凌秋说。

“等等。”我拽住他的衣服，抬头看着他的眼睛问，“所以呢，你怎么想？”

“你在问我关于去不去的事情吗？陈薇，我说了，我告诉你是希望你自己做决定。如果你要去，我陪你去。”

我点点头，还是看向他的眼睛。凌秋的眼睛是这个世界上最干净的，我从小就这么想，它们在任何时候都能让我看到这个世界最真实的样子，或许只有它们可以做到。

“凌秋，我能再问你一个问题吗？”

“什么？”

“路城是溺毙的吗？”

他快速地眨了两下眼睛，脸上的肌肉微微抽动了一下：“你为什么问这个？”

“我只是想知道得更清楚一点。我知道那边把这件案子定成凶杀案了，所以我想知道，他到底怎么死的。”

他移开了目光，从兜里掏出一盒烟，抽出一根，想点火的时候，被我按住了。

“你平时不抽烟的，我的问题让你很为难吗？你现在已经不是那边的警察了。”

“我上次就想问你了，你到底，是怎么知道我辞职的？”他把烟塞进烟盒里，又把烟盒塞进了衣兜里，转头看着我，他以为他成功地转移了话题。

“这不是重点，你先回答我的问题吧。”我说。

“对，他是溺毙。”

“凌秋，我还有个问题。”

“你说。”

我盯着他的眼睛："你到现在，还相信我跟路城的死一点关系都没有吗？"

他看着我，我几乎连他的呼吸都感觉不到，我不知道这种近于死亡的沉默持续了多久，直到我面前又多了一道光亮——家里的门被打开了，陈清年出现在了门口："看你俩站院子里磨叽好半天了，不冷吗？快点进来吃饭吧，那么多菜，吃完饭你俩再出来凉快吧。"

"好。"我说。

进门换鞋的时候，凌秋弯下腰贴到我的耳边，小声说："对，我还是相信。"我转头去看他的眼睛，那里面有暖色的灯火，有我，澄澈无比。我冲他笑了笑，换好鞋走进了屋子，在餐桌旁边坐下来。

"吃饭吧。"舅舅说。他把白酒递给凌秋："今天晚上就别回去了，多喝点吧，难得高兴。"

"好。"凌秋接过白酒给自己倒了一些，放下酒瓶的时候，他看着我笑了笑，是那种带着傻气的笑容。小时候，他经常这样笑，长大了，他也总是笑，却很少这样笑了。所以每次见到他的这种傻乎乎的笑容，我都会觉得很温暖，好像回到了过去。

我拿起筷子，给凌秋夹了辣牛肉，他又那样笑了，可我却忍不住又看了看他的眼睛，我想原来，那也并不是世界上最诚实的地方。

他们三个人还在喝酒的时候，我去了我妈的房间。进去时，屋里的灯已经黑了，我妈已经躺下了，但我知道她没睡。

我走到床边坐下来，轻轻地喊了一声："妈。"

过了好一会儿，她伸手打开了床头的台灯，却依然躺着。

"妈，对不起，让你担心了。"

她从床上坐起来，看着我，眼睛是红的。

"陈薇，你不想让我担心，你就千万不要去。他们特意选了十二月八号办丧事，还打来电话叫你去，为的是什么？你心里难道还没数吗？都闹成这样了，你听我的，连考虑都不要考虑。"

"妈。"我握住我妈的手，我妈年轻的时候，手又白又嫩，现在年纪大了，手还是白，但没那么嫩了，手背上多了皱纹，还有淡淡的斑，她说那些是老年斑，到年纪就会有的。"妈，我觉得我应该去。你不是也问了我好几遍吗，路城的死跟我有没有关系？"

"陈薇，你说什么呢？"

"你听我说，妈，不管我和他的死有没有关系，他都是去找我的那段时间去世的，不管他是怎么死的，我都应该去送他一程。何况，我还和他有过一段婚姻，虽然很短，但我也确实爱过他，我希望他能好好走。他们既然故意选了我们原本打算举办婚礼的日子，那我就更该去送送他了。"

"他们闹成那样，你真的要去吗？"

"嗯。我要去。"

我妈不停地摇头，但她只是摇头，不说话，最后她叹了口气，说："随你吧，要去就去吧。带上凌秋和陈清年，别自己一个人去。"

我点点头："好。"

我太了解我妈了，她是一个倔强的人，但她知道我也是一个倔强的人，所以到最后，她总会在我面前妥协，作为一个母亲对女儿一再妥协，无论有多么违背她的心意，有多么让她为难，会给她带来多大的困难，她自己会感到多么受伤害，她都还是会妥协。我每次都乐于接受她的妥协，唯独这次，我关上灯从她房间走出去的时候，眼泪趁着黑暗流了出来，我在心里说了声"对不起"。

凌秋和我舅舅都喝多了，我站在走廊里就听见我舅舅在客厅里大声说我们小时候的事情。

"你小时候啊，老赖在我家不走，你还记得吗？那会儿，陈清年还小呢，你俩跟他挤在一张床上，大夏天的，三个人挤在一起，就开个电扇，热得呀，热得陈清年老长痱子。我们当时老说，你这孩子家里怎么也不管的，居然放心让你在外头过夜。"

我回到客厅里时，他们正在碰杯，陈清年的脸红得像猴子屁股一样，他咧着嘴笑，显得特别高兴。

"陈清年，你今天这么开心呢。"我经过他身边时，摸了摸他的脑袋。

"是啊，你要让凌秋哥哥做姐夫我就更开心了。"

"你这小子。"凌秋望着我眯着眼睛笑了，举起酒杯跟我舅舅碰了下杯。我看他那样子，一定是喝多了，他只有喝多了的时候，听见我弟说这种话，才会笑得如此坦然地看向我。

后来他们敲着碗唱了什么歌，一点调子都不着，唱到半夜我外婆打完麻将回来才结束，刚说结束，凌秋就趴在桌上了。

"他，他这小子，酒量一直不行，不行。"舅舅摇摇晃晃地把锅端到了厨房，陈清年开始收拾桌子。

"你们扔水池里，等下我来洗。"我对陈清年说。

"行了，你快把凌秋哥哥扶进去吧，我来收拾就行了，你别管了。"

"行。"我冲他比了个心，他笑着冲我翻了个夸张的白眼。

"凌秋？凌秋？"我拍了拍凌秋的脸，他把脸转到了另一边，毫无反应。

我试着让他的手臂搭到我的肩膀上，用力地扶着他站了起来，慢慢带着他往房间走。我的房间离客厅不远，我舅舅舅妈还有外婆的房间都在二楼，一楼是我和我妈还有陈清年住的，三楼是杂物间、书房和健身房，听着挺大的屋子其实并不算大。

我低着头扶着凌秋往屋里走的时候，听见陈清年在后面说："姐，你可以啊，这么大一个男人你也拖得动，拳击没白练啊。"

我倒是想出个声回应他一下，但是凌秋太沉了，我被他压得脖子和腰都快断了，完全发不出声音来。喝醉的人跟死人一样沉，这个念头从我脑中划过的时候，我突然哆嗦了一下，直接把凌秋摔了下去，还好已经到床边了，我把他扔下去后，他横躺在床上，我再也没力气帮他摆正睡姿了。

我给他脱掉了拖鞋，把被子扯出一半来盖在他身上，我打开房间的灯，到厕所里洗了一条毛巾给他擦了擦脸，又在化妆棉上倒了一些爽肤水擦在他脸上。等我把灯关上，准备出去给陈清年帮忙的时候，凌秋突然拉住了我的手。

"别走，陈薇，别走。"

我趴在床上，借着走廊的光看着他，过了一会儿，他不再说话了，拉着我的手也松开了，我把他的手放进被子里，又从衣橱里拿了一条毯子出来给他盖上，我们这里临河，冬天比其他区域更冷一些。刚想要走，却又听见他说："陈薇，对不起。"

他一直说着"对不起"，我已经很久没看到凌秋喝成这样了。

我爬到床上，在他旁边侧身躺下来，轻轻地问他："为什么说'对不起'？"

"对不起，对不起，我不是故意骗你的。"

我抬头看了一眼走廊，外面的亮光让我紧张起来，我从床上滑下来，走到门边把门轻轻带上，只留下一个缝隙漏进来一丝丝光亮，我在他脑袋那一侧的床边蹲下来，摸了摸他的脸，轻声说："你怎么骗我？"

"我……我知道，但死亡不是那样的，陈薇……我只能保护你……"

"你在说什么？"我凑近他，他停了一会儿，然后含含糊糊地说了一堆意大利语，我听出了大概的意思。他好像是在和艾利欧说话，他说："你都升职了，还要怎样呢？这和你把那件事捅出去有什么区别？我都已经辞职了，都让你了，为什么还要查呢……"

后来他再说什么，我就听不清了。我怔怔地站起来，在床边发愣似的站了好些时候，我脑中一片空白，却又似乎纠缠了几根长线，它们在那块不清不楚的空白里纠缠瓦解，再纠缠再瓦解，最后变成一堆灰烬，飞扬起来。我的大脑成了灰色。

"姐，凌秋哥哥没事吧？"

陈清年忽然出现在门口，我半晌才反应过来："哦，没事，睡着了。我去给他倒点水。"

我把陈清年推出了屋子，反手关上房门。

"都收拾好了吗？"

"嗯，都洗好了。凌秋哥哥今天好像心情不太好，以前他和我爸喝酒不会喝成这样吧。"

"不知道，以前不也喝多吗？"我扯了扯嘴角。

"不是啊，以前那种喝多和今天有点差别吧。而且这次回来每次见到他，我都觉得他好像有什么心事。"陈清年靠在厨房的门框上说。我正在倒水，手一抖，水洒了一些出来，还好，这热水瓶里的开水已经没那么烫了，我打开水龙头，把手放在凉水下面冲了会儿。

"是吗？他可能工作不太顺心吧。"我说。

"姐，那个……"陈清年往厨房里走了两步，"你去吗？"

我关掉水龙头，从旁边墙上的纸筒里抽了两张纸擦手，手指被冷水冲得有些发麻，我转身靠在灶台边，看着他点点头："我去。"

陈清年倒是没变脸色，也点点头，对我说："那我陪你去。"

"好。"

我回过身用擦手的纸擦了擦灶台。

"可是，姐，为什么？"

"什么为什么？"我把手里的纸扔掉，走到厨房门口关了灯，陈清年往客厅里退了两步。

"你为什么要去？"他问。

我走到进门的地方，关掉了客厅的灯，现在我们在客厅站着，院子里的灯显得很亮，比家里走廊的灯还亮一些，可能是因为今晚有月亮吧。

我靠在桌子上，背对着他，看着窗外的院子。今天的风真大，大风刮过竹叶的声响回荡在夜空里，这院子里仿佛在奏乐，像是他们之前不着调子地瞎唱。我看了通往院门的那条石板路一会儿，不知道为什么，陈清年小时候学步的场景突然历历在目。

"想听实话吗？"我转过来看着陈清年。

"什么意思？"他问我。

"路城的后父不是说有东西给我吗？我想看看那是什么。"

过了半晌，他好像才反应过来："你是，为了这个……才要去？"

"对，万一是遗书呢。"

葬　礼

从西元到南都，开车也就一个多小时，可这次的路途却让我觉得时间异常难熬，就像明明已经十二月了，可我总觉得我们都在十一月里迟迟出不去。

"姐，姐，前面快到了。"陈清年说。

"嗯。"

车子刚驶过临河民政局的门口，我朝那边看了一眼，门前的那片梧桐有些枝干都秃了，挂着零星的叶片和干瘪的果子，它们早就进入了冬天，这一年，竟然还没过去。

凌秋从副驾驶座上转过头来，看了看我，说："胡洋也回来了，他今天早上和我联系了，我忘了跟你说。"

"哦，是吗？他说什么没？"

"没说什么，只说让我们到了联系他。路城他爸应该跟他说了我们要来。"

"知道了。"

车子拐上了一个小斜坡，再往右拐就是路城他家楼下的停车场了。路城他家的房子在市区，靠河，但这里的建筑挨得很紧，楼也高，没留下什么沿河的老房子，很少有住户能看到河景。停车场很小，还乱，电动车和自行车杂乱地塞在汽车之间。我们兜了好几圈都没找到车位，陈清年只好让我们先下车，他自己开到隔壁的小区去找停车的地方。

凌秋给胡洋打了个电话，胡洋很快就下了楼。他穿着一身黑色的西装，看起来很疲惫，下巴上有一层黑乎乎的胡子，看起来好几天都没打理了。他走到我们面前，快速地看了我一眼，又立刻移开了目光，看着凌秋说："你们来了啊，陈清年呢？"

"停车去了。"我说，"你怎么回来了？你老婆呢？"

"老婆没回来。哎，这毕竟是家里的事情，那也是我亲舅舅。舅妈让我把路城还留在我家里的东西都给送回来，还有……还有你家留的那些东西，上次凌秋都送我那儿去了，我就一起带回来了。"他说话的时候，始终在躲避我的目光。

陈清年到了之后，胡洋说："上去吧。"我们开始朝电梯里走去。

我来之前就在心里预想过了，这一趟必定每一步都会走得很艰难，但我真没想到，从踏进楼里的那一刻开始，空气中的压抑便铺天盖地而来，仿佛这栋楼随时可能会塌下来一般。这栋楼里的两台电梯总是很挤，以前我们老在电梯门口排队上楼，右边那台电梯还时不时地坏一下。但今天电梯门口没几个人，我们走过去时，零星的几个住户纷纷往旁边让了一步，似乎大家都知道我们是来参加丧事的，不愿沾染晦气。进电梯的时候，我的眼前忽然黑了一下，凌秋立刻扶了我一把："你怎么了？"

"没事，有点头晕。"

他抓住我的手臂，担忧地看着我，低头很小声地说："要不然，别进去了吧。"

胡洋站在我前面，好像听见了凌秋说的话，回头看了我一眼："没事吧？要不然你让陈清年进去鞠个躬就算了，我把舅舅喊出来，他说有东西要给你。"

我深深地吸了口气："没事，都到这了，我自己进去吧。"

电梯是熟悉的电梯，楼道也是熟悉的楼道。路城的家在七层，他们这层的楼道在白天的时候总是很暗，但今天电梯门打开来的瞬间，我就看到了亮光。许多穿着一身黑的人站在楼道里，人多了，反倒亮了。楼道里充满了香烟和香烛混合在一起的气味，我的头更晕了，那些纷纷回头看我们的人的脸在我面前晃成了好几道重叠的影子，我在重叠的人影之间跟着胡洋往前走，凌秋和陈清年都走在我的旁边，离我很近，但我仍然觉得不安全。那些黑色的，站在白光里的影子，都像是白天的鬼魂一般，他们不靠近，悄悄地与我们保持距离，好像我才是那个吓人的鬼魂。

离门越近，光就越亮。我开始看清一些人的面孔，有很多都是熟悉的，那都是路城的朋友，我们曾经一起吃过好多次饭，夜里一起去过南都的酒吧，一起赶过凌晨的地铁和飞机去外地旅游，那些人现在都站在门口，脸色凝重地看着我。我本来忘记了许多事，但看到这些人的时候，却又有许多有着活生生路城的画面出现在我眼前，那里头的路城会笑会闹，会拥抱我亲吻我，会站在阳光里举着手机给我拍照，他的脸干干净净，没有胡楂，没有颓废，没有令人厌恶的说话语气和眼神。那也是路城，那是同一个人。

我不知道我在门口站了多久，看了他们多久，直到他们纷纷让开，没有一个人来和我说话，甚至打招呼。胡洋已经进去了，凌秋拽了拽我："走吧。"我感到自己的身体开始往里挪动。屋里好像开了地暖，路城怕冷，他家特意在重新装修的时候装了地暖，好像就是去年的这个时候吧，我在他家，大冬天的，路城早上起来总爱赤着脚走出房间。

屋子也是熟悉的格局，进门处的大桌子被搬到了靠墙的地方，一群和尚坐在那里念经。屋子里弥漫着烟雾，和尚诵经的声音包裹着这些烟雾，一阵阵聚集一阵阵散开。越往里面走人越稀少，似乎所有人都聚集在门外。我看到了路城的妈妈，她穿着一条黑裙子，头发扎起来了，呆呆地坐在地上。靠墙的矮柜子上摆着骨灰盒和路城的照片，还有两束用黑色带子绑住的白色菊花。

我远远地站在斜侧方看着路城的那张照片，那张照片是我拍的，是我们一道去晋中的平遥古城时拍的，我记得当时我用的是路城的手机，就是被我扔下楼的那部手机。那只手机在哪里？我记得那天晚上我妈下楼捡回了手机，手机的屏幕碎了，路城走的时候没拿走，之后就被我收起来了。他们怎么会有这张照片？路城从来不发照片给家里人。难道是我无意之间把手机放进了路城的行李箱？我怎么不记得了……我之前把手机收在哪里？……

凌秋突然推了我一下，我瞬间回过神来。

"姐，你鞠个躬吧。"陈清年从矮桌那儿走过来对我说，他已经行礼了。

"哦。"我点头的时候觉得自己浑身都很僵硬，往前挪都特别费劲。路城在那张照片里的银色框架眼镜似乎在日光灯下闪着光，我不管站在哪个角度，都觉得他好像在盯着我。

我走到正对他遗像的地方，停下来，闭上眼鞠了个躬。鞠躬的时候，我就听见一旁的动静了，我的余光告诉我，他妈妈从地上站起来了。我本以为又会是一场"战争"，可能凌秋和陈清年也都做好了准备，所以当他妈妈从地上爬起来时，凌秋和陈清年都朝我靠了两步。

路城的妈妈走到我面前，用布满血丝的眼睛看着我，但她什么都没做。她只是用很平稳和低沉的声音对我说了一句话，她说："陈薇，我相信这件事一定能查清楚，我是绝对不会相信我儿子是自杀的。那边现在已经判定是凶杀案了，陈薇，你等着，你跑不了的。"说完，她就转身走进了路城以前住的屋子，从她的背影看她似乎怀着很大的决心。

路城的后父不知道从哪里走了过来，拍了拍我的肩膀，把我带到了厨房里。陈清年和凌秋一直跟到厨房门口，他爸给他俩一人散了一支烟，是路城以前爱抽的荷花牌的，然后他拍了拍陈清年的肩膀，说："放心，我就跟她说两句话。"说完，他把门关上了。

诵经的声音一下就小了许多，香烛的味道也淡了许多，他把那包烟放在灶台上，看着我。

"陈薇，我想请你说一句实话，对于路城的死，你真的感到难过吗？"

我叹了口气："爸，我叫您一声'爸'，我毕竟曾经做过和他一起生活的准备，就算后来我们分开了，他也始终是那个对我来说很重要的人，您觉得我难过吗？"

"我不觉得，所以我才问你。我不觉得你难过，你要真的难过，上次在西元也不会干出那种事情；你要真难过，你也不会自己先从国外跑回来。路城死后，你管过他吗？"

"爸，妈在那边对我干过什么，您不是不知道，您的意思是我活该天天在那边等着被打是吗？再说，路城跟我已经离婚了，我离婚证还在家里摆着呢，凭什么叫我管？"

他冷笑了一声，从口袋里掏出来一个折叠的信封，塞到我手里："陈薇，我也不相信路城会自杀，但我也从来没说过人是你杀的。他妈妈针对你是因为这个，我后来想来想去，还是决定把这个交给你，看完你就明白了。陈薇，以前的事情已经过去了，我也希望这件事能早点过去。但关于路城的死如果没有一个真相出来，这件事怕是很难结束了。"

他说完想开门出去，我拦住了他。

"爸，我还有个事情想问问您，路城的那张遗照是从哪儿来的？是路城以前发给你们的吗？"

"你问这个干吗？"

"因为照片是我拍的。"

"我不知道，是他妈妈最近拿出来的，说是从以前的手机里找到的。"

"手机？那个手机呢？"

"我不清楚。你问这些做什么？我能给你的只有这个，"他指了指我手里的信封，"你要别的东西的话可能得跟他妈妈沟通。"

他打开门之前，又回头对我说："陈薇，今天还是谢谢你来。"

我低头看着手里的信封，前后捏了几下，里面应该放了一张折叠过的 A4 纸，似乎还有个别的东西，信封口被撕破过，又粘上了，但两边还是有缝隙。我把它拿在手里想走出厨房时，有个东西从信封里掉了出来，滚落到了地砖上，发出了金属的声音。

我等到那咕噜噜的一串声音停止后，才趴在地上去找。陈清年和凌秋站在门口看着我问我找什么，我跪在地上打开手机的电筒，扫了一圈，最后在角落的木架子下面找到了它。我伸手把它摸出来，它在手机灯光下反光。

那是路城的婚戒，简单的铂金素圈戒指，戒指的内圈刻着我的生日和名字的开头字母，还有一颗简单的内钻。

我的那只，已经被我扔进阿诺河里了。

去楼下时，胡洋跟着我们一起，我把他拉到了一边，说有事想找他谈。

"你想说什么？"他点了一根烟，把目光投向地面，仍旧不看我。

"胡洋，你躲什么？"

"我？我躲什么？"他抬了抬眼皮扫了我一眼，立刻移开视线，"什么意思啊？"

"你看着我，你怕我啊？"

"我怕你什么啊？你这突然奇奇怪怪地说什么呢？"

"我问你一件事儿，你整理路城的遗物的时候，有没有看见一只苹果 6s 的手机，屏幕碎的？"

他突然转过来看着我："你问这干吗？"

"那是我买给路城的，也是我摔坏的，我想拿回来，那里面有很多回忆。"

"陈薇，我也问你个事儿，你和路城的死有关系吗？"

我笑了起来："你们每个人都要问我一遍同样的问题，有意思吗？怎么，都想改行做警察吗？"

"我不知道你听说没有，我回来之前，警察局那边已经通知我们了，路城的案子被定为凶杀案，现在他们还在查。"

"我知道啊，所以呢？跟我问你要路城的遗物有什么关系吗？"

他蹲下去，在地上摁灭了烟头，把烟头扔进背后的垃圾箱，站起来看着我："那个手机是路城在出事的两天前寄到我家去的，我老婆签收的，我也是后来才知道。我把它交给警察了。那里面有什么东西吗？"

我的心往下沉了沉："哦，那算了。没什么，只是照片而已。那我走了，谢谢。"我仔细地冲他露出一个微笑。

"陈薇，"他喊住我，"我不是怕你，只是有些直觉让我有点害怕，我们认识这么多年了，我当然希望，你永远是那个我认识的陈薇。"

我又笑了笑："胡洋，都说人的直觉九成不准。"

陈清年已经把车开到了门口，我和凌秋上了车，胡洋转身钻进了楼里。那楼道的大门阴暗得仿佛怪物张开的大嘴，在吞噬人的灵魂。

等车子开上从南都到西元的高速后，我才拆开信封，把里面那张信纸拿出来。

信纸是我们去年底去厦门时，买的纪念品，信纸上还有鼓浪屿的水印。信是手写的，那字我一看便认得，是路城写的，字体端正清秀，排列整齐。

爸，妈：

对不起。我知道我从来不是一个争气的人，我还远远没有支撑起一个家，去做一家之主的能力，在和陈薇的这件事情上，我前前后后反思了很多次，如果我更有能力，独立一些，也不会让事情发展到现在这种地步。我对不起你们，尤其是妈，我知道这件事对您的伤害太深了，可能很久都无法平息，但错不光是陈薇的，我也有错，假如我之前和之后都能更像个男人，平衡好您和她母亲还有她之间的关系的话，您也不会受到这么多伤害。我也伤害了陈薇和她母亲，我对她们造成的伤害也是无法弥补的，我之前想，既然伤害都造成了，那要不就躲起来吧，不要面对了，所以我决心躲在南都。可后来渐渐地，我开始恨自己的这种想法和做法，我太懦弱了，我不能这样做男人。妈，你逼着我们离婚，我也听了，但是没有陈薇的日子，我过不下去了，我做什么都感觉迷失。所以我想去把她找回来，也好让自己振作起来。妈，如果以后我还能和陈薇在一起的话，我希望之前发生的事情可以彻底成为过去，我们都不要再提了，好吗？我一定会变好的，我会变得比以前更好。

PS：这只婚戒是用妈的钱买的，我不该继续戴着，所以我把它留下来了。下一次，我想用自己的钱给她买婚戒。你们保重。

我打开了一点点车窗，让风灌进来一些，高速上的风又急又猛，像伸过来的无数只手拼命拍打我的脸，然后我关上了窗户，默默地低头笑了。故事到这封信就该结束的，他根本不应该出现在我面前，那样的话，好听的故事或许还能继续编下去。

我将这封信折叠起来，慢慢地撕开，直到它在我的手中变成一堆碎片，我把那些碎片全部装进了信封，用手指按了按信封口。

到了休息站，我把它扔进了垃圾箱。

假 象

　　快到西元的时候，我又收到了木歌的消息。

　　他说："陈薇，你怎么了？为什么不回消息啊？是不是听老罗说了什么？我过几天有个项目要去南都，你来找我吗？顺便把我的相机带来，我去那边临河的景点给你拍拍照。"

　　我想了想，给他回了消息："别担心，我不会拿你相机跑的，我不去南都，晚点相机我寄给你，放心，我会包装好，不会弄坏。"

　　他回了我一个哭丧着脸的表情，后来也没再说什么，我把对话框删掉了。

　　回到家，我直接进了房间，打开床旁边被我锁上的柜门，把相机取出来，又从卡槽里拔出了存储卡，丢进了抽屉，然后把相机塞进相机袋中，扔进了柜子，没锁。

　　我一回头就看到凌秋站在房门口盯着柜门，然后他的目光落到我的脸上："怎么——"

　　"什么都别问，没什么好说的。"我打断了他。

　　"走吧。"他说。

　　"去哪？"

　　"肚子饿了。"他过来拉我的手。

　　"去哪里啊？"

“买点心。”他嘿嘿一笑。

我们到西元时已经是下午了，今天西元出了太阳，也没什么风，天气格外好。天空很干净，云层分开的地方镶嵌着浅浅的蓝色。凌秋拉着我一直走到路口，那儿有个卖鸡蛋饼的小摊，那阿姨常年在那儿摆摊，从我们上小学时起，她白天卖鸡蛋饼，晚上卖炸串儿。那会儿她还挺年轻的，现在她年纪也大了，常年被烟熏的皮肤上布满了皱纹，笑起来整张脸都皱在了一起，一道道的，头上也多了许多白发。凌秋说，她现在晚上不出摊了，上午也不来了，只在午饭后出来摆一会儿，到晚饭前就离开。

“阿姨，来三块饼。”

“都要加辣。”

凌秋拿手机付了钱，对着我笑：“很久没吃过了吧？”

我小时候最喜欢吃鸡蛋饼，还特别喜欢看做饼。我喜欢听鸡蛋在油里吱吱的声音，喜欢看她把薄薄的饼皮铺在半熟的鸡蛋上，然后熟练地用铲子一铲，饼皮连带着鸡蛋就翻了个面，刷上一层酱，再削半根火腿肠放在上面，撒葱花，里脊肉是后来才有的东西，小时候没有，接着敲打两下，再翻个面，两边一卷，拿两张纸一包，就好了。

“是那个味道吧？”凌秋问我。

“嗯，是那味道。”

是小时候的味道，比小时候的味道辣一些，饼皮的边缘有些脆，一口下去，饱满的蛋液和酱汁裹着葱花和火腿肠，这是我记忆里最令人满足的味道。

“怎么想到带我来吃这个？”我一抬头看到凌秋的嘴角

沾着酱汁，忍不住笑了起来。他小时候吃东西就是这么不利索，尤其是大夏天的吃冰棍，我吃完两根他才吃了半根。最后冰棍化了，滴在他的衣服上，要是吃个脆皮巧克力的，嘴唇周围一定沾一圈。

我从兜里掏出纸巾，给他擦了擦嘴角，他笑着从我手里接过纸巾，擦了半天嘴和手，结果手里那半块饼从细缝里淌了汁液下来，又滴到了衣服上。

"你真是不适合吃路边小吃，你知道吗？"我笑他。

"我知道。"他手忙脚乱地擦着，又傻呵呵地笑了。

走到院门口，他突然停下来，把给陈清年带的那个鸡蛋饼塞到我的手里，我诧异地看着他："怎么了？你不用去买菜了，家里有，我妈早上就去把晚上的菜买好了，我舅舅下厨，买了罗氏沼虾，你爱吃的。"

"我不进去了，我今天得回我爸妈那边吃个饭。"

"哦，这样啊……行，你回去吧。哎呀，你不提醒我，我就老以为你就是我家里的人，哈哈。"

他笑了笑，又突然收起笑容，看着我说："陈薇，你那个……北都那个人……"

"我说了，那是客户。我都没管你的女朋友，你还管起我来了。"

他无奈地笑了起来："你明知道那不是我女朋友吧，还说有意思吗？"

我也看着他笑了："是你姐姐吗？声音挺好听的。"

他点点头："嗯，有机会带你认识，其实她是个不错的人。"

"行，下次介绍我认识。你快走吧。"

他转身走了没多远，又突然回头看着我："陈薇。"

"嗯？"

"没什么，喊喊你。就觉得挺亲切的。"

"什么毛病，矫情死了。"我笑着转身进了院子，关上院门的时候，从缝隙里看到他也转身走了。

有时候我会搞不清楚自己对凌秋的感情，时不时地怀疑，那样的爱究竟是一种怎样的爱，毕竟他在我的生命里早就生根发芽了。在我与他一起长大的岁月里，我爱上过许多别的人，但他一直在那儿，他似乎永远不会去爱别的人，可我一直不愿意相信，这么熟悉的人之间会有爱情。我有时候也会想，假如他爱上别人的话，我会是怎样的感受，但每次想到一半，我就不愿意想下去了。我早就习惯了，他站在我身后的样子，我无法想象，有一天在他心里会有别的姑娘重要性远远高于我。我知道这是一种可怕的自私，但我早就习惯了这种自私。

直到那天夜里，凌秋带我去了他家，告诉了我他的秘密，我再看他的时候，竟突然觉得他并不是我眼中那个和我一起长大的凌秋，而是一个全新的、刚认识的人。我一点也不了解他，他在我这么多年的岁月里，一直充当着一个神秘的角色。而以前我从来没有过现在这样的感受，会因为他的离开而失落，会非常想念，会渴望早点再见他，那种熟悉感忽然就在那天夜里被他的故事带走了，我的自私开始动摇了，我希望，他觉得我是一个好人。

可是，很多事情，似乎都已经错过时机了。

我回到自己的房间，打开抽屉，把之前扔在里面的那张存储卡放到了一个盒子里，又把盒子收到了抽屉的底部。然后我打开电脑，点开邮箱，输入了木歌的邮箱地址，给他写了一封邮件：

木歌，我好像很少喊你的名字，这么写起来，竟然觉得有些陌生。相机的存储卡我拿走了，因为你说那张卡是用来记录我们的照片的，永远保存好，不要删，我记得这件事，只是现在看来永远不需要第二张卡了。老罗没说什么，但我不是傻子，你的状况我看得出来，咱俩的感情我也感觉得到，你以前说假如有一天我后悔的话，是你的错，但你不会给我那样的机会，看来你是个慷慨的人，你给我机会了，但我并不后悔，我获得过我的爱情，我看到了它最好的样子，也看到了它最差的样子，最后我在谎言里清醒过来。这个过程中我并不后悔，而且我想谢谢你，第一，给予我对爱情的想象，第二，给予我找回青春时怦然心动感觉的机会，第三，带我去了一趟云南，让我看到了许多美好的景色。对于和你一起的一切，我都没有任何悔意。相信以后在工作里还有许多交集，所以做朋友吧，我一直觉得你是一个讲义气的人，你对朋友或许会更好一些吧。

我把邮件的主题定为"永远"，其实我并不想加上结尾的那段，凡事给自己留条后路吧，我想。

又检查一遍后，我按下了发送键。然后我拿起手机，犹豫半天后，打开了唯词，里面已经有一堆信息了。

鲁塔说："薇，求你尽快回复我信息，那个艾利欧警官又来了两次，并且要走了你在这里所有的工作记录，还问了有关你发小秋的事情，他不是刑事组的探员吗？我没有联系上他，我听说他也回国了。你们到底怎么回事？皮诺找人打听了一下，现在市局很重视这个案子，因为被定为一起凶杀案，死者又是外国人，所以他们成立了专门的调查小组。他们找你了吗？我上次听那个叫艾利欧的说要联系你。拜托你，快点回信息吧，好吗？"

我关掉了对话框，并删除了对话，然后点开了露琪亚的消息。

她说："昨天四五个警察过来调走了你的档案，他们问到了去年艾琳娜离职的事情，我什么都没说，但他们好像查到了一些什么。他们去了人事科，还去了科尔德的办公室聊了很长时间。薇，我其实大概知道当初的那件事情，但你放心，我不会说什么，我毕竟跟了你这么多年了，你也一直对我很好。但是，路城的案子已经定性为凶杀案了，如果他们真的查到什么的话，那应该和路城的案子脱不了干系。你自己保重。"

我关掉了对话框，删掉了对话。

下面还有一条木歌发来的消息，是昨天夜里十二点发的，他说："睡了吗？你怎么不回我微信？"

我退出了和他的对话框，把我和他在唯词里所有的聊天记录都删掉了，内容太多，删了几十秒的时间才删完。

我退出唯词，把手机放在桌上，靠在椅背上看着白色的墙壁。

陈清年走了进来，在我旁边的躺椅上躺下来，前后摇着躺椅问我："凌秋哥哥回去了吗？"

"嗯。"

"今天不来了？"

我转头看着陈清年，叹气道："你是不是没有你凌秋哥哥就活不下去啊？"

他冲我眨了眨眼睛："你别说，还真有点那意思。"

我对着他翻了个白眼，转过头继续盯着墙壁。白墙上有几条细细的裂缝，我记得那是高中时候有一次凌秋拿拳头砸出来的，可我忘记是为了什么了。

"我前几天听他说，他过阵子就回意大利了，说是不知道下次要到什么时候才能回来。"陈清年说。

我转过头看着陈清年："他什么时候说的？"

"就前两天吧，他是要回去上班了吗？年假休完了？"

我抓起手机就走出了房间，走到院子里拨了凌秋的电话，响了半天他没接。我在石凳上坐下来，给凌秋发了一条微信："陈清年说你过阵子要回意大利，什么时候？你也没和我说嘛。"

发完消息，我开始咬指甲，咬着咬着就开始撕嘴上的皮，我觉得自己有种特异功能，即便是没有死皮，我也可以撕出来一层，就好像在严防死守的战线上找到突破口杀出一条血路。最后，当我感到疼痛和心慌时，手机响了，我以为是凌秋，却是陈清年在屋里发消息叫我吃晚饭。我没等到凌秋的消息。

吃饭的时候，那盘油焖大虾就摆在我面前，我不爱吃虾，因为懒得剥，每次都是凌秋给我剥虾吃，不管是基围虾还是罗氏沼虾，他都挑个大的剥给我。我现在仔细想想，便开始怀疑，他真的喜欢吃虾吗？每次吃虾的时候他自己吃几只？

我真的知道他喜欢吃什么吗？

"陈薇？陈薇？"我妈拿筷子敲了敲我的碗边，我回过神来，看到自己的碗里已经有了好几只虾，下意识地看了看旁边的座位，我旁边坐着陈清年，正埋头吃得香呢，虾是我妈剥的。

"吃饭啊，想什么呢？"

"哦，吃饭。"我快速地吃掉了碗里的虾，抬头对着我妈笑，"真好吃，老妈剥的虾天下一绝啊。"

"省省吧，要不是凌秋不在，谁高兴给你剥虾。"我妈装作一脸嫌弃地又剥了一只丢到我碗里。

"看来是凌秋哥哥抢了活儿，下次我让他给我剥好了。"陈清年说着，舔了舔手指，全家人都笑了。

今天家里吃饭的气氛很好，没有人提到葬礼的事情，没有人提到路城，大家都是笑着的，仿佛这个事情从来就没存在过。我觉得我似乎真的忘记了这件事，只是缺了凌秋，他没有存在于我这样美好的幻觉里面。

饭吃到结束时，我接到了凌秋的电话。

"陈清年怎么说漏嘴呢？都跟他说别和你说了。"

"他是为了他自己，他说没你活不了。你都辞职了，急着回去吗？"

他在那头沉默了很久，才说："嗯，得回去处理一些事情。"

"是为了路城的案子吗？"

我接他的电话之前，对自己默默发了誓，绝对不要提路城的案子，但这句话就这么脱口而出了。凌秋却不说话了，我知道他听着，我听得见他的呼吸声，但他迟迟不开口。

"我跟你一起回去吧。"

"不行！你现在回去没什么好处，你应该也知道那边现在是什么情况，他们还在查这个案子，你还是先留在国内好一点。"

"但是他们也在怀疑你吧？"

"你从哪里听来的？怎么可能怀疑我？我都说了，我有不在场证明。"

"我不也有不在场证明吗，也没妨碍艾利欧死咬着我不放啊。"

"你那是……"

"什么？"

他不说话了。

"凌秋，你也怀疑我是吗？"

"没有。"

我深深地吸了一口气，对他说："不管你怎么想，我明确地告诉你，路城不是我杀的。我没有把他推进阿诺河，他的死跟我没关系。"

他沉默的时候，我觉得院子里的空气凝结了。今天的天气是好的，我的头顶有一片星空，这是在城里很难见到的景象。星空在漆黑的幕布上高高地悬着，看起来特别不真实，像是喝醉时胡诌出来的假象。

"陈薇。"

"嗯？"

"开门。"

我愣了一下，把电话拿在手里，走到院门口，门吱呀一声被我推开了，我看到凌秋在门口站着。我望着他的眼睛，里面有星空，澄澈，干净。

我听见他说："我相信你。"

清　醒

我猛地睁开眼，黑暗突然沉甸甸地落在我的眼睛里，从窗帘的缝隙间漏进来一丝屋外的光，天花板上横着一条光带。

我看了一眼手机：凌晨三点半。

刚刚那场梦的内容在我睁开眼的瞬间就消逝了，我只记得最后我听见了凌秋的声音，我听见他叫我的名字，然后，我在睁眼之前的某个瞬间，看到了路城的脸。我不确定他是否出现在我的梦里，但我睁开眼的时候，他遗照上的那张脸被黑暗撕成了两半，不见了。是梦也好是幻觉也好，我都不敢再闭眼睛了，我从床上坐起来，打开床头的两盏台灯，直到屋里足够亮堂，我就这么坐着，什么都没干，每分钟都在企图压抑自己脑中的胡思乱想，一直到天亮。

早上六点多的时候，我穿着棉拖鞋出了门。我好几年没在这个时候出门了，路上特别热闹，门口那条巷子里全都是早餐摊和小店：包子铺、豆浆油条店、麻糕摊、拉面店……我一直走到头，去了那家开了几十年的馄饨铺子要了一碗小馄饨。吃馄饨的时候，手机里的唯词又提醒我进了一条信息，最近唯词会时不时恢复提醒。我把手机反过来放在桌上，吃完最后一口馄饨后，我拿起手机，直接把唯词卸载了。

我一个人去菜市场买了菜回到家，一打开门，金币竟然蹲在门口等我。我妈从屋子里走了出来，惊讶地看着我手里拎着的好几个塑料袋："陈薇，你这是撞邪了吧？"

我笑笑说："可能是吧。"

我家的厨房空间很小，只够两个人在里面待着。我妈煲汤的时候，我就在旁边帮着择菜。睡眼惺忪的陈清年想进厨房倒水喝，看到我坐在小板凳上择菜，露出一副惊讶的表情，伸手拍了拍我的肩膀，转回客厅里去拿饮料了。

"妈，陈清年怎么最近这么闲？他辞职了吗？"

"是啊，之前不是说想去你那边吗？真是跟小时候没两样，你和凌秋在哪儿，他就跟到哪儿。"

"可跟我没多大关系，他是喜欢跟着凌秋。"

我妈打开砂锅盖，又往里加了些什么，盖上盖子，转过来看着我："让他休息一阵子再去找个工作，就别想着出国了，你都回来了。"

过了一会儿我才低着头一边抹去手上的一些细碎的菜丝和泥，一边说："我想过阵子就回去。"

锅里的汤沸腾了，我妈愣了会儿才调小火："你还要回去吗？上次路城妈妈来这里闹的时候，说现在那边警察在查路城的案子，你回去的话没事吗？"

“路城的案子，已经以自杀案定案了，放心吧。”我低着头说。

汤又沸腾了，我妈干脆关掉了火：“我怎么放心啊？你确定他们定案了？陈薇，你毕竟在那边是个外国人，他们会不会随便抓人什么的？你要不趁着这次，把居留证扔了吧，回来算了。”

我无奈地笑着说：“妈，居留证扔了我就能自动在意大利隐身了？再说，这和外国人有什么关系？即使是外国人，也不能随便抓人吧。你别瞎担心了，凌秋在呢，他是警察你还怕我有事吗？”

我妈重重地叹了口气，转身又打开了灶台的火：“凌秋什么时候回去啊？他好几天都没来家里了，我见不到他，你又说要回去，我就觉得心慌。我现在想到这件事，就后悔当时依着你把你送出去，不然你也不会这么多年不回来，也不会有后来这些鸡飞狗跳的事情。”

我妈这几年变了，跟我说话的语气和内容都变了，她以前是个不善于在我面前表达真实想法的人。我是被外公带大的，尤其是小学的时候，我妈为了赚钱，整天在外面跑销售，几乎不着家，等她决定换个工作稳定在家照顾我时，我已经长大了，对于很多事情我不表达，她也不表达。她也会像个母亲一样责备我，我们也会像朋友一样开玩笑，但我们很少彼此袒露心事。现在她年纪大了，时不时会对我说些真心的实话，但我仍旧不习惯也这样对她。

“妈，我在哪里你都不用担心，我会照顾好自己的，你知道我的。”我不知道这样的安慰是给我妈的，还是给我自己的，我只知道它有多软弱无力，但我不知道还能说些什么。

饭吃到一半，老罗给我打来一个语音电话。

"还没回去吧，陈老师？"

"没呢，罗导，怎么想到给我打电话？是想我了吧？"

"哎，你还真是说对了，想你了，还想你干个活儿。"

"活儿？在国内还有我能干的活儿？"

"对，我这儿有个项目，需要国外的摄影团队来完成，你借着你们公司在国内的对口公司做吧，晚一些我把项目预算发给你，你要能搞定的话，这项目就给你做好了。"

"啊，不一定……非要我们公司的对口公司吗？只要是有资质的公司或者工作室就行了吧？"

"对，是这么回事儿。陈老师，我觉得啊，这次你就在国内把这个项目好好做完再走，这一单做好了比你在你们公司死命干几个大项目拿的提成可要多多了，你有资源就不会是什么难事，主要是你的时间问题。"

"没问题，罗导，我做。谢谢您！"

饭刚吃完，陈清年在帮着收拾桌子的时候，我接到了木歌的电话。

"你在哪？"他问。

"家啊。"我说。

"有时间吗？我快到西元了，想见见你。"

我沉默了好一会儿，直到他又问了句："方便吗？"

"哦，行。"

"你来车站还是怎么？"

"我不去车站了，给你发个地址，你打车直接到那边见吧。"

挂了电话，我发了一个离我三公里多的商业区一家咖啡店的地址给他，他回了一个 OK 的表情给我，接着我又删了对话框，随手删除和他的对话似乎已然成了我的新习惯。然后我打电话叫来了快递员，寄走了木歌的相机。我本来想下午带给他，但我突然不想那么做了。之前那封邮件，我不知道他看到了没有，我想他应该会看到，毕竟他们的会议内容都是用邮件传阅的，但他始终没回。我前两天就想着寄走他的相机，拖了两天之后，他居然跑西元来了。我也不知道我究竟是怎么想的，但我突然就很确定我不想把相机亲手还给他。寄快递是用的陈清年的名字，留的也是他的电话号码。

下午两点，我到了咖啡店的门口。从出租车上下来的时候，我就看到木歌在门口站着，他穿了一件黑色薄棉外套，背着那只我再熟悉不过的黑色双肩包，手里捏着电子烟。我远远地站在那儿看着他，他侧面对着我，正低头看手机，烟在他的脸旁像云雾般轻轻环绕慢慢消散，他仿佛还是我记忆中的那个样子，明明久经风吹日晒的脸却依然整洁，侧面显得真诚而于人无害，站在那儿都能显出与众不同的气质，可我竟然觉得他在这一刻特别陌生。

他转过来看到我，冲我招了招手。我尽量扬起我的嘴角，直到弧度足够让牙齿露出，我才抬起脚朝他走去。

"从南都过来的吗？"我说。

"是啊，你又不来南都，就只好来找你了。"他眯着眼睛看我，很自然地把手搭在我的肩膀上，"走吧，进去吧。"

我们找了一张靠里的桌子坐下来，要了两杯咖啡。他看了看我身侧，说："你空着手来的吗？那晚点你那些化妆品和换洗的衣服还得回去拿吗？"

"你晚上在西元过夜吗？"

"对啊，不然来找你干吗？"

我低头喝了一口还冒着热气的卡布奇诺，用开玩笑的口吻说："原来你找我，就是为了过夜啊。"咖啡上的拉花是一颗爱心，被我喝了一口便消散了。

他愣了一下才反应过来，也笑了笑："嗨，你这话说的……我都不知道怎么接了。我要说我就是想看看你，你能信吗？"

"信啊。"

无论是卡布奇诺还是拿铁，我都喜欢喝加豆奶的，这是和我关系好的人都知道的，我好像到现在才发现，他第一次给我买咖啡的时候，就没问过我的喜好，后来他没再给我买过咖啡。今天他给我买了卡布奇诺，还给我递了一包糖，我记得我在意大利的时候就告诉过他，我喝咖啡从来不加糖。

他有些尴尬地笑了笑。

我说："相机我给你寄到你家里去了。"

我听见他倒抽一口冷气，僵硬地点了点头，说："你有我家地址吗？"

"有啊，"我说，"刚认识你的时候就有了，你忘记了吧，我问过你是不是住在那儿，你说是。你别现在告诉我，那不是你现在住的地方啊。"

"啊，啊，那倒不是。是我住的地方，只是……"

"你担心什么吗？放心，我不是用我的名字寄的，我用我表弟的名字寄的，留的也是他的手机号。"

他好像松了一口气，却又不敢表现得那么明显，僵硬的面部在一种奇怪的状态下缓慢地放松，直到露出一个嘴角带有弧度的自然笑容，他才镇定地抬头看着我，我也微笑地望着他，稍微凑近他说："吓到你了吧？"

"什么意思啊？"他突然睁大眼睛看着我，一脸无辜的表情。

"没什么。"我撇撇嘴，身体往后靠到沙发背上，"老罗今天给我打了个电话。"

"老罗？他找你干吗？"

"老罗有个活儿，说可以给我做。"

"活儿？什么活儿？"

"一个挺大的活儿，具体的东西他稍后会发给我。他不知道我辞职的事情，他以为我还在公司，让我用我们在国内的对口公司接活儿。"

"那你后来也没说你辞职的事情吗？"他摸了摸鼻子，他每次都这样，不得不问自己不太想问的问题的时候就摸鼻子。

"没有，我怎么说啊？好好的干吗辞职啊？为了你吗？"他又尴尬地摸了好几下鼻子。我笑了笑，接着说："但我表达了我想私下接这个活儿的意愿，他也直接说了只要是有资质的公司就行。"

"有资质？什么资质？不管什么资质你现在去开一个也来不及吧。我大概知道是哪个活儿，能给你的准备时间应该没那么宽裕。"

"当然来不及，所以我才跟你说啊。你不是有一家公司吗？"

"我？不行，我那家工作室挂在我们文化公司下面的，我跟你说过的，一动老罗不就知道了吗？"

"不是那家。你应该还有一家公司吧，在你一个兄弟的名下，公司的地址在北都北边高飞屋那块儿，是吧？"

惊讶在他的脸上一闪而过，很快变成了怀疑和防御的表情。人的脸是个好东西，但脑子不是。其实脸上的反应永远是最真实的，只是大脑有时容易被主观意识所麻痹，看不到那些该看到的，曾经认定的很多东西不过是从眼睛经过层层滤镜到达脑中的罢了。

"你怎么知道的？"他问。

"这你就不用管了，我还知道很多事情，我想知道的我都会知道。"

"好吧，但是那个公司……"他挠了挠头，露出为难的表情。

"我跟你分成，事情我做，你这次借我这个公司的名字用用，我分你利润的百分之三十，当然，我需要你配合做的事情你都得做。你不吃亏，你那个公司活儿不多吧，往后我手里有什么活儿，我也可以给你，你不是怕你们文化公司知道，一直不敢以那个公司的名义出去光明正大地接活儿嘛，这次之后，我可以帮你光明正大地接活儿。"

他喝了两口咖啡，半抬起头看了我一眼，略带尴尬地说："不是钱的问题，能帮你我绝对帮忙。哎，行吧。只是如果将来你要用这个公司接活儿，我们可能也只能分利润，这公司不是我一个人的，我不能完全自己拿主意。"

我想到自己上次当着蓝泉的面说出来的那句"净身出户"，差点笑出声来，那话我是随便说的，但一定是脑子坏了才随便说的。我面前的这个男人，他现在刺痛我眼睛的光芒，大概就是来自他越来越真实的本性吧。

"那就说定了，这次你就自己拿主意吧，行吗？咱们说好了，别的事情将来再说，你放心，我不是爱占便宜的人。"

"哎呀，我不是那个意思，你怎么老喜欢想多呢？"他双手捧起杯子喝了几口咖啡。

我摸了摸咖啡杯，杯子不烫了，咖啡似乎已经凉了，正在这时，凌秋给我发了一个信息，问我在哪里。于是我打开钱包，从夹层里掏出一张被细致折叠过的纸，把它放在木歌的面前，然后我站了起来，整理了一下衣服。

他用不解的表情看着那张纸，又以同样的表情抬头看着我："陈薇……"

我无视了他想问的问题，低头笑着对他说："这个送你。我先走了，我家里今天晚上聚餐，我就不出来过夜了，你要不急的话就明天再走，省得赶，急的话就待会儿直接去车站吧，最晚的那趟应该是五点多的。我上次从北都回来坐的就是那趟，半夜到的。其实也还好。再见，木歌。"说完，我抬头就走了出去。

屋里开了暖气，屋外起了风，但这风扑在脸上，却一点都不冷，空气也比屋里干净。那张纸是十月十号那天我坐火车从北都回西元的时候，在单向历上撕下来的那一页，上面那句话我也还记得：宜第六感——我身上发生了什么事，可到底是什么事呢？出自作家伊雷娜·弗兰的《恋爱中的波伏瓦》。两个月前，我觉得这句话是专门为我写的，我在对一个人最心动的瞬间存了这句话，现在，我依然觉得这句话是为我写的，所以我选择在最清醒的时候把这句话还给那个人。

我连头也没回就上了出租车，然后给凌秋回了信息："回家路上呢。"

他说："我也是，去咱家路上呢。"

欢　愉

十二月二十一号，周五，蓝泉早上发来消息，说是要来西元找我。收到她消息的时候，我刚起床梳洗好，嘴里咬着半个萝卜丝馅的包子，裹了一件睡衣去院子里开门。

敲门的是个送快递的小哥，见到我凌乱的发型忍不住偷笑，递完包裹赶紧转身溜了。

包裹是挺大一盒子，还有点分量。我站在门口三两下把包子塞进嘴里，拎起包裹，朝屋里喊："谁买的东西啊？"还没进屋，就收到了一个消息，是凌秋发来的，他说："给你买了一个东西，你打开检查一下有没有问题。"

陈清年被我的叫喊声吵醒了，眯着眼睛走到院子里，随手抓了一把他的鸡窝头，看着我脚边的大箱子，睁开眼睛眨巴了两下说："一看这包裹的体积，就知道是我的东西。"
我瞄了他一眼，把箱子搬进去拆开一看，里面还有一个盒子，
是索尼相机的盒子。陈清年满脸的期待瞬间消失，双手抱拳
说："打扰了。"转个身就去厨房找吃的了。

我把相机从盒子里取出来，是一台 Alpha7 Ⅲ，配了一
个经典的 28—70 的镜头，还有一个定焦的 50mm 大光圈镜
头。我把相机和镜头放回盒子，把盒子抱在手里往房间走，
给凌秋打电话。

"早啊，东西检查了吗？"他说。

"拆开来看了，你这是什么意思啊？干吗好好的买一台
相机给我？"我把盒子放在房里的地板上，关上门。

"你不是快过生日了吗？我提前送你的生日礼物。"

我蹲下来拨弄着盒子里的包装袋："我过生日还有段时
间呢，干吗这么早送我生日礼物啊？"

"哎呀，怕我忘了，送礼物不是可早不可晚吗？行了，别
啰唆了，我马上到你家附近了，待会儿再说。要带早饭吗？"

"不用啦，家里有昨天我妈包的荠菜大馄饨呢，还有挂
面，还是你想吃别的？"

"不用，就馄饨吧，阿姨包的馄饨最好吃。"

挂了电话，我走回客厅，绕到厨房门口，陈清年正在
下面。

"是不是你跟凌秋说我寄走了一台相机啊？"我问他。

他回头斜睨了我一眼："怎么又是我？姐，我像是那么
嘴松的人吗？"

"挺像的。"

我给蓝泉回了信息，问她什么时候到，她很快回过来，说已经在机场准备登机了。从北都到西元的飞机每天只有两趟，一趟是早上的，一趟是晚上的。我算了下时间，她到的时候大概是十点多。

"正好吃午饭，那我赶紧去买菜。凌秋也在家里吃午饭吧，哎呀，今天孩子们都在，蓝泉也来，太好了，我赶紧买菜去，陈薇你问问蓝泉要吃什么。"我妈兴奋得走了两个来回找手机，结果手机一直在她手里。"今天天气预报说西元要下雪，你可问问蓝泉，飞机准点吗，北都那边好像都下了两天雪了。"我妈临出门还在叨叨。

"哎呀，妈，你放心吧，她已经起飞了，我待会儿带着凌秋和陈清年去接她，你赶紧买菜去吧，她没忌口，什么都能吃。"我心想，天气预报还真能吹，每年都说西元要下雪，每年都不下。

"谁带谁啊，一个在国内连驾照都没的人！是我和凌秋哥哥带着你好吗？"陈清年小声嘀咕着，把一碗冒着热气的大馄饨端到凌秋的面前。

"陈清年，你快闭嘴吧，你姐要打你了。"凌秋咧着嘴笑。

于是陈清年故意躲到了凌秋的身后蹲下来，好像小时候那样，我也故意抓起一只拖鞋丢过去，凌秋抱着头挡住面前的那碗馄饨，拖鞋越过他的肩膀一直飞到门口，陈清年又给我捡了回来。我忽然觉得真的回到了小时候，还是在这个房子里，家里的格局也没什么变化，我们仨小时候总这样打闹，陈清年胡说八道，我就想揍他，他躲在凌秋身后，我就拿鞋砸他。不一样的是，以前陈清年总拎着我的鞋跑，我就光着一只脚在后面追，最后把我的鞋追回来的总是凌秋。陈清年蹲下来，把鞋摆在我脚边的时候，好多年的时光仿佛在我身边飞快地转了一圈突然停在了这一瞬。"姐，地上凉啊，年纪大了，可别说我欺负老年人。"他笑着溜去了院里。

我在凌秋的对面坐下来，他乐呵呵地往嘴里塞馄饨，那么大个的馄饨他就爱一口一个。凌秋吃什么都慢，唯独吃我妈包的大馄饨，比谁都吃得快。

"你看着我干吗？"他突然停下来鼓着腮帮子说。

"看看你不行吗？好久没看你吃馄饨了，怎么这么好看呢？"我双手托住下巴盯着他笑。

"陈薇，你这是中邪了吧？我喷你一脸啊。"

我伸出手，越过桌子，拍了拍他头发柔软的脑袋，站起来转身进屋去了。我把那台相机的电池拿出来充上电，他还额外给我配了两块电池，一个充电器，一张128GB的存储卡，一套清洗相机的工具，还有一个皮的相机套和挂绳。我一件件拿出来放在床上。凌秋走进来，靠在门框上看着我，笑着说："摆摊儿呢？"

我回头瞄了他一眼，开始给相机装皮套。他走过来坐在我旁边，把那些零乱的线一根根归置好，放进线包里："记得小时候，咱们和这一片的孩子玩过家家吗？"

"记得，咱俩不是总扮演父母吗？"我说。

"屁，是你自己总喜欢扮演妈妈，其他小孩只能做儿子女儿还有弟弟妹妹。"

"那你扮演什么呀？"我低着头开始扣那根挂绳。

"我是群演哪，玩做饭的那套玩具我就是厨子，玩医院那套，我就是医生。"

"你那叫主角好吗？紧扣主题。咱们玩那个，那个什么，皇宫那个，不也让你当皇帝了吗？"

凌秋跳了起来，转到我跟前，一脸无语地说："姐姐，我当过皇帝吗？你再好好想想，就跟你玩的那个版本里头，有皇帝吗？就你觉得自己艳压群芳非要做皇后，也没人敢跟你抢。"

"我小时候这么嚣张的吗？我怎么不记得了？那你是什么？"

他翘起兰花指，挑着眉毛做了个斜后蹲，从鼻子里冒出声音来："公公啊。"

我笑得躺倒在床上，他坐下来把我没扣好的挂绳另一边扣好，然后把存储卡和电池都装进去，站起来对着我拍了一张照片，按下快门的刹那，我张开手指，挡住了自己的脸。

"我脸都没洗呢，别瞎拍。"

他放下相机，望着我："你啥样子我没见过啊，我买的镜头不得先适应下嘛，省得被吓坏。"

陈清年忽然从外面一路喊着跑进来："下雪了！下雪了！"

真的下雪了。这是好几年来，西元的冬天迎来的第一场雪。我已经不记得上一场西元的雪是什么样子了，但我记得上一次佛罗伦萨下的那场十几年未有过的大雪，以及当时人们毫无准备的样子。那次我去火车站的时候，大小车辆都空着被扔在堆着厚厚的大雪的街道上，那是二〇〇八年的十二月十八号，外公病危，我和凌秋连夜买了机票。凌秋拉着我们的两个行李箱，在雪地里艰难前行，雪没到了小腿，一切交通工具都停了。我记得他的手被冻得通红而僵硬，一直到米兰才缓过来。我们日夜赶路，坐了十几个小时的飞机回来，可还是没来得及见外公最后一面。

我站在院子里看白雪一点点堆积到竹叶上、地面上、石凳上、屋檐上，所有的地方都变白的时候，我转头去看站在旁边端着相机拍照的凌秋，我忽然发现，我以前把他对我的好都当成理所当然的了，我习惯了他的付出他的照顾，而对那些我早该为之感动的东西，我到现在才有所察觉。是不是，真的晚了一些呢？我问自己。手里的手机好像一颗随时会引爆的定时炸弹一般在发烫，如果它不爆炸的话，一切错过的完美时机还能挽回吗？我不知道。

"陈薇，看我，笑一个。"

我呆呆地看着他，还来不及笑出来，他就按了快门。他把照片拿给我看，照片是黑白的，那里面的我脸上有个若有若无的呆滞的笑容，半张着嘴，看起来有点傻，身后是已经开始积雪的竹子，雪在落下来，那像极了一张另外一个时空的相片。

"你看你，多傻气啊。"凌秋拍了拍我脑袋上的雪，把我拉到屋檐下，又擦了擦我的脸。

"你去换衣服吧，我去路口接一下你妈。待会儿回来咱们就出发去机场。"

我看着他木讷地点点头。

"陈清年，咱们走吧！去接你姑姑！"

"好嘞！"

"拿那把黄色的伞，那把伞大。"

…………

院门打开又关上，漫天的大雪慢悠悠地落下来，一切似乎突然安静了。假如故事能有个结尾的话，能不能就在这里结束？无论我和凌秋以后各自怎样，可能这里都是最好的可以结束故事的地方。

我低头笑了笑，转身进屋去了。

"姐，你今天打扮得可真是……不知道的以为你接情人呢，你接闺密需要把自己打扮成这样吗？"陈清年坐在后座扒着我的靠背大声说，生怕我听不见。

"你管得挺宽啊，陈清年，我怎么打扮了？不就化了个精致一些的妆吗？你有必要这么夸张吗？"

"哎呀，这不是整天见你灰头土脸的嘛，难得见你化个妆，有点被你的美艳震撼了嘛。"

"陈清年，你可得好好说话啊，当心你姐揍你。"凌秋边开车边偷着笑。

"我这不是赞美吗？怎么没有好好说话了啊？我赞美我姐还不行啊？"

"你才每天灰头土脸，你全家都每天灰头土脸。"我回头翻了个白眼。

"哎，我全家……你不也是其中之一吗……姐，行了啊，你最美，你最美。我算是看出来了，待会儿见到的那个蓝泉姐姐姿色一定不普通，你这完全是防火防盗防闺密啊。"

我顺手往后面狠狠丢了个抱枕，陈清年夸张地哎哟叫着顺势躺了下去，凌秋咯咯地笑出了声。

蓝泉的飞机还是比原定的时间晚了一些才落地，一落地她就给我发了条消息："天哪，江南下雪啦？赚大发了！"

在北方人的印象里，南方似乎没有冬天也没有雪，但其实江南的冬天可比北方的冬天冷多了，寒气潮湿又刺骨，在外面和家里都得裹着棉衣，临河就更潮湿了。还好，我家买了好几台暖气，各个屋里都放一台，冰天雪地也能够应付过去。

陈清年看到蓝泉的时候，小声对我说了句"真美啊姐姐，你交朋友有眼光"，然后就直接冲过去接她的行李了。蓝泉见到凌秋，伸出食指指了他半天，眯起眼笑着说："这就是那个发小凌秋吧，咱通过电话。"凌秋有些蒙地把刚伸出去的手缩了回来。我赶紧搭住蓝泉的肩膀，一个劲地朝她使眼色："啊呀，对对对对，误会，误会。"蓝泉凑到我耳边，轻声说："你这发小长得好帅啊，我的天，你有这种发小还要木歌？你眼瞎吧，不要给我啊，我可不客气。"

我有些紧张地往后瞥了一眼，凑在她耳边小声说："你第一眼就能看上？你都不知道他啥样。"

蓝泉突然暧昧地笑了笑，拍了拍我的肩膀："这么紧张啊，看来不简单啊，这是从渣男那里拔出来了？放心，朋友夫不可欺，我是有分寸的人。"说着，她甩开我，回头一把搭上陈清年的肩膀："哎呀陈薇，你可没说你弟弟这么秀色可餐呢。"

我们从机场往家里开时，地上的积雪又厚了一些，凌秋开车开得很仔细，他说地面有些滑，他不敢大意，而我们仨在车里闹腾了一路，仿佛和认真开车的凌秋隔了两个空间。凌秋把车一直开到我家院门口才停下来。

"凌秋哥哥今天财大气粗啊，为了美女姐姐都不惧罚单了。"

"陈清年，下次我把你丢路口，这大雪天，你从路口自己走回来，行吗？"

陈清年立刻做了个闭嘴的动作，下车搬行李去了。

我妈当真买了一堆菜，这是她第一次见到"比女儿还好"的蓝泉，看了又看，笑了又笑，拉着手就不愿放下，好像真是自己多年没见的姑娘。

"妈，你再这样，我要怀疑自己是被抱养的了。"我笑着说。

"蓝泉当我姑娘的话，你是抱养的就是抱养的吧。"所有人都笑了。凌秋拍了拍我的手背，往我的碗里夹了一块鱼鳃下的肉，我有些不好意思地飞快将它塞进嘴里。从小到大，只要和凌秋一起吃鱼，那块肉就是我的，小时候还不懂羞耻，后来长大，就觉得不好意思了，但我也从来没阻止他给我夹那块肉。

今天太过丰盛了，这顿饭从中午开始吃一直持续到下午，晚上又继续。一桌菜加火锅，好像在家过年一样。外面的雪越下越大，上午一过，院子里就到处积了厚厚的一层。

我们下午两点多才算吃完午饭，得了个空隙，带着蓝泉沿河转了一圈。出来玩雪的人还挺多，后来陈清年带路，转着转着就到了一座铁路桥上，就见不到什么人了。

"姐，你记得这里吗？小时候，爷爷老带着咱们来，那会儿只有绿皮车经过这儿。"他说的爷爷就是我外公。我记得这里，还没陈清年的时候，外公就带我来看火车，以前这里没有桥，周边也没有小区，只有孤零零的两条铁路，等上半天会来一辆绿皮车。后来，外公也老带着我和陈清年，还有凌秋来看火车，我们那会儿把看火车当成郊游，总会在书包里放许多零食和饮料，看到火车的时候特别兴奋，而现在，这里都走动车了，不再只有绿皮车了。

"哎，有卖发糕的，我爱吃那个！"蓝泉指着桥对面的一个小摊说。

小摊上面支起了棚子，棚子上落了厚厚的一层雪，棚顶有些塌了。卖发糕的阿姨独自在棚子下面坐着，望着铁路发呆，这条路上没几个行人。

陈清年和凌秋走过去，帮着扯掉了棚顶上的积雪，棚顶便恢复原样。陈清年说："阿姨，雪下得这么大，您这个得经常这么扯一下，否则的话这顶要塌下来的。"

阿姨笑眯眯地给我们把热乎乎的发糕装进袋子里，递给我们："请你们吃，不要钱。"

凌秋还是扫了二维码付了钱，阿姨笑着说了好多次"谢谢"。陈清年说："阿姨，这块儿人少，你怎么不去人多的地方呢？"阿姨说："在这里十几年啦，习惯了，人多人少都喜欢在这里，连摆摊的位置都好像是被标记过的，眼睛看看就知道是这儿。"

发糕是小时候的味道，满口的红糖香味，但我确实不记得这个阿姨了，这是一条我们长大以后很少走过的路。我们站在桥上，打着伞望着铁路。

"哎，来火车了！"我指着远处说。

那是一辆货车，车顶的绿色已经泛黄，飞快地从我们眼前驶过，陈清年一边咬着发糕，一边说："这看着怎么像面包啊。"

我们都乐了。

蓝泉说："还是抹茶口味的！走吧，去买抹茶口味的起司面包。今天天肯定黑得晚，雪这么亮，咱们可以稍微晚一些吃晚饭，现在属于下午茶时间！"

桥上是白茫茫的一片，没有车，几乎没有人，雪安静地落下来。蓝泉踩着雪大步地往前跑，陈清年回头对我们喊了句我没听清楚的话，便也开始跑起来。一切都好像慢了下来，凌秋来拉我的手，他的手很暖和，他拉着我往前跑。脚下的雪是软绵绵的，细致的，像云朵裹着一层冰沙，一踩就陷下去了。我听见他们的说话声，他们的笑声，我还听见自己的笑声，以及我们的鞋子踩过雪地的声音，像美梦一般不真实。

雪一直在落下来，漫天飞舞。这些在我眼中越来越亮的白色，不再是雪花，而是久别重逢的快乐，无尽的快乐，能深入每一寸肌肤的快乐。天地之间，似乎有什么力量真的让时间停滞了，在我们撒欢的时刻，我想起了我用在蓝泉身上的那个词：肆意妄为。就是这样，每一寸肌肤和每一个细胞所感受到的寒冷，好像都在野蛮地冻结那些黑色和阴影。

是不是，只要一直下雪，就没有黑暗了呢？

乡 下

晚上舅舅又拿了一条青鱼回来，我妈做了一个酸菜鱼，结果量太大，没有器皿装了，就直接把锅端了上来，台上就有两只锅和一堆菜。

"这雪下得不停了啊。"舅妈看着窗外说，语气里带着愉快。

"蓝泉，你看，我们这里的人啊难得见到下雪，你们今天出去逛的时候，是不是有一堆人在外面拍照什么的？"

蓝泉放下手里的那瓶比利时白啤，说："对啊，好多人都在街上晃。那感觉真和在北方看到下雪完全不一样。北方下雪可没这气氛，我看到这儿下雪都特兴奋。"

蓝泉说话也带着北都的口音，但不像木歌那么重，她发音清楚。她说，说话的时候注意发音是对别人的一种起码的尊重，不管你是哪里的口音。我觉得蓝泉的身上有种魔力，她似乎在任何地方都不会有拘束感，她到任何地方都可以活成自己本来的样子，我很羡慕。

"陈清年，你别给我夹菜啦，我吃得肚子都大了一圈。"蓝泉用筷子挡住了陈清年准备夹到她碗里去的好几块辣牛肉。

"没事儿，姐姐，你多吃点，你看你这么瘦，待会儿吃完咱们再出去溜达一圈嘛。"陈清年绕过她举在半空的筷子，还是把那几块牛肉放进了她的碗里。

舅妈瞪了陈清年一眼，说："蓝泉，我们陈清年从小色到大，见到美女都挪不动步的。"

"妈，你说什么呢？我这么大了，你怎么能这么说我！"陈清年脸红了，恨不得把头藏进碗里。

大家都笑得前仰后合。

"来来来，大家喝点。"舅舅举起了酒杯，"今天是真的高兴，这场雪一下，明年一定都是好事。"

"几号过年啊？"我妈问。

"今年是二月四号吧，除夕。对，四号。"陈清年说。

"陈薇接了个活儿，估计能在家里过年了，凌秋也不走了吧，今年都在家，凌秋在自己家里吃完就过来，晚上我们在院子里放点小烟花玩玩。"我妈往凌秋的碗里夹了一块鱼肉，那是鱼鳃下面最嫩的那块肉。

我笑着侧头去看凌秋，他迎上我的目光，也笑了，低头把那块鱼肉吃掉了。

如果不提过年，我老觉得今天就是过年了，过年的火锅和一桌子菜，过年齐齐整整的一家人还有蓝泉，过年的雪，似乎这一切都在告诉我，这是特意为我提早过的新年，可能也不算为我一个人，是为了我们，为了即将离开的这个年份、这些事情。吃饭的时候，我拿凌秋送的相机拍了许多照片，有黑白的也有彩色的，之前木歌教我的那些技术派上了用场。我妈说我急着试新相机，凌秋看我的眼神让我感觉他好像是明白的，明白我端着相机不停拍照的时候在想什么。

在这顿饭即将结束时，我开始感到落寞，开始时有多高兴，结束时就会有多不舍。

"真希望每天都能这样过。"我说。

"瞧瞧，一个放假不上班的人，说出来的愿望都透着奢侈。"蓝泉故作凝重地拍了拍我的肩膀，然后走到院子里踩了几脚雪。院子里的雪已经积了厚厚的一层，竹叶和房檐上也都是白的，雪让夜里的天空变亮了。

陈清年和凌秋去买了冰棍回来，买的都是小时候最贵的那种小雪人冰棍。这是蓝泉提议的，她说这种雪糕就得在下雪天吃，因为年纪大了，已经没有在冰天雪地里堆雪人的心劲了，所以就得吃着雪人看着雪，权当雪人已经堆过了，这样才有下雪天的仪式感。

"你这歪理还真是一套套的啊，还挺有逻辑。"凌秋慢悠悠地吮着那个雪人冰棍，雪人帽子都快没了，他还不咬下去。

蓝泉瞥了他一眼，对我说："你这发小一看就是从小到大没人跟他抢东西吃的，吃东西那么慢。刚刚吃饭的时候我就发现了。"

我的冰棍只剩下半根了，我看了看凌秋，转头对蓝泉说："不是没人跟他抢，是他从不和别人抢。"

陈清年吃完最后一口，把棍子伸进雪中，有几片雪花落在木棍上，化了。

"他这是从小被我姐欺负惯了，让她让出来的慢动作，哎，都是被折磨出来的。"

"你说什么呢！"我踢了一脚陈清年的屁股，他没站稳，栽进了雪地里，又带着一脸的雪费劲地翻过身来，拍了拍脸上和头发上的雪，一脸委屈地说："你怎么这么暴力，力气还这么大！"

蓝泉去雪地里把陈清年拉起来，帮他把身上的雪拍干净，陈清年一脸得意地冲我和凌秋抛了个眼色，蓝泉抬头，陈清年又恢复了满脸委屈。凌秋咯咯地笑了起来。

我妈收拾完厨房，抱着金币走来院子里。

"明天路上的雪肯定都清理干净了，陈薇，你们几个带着蓝泉去乡下玩玩吧，顺便去收拾下屋子，还能带你的相机去遛遛。"

"行啊。"

"哪里的乡下啊？"蓝泉问。

乡下在前帆镇的周峰村，我爷爷奶奶家也在那里，具体是哪里我不记得了。外公的祖屋就在村里最西边，我已经很久没去过了。外公过世以后，我和妈妈去过一次，收拾了一些东西，祖屋一直都留着，有时舅舅或者妈妈会去收拾一下。

"那里的雪景应该挺好的。"凌秋喃喃地说。

"那算冬日踏青是吗？"蓝泉说。

"冬日踏白，姐姐。"

陈清年欢呼着在雪地里蹦了几下，金币从我妈的肩上溜去了屋里，舅舅烫了一壶加了蛋的黄酒来到院子里，摆在屋檐下的石桌上，招呼凌秋再喝点。我们在铺天盖地的白色里，就着黄酒的热气聊到了半夜才各自去睡。

夜里，蓝泉躺在我身边，突然拍了拍我的胳膊，说："你也喜欢凌秋吧，我看出来了。"

我想了想："怎么说呢……"

她侧过来看着我："不管怎么说，木歌和他真的没有可比性。他对你有多好，不用我一个才接触他的人来说吧，真的是肉眼可见，而且他真的是时时刻刻注意着你的。"

"可是，我们从小一起长大，你觉得我们之间会有爱情这种东西吗？"

"怎么没有？要不然'青梅竹马'这种词儿哪儿来的？难道只是用来形容从小一起长大的那种单纯的男女友情的吗？那还不是为了给爱情铺垫嘛。"

"我以前从没觉得我们之间有……"

"有爱情吗？"

"有可能。"

"现在呢？"

"不知道。"

"那就从现在开始想这种可能吧。"

后来，蓝泉睡着了，我却一直睡不着，她说的话在我脑中反复被拆开、重组，想到后来，竟然在那一层层可有可无的意义之中迷失了，和凌秋之间的一切可能和一切限制如同迷宫一般，我一直在寻找出口，却始终在其中绕圈子。后来，我在这样的想法里慢慢深入，让它变成了一场梦。

第二天上午，雪停了，我们收拾好东西就出发了。凌秋开车，陈清年挨着蓝泉坐在后座，路的两旁都是被铲到一起的积雪，长长细细的，沿着公路延伸出去，没有尽头，两旁的树枝上也积满了白雪，路上湿乎乎的。

"陈清年，你学的什么呀？"蓝泉问。

"设计，姐姐，室内设计。"

"哦，那工作倒是不难找，就是在西元的话工资可能不高。"

"姐姐，你看我能去北都吗？你有门路的话给我介绍介绍呗。"

我转头瞟了陈清年一眼："陈清年，你的脸皮比西元的老城墙还厚。"

"干吗啊？我争取去大城市有错吗？"

"北都是你想留就留得下来的地方吗？"

"这不有蓝泉姐姐嘛。"

蓝泉敲了敲我椅背："你别对北都个别人有意见就对我们的城市有意见啊，现在还有什么漂不漂的，全球人民不都在漂吗？有多少待在自己城市？你不是还在国外漂吗？怎么，国外比北都近啊？叫你回来你又不回来。"

"我姐估计这次回来不走了。"

我立刻回头瞪了一眼陈清年，意思是让他闭嘴，他马上不说话了。

"你不走了？你也没和我说啊，什么意思啊？你不是就为了做完老罗那个项目嘛，怎么，那个活儿你要做半年？那你公司怎么办？"

"哎呀，做完再说吧，公司没事儿，现在也不忙。"我偷瞄了一眼凌秋，他面无表情地目视前方。

快到周峰村的时候，我突然收到了一条来自木歌的消息，他说："陈薇，我家里人看到你发给我的邮件了，我先把你微信删了哈。"后面跟了两个委屈难过的表情。

我盯着手机屏幕，把这条消息反复看了好儿遍，最后忍不住冷笑一声，回了个"哦"字，接着就把对话框关掉了。

退出后，我发现那条消息竟然一个字都没进我的大脑，我根本没有去思考它。

"怎么了？"凌秋侧头看了看我。

"没事。"我说。

车子驶上进村的那条路时，蓝泉放下了车窗，看着外面大声感叹："哇！这不就是语文课本里银装素裹的农田吗！太美了！"她掏出手机来对着外面拍照。

"别急，待会儿到了你有的拍。那边门口就是你所谓的银装素裹的农田，一大片，附近还有小河。"我说。

外公那间祖屋的位置，在周峰村的最西边，那一块人烟稀少，房子与房子之间的距离很大。那里的房子这几年拆了不少，能留到现在的几乎都是家里还有老一辈在的，年轻人都不住在乡下，所以老人走了之后，很多年轻人都会把房子卖掉，许多房子就慢慢被拆了。我们家那间没有拆，我妈说那里还有太多她和我舅舅小时候的回忆，不到万不得已就不考虑卖掉或者拆掉了。

"这一路越走越深越没人啊，晚上怪吓人的。"蓝泉嘀咕道。

"以前这里的老房子附近不远的小土坡全都是坟地，陈薇你记得吗，咱们小时候都来这里扫墓，太爷爷太奶奶什么的都葬在那些小土坡上。"凌秋说。

"记得，"我说，"不过后来那些坟都被迁走了，全搬去公墓了，现在可能就林子里还有一两个土坡，几乎被清干净了。"

蓝泉在后座呼出一口气，拍着胸口说："妈呀，你们说得我汗毛都立起来了，要现在还都是坟头的话，那一到晚上不得吓死啊。哎，凌秋，你家也有老房子在这块儿？"

凌秋笑着看了看我，说："我们小时候就是在这个村里认识的，这个村挺大的，以前都是农户，我爷爷奶奶家和陈薇的爷爷奶奶家离得挺近。"

"陈薇的爷爷奶奶家？陈薇的爷爷奶奶家也在这个村里吗？"蓝泉问。

我说："是啊，那会儿是，后来我就不知道了。"

"那你俩怎么认识的？"

凌秋张了张嘴，用余光瞄了我一眼，没说话。

"给我爸办丧事那天，他来看热闹认识的。"我笑嘻嘻地说完这句，本来是想让气氛轻松一些，我做好了蓝泉再问些什么的准备，可她却什么都没再问。蓝泉有个好习惯，就是不爱打听别人家里的情况，我从来没和她说过关于我爸爸的事情，她一直以来只听我提起我妈却从来不问。在这次她来之前，我也从未想过要和她说些什么，但我似乎迫切地需要一个让我可以吐露更多心事的人，就比如当时木歌的事情，我需要有人知道，然后告诉我应该怎么做，或应该去相信什么。但我很清楚，有些事情不可能说出来，它们只能是秘密。

凌秋把车一直开到屋子门口才停下来。那里有一块很大的平地，平地旁边长满了草，有一条小路通往田地。

我记得这前面就有一片向日葵的花田，但现在什么都分不清楚了，到处是白茫茫的一片。

"这里就你们一户啊？"蓝泉问。

我点点头："是啊，最西边这块就我们一户。"我开门下车的时候，不小心把和木歌的微信对话框给按出来了，又不小心发了个表情过去，但他已经把我删了。我退出对话框后也把他删掉了。

我把手机塞进棉衣的口袋里，从后备箱里取了行李，把包里的老宅钥匙递给陈清年，陈清年把屋门打开了，空气很干净，既没有霉味也没有灰尘，只有少许受了潮的木柴味道，大概是从厨房里飘出来的。陈清年把灯一一打开来。

"哇，这么大。我还是第一次见到南方乡下的房子呢。"蓝泉好像很惊喜。

"不算大，也就两开间两进，乡下的房子起码是这个大小。"外公的这个祖屋是两开间两进的房子，从大木门进去就是很大的一个空旷的门厅，摆着吃饭的桌子和长凳。这个地方之所以这么大，是因为乡下摆酒席的时候，这里是放主桌的，其他桌都往中间的院子和门口的平台上摆。进门的右边有个茶厅，里面是沙发和电视机。这个屋子外公以前也不常来，一个月偶尔来住两次，后来生了病才在这里长住了一段时间，电视还是老式的，没换过，茶几和沙发也是老式的，这茶厅看起来就像九十年代的产物。进门往前的左边是厨房，厨房很大，还保留着那种烧柴的灶台。我以前最爱吃乡下的大锅烧出来的米饭，底下一定有一层锅巴，特别香。再打开一扇大木门，就是中间的院子了，这个院子也很大，院子的中间有口水井，井上盖着一个盖子。井旁边有两棵树，我记得好像是梨树。院子的右边有个茅厕，是真的茅厕。院子的底部建了一栋双层的楼，各个卧室都在那里。以前外公家里人多，所以卧室也多，现在外公家里只有一个婆婆还活着，生活在北都。

"院子里的雪好干净啊。"蓝泉站在院门口看呆了，这样望过去，院里是一片完好无损的白色，到处都是铺展均匀的厚厚的积雪。

凌秋跨过门槛，走进了院子。他一脚踩下去，我看到那雪大概到鞋帮子了，他朝着那口井走过去，雪地里就有了一串他的脚印。

他走到井旁边，把井盖上的雪拂去，两只手推开井盖，朝里头看了一眼，笑着回头对我们说："还有水呢。"

雪把天照得特别亮，凌秋站在天空下也特别亮，我呆呆地望着他入了神，我心想，他可真是好看哪。

小　河

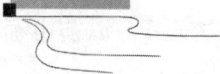

我们从老宅里出去时，天又开始飘起了雪，零星地飘一些细小的雪花，轻轻慢慢，村里一点声音都没有。

我们沿着那条通往田间的小路走，两边的田里都是白色，除了那些露出焦黄色的草之外，也不知道田里究竟还有什么。这里的雪都是干干净净的，一眼望去，几乎看不到任何脚印。

"这里平时都没人吗？"蓝泉一边小心翼翼地往前走，

一边问我。

"村里可能这个时候人尤其少吧。春秋天人会稍微多一些，到了冬天人就少了。"我说。

"那咱们晚上吃什么？"

"这里离前帆镇不远，我们等会儿开车去镇上买点吃的喝的回来，买点菜吧，回来烧。"

"烧？谁烧啊？咱俩可是都不会做饭的。"蓝泉突然停下来，我差点撞上她。

我笑着指了指走在后面的陈清年和凌秋："他们烧。"

凌秋看着我无奈地笑："陈薇，那些柴都是湿的，算了吧。"

"待会儿咱们去镇上买点干的回来不就好了嘛。"我说。

蓝泉嘿嘿一笑，故意大声说："看来这年头，这男人啊，没有点过硬的技术，怕是很难在女性市场吃香。"

陈清年大声接她的话："姐姐知道这叫什么吗？这叫明明可以靠脸吃饭，偏偏要靠才华。是不是，凌秋哥哥？"

凌秋低着头笑，不作声。我故意回头大声说："凌秋嘛还能靠靠脸，你嘛还是多学点技术吧！"

我看到凌秋抬起头看了我一眼，又立刻看向地面，带着那种偷着乐的表情，我满意地转身追上前方的蓝泉，在狭窄的小路上搭上她的肩膀，蓝泉开始哼歌，我问她哼的是什么，她说她也不知道，好像是记忆里的调子吧，我也跟着瞎哼了起来。哼着哼着，我又回头望了一眼凌秋，他恰巧也在看我，我们的目光撞到一起，彼此笑着移开目光。我觉得这样真好，我和他之间从不尴尬，即便我撞见他的目光时，能明显感到自己的心跳加快了一些，也还是能从容地收回目光。这种默契只有与凌秋之间才会产生。

我们沿着田间的小路一直走到有一片松树与一些分不清种类的枯木的地方。

"这是哪里啊？"蓝泉停下来问我。

"我记得穿过这片，再往前就是那条小河了。"我说完回头看了看凌秋，他点点头。

细细的雪已经彻底停了，出了太阳，反而更冷了。这种没什么人的地方，总会让人觉得更寒冷。

我们又往前走了走，当那条河在我们的视野中露出一角的时候，蓝泉突然尖叫了一声，差点滑下去，还好凌秋手快，用力拉住了她。

"这里有个坡，雪太厚了，得注意一些，要是滑下去，估计直接滚河里去了。"凌秋说。

"咱们走吧，这边太危险了，雪太厚，看不清脚下，还是别往下去了。"我说着，拉着蓝泉的手往回走。她的手冰凉，我把她的手揣进我的棉袄兜里，让她暖和暖和。

"嗨，你怎么比我还紧张？我还想看看你们小时候洗衣服的那条河呢。"蓝泉说归说，身体还是挺诚实地朝我靠了靠，手也往我兜里缩了缩，脚步也加快了，恨不能早点离开这一带。

"陈薇小时候掉进过那条河里。"凌秋说。

蓝泉一脸惊吓地看着我："不是吧，后来呢？你那会儿会游泳吗？"

"不会啊，被救上来的。"我说。

"被谁救上来的啊？凌秋吗？"蓝泉回了下头。

"不是，被我堂哥。"我用放在口袋里的手敲了敲蓝泉的手指，小声说，"给你说个恐怖故事吧。我小时候我爸就老带着我去游泳，我其实会游泳。我爷爷奶奶重男轻女，我妈自从生了我就特别不受待见，他们只对我堂哥好，什么都只给我堂哥。我爸去世后，我和我妈唯一去我爷爷奶奶那儿的一次，是在夏天。我跟着我堂哥玩，就到了那条小河旁边，那条河又深又长。我问他会不会游泳，他说不会。我就把他推进了河里，自己也跳了进去，假装落水。"

蓝泉的脸上露出难以置信的表情，问："然后呢？"

"然后啊，他会游泳，就把我拉上岸了。我的计划落空了。"

她咧了咧嘴，小声说："所以，你那时候原本是想……"

我凑近她也小声说："你觉得呢？"

她的手在我口袋里颤抖了一下，我按住她已经被我焐热的手，说："骗你呢，还真信啊。小孩子哪有那么恐怖的脑子。"

她瞬间好像放松了全身肌肉一般地站直了身体，用另一只手打我："陈薇，你少吓人啊，你那语气，说得跟真事儿一样，我就说嘛，你小时候要真那样，长大还得了啊，那不真成杀人犯了啊。"

我笑了笑，看着她说："就是想吓吓你，让你紧张一下热乎热乎。"

她又打了我一下："还热乎，我都被你吓出一身冷汗了，你摸，我手都湿了。"她从我口袋里拿出那只手，把两只手都放到我的脸上，却还是很冰的，"所以，你有堂哥吗？"

"有啊。"我说，"基本没说过话，我不记得他的长相和名字了，就记得是我大伯的儿子。"

说起这些称呼时，我觉得很陌生，爷爷奶奶那边所有人的称呼对于我来说，似乎都没存在过，我仍旧记得他们当年的样子，记得几张模糊的脸，每次谁提到我爸的时候，他那张模糊的脸就会带着存于我记忆里的其他与他相关的模糊的脸一起从我的脑中闪过，我非常不喜欢那种瞬间，因为脸陌生又模糊，可他们做的事情却比他们的脸要清楚许多，我记住了很多不该被记住的东西，所以他们在我记忆里的模样只会使我更加反感和厌恶。

"我现在怀疑你刚刚说的故事是真的，因为我从你刚刚那句话里听出了你对你堂哥厌恶的程度。"蓝泉眯着眼睛，故意用低沉又神秘的语调对我说。

我也学着她的调子，眯着眼睛对她说："是啊，所以啊，你要注意点啊。要不晚上你自己睡吧，一个人住一个老宅的大房间，怎么样？"

蓝泉瞬间挺直腰板，把手搭在我的肩膀上："算了，我还是愿意冒着生命危险跟你睡。"

我们大声地笑起来，陈清年拉着凌秋从后面追上来，天又飘起一些细小的雪，落在脸上冰凉冰凉的。

陈清年和凌秋说起了晚上的食材，蓝泉又哼上了没什么调子的曲子。我们走回了老宅门口，开车去镇上买了酒水和零食，还有柴火和菜。镇上也不算繁华，这个季节有些馆子都休假了，倒是有点像欧洲人的生活习惯。前帆镇离西元市靠南的商业区不是特别远，所以这里的人都爱往更大的商业区跑，小镇中心就显得比较冷清。

陈清年在一家小店里找到了烟花，高兴地买了五盒。我说这也太多了，他说不要紧，过年反正还得用。我听到他说"过年"两个字的时候，不知道为什么比昨天晚上听到时，觉得更遥远了。

车子在老宅门口停好，我们刚把所有东西都搬进屋里，就又开始下大雪了。

蓝泉像个孩子一样跑去了院子，弯腰从地上捧起一捧雪，跳起来往天上撒，雪在她头顶上呈一把扇子的形状散开落下，她张着嘴笑得露出牙齿，跳跃着转向我们，冲我们招手，我觉得她好美。

陈清年立刻跑了过去，我和凌秋也跑去了院子里，我们围着井跑着打雪仗，天上的雪花在落下来，我们嬉笑打闹着，把地上的雪扔到天上，让它们和新的雪一起落下来。我的欢笑声和抓在手上的雪一起被抛向高处，我看到每个人的脸都特别明亮，好像被打了高光一般。我悄悄地跑回屋里，从书包里拿出凌秋给我买的相机，站到门口，把他们欢闹的样子都拍了下来。我突然想，假如有一天我能写出一部小说的话，这些美好的东西我一定要写进故事里，而这些让我感到生活美好的人，一定要在我的故事中一直活着。

晚上，凌秋和陈清年做了好几样菜：芦笋烧鸡，糖醋排骨，上海青炒香菇，大煮干丝，鱼头豆腐汤。还有我们打包带来的几样小份凉菜。

他们在厨房忙活的时候，蓝泉就已经馋得流口水了，用烧柴火的灶烧出来的菜特别香。我记得以前参加乡下的酒席，我和陈清年最爱吃他们炖的甜甜的蹄髈，太美味了。

"可以啊，你俩今天算是练成一项新技能了，再接再厉啊。"蓝泉边往嘴里塞菜边说。

"姐姐，这才一项技能啊，你也太苛刻了。你见过这么帅还会做饭的才华横溢的设计师吗？"陈清年眨巴了两下眼睛，蓝泉往他碗里夹了一块排骨，说："才华横溢的帅哥大厨，快吃饭。"陈清年立刻低头吃饭。

饭吃了没一会儿，凌秋的手机响了，我瞄了一眼他手机屏幕上的那串号码，好像是意大利那边打来的，我的心被什么揪了一下，接着就悬空了，蓝泉和陈清年说什么我都没听进去，直到蓝泉拿筷子在我面前晃了好几下。

"你吃饭还能发呆呢？天哪，凌秋不就出去接了个电话嘛，怎么，你跟着他魂出了？"

"说什么呢，我正好眼珠子转不过来而已。"我说着赶紧低头往嘴里塞了两口菜。这时，凌秋终于接完电话走了进来，在我旁边坐下来："你们笑什么呢？"

"某个人跟着某个离开一会儿的人魂出了，真是要命。"蓝泉说着推了推陈清年，他俩去茶厅拿酒去了。

我用余光扫了扫身边的凌秋，他似乎正看着我，但我没抬头，我怕我一去看他就会问不该问的问题，我不想知道的事情就当作没有发生好了。后来，陈清年和蓝泉拿了我们从镇上买的米酒过来，凌秋才把目光从我脸上移开，回头对他们说："这酒挺厉害的，你们可悠着点。"

陈清年拿出来四只碗，倒上米酒递给我们，突然拍了下桌子说："大口喝酒，大口吃肉啊各位！"说着咕咚咕咚仰头喝了半碗。

蓝泉扬了扬一边的嘴角，指着桌上剩下的四块排骨说："我吃了两块，我看陈薇也顶多吃了两块，凌秋吧好像才吃了一块，现在只剩四块了，其他都在你肚子里。你还真是实践派，佩服啊。"说完，仰头喝掉了一整碗米酒。陈清年不好意思地嘿嘿一笑，把剩下来的半碗也喝了。

我把盛了酒的碗端起来的时候，突然提示邮箱进来了一封新邮件。这个提示特别诡异，我记得我没有设置邮箱提醒，我一边喝那碗米酒，一边点开看。是木歌的邮箱发来的邮件，回复的是我发给他的那封主题为"永远"的邮件，回复的内容是："我永远不会忘记你。"我飞快地关掉了邮箱，很快又收到了一个陌生号码发来的短信："你怎么不回我唯词的信息？没看到吗？收到我那个邮箱发给你的任何邮件，都千万别回，麻烦了。"

虽然我看到邮件也猜到怎么回事了，但看到信息的时候，总觉得有些神经麻痹，好像有什么东西在把我体内的几根线揪到一起捆绑起来，我既恼怒又觉得可笑，同时通体感到一阵寒意。我忍不住在心里嘲笑他，麻烦了？这是那个口口声声说永远不会让我后悔的男人现在对我说的话，他现在很显然已经懒得管他对我撒的谎了，为了圆他在另一头说的谎言，他对我说麻烦了，真是可笑。

陈清年给我倒酒的时候，我才发现刚刚那一整碗被我喝光了，我转头看凌秋时他也正看着我，脸上看似没什么神情，但眼睛里有，我在他眼里看到了自己脸上略带讽刺的笑容和有些慌乱的神色。我以为我和凌秋目光碰撞时永远也不会出现尴尬，但这个瞬间我迅速回避了他的目光，尴尬地端起碗又喝掉了一整碗米酒，我把碗放下来，笑着说："哎呀，和水一样淡。"其实我压根没尝出来那米酒是什么滋味。

"今天喝酒随心，只求尽兴啊。"蓝泉拿筷子敲了敲我的碗边，眯着眼睛摆出一脸全懂的表情盯着我。我迅速地站起来，去拿相机说要给他们拍照。我害怕蓝泉那种了然于心的眼神，我也害怕凌秋犀利的目光，我怕酒不小心喝多了，有些事情就会被他们一层层看穿。我只能借着镜头去看他们。镜头里的世界要好一些，只要我端稳了机身，全世界就好像都稳着，不会轻易摇晃。

一桶米酒见底的时候，我听见陈清年大着舌头说："咱们去院子里放烟花吧。"

蓝泉说："你都站不稳了，我真怕你把屋子点着了。"

我大多数时候端着镜头看他们，我看到陈清年和蓝泉都摇摇晃晃地朝院子走去，然后有人挡住了我的镜头，我只好放下相机，抬头去看那个人。

"你喝多了，别去屋外了，风大。"那个人说。

我把相机塞到他手里，还是朝屋外走了。我走出去的时候，听到了身后的脚步声，那脚步声让我觉得很安全，我没有回头去看，我知道他在我身后。

雪早就停了，风也不是很大，但吹在脸上有种刺痛的感觉。蓝泉往我手里塞了两根细棍子，用打火机点燃了它们，细棍子的头上就冒出火花来，耀眼的金色中夹杂着一抹若有若无的蓝绿色。

谁说了一句："快许愿啊！"

　　我就闭上眼睛，听着吱吱吱的声音在心里许了个愿，等我睁开眼睛时，手里的烟花已经灭了。我一回头，那个从小和我一起长大的男孩站在我的身后，可他怎么还是高中时的模样呢？我有些恍惚地揉了揉眼睛，再睁开时，他又恢复了现在的样子。我觉得这些年他变了不少，不再是高中时那个又瘦又高又白的少年了，这几年他变得壮实了，还黑了一些，有时候他会把头发剃得很短，我不喜欢他平头的样子，和他的肌肉一起看起来显得暴力，但现在他的头发又长长了，头顶上毛茸茸的，他的头发有些自然卷，总有两簇翘在那儿，整个人就又柔和了。他好像比以前还要高了。

　　我朝他挪了两步，伸手摸了摸他的头发，又摸了摸他的脸。我的身后传来陈清年和蓝泉的嬉笑声，但我面前站着的他很安静，我也很安静。

　　他的脸很凉，我的脸一定也很凉，风好像大了一些，我的眼睛突然就热了，有股热乎乎的液体从里面流出来，流到脸上的时候就变凉了，风一直在吹干它们，尽管它们一直在流。

　　我听见陈清年说："快快快，点着了，姐姐，快许愿！"

　　我知道他不是在和我说话，可我却听见了自己的声音，我说："凌秋，我可以爱你吗？"

黑　暗

　　天亮前，我突然醒了，觉得嘴里很干，喉咙口火辣辣地疼。蓝泉躺在我旁边，睡得正香。我们睡在一楼走廊尽头的那间，窗帘拉得很紧，院里的光进不来，屋里很暗。

　　我轻手轻脚地爬下床，披上外套，老屋里特别冷，外面的寒气从墙缝里钻进来，就像夏天的空调一样给力。我摸索了一番之后才在靠墙的木桌子上找到我的手机。我打开手机的屏幕，灯光一亮，我顿时觉得头昏脑涨，太阳穴直跳。

　　手机上有好几条微软发来的邮件，是官方邮箱发给我的异地登录警告，有人在凌晨一点到两点之间疯狂地试图登录我的邮箱。我按灭了手机屏幕，在木桌前的方凳上坐下来，突如其来的黑暗好像有种束缚的力量，扎实地将我捆绑在那里，面对着空荡荡的墙壁。蓝泉在床上翻了个身，我吸了一口气，迟迟没有呼出去。等身后再度安静下来，一点点动静都没有的时候，我才慢慢呼出那口气，小心地站起来。地面是结实的，我脚上的棉拖鞋是从家里随手拿来的，很硬，一点儿也不暖和。

　　我拿着手机蹑手蹑脚地走到门口，轻轻打开一点房门，从缝里挤了出去，又把门关好。外面没下雪，但风有些大，我拉起棉外套的拉链。我站在走廊里，再次打开手机里的邮箱，翻到收件箱的页面，开始往下滑。在那连续的几封警告邮件前面，还有两封从木歌的邮箱发来的邮件，同样回复的是那封"永远"主题的邮件，内容只有："在吗？看到的话回复我好吗？""我一直在等你。"

我的心突突地跳了起来，太阳穴也跟着跳得更厉害了，我想去厨房找水喝，但不知道为什么，我穿着拖鞋走进了院子的雪地里。后来雪没怎么下了，院子里的雪地上到处都是我们的脚印，看起来凌乱又欢乐，但那都是昨天的事情了。我走到那口井的旁边，把手机放进口袋里，伸出双手从井盖上捧起来一些雪，把它们擦到脸上，我的手和脸在碰到雪的瞬间竟然跳过了刺痛感，直接进入了麻木的状态。我不知道我究竟在干什么，脚上的拖鞋底很快就湿了，于是我脱掉了拖鞋，赤脚在雪里站了一会儿，直到脚底到小腿都开始发麻的时候，我才僵硬地把脚伸进拖鞋里，从雪地里离开。

很快，我感到浑身都开始发烫，像在身上点了一把火一般。

我打开从院子通往大堂的门，跨过门槛，又掏出手机，检查了一下短信，木歌没有再给我发别的消息。

我一边朝茶厅走，一边查异地登录的 IP 地址，很快便有了结果，是北都的。我关掉了手机屏幕，塞回口袋，刚想打开大堂里的灯，突然注意到屋子的大门是开着的，门口似乎有个火星在闪。我悄悄地靠近门口，躲在门后的阴影里偷偷往外看，我看见凌秋正一边抽烟一边在打电话，说的好像是意大利语。我竖起耳朵想听他说什么，但是风有些大，他的说话声太小了，我听得不清楚，直到他挂电话之前，我听见他最后说的那句是："我知道了，我尽快回去。"

他抽完最后一口烟，把烟头丢在雪地里灭掉，在他转身之前，我赶紧溜进了茶厅。我坐在茶厅的沙发上，没有开灯，茶厅里有一点从小窗里漏进来的光，把沙发背上老式的白色针织物照得似乎在发亮，我不知道是不是这些光亮引起了凌秋的注意，我听见他关上门后，脚步在门后停了好一会儿，然后他走到了茶厅门口，打开了茶厅的灯，我有些窘迫地抬头去看他，他有些诧异地看着我说："你怎么坐在这里？"

我站起来，开了一瓶矿泉水往嘴里猛灌，但这好像无法缓解我嘴里的干涩和喉咙的疼痛，喝到瓶中还剩三分之一水的时候，我放下瓶子，抹了一把嘴，说："我来喝水。"

"你在这里坐了多久了？"他问。

"刚刚坐下来，你就进来了。"我说着抬头瞄了他一眼，把矿泉水的瓶盖盖上又打开，不知道重复了几次后，我决定抬头去看他，于是我盯住他的眼睛，可他没在看我，他看着水泥地，似乎在思考我刚刚的话。

"你什么时候走？"我说。

他突然转过目光，对上我的目光，他面部肌肉紧绷地看着我，仿佛是在质问我，究竟偷听了多久。但逐渐地，他脸上的表情松弛了下来，漫长的沉默后，他缓缓开口说："下周吧。"

等来这三个字似乎把天都等亮了，屋外的风吹出了一些动静，我从小窗望出去，外面已经是青白色的了。

"我跟你一起回去吧。"我说。

"你还困吗？不困的话，去换下鞋，咱们出去走走。"

我们出了门，外面白茫茫的，寒气扑面而来，雪在我们的脚下发出吱嘎吱嘎的响声，我们不说话，凌秋走在前面，我跟在后面。我们沿着田间的小路一直走，天边的青白色逐渐消失，天一点点地亮起来，在一个小山坡前，他停了下来。我望了一眼四周的环境，眼睛里都是白色，只有眼前的几棵无法辨认种类的枯木和一些凌乱生长、无人问津的草，根本无法辨别这是哪里，但我的记忆却已经让我知道了这块地方，这是离我爷爷奶奶家不远的那块坟地，小时候我在这里遇到过鬼火。

"为什么带我来这儿？"我问他。

他拉着我爬上小土坡，那上面以前都是墓碑，现在全都被清理掉了。

他看着我说："陈薇，你上次对我说的，我小时候对你说的那些话，我其实已经不记得了，我希望你也不要再记得。"

"什么话？"

"关于死亡的，死亡的含义。你说，我对你说过，死去的人都是因为活得不幸福。"

"所以呢？"我看着面前的枯木笑了起来，"你大早上带我走这么远是为了跟我讨论死亡的含义吗？"

"陈薇，记得小时候我们第一次认识吗？我记得你穿着一身孝衣，坐在祠堂的草垛上。我当时站在一群大人后面看到你，不知道为什么就想走过去，想把我手里的棒棒糖给你。小时候，因为我妈的事情，我一直觉得不知道死亡是一件好事，因为心里可以有憧憬，总觉得消失的人有一天还能回来。但我看到你的时候，忽然发现知道死亡也是一件好事，因为可以把死亡想成一件好事。所以我才告诉你，死掉的人都是活着不幸福的人。"

"你想说什么？"

"我想说，我不该那样告诉你。"

"我当然知道，我已经不是小孩子了。无论活成怎样大家的结局都是一样的。可是，你有必要和我说这些吗？"我尽力微笑，希望自己的表情能显得温和一些。

"但这是自然属性，和那些鬼火一样，是每个人自己生命里的东西，任何人都不能去判定别人活得好不好，幸福不幸福，是不是适合继续活下去，对吧？"

我的耳朵里出现了耳鸣的长音，像拉起了什么警报一般，我能感觉到自己的脸沉了下来，目光冷冷地看向他："凌秋，你说这些是什么意思？你究竟想表达什么？"

他盯着我的眼睛，我也没有移开视线，我们的目光好像碰撞在一堵石墙上，最后他把目光移开，说："没什么，只是想让你知道，我小时候太喜欢装成熟了，说了许多自己根本就没有好好想过的话。"

我的太阳穴一直在突突地跳，好像有什么东西正在割我心脏的神经，可能是把刀子，一刀刀快要割断了，我浑身疼痛，或许是一种极为罕见的疼痛，它没什么具体的表现，但我感觉得出来它的致命性。我开始用脚在雪地上画圈，当我画到第十个圈的时候，我抬起头来对他说："有些人，没有活下去的资格。"

凌秋呆呆地看着我，十几秒后，他突然一把抱住我，他说："陈薇，你在说什么？以后不要再说这样的话了。你不是这样想的。"

雪地的白色让我觉得眼睛疼，我闭起来，把头靠在他的胸口，他的心脏似乎跳得很快，我想我可能吓到他了，于是我又说："我不是这样想的，你也没让我想过什么，我所有的想法都是很普通很平淡的。我们走这趟没意义，你说了没必要说的东西。凌秋，我跟你回去吧，我不想离你太远。我觉得，我觉得我爱你。"

我不知道自己在说什么，我只听见自己的声音迎着风，嗡嗡的。凌秋放开我，闭着眼睛在我额头上吻了一下，但他的表情看起来一点也不幸福，反而很痛苦。他皱着眉，连嘴唇都在颤抖，好像在忍着什么强大的痛。我不知道他是不是也能感觉到我身体里这种罕见的、致命的疼痛。我在说爱他的时候，那种疼痛变得更加剧烈，使我浑身都发起抖来。

"你冷吗？"他问我。

我点了点头。

"我们回去吧。"他说。

我觉得他不会再回应我的告白了，我记得昨晚我也说了，可他只是沉默地看着我，后来他一直帮我擦眼泪，等我的眼泪不再流出来后，他带我去洗了脸。今天也是，他亲吻了我的额头，然后拉着我的手往回走。我们真的走了很远的路，我期待他对我说点什么，他确实说了，却是我不想听的话。

回去的路上，天完全亮了，阳光破开云层的时候，我听见了雪一点点化开来的声音。他的手很暖，像个暖水袋，我的手被他焐出了汗。回去的路变得更长了，我一路都在等他说些什么，虽然我知道他或许什么都不会说。当老宅和他的车出现在视野里时，我确定，他真的不会回应我了，以后都不会了。

我想回去摇醒蓝泉告诉她，我的判断是对的，我和凌秋没有可能，不是因为"青梅竹马"只用来形容两小无猜的友情，而是我亲手造成的，让那个可能永远都不会发生了。

我们进屋时，蓝泉和陈清年都已经起来了，陈清年在厨房里做早饭，蓝泉蹲在屋里收拾东西。

"你去哪里了？"她转头看了我一眼后，把头埋下去继续收拾，"大清早看到你不在，屋里找一圈都没见到你，吓我一跳，幸好你弟起来说凌秋也不在，别告诉我你俩外出晨练了啊。"

我走到她身后，蹲下来，双手环住她的肩膀，把头靠上去。她摸了摸我的手臂："怎么了？"

"没事，"我说，"舍不得你回去，你别走了吧。"

她拍了拍我的手背，又捏了两下："哟，手挺热啊，傻姐，过年放假我再来呗，到时候多住几天。你要这段时间来北都的话告诉我。"

她突然转过来，眯着眼睛盯着我："有啥进展没？"

我笑着站起来，坐到床边看着她。

"笑得这么开心，看来还不错。凌秋挺好的，真的是，我要是有这样青梅竹马的人，绝对天天关上门拉着他闭门修炼，还出去晃啥啊。且行且珍惜啊，大小姐。"

她还在说些什么，但我已经听不清楚了，我觉得自己一直在努力地笑。最后，我也没告诉蓝泉这个她看好的爱情故事的结局，因为这个秘密说出来太复杂了，好像需要倾倒出更多的秘密，作为说出这个秘密和它能被接受并被理解的铺垫，那是一份太大的代价。或许有一天吧，有一天我会把所有的故事完整地告诉蓝泉，然后活成她的样子。

送蓝泉去机场的路上，我又收到了一封邮件，还是从木歌的邮箱发来的，同样在回复主题为"永远"的那个邮件。

内容是："还不回我吗？收到了吗？我在等你呀，你不爱我了吗？"

快到机场的时候，我又接到了一条木歌用那个陌生的号码发来的信息，他问："在吗？我想用唯词给你打个电话，方便吗？"

我没理他。

陈清年黏糊糊地一直看着蓝泉进了安检口才一脸沮丧地回头对我们说："姐姐什么时候再来啊？天哪，我觉得我爱上她了，姐，真的。"我翻了个白眼，和凌秋一起走向停车场，陈清年从后面小跑追上我们继续念叨。

木歌又给我发了一条短信："我有事跟你说，你方便的话回我一下，你唯词不好用吗？"

我按了手机的关机键。凌秋看了眼我的手机，问我怎么了。我说："没电了。"

开回去的一路上，陈清年都在后座上不停地念叨关于蓝泉的事情："姐姐几点到啊？……姐姐家住在北都哪里啊？北都下雪了吗？……姐姐晚上吃什么啊？……"

"陈清年你现在就买明天一早的飞机票好吗？"我说。

"为什么？"

"去找你姐姐啊。"

陈清年嘿嘿一笑："你看，我姐吃醋了。哎哟，不一样的感情，姐，我对蓝泉姐姐的，那叫爱情。"

凌秋笑出了声，这是今天他第一次真的笑起来，我的神经跟着放松了一些，于是摸了摸手机，迟疑了一会儿按下了开机键。

"要给你充会儿电吗？我有数据线。"

"陈薇？陈薇？"

凌秋的声音仿佛是另一个世界的一般，我正看着手机上刚进来的又一封邮件，还是木歌的邮箱，回复同样的主题，不过内容变了。

两个字："贱人。"

邮 件

我给木歌回消息："我把唯词删掉了，你打我电话吧。"

他很快回过来："那我给你留言吧。"

我："你就不能打个电话过来把话说清楚吗？"

木歌："打电话太敏感，一查就能查到的，我就拿这个号码给你发信息吧。"

我对着空气冷笑了两声："电话和短信有什么区别吗？

我刚把这条信息发送过去，立刻就收到了他的另外一条信息，是长篇大论："现在情况是这样的，她在问我要你的手机号码，我说你不在国内，没有国内的手机号。但是万一她不知道从哪里知道了你的国内号码打给你的话，我得跟你说下我是怎么和她说的。我说的是，你是国外设备方的人，我们一起去云南是去出差的，你之所以会给我发那样的邮件呢，是因为我给你发的一些消息让你误会了，我们之间没什么，什么实质性的关系都没发生。还有啊，她还看到了之前那个邮件，关于《情人》那部电影的邮件，你就说咱俩没在一起看那个电影，那是我推荐给你，你自己看了来找我讨论的。"

我给他打了个电话，他一开始没接，我又打了一个，他终于接了起来，压低声音说："不是说好别打电话吗？你唯词干吗不开啊？我可以用那个给你打。"

"你怕被发现，知道删微信不知道删邮件吗？"我走过去，锁上了房门。

"我怎么知道她会突然翻我邮箱啊，她有我那个邮箱的密码，那天她就莫名其妙登上去了，正好看到你发给我的邮件，你发来邮件也没跟我说啊……我要把那个删掉了可能就没事了。"

"你什么意思啊？倒是我惹出来的祸咯？你不是快离婚吗？"我尽量压住怒火，不让自己把说话声抬高。

他在那头沉默了半天后才开口继续道："反正情况我已经和你说了，万一她从什么途径找到了你的手机号……"

"你那话就是想表达是我单恋你是吧？"

"嗨，不是那个意思……这不是一个说法嘛……"他吞吞吐吐，"万一她找你，说些难听的话，你多担待……"

"什么万一？哪来万一？我为什么要接她的电话去解释？我凭什么这么说啊？"

"陈薇，你冷静点。"

"你放心，我不会接电话的。再说，她手里不应该只有我的邮箱地址吗？她从哪里找到我的电话号码？"

"我不知道，现在是只有邮箱地址，但她肯定会到处去找的，如果她找到的话，她会用各种号码打给你的。"

"陌生号码我都不会接的，你放心，邮件我也不会回，不过麻烦你好好处理，适可而止吧。"

说完，我就把电话挂了。

没到一分钟，木歌又发来一条消息："陈薇，这事儿是我没处理好，对不起。但是为了我们大家好，你就委屈一下，千万别回任何邮件和接任何陌生电话。你不是想做老罗那单活儿吗？我已经和我兄弟说好了，到时候一定帮你搞定。不过，最近你最好先别来北都了，等这事儿的风头过了，我立马联系你。"

我在对话框里输入："你在拿项目威胁我？"

可是想了想，还是把输入的这句话删掉了。我觉得浑身的细胞在一个个原地爆炸，而我只能狠狠地捏几下手机。凌秋敲了敲我的房门，在屋外喊："陈薇，吃晚饭了。"

我做了一个深呼吸心情才得以平静，从房间里走出去。晚上的菜又是凌秋去买的，我看着摆了一桌子的菜盘和打包盒，突然觉得恼怒，坐下来的时候我说："下周凌秋不来了，咱们家是不是不用吃饭了？"

我妈摆碗筷的时候瞪了我一眼："好好的阴阳怪气干什么啊？什么叫凌秋不来了？"

凌秋正从厨房碗橱里拿杯子，他来回走了两趟，才把六只杯子全都摆到桌上。他抽了一张纸擦干手上的水，笑着绕到我身边坐下来，抬头对我妈说："阿姨，我下周回意大利去了。"

我妈正盛饭呢，愣了一下，拿了只空碗给凌秋："是……要上班了是吧？"

凌秋点点头，站起来给自己盛了半碗饭。我妈站在电饭锅旁边看着他的一系列动作毫无反应，似乎在想什么心事。

"妈，别发呆啊，坐下来吃饭吧。"

今晚的这顿饭和前天晚上的那顿"年夜饭"无法相比，尽管我并不想去做比较，但心里还是默默地对比了一番。我们院里的雪被清扫过了，因为怕外婆进出会不小心滑倒，前天残留下来的过年气氛好像已经彻底烟消云散了。可能是所有人都多少感受到了一点这样的气氛，饭桌上大家很沉默，我看到陈清年夹菜的时候偷瞄了全部人的表情，并且每次放下筷子都尽量不发出声音，生怕打破谁都不说话的和谐带来突然的尴尬。

我早就没了胃口，放下了筷子坐在那儿，呆呆地看自己碗里的糖醋排骨残留下来的酱汁，今天的排骨是外婆烧的，我想起了路城做过的最后那顿糖醋排骨，他的脸出现在我脑中的时候，我忍不住晃了好几下脑袋。

"你怎么了？"凌秋在桌子下面拍了拍我的腿。

"没事。"我稍微往凳子的另一边挪了挪，离他远了一些。

凌秋看着我，然后把头转了回去，若无其事地继续吃饭。

我不知道我是什么心理，他要离开的这个信息似乎让我丧失了一部分灵魂，尽管他现在仍旧在我身边坐着，但我已经感觉不到他了。我觉得自己好像已经和他隔了一条界线。我的脑中开始飘过一系列胡乱的想象镜头，我想到了在意大利的最后那天晚上，凌秋推开我时的样子，我忽然有些后悔，我没继续要求，那一夜就那样被浪费了。如果我要求的话，他会同意吗？我不知道。

正在我持续胡思乱想时，身边的椅子向后动了一下，凌秋站了起来，说他要回去了。我听见他和他们一一道别，最后他在我身边停了下，说："陈薇，我先走啦。"

我点点头，但没去看他，等他走到院里，我用余光透过窗户瞟了下他出院门的样子。听见院门关上的动静时，我很想站起来追上去，但那样太做作了，我站起来回了自己的房间。

我拉上房里的窗帘，不开灯，在黑暗里坐着。我打开与凌秋的微信对话框，在里面反复输入："你明天还来吗？你这几天还来吗？"一个个字打完，加上标点符号，再一个个字删掉，最后我什么都没发。我突然觉得自己很幼稚，这种感觉让我怀疑自己这么坐着就会突然发生时间倒流，等我去开灯的时候，或许我们又回到幼稚的学生时代了。

邮件又进来了，还是木歌的邮箱，只是换成了回复之前那封"情人"主题的邮件："看到速回，你这个贱货。"

我没有删除邮件，我还截了屏存了档，才放下手机。我坐在黑暗里盯着写字台上方的墙壁，那上面有一道明显的裂缝，是被凌秋打出来的，我现在好像记起来那是一件什么事情了。好像是那会儿我中考没考好，在家一个礼拜不吃饭，凌秋劝不动，就拿拳头砸了墙壁。现在想起来真是好笑，凌秋以前因为我老爱盯着他的缘故，所以上学时候都不敢在外面打架。我上高一的时候，他已经上高三了，功课那么多还天天上晚自习时跑到高一的楼里给我送吃的，因为这件事他被教导主任说了好几次。那会儿全校都以为我和凌秋是一对，搞得我们班主任还叫我妈过去谈话。

现在过去的点点滴滴都变成了心头的血肉，竟然舍不得去回忆，又舍不得放下回忆，那些无忧无虑的日子太美好了，如果能让时间倒回去再经历一次的话，会不同吗？我小心翼翼地在脑中这样假设，又干净利落地把这些不切实际的想法在黑暗中抹除。

陈清年敲了半天门，我没听见，他就直接把门打开了，站在门口愣半天才怯生生地问我："姐，你不开灯干吗呢？捉鬼啊？"

我打开台灯，看着他："怎么了？"

他走到床旁边，说："你上次叫我寄的那个包裹，那台相机你记得吗？"

"嗯，怎么了？"

"我收到一条消息，很奇怪，就是你给我留的那个手机号发来的。"

"说了什么？"

"说什么'我离婚了，想跟你在一起，永远等着你'。姐，那是谁啊？你究竟干了什么啊？我今天上午就收到了，手机信息我一直没看，刚刚才看到，我还纳闷呢，后来一想就对了下号码，果然就是那天你给我说的那个，叫什么来着，木什么？"

我的右眼皮跳了好几下，台灯有些晃眼，我把它关了，绕开陈清年，走到房门口打开大灯，站在门口对他说："不用管它就行。"

他朝我走过来，一脸怀疑地对着我："你可不要对不起凌秋哥哥啊。那些结婚后又离婚的男人，都不靠谱的，姐，你可千万稳住啊。"说完他就想走，被我直接拦在门口。

"陈清年，我和凌秋只是朋友关系，以后别胡说了。"以前无论我是不是和凌秋在一起，陈清年说这种话我都没有生气过，但今天我觉得异常生气，我突然希望，大家都能主动拉开我和凌秋的距离，这样他哪天不再出现的时候，我不至于太难过。

我想要一份和他好好告别的勇气。

"朋友？！"陈清年把自己的五官挤到了一起，"姐，那是凌秋哥哥，朋友？你这话说得太轻描淡写了吧。"

"嗯，他是一个比朋友更亲的人，是我们的家人，但和我不会有那样的关系。"

"姐，我说句实话，这么多年来，我一直就没看懂，凌秋哥哥怎么对你，你不会一点都感觉不到吧？但你选这个选那个，就是不考虑他，为什么啊？"

我沉默了片刻，说："他对我也不是那种感情。"

陈清年干笑了几声："我只能说你要不是习惯装傻，要不就是只缘身在此山中。不过，姐，以我对你的认识，你一定不是后一种。要不是你是我姐，我还真想给凌秋哥哥介绍几个年轻漂亮的小姐姐让他别吊死在一棵树上。"

说完，他打掉我的手就走了，他的火气似乎比我还大。我倒是有点无奈了，心想，你知道什么啊陈清年。

过了一会儿，我收到陈清年发来的微信，他说："你叫凌秋哥哥过完年走吧，蓝泉姐姐说年前就来，到时候我们多热闹。你跟他说，他一定会听的。"

我没回他，退出了对话框，打开短信，给木歌的新号码发了一条信息："你老婆发消息给我弟弟了，上次寄给你的那个包裹，不是你签收的吗？我请问你，她不是只有我的邮箱地址吗？怎么会想到那个包裹上的信息？"

我等了一个多小时，已经晚上十点多了，木歌没回，邮件倒是又来了，回复的是"情人"那个主题的，连发了两条，还是和上一条差不多的话："看到速回，贱货。"第二条同样只有几个字，连标点都省略了。

我走出房间，从厨房倒了一杯水，在客厅里坐下来。外面起风了，我隔着窗户都能听见风声。邮件又进来了，这次回复的是"永远"主题，看来她一直在反复看着这两封邮件。

内容是："你就是个荡妇，你全家都是荡妇。"

木歌仍然没有回我消息。蓝泉发来消息说，她今晚和家里人去吃了火锅，好想念在我家的感觉。我给她回复了一个可爱的笑脸表情。其实我想告诉她我现在所经历的事情，我还想告诉她，凌秋留不到过年就要走了。可我看着与她的对话框迟迟没有输入一个字。风敲打着窗户，不知道为什么，我开始听见路城的声音，我觉得他在风里叫喊，周围的黑暗突然间就变得有些令人毛骨悚然。

邮件又来了，也是回复的"永远"主题："贱货，你不回消息，你信不信我找到你西元的地址，折磨你妈，折磨你全家！你看我找得到你吗！你等着！"

我又给木歌发了个消息，把刚刚那个邮件截图用彩信发了过去。

然后我穿上外套，换了鞋，拿起家门钥匙，走了出去。外面的风是真的大，一出门就听见了呼啸声，像是一群人在吼叫，路城的声音夹杂在其中，似乎变得更加清晰了。

我用手裹紧外套，捂上耳朵，快步走到路口随手拦了一辆车。

"去哪？"司机发动车的时候问我。

我愣了很久，我不记得凌秋家的具体地址，我只知道那个新村的名字，我说："师傅，您把我送到北城翠竹新村的路口就行。"

"好嘞。"

我妈追打了个电话过来，问我去哪，我说我去找凌秋，她好像想说点什么，但最后只让我路上注意安全，到了说一声，就把电话挂了。

车子开到翠竹新村的路口停了下来，我恍恍惚惚地下了车，发现我并不知道要怎么走到凌秋住的那一栋楼，我的方向感永远只在我十分熟悉的环境中生效。

于是，我顶着大风开始在新村里穿行，两边有好几家二十四小时营业的超市亮着冰冷的白炽灯，还有一些夜里的小吃摊摆在外面，它们的灯周围看起来有些雾蒙蒙的。天气太冷了，道路两旁还有许多没有清理干净的积雪，行人很少。老的小区那种浓重的烟火气在这种天气里似乎也并不太明显，路灯也暗，越走越冷，越绕越迷。我给我妈发了信息，说自己到了，然后我把手机揣进口袋里，继续找。我不知道我到底在干什么，我为什么不给凌秋打个电话呢？但我脑中有个倔强的声音在说："不要打。"这是我脑中忽然构思出来的电影桥段，很有艺术性和戏剧性，说白了就是很做作，比我从饭桌旁站起来追去院门口做作多了，但我已经走在这条做作的道路上了，它竟然变得异常诱人且美好。我不断地想，待会儿我要一口气爬上六楼，按响他的门铃，他开门的瞬间我就扑上去死死抱住他，对他说："能不能先别走？"

我就这样，穿过了好多楼房成群的区域和两个中心花园，一直走到新村的底部，我终于看到了上次见到的那个高架。我站在那个弄堂的入口，敲了敲自己的脑袋，刚刚怎么就没想到问下司机离高架最近的那一排楼在哪里呢？我想我真是太笨了。

我沿着这条巷子一路小跑，我记得这条路，上次凌秋就把车停在这里的路边，我俩走了一段才到他那栋楼。我加快了速度，风迎面呼啸的声音更大了，风力也很大，不停地把我往后推，但我觉得我的速度丝毫没有慢下来，反而更快了，风托着我的脚，我感觉自己在飞。

凌秋的家在靠里面的倒数第二栋，我站在楼道里反复确认了一下单元，两级一步地往上跑，一口气跑到六楼，直接按他家的门铃。

但是，过了好久都没人来开门。我的呼吸渐渐平稳下来，楼道里异常安静，也没灯。我发了个消息给凌秋，问他在哪里。他过了一会儿才回过来："在我爸妈这儿，待会儿回去。怎么了？"

我贴着他的门坐到水泥地上，那股脚底生风的气势已经去了大半，但我仍然想等他回来，等到他走上楼一抬头发现我在他面前站着的那个瞬间。

邮箱又进了两封新邮件。我觉得自己很奇怪，大概是心里住着一个魔鬼吧，明知道打开邮箱就会看到不想看到的内容，但我还是反复点开，甚至心心念念期盼着再看到些什么。

果然，她又给"情人"主题回了两封新邮件：

1.怎么？看没看到邮件？不敢回了？不是真爱吗？

2.我天天诅咒你们全家不得好死！你们全家都会下十八层地狱的！

这两封邮件的下面还有另一封邮件，是鲁塔用温泉山庄的邮箱地址发过来的：

亲爱的薇：

我看到唯词上我发送给你的消息你似乎不再收得到了，你是不是把唯词卸载了？薇，无论发生什么事情，最后都得面对，这是你告诉我的。我想告诉你一件事，我和皮诺分手了，但我没有和欧文在一起，我知道你理解我的想法。但我和皮诺仍旧是非常好的朋友，我们的合作关系不变，他需要我的帮助，我很清楚这一点，幸好我是个能干的人。关于路城的事情，皮诺打听到的情况是，他们似乎获得了新的证据，我听说他们会要求你在限定的时间之内回来配合调查，有必要的话也会通知中国的警方配合。薇，无论如何我都相信你

不会杀人，所以你尽快回来吧，我和皮诺会全力帮你，我们已经给你联系了一个非常出色的律师。薇，我等你，希望你能回复我，哪怕一个字也行，起码让我知道你是平安的。

永远爱你的鲁塔

我退出邮箱，把手机塞进口袋，双手抱膝在黑暗里坐了一会儿，然后爬起来，拍了拍裤子上的灰尘，默默地下楼。

游　戏

夜里，我又失眠了。

我睁着眼看着天花板的时候，开始怀疑失眠是一种强大的恶灵，它已经附在我的身体里，不断腐蚀我的灵魂了。所以我才会逐渐感觉不到自己的身体，我才会越发感到肌肉的麻木。可我的大脑偏偏又是清醒的，它似乎完全不愿意配合我疲惫的眼睛。但我不敢把眼睛闭起来，关于恶灵的想法让我很惧怕周围，开着灯也有灯光照不到的角落，那种孩童时期对黑暗的害怕，现在又回来了，可我却无法回到年幼的时代。

我从北区走回家的路上，凌秋给我打了个电话，我没接。于是他发消息问我是不是有什么事情，我也没回。那会儿我正在全神贯注地认路，我没有叫车，也没有开导航软件，我凭着记忆从凌秋住的地方走回了家。到家已经凌晨一点多了。我发现原来我也是能认路的，只不过此前没有特别需要过这个技能罢了，我在心里预测，这大概就是这两天最让人开心的一件事了。

邮件在这个夜里不停地进来，反复回复那两封主题邮件，发的内容也无非是诅咒我全家，诅咒我不得好死，抛出一系列带有攻击性的字眼。我关掉了邮箱提醒的设置，但我仍旧每隔半小时，后来恨不得每隔十分钟就去看一下邮箱。那种对神经的不断刺激，才能让我在麻木之中保持一些知觉，我忽然发现很多东西都能让人轻易地陷入一种病态，当我看到"情人"或是"永远"这样的字眼出现时，我会忽然兴奋起来，我内心所产生的愤怒会让那种兴奋更持久。我竟然开始对邮件里辱骂我的字眼产生依赖，同时我还有同情，我失眠的这一夜，木歌他们家应该也没人入睡吧。这么一想，失眠的可怕又减小了许多。我确信这是一种非常不良的思想，但又怎样呢？

起码，我能把这一夜熬过去，我想，或许天一亮，所有的事情都会迎来峰回路转，毕竟我觉得这一夜的糟糕已经到了一种极致了。

快天亮时，我随手点开邮箱垃圾箱，里面有刚刚进来的两封邮箱地址显示为一堆乱码的邮件，我本想删掉，但我发现那是木歌发来的：

1. 你邮箱收到什么都不要回复，抱歉给你添麻烦。

2. 你把我那个邮箱拉黑吧，话有点难听，别往心里去，千万别回，多谢。

我猜，他根本没看到我给他发的消息，要不就是不敢看，或者拉黑屏蔽了怕被发现。我本来昏昏欲睡被他这两封邮件唤醒了。我立刻给那个邮箱回了条消息，我说："木歌，你得回答我的问题，她现在到底查到了什么？为什么她会给我表弟的手机发消息？她还知道我是西元人，你究竟是怎么处理的？她怎么知道的事情越来越多了呢？我已经被骂了一整夜了，她骂出来的话我想你也看到了，要多难听有多难听，行，我们说好的，我不回，但你保证你要好好处理。总不能太过分了吧。"

发送完邮件，我起床去厕所洗了把脸。我没开热水器，水龙头里流出来的水是冰凉的，刺激着每一寸皮肤，像在拿针刺一般。我捧了些水飞快地扑到脸上，在适应冰冷之前，我就关上了水龙头。我抬起头，在镜子里照了照自己的模样：眼睛下面挂着明显的黑眼圈，眼睛里有血丝，脸色发黄，我觉得自己好丑。

我回到屋里，检查了一下手机的邮箱，从收件箱翻到垃圾箱，一封新的邮件都没有，手机信息也没有，木歌不回，他老婆也两个多小时没有发新的邮件了，这是打算进入平缓期了吗？我内心焦躁里夹杂着一点失落，这种沉默的状态让人不喜欢。我一直盯着我的手机，仿佛在那里面存在另一个世界，和我所处的世界有着微妙的关系，只有这种关系更加真实，我才会感到自己更加真实。可同时我又在排斥它的演变。这种感觉让我自己精神了许多。

我去外面给全家买回了早饭，我买了豆腐汤、油条、米饼，还有陈清年爱吃的小笼包。我妈对我最近的反常逐渐适应了，她起来时，看到我坐在客厅里吃早点，只是稍微愣了一下，就去洗漱了，洗漱完她把陈清年从床上拽了起来，让我们吃完早饭和她一起去前面的医院做体检。体检这事儿是上周就说好的，我早就忘记了。

"上周不是说好让凌秋哥哥一起的吗？"陈清年塞了一嘴的油条含糊不清地说。

"你俩昨天魂魄去远游了吧，昨天凌秋在这里的时候，他不是说他之前在他家附近的医院做过体检，就不和我们一道了吗？"

"妈，那是陈清年问的问题，你干吗扯上我啊？"

"哦，也是，"她看着我露出假笑，"你的魂魄去得更远，你压根不记得今天要去体检，所以你们才会在这里吃早饭。"

"不抽血，姑姑，不抽血。"陈清年往嘴里塞了一大口油条，边鼓着嘴说话边朝我挤了挤眼睛。

"饭照吃，血照抽，没什么问题。"我也朝他挤挤眼。

我确实把体检的事情忘得一干二净了。可是被我妈这么一说，我忽然觉得体检是一件好事，我觉得最近身体的各个部位都在莫名其妙地疼，后脑勺、脖子、膝盖等，包括我不知道位置的各个器官，万一体检查出什么病，似乎所有的问题都能迎刃而解了。但这种想法把我自己吓到了，我又开始在脑中极力抗拒这样的想法。

我经常会这样，也不是第一次有这种想法，几乎每一次出现什么不好的事情，我就希望自己会得无法救治的病，给我三个月的时间我会把我短暂的人生写下来，那会变成唯一重要的事情，其他的所有问题都会自动消失。每次产生这样的想法时，我都会忍不住鄙夷自己，我既然选择时刻扮演一个坚强的人，就不该展示任何懦弱，哪怕对自己也不行。

医院离我家不远，步行十分钟就到了。我觉得我的步子有点沉，我听见自己的鞋子在地上拖出了声音，又想起我妈说的路城走路的时候鞋子拖在地上的事情，便立马把脚抬高了一些。

"姐，你干吗？走路走得跟行军似的。"陈清年说。

我瞟了他一眼："你懂什么？走路拖沓的人没出息。"

陈清年好像被我说蒙了，表现出大惊失色的样子，赶紧走快两步，追上我妈。我听见他说："姑姑，我觉得我姐应该去看精神科。"

刚到医院门口，我又下意识地翻了翻收件箱，竟然又来了一封新邮件，我深吸一口气，点开来看，内容是："我有你身份证号码，陈薇是吧，你等着，你全家都给我等着。"

我的心跳猛然加快让我有了心慌的感觉，她竟然知道了我的名字。我感到浑身的细胞都活跃了起来，一种害怕和担心，却又刺激的感觉使我的血流速度疯狂加快，我身体里的所有零件都开始为这场"战争"预备起来。

上楼的时候，我走到陈清年旁边小声对他说："待会儿从医院出去，你帮我个忙。"

"什么忙？"

"待会儿再说。"

木歌一直没回我的消息，那个乱码邮箱想来是他临时随便注册的，可能发完那两封邮件后便注销了。我在医院里坐着等待叫我名字的声音在整个大厅里响起来的那段时间，空气中不算浓重的消毒水气味让我嗅出了奇怪的悬疑味道，我觉得自己陷入了一本小说里，我周围发生的一切都是假的。凌秋给我打了个电话，问我们有没有去体检，我告诉他我在医院等着。他又问起了昨晚的事情，我用最平淡的语气告诉他，我只是突然想起来问问罢了。挂了电话后，我觉得我的胸口有些痛，这种奇怪的疼痛感总能把我的幻觉和胡思乱想赶跑，并且告诉我现在发生的一切究竟有多真实。真实的感觉不会让人觉得奇妙，只会增加疼痛。

大厅里报了我的名字，报了四次我才反应过来，我妈坐在旁边目瞪口呆地看着我发呆，陈清年已经去别的厅做检查了。后来我妈推了我一把："我真带你去看精神科了啊。"我回头对她笑起来，心想，假如有一天她的女儿真的需要被送去精神科的话，她回想起今天她说的这句话会不会觉得很难过？我不想让我妈感到难过，在任何时候。我长大后，连在她面前流眼泪都会感到羞耻，我最不想让她看到我的脆弱，但我有时也会猜，她会不会一直都能看出来我的一部分理智是虚假的。

抽完血后，我用棉签紧紧地按着那个针眼，等着去做彩超。

手机里微信提示有人加我，我低头看了看我的手指，它们在微微发抖，我摸了摸它们，希望它们能保持镇定，然后我点开了微信，显示的头像是张很随意的风景图，微信名是个爱心，申请添加的留言是：木歌。但性别却是女。底下还有添加来源：老罗推荐的名片。

慌张被放大后，一点点渗透全身，就像恐怖片里那种突然陷入黑暗开启恐怖音效的瞬间，我的耳鸣掩盖了周围的声音，我抬头看那些坐着站着走着的人，好像大家都存在一幕哑剧之中。陈清年推着我进了彩超室，我沉默地躺上去，掀开衣服，我根本不知道医生在干吗，我知道她在我的身上涂了有些冰凉的膏状物，然后拿着什么在那些涂过东西的地方来回移动。后来她说："肝表面有些粗糙啊。"我听见自己说："是什么大病吗？"她说："去看看血检报告吧，应该没什么问题。"

"没什么问题吗？"

她一边在电脑上打报告，一边说："怎么，你想有什么问题啊？"

我突然觉得这个游戏不好玩了："她踩到我底线了。"我说完这句话，就转身走出了彩超室，我知道她一直回头盯着我，好像看一个神经病患者那样看着我，我突然觉得有点高兴，因为我完成了需要在医院里完成的一幕戏剧性的表演。陈清年帮我进去拿了彩超的报告，从容地跟在我身后说："你是不是疯了？"

回去的路上，我妈一直在说陈清年的轻度脂肪肝，而我一切正常，各项指标都很好。陈清年说："我姐坏的是脑子，比我严重。"

我在回家的巷子口拉住陈清年："走，咱俩去趟超市。"

等我妈一走，陈清年就问我："说吧，你要干什么？"

"你把给你发信息的那个号码找出来，给他打过去，什么都不用说，就让他给我打电话，立刻，马上。"

"那是谁啊？他要问我为什么我怎么说？你为什么自己不打？"

"什么也不用说，他不会问你什么。你也什么都别问我。如果是个女人接电话，你就跟她说你是木歌的同事，不要报名字。"

陈清年无奈地撇撇嘴，掏出手机翻出号码，当着我的面拨了过去。

电话那头好像很快就接了，我站在旁边听见了木歌的声音从听筒里传出来。

"你给陈薇打电话，立刻，马上。"陈清年口气软绵绵的，我瞪了他一眼，他又加重了语气重复了一遍"立刻，马上"。

那头木歌沉默了一会儿，说："知道了。"说完，他就挂了电话。

"姐，这……这是谁啊？怎么回事啊？"

"把手机给我。"我说。

陈清年仰着脖子朝天叹了口气，把手机递给我。我接过他的手机，背过身给木歌的号码发消息："你家那条疯狗发来的威胁我们全家的消息我都存下来了，你立刻给陈薇打电话，否则我们就报警处理。"

发完，我把手机丢给陈清年："走吧。"

"不是说去超市吗？"

"你自己去吧。"我说。

陈清年看了一眼自己的手机，追着我问："姐，你惹了什么事情了？怎么回事啊？你怎么还威胁别人说要报警呢？什么邮件威胁我们全家？谁是疯狗啊？"

我停下来，转过身瞪着他："你的问题是不是太多了？你都说是惹事了，还问什么？"

"姐，既然都已经威胁你了，你还不让我知道！万一人家找上门怎么办？"

"她敢！"我大吼一声，我被我自己的声音吓了一跳，陈清年也吓到了，脸色一沉，一句话不说地往回走。

我站在原地叹了口气，微信上不停地发来加好友申请，不停地重复"是我，我是木歌"，"加我啊，真的是我"。我有种通过的冲动，加了她，好好骂她一顿再删掉。但我现存的理智没让我这么做。我翻了一下那个号的朋友圈，只有一张可见的照片，里面是木歌女儿的照片。我把那个号拉黑了。

拉黑之后，邮件攻击立刻又开启了："贱货，不敢加我吗？""我告诉你，我要找到你老家去！""没胆子加我了是吗？有胆勾引我男人，没胆跟我对峙啊？你全家都是荡妇！""我要天天诅咒你全家，你死全家！"

我直接拨了木歌那只常用手机的号码，响了好久他才接起来。

"陈薇，你怎么回事啊？你觉得你可以随时打我手机，我随便什么时候都能接是吗？"他上来就冲我吼了一句。

"什么？"我对他的态度感到难以置信。

他叹了口气，没好气地问我："你要说什么？"

我愣了一下，说："木歌，我本来不想和你撕破脸，但你不觉得你有点过分了吗？我一步步退让是让你去解决问题的，不是让你任其发展，不管不顾的。"

"我怎么任其发展了？！我昨晚被折腾了一整晚，今天一早就要进片场，我一点觉都没睡。我解释了一整晚，她翻到了之前我订酒店和机票的记录，跟我闹了一晚上。我已经很努力解释了，我觉得我已经说服她了，她应该相信了。"

"相信？相信什么？"

"相信我们没发生关系，只是同事。"

我忍不住大声笑了起来："你以为她是白痴还是你自己是白痴啊？我发给你的信息你没看到是吧？就算没看到，她用你邮箱发给我的邮件你也没看到是吗？她骂我，威胁我，都行，我忍了，她骂我全家，威胁我全家，行，我也忍。她知道我名字，有我身份证号，可以查到我家地址，行，我可以相信她没胆子真的干点什么，但是她今天问老罗要了我的微信号，对不起，木歌，她过分了。我的忍耐是有限度的，要是她敢把这件事从你家捅到你们公司去的话，我们就一起死。还有，她发来的一系列邮件都是带有威胁性的，我全部保存下来了，再发疯，我就报警。木歌，你可能不太了解我，你最好别把我惹毛了，否则我不确定自己能干出什么事情来。"

说完，我就把电话挂了，然后把那几封邮件的截图全部用彩信给他发了过去。

过了大概一个多小时，我又收到了一封邮件，回复的是"永远"主题："傻了吧？被人睡够了像垃圾一样被扔一边了吧，只怪你太贱！"

我看着这一排字，直到把它们看得一个个都从屏幕中凸出的时候，我才闭上眼睛，我觉得有个气球被挤爆了，鲜血从里面喷射出来，四处飞溅。

点　火

　　这天下午，我收到了一堆圣诞节的群发祝福，我这才反应过来，今天已经是二十四号了。

　　鲁塔后来发了一封邮件给我，她告诉我，这是许多年来第一次缺少了我的圣诞节，祝我圣诞快乐，她和皮诺非常想念我。我仔细回忆了一下，好多年来，每年的平安夜好像都是和他们一起过的。我犹豫了很长时间，很想给她回一封邮件，但草稿写了好几遍，始终只存在草稿箱，没有发送出去。

　　我没有勇气告诉她，她的邮件和信息我都看到了，然后呢？我应该再说点什么？她又会回我什么？

　　我还是每过十几分钟就去刷新一遍邮箱，包括垃圾箱，可在那封邮件后，我的邮箱似乎平静了，但这种平静给我带来的却是一种缺失感和恐惧，仿佛因为邮件的消停，我的身边已经形成了一个巨大的黑洞，我随时可能会掉下去。

　　我给蓝泉发了一条祝福信息，又给老罗发了一条。蓝泉很快就回我了，但是老罗迟迟没回，我想他可能在忙，毕竟是周一。

　　凌秋给我打来电话，让我晚上跟他出去吃饭。

　　"为什么？"我问他。

　　"因为平安夜啊。"他说，"难得平安夜能跟你一起过，以往你都在老头那儿，我都在执勤。"

我没反驳他，于是他定好了时间，说来路口接我。我说好，然后挂了电话，再度点开邮箱，没有新邮件，短信也没有。

　　整个下午我都不知道自己做了什么，我觉得我似乎并不是在按照自己的意愿做事情，而是有什么东西在驱使我去做一些事。我取出了凌秋送我的那台相机里的存储卡，在电脑上选了一些照片，拿去店里冲洗出来，然后我在文具店里买了个礼物盒子和深蓝色的丝带，还有一沓上面写着"漫长告白"字样的信纸。回到家以后，我把冲洗出来的照片一张张看过去，我看到凌秋给我在院子里拍的那张黑白照片，还有在房里给我拍的第一张我拿手挡住脸的照片，我把它们从里面挑出来，夹进了那本意大利语版的《别离开我》里面，然后又决定从那些照片里挑出一张凌秋的照片，也放进书页中。但挑了半天，我开始舍不得，我越来越贪心，想留下所有的照片，但最后我只选了一张，那是一张他在老宅院中的雪地上奔跑时，忽然回头看我，被我抓拍下来的影像，因为在动，他的身体有一些模糊，但他看向我的眼睛却无比清晰。

　　我把剩余的照片夹进书里，开始给凌秋写信。原本我心里有许多要说的话，但当我握住笔想把它们书写清楚的时候，却发现这件事并不容易，一个想好的句子在落笔的时候便在脑中散架了，它们变得凌乱、缥缈、虚无，我甚至连合适的字词都抓不住。原本这是我最擅长的，却在这种时候我忽然觉得自己并不擅长，那些干涩的字词，好像出自一台机器，而不是一个人。我浪费了很多张信纸后，勉强写了一封，把它塞进了信封，放在那些相片的最下面，然后盖上盒子，用深蓝色的丝带在盒子上绑了一个漂亮的蝴蝶结。接下来的时间，那个盒子一直摆在我面前的书桌上，我就这么坐在它跟前看着它，一直到凌秋给我打了个电话，说他到了。

凌秋五点半的时候到了路口，他说今天路上堵车，我们早点走。我匆忙地化妆，穿衣服，捧着盒子就出了门。但刚出院门，外面的冷空气顿时让我清醒了些，我低头看了眼自己手里捧着的盒子，便快速掉头，返回家里，把盒子放回房间，锁上房门，才又走出去。

我记起了我信里写的一部分内容，那些难看又干涩的字眼里包含了多么可怖的东西啊，我朝着凌秋的车子走去的这一路上，一直在想，我是不是疯了，我竟然想在平安夜带着那些东西去和他吃饭。

我恍恍惚惚地爬上了副驾驶座，凌秋说了一个餐厅的名字，我没听过，所以什么也没问。

"你怎么了？没睡好吗？"他说。

我确实觉得有点疲倦，我的身体好像一个被吹到即将爆炸的气球，现在破出一个口子来，里面的气慢慢地一点点放出去。

"嗯，睡得不太好。"我看着窗外说。

"那今天吃顿好的，然后好好睡一觉。"

他找的那家餐厅在北区的中心，他停下车我就看到了一家熟悉的餐厅，上次木歌来西元找我，我们一起在那吃过饭。这条街上都是日式的小酒馆和高档日料店，凌秋找的那家餐厅竟然就是上回我和木歌想去吃没吃成的那家。

我走到门口闻到从店里传出来的烧烤味就想掉头离开，我很想要求凌秋换一家，但我犹豫过后还是没有开口，跟着他走了进去，上了楼。他在二楼订了个包厢。

坐下来后，他让我点菜，我把菜单合上放到旁边，对他说："你看着办吧。"

"你不是爱吃日料吗，你选几样吧，剩下来的我来点，行吗？"他说。

"为什么选日料？故意的吗？"我眯着眼看他，我觉得他的脸在这白晃晃的灯底下显得很模糊。

"陈薇，我只是想带你吃一顿你喜欢的，你要是不想吃这个我们立马换地方。"他说话的口气有些生硬，听不出在生气，倒是有一种公事公办的味道。我重新打开菜单，不再和他争论。

我随便点了几样菜之后，他说："你回国前一天，在我家点的那个日料外卖，你说不好吃。回国之后，我发现这家不错，就一直想着带你来尝尝。"

我微笑着对他说："谢谢。"

他有些无奈地摇了摇头："陈薇，我们有必要搞得这么生疏吗？你这次回来对我说了好多次谢谢，说真的，我还真是听不习惯。"

"所以，你的意思是我一直挺没礼貌的，这次回来突然之间对你有礼貌了，你不习惯是吗？那行，那就不客气了。"

我说话的时候，他一直看着我，我说完，他低头笑了，没接话。我总觉得我们之间似乎有许多话要说，但我们却又十分默契地保持了沉默，我抬头冲他笑一笑，他也抬头冲我笑一笑，也没什么尴尬，但就是不知道怎么开口。

就这样，一直到服务员端了菜和清酒上来，他才开口说了两个字："吃吧。"

可能是因为太累了，刚喝了两杯清酒我就觉得有些迷糊了，人一迷糊，胆子就会稍微大一些，理智也会少一些，于是我问凌秋："你什么时候走？票买了吗？"

"二十七号，"他说，"买好票了。"

我往嘴里塞了一块三文鱼刺身，芥末放得有些多了，一下子冲进鼻腔和脑门，辣得眼泪直接流了出来，我赶紧做出夸张的被辣到的表情，生怕凌秋觉得我是在为他掉眼泪。凌秋把茶递到我面前，我没接，我把面前的那杯清酒喝掉了。

"你不跨完年再走吗？非要赶在跨年之前回去吗？"我说。

他往我碟子里夹了一块鳗鱼寿司，说："票买好了，懒得改了。"他指了指鳗鱼寿司说，"你尝尝，他家的这个是招牌。"

我很想再就着这个话题说点什么能让他推迟到跨完年再走的话，但我喝下去的酒越多，好像越发清醒，困意消失后，我的勇气也消失了。当我想继续说点什么的时候，我发现我无法说出任何有价值的话，无意义的磨蹭只会让他觉得我矫情，我不想让他有那种感觉。

我忽然觉得自己有点卑微，这是爱上一个人的征兆吗？我低头笑了。我以前从没想过，有一天我会在凌秋的面前感到自己如此渺小。

"你笑什么？"他问我。

"笑我有你没有的东西。"我说。

他疑惑地歪了歪脑袋，看了看我的胸口又不好意思地移开了视线，我大笑起来，这是这顿饭吃到现在我笑得最放松的一刻。

我们吃完饭走出餐厅时，外面仍旧全是人，走在街上的大多是年轻的情侣，所有的西洋节日在国内都被过成了情人节，也是一件挺有意思的事情。以前只有情人节才告白，现在所有节日都被用来告白了，甚至是万圣节，还有5月20日、"双十一"。

我说完这些后，凌秋突然停下来，看着我，一脸严肃地说："你就是在万圣节领的结婚证，5月20日领的离婚证，陈薇，以后谈恋爱，你一定不要再那么冲动了，不管遇到什么人，你都把眼睛睁大点。"

我不知道该以什么表情来面对他突然说出来的话，我觉得他的表情里不光有严肃，还带了点厌恶，我在脑子里盘算了好一会儿，说："你什么意思啊？我知道你想表达什么，但你也不需要拿路城出来说事吧。"

"我什么意思啊？你知道我是什么意思？那我是什么意思啊？"他的语气变得有些咄咄逼人。

"你不就是想说，你对我不是那种感情吗？我知道了，凌秋，我知道了。我在乡下的时候就知道了。你不用再说了，你非要用这种方式清楚地强调一遍吗？"

说完，我转身就走，他追上我，拽住我的胳膊："你是从什么时候开始喜欢想这么多的？我什么意思都没有，我没有你说的那种意思。"

我甩开他的手，看着他的眼睛，深吸了一口冰凉的空气，问他："你说你没有那种意思，所以你的意思是你爱我是吗？"

"是！"他看着我，好像在用尽全力和我说话，"如果那是你认为的爱的话，是，我从小就爱你，我从见到你的第一眼开始就爱你，我对你的爱从来没有改变过，所以只有你生活得好，我才能放心。"

我以为凌秋是个不会说漂亮话的人，但显然我错了，他的回答把我推进了我身边的那个深渊，我宁愿这个平安夜没跟他出来吃饭，也不想要这么突如其来的敞亮局面。

我带着报复的心理对他说："行，爱我是吧，那带我去你家，我想去你家。"

他迟疑地眯起眼睛看着我，我又表示肯定地点了点头，他没再说什么，带着我去取车。夜里路上还是堵，全城的车子好像都在这个周一的夜里跑上街了。

我们一路上都没说话，凌秋在堵车的时候抽了根烟，我也问他要了一根。我不会抽烟，一口吸进去，立刻呛到了肺里，我瞬间觉得自己的肺已经黑了，并且好像要爆炸一般。凌秋没有拦我，也没有管我咳嗽，从上车开始，他的脸上就挂着冷漠与愁苦的表情。我能感觉出来，他并不想让我去他家。但我一点儿也不想下车。

花了将近一个小时才到他家，到的时候已经十点多了。

他熄了火，却坐在车里迟迟不动。

"干什么？这是你家，还怕我吃了你吗？"我说。

然后他打开车门，关上车门，锁上车，看了我一眼，朝前走去。我停了停脚步，才决定追上去。他看我的那一眼里，似乎充满了悲伤，是因为对我失望而感到悲伤吗？我心里报复的火焰突然之间被压下去了不少，我问我自己，我究竟在干什么？我感觉自己的灵魂正悬挂在那个巨大的洞壁上，还没彻底掉下去，却又没有爬上来的力量。

我跟着他上了六楼，他拿出钥匙开门的时候问我："你昨天是不是来找我了？"

"嗯？"

他进屋打开客厅的灯，把拖鞋拿出来放在我的脚边："对门的人跟我说的，说有个姑娘夜里来找我，坐在我家门口，他们没敢管闲事。会来找我的姑娘，也只有你了。"

"就不会……就不会是你姐，或者你以前的同学吗？"我心里的报复欲已经彻底不见了，好像有人把我的灵魂丢进抽水马桶里冲下去了。

"我姐？她昨晚和我一起在爸妈家。"他笑了笑，从酒柜里取出来一瓶红酒，又拿出来两个杯子和一个醒酒器，"你见过我和哪个女同学很亲近吗？有过吗？"

我嘟囔了一句："我没见过不代表没有吧。"

凌秋取出红酒木塞的手法一直很好，又快又干脆，而且没有一点声音，显得特别专业。我很早之前就特别喜欢看他开酒瓶，每次有什么聚餐，只要他在，我就会把开瓶器和酒瓶一起递给他，让他开。

"行，那就当找我的不是你吧。"他一边把酒倒进醒酒器一边小声说。

我走过去，站到他面前，低头看向他："是我。是我找你的。"

他稍稍停了一下，把手中的瓶子举起来，抬头对我笑着说："不像你啊，之前来过一次，还是大晚上来的，居然就认路了？我以为你连新村都搞不清楚呢。"

我很干脆地说："我不认路，我知道新村，我让司机把我放在新村路口的，我边走边找，花了好长时间才找到你家，但是我回去的时候认识路了，以后也不会忘记了。"

他似乎愣了好久，才继续往醒酒器里面倒剩余的半瓶酒。

"你为什么来找我又不等我回来？"他没有抬头看我，拿起醒酒器往两只酒杯里倒了一些红酒。

我没有回答，在他的身旁坐下来，端起一只杯子喝了一口，一喝就是桑娇维塞的味道，完全没醒开。

"要醒一会儿的，你也不看瓶子，这酒是你送我的，记得吗？"他说。

我拿起瓶子一看，这是瓶窖藏 11 年的经典基安蒂，确实是我送的，因为反面的标签上有我的签名，但我不记得是什么时候送他的了，我只记得我送他酒都会在瓶身后面的标签右下角签上我的名字，字体很潦草。

"这是你毕业的时候送我的，不算送，你用这瓶酒换了我给你买的橄榄枝花环，记得吗？我当时还说你不要脸，在酒瓶后面写自己的名字，酒还是别人给你的，你就顺手签了个名给我了，后来每次你送我酒都会在酒瓶的标签上写上你的名字，你说这样一眼就能看出来是你送我的。你送的酒我一瓶都没喝，这次回来的时候，我都寄回来了。"

我站起来走到他的酒架旁，上次来的时候我就看到这里有好些红酒，但是我完全没注意，这里的红酒原来都是我送的。我数了一下，一共有三十六瓶，每一瓶上面都有我的签名，可不管哪一瓶我都想不起来是在什么时候为了什么送给他的了。

"你为什么都要带回来？"

"不想留在那边了，那边屋子的环境也没这里好，我还订了个恒温酒柜呢，晚点我姐会帮我拿来装上。"

"那你怎么不喝呢？"

"舍不得啊，大小姐，都有你签名的酒，这么值钱的东西，我不得留一下嘛。"他笑得眯起了眼睛。

我们坐下来喝酒，酒一直没有醒得很开，桑娇维塞的单宁酸还是重了一些，再加上年份久了，好像需要醒好几个小时，但我们似乎没有那么长的时间去等。我们聊了许多过去的事情，我本以为这一晚上会就这样过去，我也很高兴，因为我觉得我渐渐平静下来了，许多不好的情绪都在和他的聊天中化解了，我觉得我的身体逐渐变得饱满起来，因为灵魂好像又回来了。我们聊到酒快喝完时，他突然看着我说："陈薇，我不知道什么是爱，如果这不算爱的话，那我可能没有爱吧。"

我的心脏被一股强大的力量拧了一下，疼得令人麻木。我站起来，看着他，那个瞬间我觉得我的意识丧失了。我脱掉了毛衣，脱掉了衬衫，当我身上只剩下一件灰色的小背心时，我贴近他，闭上眼睛，把头放在他的肩膀上，伸出手臂环住他的脖子，尽量轻地呼吸，小心地靠近他的脸，然后亲了他的脸颊。

"凌秋，你上次说你怕我后悔，但我觉得我不会后悔。"我说话的声音很轻，我生怕我会像上次那样吓到他。

我觉得他似乎浑身都在颤抖，我很快感觉到我的肩膀湿了，我听见他抽泣的声音。我放开他，让自己的身体退回到他面前，但他把脸埋得很低，我知道他在哭。

"为什么？"我问他。

他突然紧紧地抱住我，说："陈薇，对不起，对不起……"

"为什么要对不起？"

他没有回答，然后我感觉到了他的吻，突然地，毫无征兆地，带着他的眼泪一起落到了我的嘴唇上。我的嘴唇是破的，他的眼泪刺痛了我，我只能更用力地去吻他，才能忘记那种刺痛感。我犯了很多错误，我看错过很多人，但凌秋却始终是对的，我或许到这一刻才真的明白，他的存在对于我来说是一种希望，只要他在，我就觉得我好像还活着，我还没走到穷途末路。我没有考虑天亮以后的事情，我知道噩梦一旦开始就不会结束了，但我仍然想不管不顾地抓住一次，哪怕只是一个晚上也可以。我希望他知道我爱他，我希望他知道我现在拥抱他亲吻他想把自己交给他是真的因为爱，不带任何杂质。我感到自己沉入了一种卑微的灰色之中，我想抓住他挣脱出去。

我想脱掉那件灰色小背心的时候，他按住了我的手。空气似乎在那个瞬间凝固了，然后我看到他站了起来，像一部哑剧，他用手抹了一把脸，把我脱下来的衣服递到我的手里，用十分冷静且肯定的语气对我说："走吧，我帮你叫车。"

我过了很久才从沙发上站起来，我的腿已经麻了。我不知道为什么，我已经没有脑子去想了，我的灵魂彻底掉入了黑洞，那绝对是深渊，因为我不再听见我灵魂的回应。

但我听见了别的东西，我听见自己在出门之前对他说："不用送我了，我自己去叫车。对了，我查了你手机的云端记录，我看到了记事本和照片。凌秋，你从来都没相信过我，你道歉是因为这个吗？那不必了。再见，一路平安。"

我本想获得一些跟他好好告别的勇气，但我又把我想好的场景毁掉了。

我再次走入了他家那个黑洞洞的楼道，我知道这次我无法回头了。

第四章

从我看到他隐藏的那张纸、那段话、那个圆圈开始，我就已经知道他的包庇不会那么简单，但我一直在告诉自己，别去管他，就像小时候每一次他为我承担错误接受批评和打骂一样，我不忍心，但我还是站在旁边看着，静静接受着，从来不会站出来承认我的错误。那是我的习惯。

记　忆

老罗一直没有回我的祝福信息，我很担心之前的那种戛然而止不过是暴风雨来临前的平静罢了。于是我在二十五号给小宽和孙菲菲也发了祝福信息，但是等了一上午，他们都没回，这让我更加肯定，那件事绝对没有就此平息。

我发了个消息给木歌，问他事情解决得怎么样，等了一个小时也不见他回复，我感觉自己的耐心已经被消耗完了。我本想去找陈清年，让他给木歌打电话，但我想了想，还是决定直接拨过去。

第一个他没接，如我所料。第二个，他还是没接，我连续打，一直打到第十个电话，我发现他把我的号码拉黑了。我拿着手机冲到了楼上陈清年的房里，早上十点他还在睡觉。我粗暴地拉开窗帘，掀开他的被子。他迷迷糊糊地揉了揉眼睛，看到我时似乎被我吓了一跳，可能是我的表情太过恐怖了。

"你干吗？"

"拿你手机给木歌打电话。"

我真觉得自己浑身的细胞都炸开来了，一些粗鄙的词语不断涌入我的大脑，我在想他一旦接电话，我就要把手机抢过来，把他老婆骂我的话全都还给他，加倍还给他。但是当陈清年拨出电话的时候，那头只响了嘟一声，就变成了忙音——他把陈清年的号码也拉黑了。我又让陈清年打他另一个号码，那个号码是可以打通的，但是他没接。

"还用打吗？"陈清年问我。

"不用了，你继续睡吧。"我拿着手机从他屋里走了出去。

他在我身后大声说："姐，你是不是疯了？"

我回到房间后，用电脑登了微信，把已经做好的、原本打算元旦后再发给老罗的项目方案发了过去，然后我去三楼运动了两个多小时。我打了拳，做了一个小时的肌肉训练，直到浑身的关节无力又酸痛，每一寸肌肉都绷到极致的时候，我才停下来，躺在地板上喘气。我觉得或许今天我可以不用去想一些事情，假如毫无回音的话，我是不是该让今天就这么过去？

可正当我这么想着，手机却在我身旁的地板上振了一下。我在心里数了一分钟，然后拿起手机。信息是小宽发来的，他说："老罗说要给你的那个项目出了一些问题，可能得暂时搁置。圣诞快乐。"

我把手机关上，放回身边的地板上，看向天花板。三楼的天花板上有一些霉斑，江南确实太潮湿了，无论是哪个季节，这里的气候都仿佛能让万物快速腐烂，腐烂到什么都剩不下来。

我从地板上爬起来，下楼去洗了个澡。洗完澡，浴室里都是暖和的雾气，我用手抹了一把镜子，看向里头的自己。我想，陈清年说得对，我的确是疯了，因为我看向里面的自己时，竟然觉得那不是我，而是"她"，"她"是从深渊里爬出来的灵魂，经过了黑暗的浸润，"她"比我勇敢，强大。

"她"的每一寸肌肤都在雾气之中发光，"她"肩膀上的肌肉线条明显，看起来很有力量，"她"的鼻梁高挺，嘴唇上有裂开的伤口，但那些细小的并不明显的伤口让"她"的脸显得更加棱角分明，"她"的眼睛里带着冷漠且笃定的神色。我在镜子上摸了摸"她"的脸，"她"左侧的嘴角扬起，好像要对我说些什么。"她"的这种表情，我以前是见过的。

我往后退了两步，突如其来的恐惧使我感到浑身发冷，浴室的热气快散了，我赶紧用浴巾裹住自己，从浴室里走了出去。

下午我陪着我妈去菜市场买了菜，我很少陪她去菜市场，她知道我不喜欢闻菜市场的味道，所以即便是我在家的时候，她也从来不叫我。今天我主动提出来想陪她去，她挺高兴的，说我最近的反常倒是更有人情味了。

菜市场在我家的后面，离得也不远，走过去大概需要十分钟。去买菜的途中，我拉着她沿着河转了一圈。我们走了那座新造出来的桥去了河对岸，沿着酒吧区走了很远的路。我们走过三宝街时，我看到两边的花坛里还有些没融化的雪，沿街老住户家里的几条狗在门口撒欢似的奔跑，有些小孩儿聚在一起，好像是在玩什么游戏。我停了下来，隔着小马路看了他们很久，直到我妈站在前面叫我，我才离开。

"你小时候啊，也老拉着凌秋来这里玩，记得吗？以前这个酒吧区都是破旧的厂房，你们小孩子就喜欢把这里的厂房当鬼屋玩。你当时那个胆子啊，多大啊。"

"我小时候胆子很小吧，凌秋说我小时候还被鬼火吓过呢。"

"鬼火？说书呢，你三岁的时候，乡下路灯都没有的，天多黑啊，你就自己往田里跑了，你什么时候被鬼火吓到过？不是凌秋骗你，就是你骗他。"

"我骗他？我怎么骗他？我俩都记得我被鬼火吓哭过，就爸爸去世，凌秋刚在乡下认识我那会儿，我就在田边上的小土坡那儿被鬼火追了，吓得我还栽到了田里呢。"

我妈突然乐了，她说："你看你小时候就能演戏，我那会儿还以为你长大会去当演员呢，可惜了。你三岁的时候就知道鬼火不是鬼了，你第一次见到鬼火的时候连躲都没躲，还是你爸把你抱走的，你爸告诉你鬼火不是鬼，你后来还特意跑来告诉我了呢。"

我有些发愣，我妈笑着说的话为什么我听起来感觉如此奇怪呢？

"那为什么我俩记得的都是我被吓到了？"

"你啊，小时候刚认识凌秋，你就来悄悄地告诉我，你认识了一个哥哥。你那个堂哥，你还记得吗？有一年你掉进乡下的那条小河里，他把你捞上来的，你管他叫烨烨哥哥，记得吗？"

她看着我，我当然记得，但是我摇了摇头。

"你说凌秋比那个烨烨好多了，你想要他做哥哥，你还告诉我，你不会放他走的。当时我还说呢，人小鬼大，小孩子肯定都是玩两天就散了，何况你们还是在乡下认识的，结果你们居然玩到了现在。"我妈转头冲我笑了笑，"我以前一直觉得凌秋家里条件不是一般人家里可比的，这么长时间，你都没接触过他家里人，我也担心他家里可能对他将来的婚姻会有什么要求，所以我一直没说什么。但凌秋这个孩子是真的好，那天我和他聊过，我听他那个口气，家里好像对他的感情问题啊，不太过问。陈薇，我是不想干涉你什么，但妈妈也说句实话，经过路城的事情，你要不要考虑考虑凌秋那个孩子？我看你俩在一起也没什么不好。"

我挽住她的手臂，微笑着对她说："走吧，去买些菜回家给我做好吃的。"

如果不是我妈说起小时候的事情，我可能还对自己不够了解，在漫长岁月里的很多记忆都被加工润色过了，带着最好的柔光滤镜给你看最美好的那一面。我或许并不是最近才知道"她"，那个深渊里爬出来的魔鬼一般的人，"她"可能从小就已经存在了，只不过"她"在那些被美化过的记忆中隐藏了自己，"她"一直在引导我走向更深的黑暗。

我没有再联系凌秋，我没有再联系任何人。

我从一个噩梦里醒过来，又进入另一个噩梦。我也希望自己不要再醒了，在噩梦里走着走着总会走进美梦的，但我还是醒了，我又熬过了一个漫长的夜。

二十六号外面开始下雨夹雪，蓝泉给我发来微信说北都下雪了，跟我说如果最近要去北都的话要注意一下，航班可能会取消或者晚点。我说，我不去北都。

我给她发这句话的时候，正在去找方三日的路上。她家里有台旧的桑塔纳，平时他们不开，她爸一直想卖掉，但是车太旧了，卖都卖不出去。

我说："你卖给我吧。"

"你要它干吗？你又没国内驾照，再说车挺旧的了。"

"家里只有一台车，陈清年最近也在家，车不够用了，你先给我吧，我把钱给你，过几天等你爸空了再办手续。"

"你这么急啊？"她问。

"嗯，挺急的。那车不也占你们家车库位置吗？我帮你腾地方，你的车就不用停路边了。"我说。

"行吧，那你来开吧，我把车子弄好。"

"给你现金行吗？"

"为什么？"

"我妈在家留了一部分现金，你也知道我们这片老房子不安全。"

"说得好像我家安全似的，行吧，你拿来吧。"

我是带着陈清年去提的车，提到车后，陈清年一路上都用不安的眼神看着我。

"姐，你到底要干什么？"

"你就别管了，还有，回家也别提车子的事情，你今天没跟我来找方三日提过车，知道没？"

"姐，你别吓我啊，我怎么这么害怕呢？你……你整个人都不对啊，到底出什么事情了？"

"照我说的做。"

方三日家里的旧车有一股放了很久的霉味，那股霉味覆盖了车里开了暖气后的塑料味，我总觉得有什么东西在不断腐朽，在潮湿又温润的江南气候里不断腐朽。我打开了全部的车窗。

"我开暖气了，姐！你干吗啊？"

我把手伸到窗口，感受外面的风和雨夹雪。在疾速行驶的车里感受的外界是不一样的，冬日里的风就好像裹成了一团，扑面而来的时候，带来的并不是让你感到生疼的寒冷，而是让你窒息的气流，你只能感觉到那股气流是冷的，却无法说出来有多冷。

但是它多少吹散了一些车里腐朽的气味。我说："你难道不觉得这样能清爽一点吗？"

陈清年关掉了后座的窗户："天气这么潮，明天该有什么味道还是什么味道。"

我看了看后座，很整洁，只有我临走时问方三日要的那包抽纸被我扔在后座上。我想，味道散开了或许就不会回来了。

陈清年又问我："姐，你要去什么地方吗？"

雨夹雪好像骤然停止了，当我们逐渐靠近家的时候，天也亮了起来，我甚至在河面上看到了彩虹，我觉得那可能是我的幻觉，我没有在冬天见到过彩虹。

我对陈清年说："我哪里也不去，只是想开车出去走一圈。"

"你没驾照，我带你去吧。"

"我拿到国际驾照了。"我对他撒谎。他明知道我在撒谎，却不再说什么。从小到大，我觉得凌秋对陈清年最大的影响，就在陈清年对我的态度上，有时候我能感觉到，陈清年总在学凌秋，每当遇到事情时，他和凌秋的态度和应对方式都很一致。

我又想起了凌秋，我似乎不该再去想他，但我还是忍不住想起他了，想得很具体，以至于停车的时候，我觉得自己好像看到了他。

直到陈清年下车朝他走过去，我都以为自己产生了幻觉，所以当他朝我走过来，帮我打开车门的时候，我愣在那儿盯了他将近一分钟。我以为盯着他一会儿幻觉就会消失，他就会消失，但最后我发现这不是幻觉。

"我以为你走前都不会来了。"我说。

他把手挡在车门上，另一只手里拿着那把黄色的大雨伞，我看了看伞，他说："阿姨刚给我的，让我去车站接你们，说你们没带伞。这车，是怎么回事？"

我飞快地瞪了一眼陈清年，说："方三日家里的车，她家车库位置满了，拜托我帮她腾个位置，过两天她找到地方停车再还给她。"

凌秋认识方三日，但不熟。方三日和谁都认识，和谁都不熟，除了我。所以我肯定凌秋不会去找她证实。

凌秋点点头，似乎相信了我的说辞，陈清年站在后面一脸凝重的神色，我又瞪了他一眼，他立刻让凝重的表情从脸上消失了。

凌秋说来找我是为了告别的，但我很快发现这并非他来找我的目的。我见到他的时候，就知道他来找我肯定是为了什么事情，然后我发现我猜对了。

他坐在门廊下的石台前，我给他泡了一杯铁观音。我有一套舅舅前几天才买回来的茶具，但我压根不会用，本来想拿出来装样子，手里忙一些好缓解一下尴尬，后来我决定还是算了，那套东西太麻烦了。我之前只在路城他后父那个黑社会老大的大伯家里见到过，但那肯定比我舅舅买的这套要值钱不少。

凌秋把杯子捧在手里焐手，我问他为什么不进去聊。

他摇摇头："不了，我待会儿要走的，不进去了。"

"那你说吧。"我说。

他并没抗拒，想了会儿，放下杯子，对我说："我想问你一件事，你能不能老实回答我？"

我转头微笑着看他："那得看你问什么了。"

"嗯。"他点点头，放下茶杯，搓了好几下手，对我说，"你们公司，去年年中是不是有个当时和你平级的员工离职了？"

我愣了一下，眯起眼睛看着地面，地面潮湿得模模糊糊："你说艾琳娜吗？怎么了？你认识啊？"

"胡洋之前交给佛罗伦萨警方一部路城以前的手机，里面有份资料，你知道吗？"

我使劲看着地面，我希望我的目光能有什么额外的力量，让我盯着的那块地面上出现奇特的东西，或许是个超人。

"我知道，"我说，"我知道那里面他存了一份资料，那又怎么样？我只不过忘记叫他删了。"

"陈薇，你真的知道吗？那份资料是加密的，那边的同事破解后才看到资料。"

"凌秋，你还是在任的警察吗？你这是在审讯我吗？"我站起来，瞪着他，我知道我脸上露出了厌恶的表情，我并不想这样对他，所以转身打算进屋，但是他拽住了我的胳膊。

"陈薇，我问你，你究竟是为了什么和路城结婚的？"

他的声音很低，我能听出来，他很没底气。

我说："因为爱，你信吗？"

他抬头看着我，他的脸色惨白："陈薇，你那个同事艾琳娜是因为不小心泄露客户资料引咎辞职，但那些泄露的客户资料都在路城那个手机的文件夹里。是你吗？是你让路城故意泄露资料的吗？"

他的手指按到了我的神经，我的整条手臂都开始发麻。我把他的手指掰下来，用尽量平静的语气对他说："是。是我让路城去泄露的客户资料，艾琳娜当时是唯一威胁到我晋升的人，她是英国人，你也知道，她本身就比我有优势。换作你的话，你会怎么做？我不想办法让她出局的话，永远也不会获得往上爬的机会。"

他眯起眼睛，用一种感到不可思议的眼神看我："不是啊，陈薇，你不是这样的人。"

我冷笑了一声："那我是怎样的人？"

他垂下头，似乎真的在思考这个问题，当他再次抬起头时，他的眼睛泛红，好像要吃人一样。

"那你想过路城吗？万一你栽赃的事情败露的话，"他伸了伸脖子，"那路城呢？"

我笑了起来，我没喝酒，但我觉得自己醉了，凌秋有时候会表现出他特别单纯的一面，又聪明，又单纯，显得很矛盾。

"我那时候已经和路城在一起了，"我说，"他赚我工资的一个零头，他去我那边本来就是胡洋拜托我帮他办工作居留的，那会儿他居留也申请下来了，我不是没考虑他，我只是觉得，这对他能有什么影响呢？他不做这个工作，可以去做另一个，他所在的不过是个流动岗，又出不了头，谁都能做。"

"所以，你是打算一旦事发，就让他去背锅吗？"凌秋问我。

我想了想，笑着点了个头："是。一旦栽赃不成功，我是打算让他去背锅。这不对吗？我当时跟他说了我会和他结婚的，也算过了，我晋升后加的工资和可以拿到的项目提成，抵他两个月的工资加提成了，我不觉得这是什么错误。"

他盯着我的脸，眼珠都不转一下，那神情仿佛是看到了什么怪物一般："所以你，因为这件事和他结婚了？"

我说："你非要这样认为我也没办法，我觉得是爱加上一些适当的利益，没什么不妥的。"我觉得我说话已经不受自己控制了，那些话好像不是我说出来的，起码不该对凌秋说出来。

"你没有想到他会存档，也没想到他会把手机寄给胡洋是吧？"他抬起头看着我，他的眼珠上有光亮，不知道是从哪里来的，"所以，他是个可有可无的人，死了也没关系是吗？"

"你说什么呢？"

在他说出这话之前，我一直想着要把那个放了照片和信的盒子给他，但他说完这句话，我知道，那封信似乎没什么意义了。

"没什么。"他又把头低了下去，把胳膊肘放在膝盖上，双手手指扣在一起，他的目光很涣散，我不知道他究竟在看哪里。"我问你是因为，意大利那边的警察可能会问你相关的事情，你记得，问到你的话，你都说实话，除了，除了，"他抬起头，脸上带着痛苦，他似乎在想如何才能表述清楚接下来要说的，"除了，和路城结婚的理由，无论他们怎么问，你都别扯上这个。"

他站起来，回头看了我好一会儿才说："我觉得我好像不太了解你，陈薇。"

我说："我也不了解你。"

然后他走出了院子，没有和我说再见。我觉得这次不带告别的见面应该是最后一次了。

他走之后，我忽然想起了那部手机的事情，那部被我摔坏的手机，我一直把它藏在靠近梳妆台的第一个抽屉里，那里面还有我外公生前用的小灵通。

所以接下来发生的这些事情算是我外公给我的一个提醒吗？

是要告诉我，从动念头利用路城到和他结婚，再到现在，我在一步步走错吗？

不是的，我还记得曾经的那个白衣少年留在心里的感觉，我爱过他，我没有错。

深 渊

"老板，帮我换雪地胎。"

车行门口站着一个裹着黑色棉夹克的中年男人，浑身上下都乌漆墨黑，沾着机油的手里拿着一根戒烟棒。他看了看我，又看了看车说："姑娘，今年不会下雪了，你还换胎啊。"

我说："对，给我换最好的。"

我掏出手机，看了下天气预报，北都还在下雪。我现在离北都还有一大半的路程。他大概听出了我不是本地人，就没再说什么。

我是早上五点多从西元出发的，本想赶在天黑之前到北都，结果车都开过了南都才想起来一件重要的东西，只好返回。从南都到西元要开一个半小时，还好进西元市区的时候没堵车。我一路都在想，待会儿见到家里人要怎么说，今天显然是个不适合撒谎的日子，由于神经紧绷，所有的谎言在我脑中都显得十分空洞。但令我感到意外的是，我到家开门进去，发现家里没什么动静，他们好像都不在家，连外婆也不在。我蹑手蹑脚地溜进了自己的房间，打开抽屉，从一个铁盒子里面取出一张存储卡，那是我之前从木歌的相机里取出来的。我把存储卡放进了外套口袋里，拉好拉链，刚想离开，却在转身的时候瞥到了桌上的那个盒子。盒子旁边放着凌秋送我的相机。为了防灰，相机被我用一层塑料纸盖了起来。

我掏出手机，看了看时间，今天是二十七号，凌秋是今天傍晚的飞机，但他要去南都机场。我算了下时间，他这会儿应该还没走。我打开与凌秋的微信对话框，边往外走边输入："我有个要给你的东西，放在我房间的写字台上，是个盒子，你如果来得及的话，就来拿一下吧。"

我走出院门掏出钥匙想锁门，消息刚编辑好，还没发送，就在这时，我一转头就看到右边路口的拉面店门口，我妈，陈清年，还有凌秋正一起朝着家的方向走过来。

我赶紧躲到了旁边，隔着一个花坛和另一户人家偷偷看他们，他们手里提了很多东西，好像是凌秋拿来的。一直等他们进了院门，我才小心翼翼地走出来。

院门没关上，中间开了一条很大的缝，我经过门口的时候，看到凌秋在院子里背对我站着，他没有回头，直接走进了屋子，我见到陈清年从屋里走出来，便赶紧离开了。

我把那条信息发送了出去，然后开车走了。

车刚开出西元，我就收到了我妈发来的消息，她问我去哪里了，说凌秋今天要走了，走之前给家里送了一堆东西，说是当年货了，问我要不要去送送他。

很快，凌秋就开始拼命打我的电话，我想，他一定看过那封文字拙劣的信了，但我一直没接。后来，他给我发了一条微信，问我在哪里，叫我接电话，我没有理他。接着陈清年也猛打我的电话，拼命发微信过来，问我在哪里。我统统没回复。

换好轮胎后，我继续往前开了一个多小时，看了下时间，凌秋应该已经在南都机场了。我把手机调成了静音，手机不再拼命振动。这部手机是我回西元换的，而凌秋给我的那部手机，最后被我放进了那个给他的盒子里，它曾经派上过的用场，让我感觉可耻，不是我可耻，而是手机可耻，那样用过手机的凌秋也可耻。可我不愿意以这样的方式想凌秋，我也不愿意将他和不好的词语关联起来。可他确实不该那样做，他试探我的方式一直在以一种无形的力量伤害我。

我把车开进北都的时候，已经是晚上九点了，北都的雪下得特别大，城里的车很多，这个点了还到处堵着。我上了四环，趁着堵车给我妈发了一条微信，说我在外面出差，要过一周左右才能回去。她问我在哪里出差，我没回。

我开车上了华府路，这条路很暗，上次来的时候我就注意到了，我随便找了一个路边的地方把车停下来，开始搜索附近的洗浴中心，我记得蓝泉跟我说过，华府路附近有个洗浴中心，可以过夜，我一搜就搜到了一个叫天泉山庄的地方。我把车开到天泉山庄对面停下来，坐在车里看马路对面的天泉山庄，那是一个很大的洗浴中心。我从车里下来，将外套上的帽子罩在头上，步行过了马路。大堂很大，进出的人很多。前台有四名工作人员，我挑了最右边靠门的一个年轻姑娘。

"您好，请问一位要多少钱？"

"过夜吗？"

"啊，对，过夜。"

"一百一位。"

"收现金吗？"

"收的，女士。"

"好。"我冲她笑了笑，低头从包里掏出来一张一百的新票子递给她。

"好的，女士，麻烦您出示一下您的身份证。"她没急着接钞票。

"过夜要身份证的吗？"我问。

"是的，女士。"

"哦。"我把钱塞进口袋，"那不用了，我没带证件。"

　　我回到车里，想了想，把车开去了流风街。那条街在三环和四环的交界处，是一条长期没整顿的、很乱的老街。街上全部是足浴和按摩店，提供一些特殊服务。这年头，像这种场所已经很少了，但大城市，总有一些被漏掉的隐蔽地方，这还是木歌在云南的时候告诉我的，他说有时候从小地方过来的圈内人晚上哪儿也不去，就喜欢去流风街，他说那条街上白天看起来都特别正常，一到晚上知道的人就去了。

　　流风街在一条小吃街的后面，街道很窄，尽管两边都是装着玻璃、亮着白晃晃灯光的铺子，但地上仍旧很黑，那种黑暗让两边的铺子看起来特别脏。街上看不到几个人，玻璃门上的玻璃都是磨砂的，有几家还挂着深颜色的布帘子，无论怎么看，里面都好像没什么东西，只不过有时借着白光能看到偶尔出现的模糊的几条晃动着的光腿。

　　我沿着街一直往里走，几乎走到尽头，才在一个周围丢满了垃圾的垃圾桶旁边看到一个旅馆。这个旅馆也是木歌告诉我的，他说那条街上有一个旅馆，有些玩得稍微高级一点的，不愿意在按摩足疗的房里办事，嫌脏，就去那家旅馆。

　　旅馆的名字叫"深夏"，我看到那个脏兮兮的、泛黄的灯牌上的这两个字时，禁不住笑出了声——还挺有诗意。旅店的门面很小，但看起来挺干净，前台坐着一个中年女人，正在嗑瓜子看剧。我走近她，敲了敲柜台。

　　"您好，我想要间房。"

　　"过夜还是只要钟点房啊？"她看都不看我。

　　"过夜。"我说。

　　她抬头看了我一眼，放下手里的一把瓜子，站起来对我说："过夜标间两百，情趣房四百。"她打量了我一番，看了看门外，又把目光转回我脸上，"你一个人？干吗不去住酒店啊？"

"哦，因为出来得很急，没带身份证。我是来出差的，实在没办法了，朋友告诉我这儿入住不需要身份证，所以……"

"谁跟你说没有身份证可以入住啊？最近查得挺紧的。"

"那个，我付给您情趣房的钱，您给我开三天的房间，要是住不满我也不需要您退钱，您就当帮我个忙行吗？"

她犹豫了半天，最后还是点头答应了。

"那你给个身份证号码吧，号码总记得吧。"

"记得。"

她给了一张登记表，我瞎写了一个名字和身份证号，写完后递给她，她低头看了半天，仿佛不太能够看清我写的字，但后来她抬起头什么都没问我，随手把登记表塞进了柜台一侧的抽屉里。

"万一有人来查，你可别说你住在这儿哦。"她小声对我说。

"好，"我点头说，"我一定配合。"

她给了我一间二楼尽头的房间，房门竟然还是用锁锁上的。我进去之后，就搬了两把椅子抵在门上。房间挺整洁的，只不过简陋了些，白色的墙上有几处墙皮都裂开脱落了，床上有一股消毒水的味道，厕所的毛巾和浴巾也都有一股消毒水的味道。

我拿出手机，上面全都是未接电话和未读消息。

凌秋上飞机之前给我发的最后一条消息是："我不想在微信里跟你说任何东西，我到了那边再给你打，拜托你接我电话。"

还有就是陈清年的和蓝泉的。蓝泉问我在哪里，我飞快地删掉了与她的对话框，不知道是不是身处同一座城市的缘故，哪怕只是看到她的名字和文字信息我都会感到紧张，仿佛她随时能通过那个对话框窥探到我的一切似的。

我打开电脑，从口袋里掏出那张存储卡，插进读卡器的卡槽里，我把那张卡里的照片来来回回看了好几遍后，把卡拔出来揣进兜里，合上电脑，挪开凳子，走了出去。

"这么晚还出去啊？"老板娘笑着同我打招呼。

"出去吃点东西。"

"小心点哦，外头还下雪呢。"她低下头继续看剧嗑瓜子。

"好。"我说。

出门后，我把那张存储卡扔进了旅馆旁边那个装满了垃圾的垃圾桶，木歌那些重复的端着相机的镜头在我脑中一张张过了一遍。北都的雪下得小了，但是风有些大，我把双手插进外套的口袋里，迎着风朝街口走去。风很快便灌进了我的脑子里，把木歌端着相机的侧脸和对着镜头的笑容都一张张撕成碎片。

我走了两个街区，才找到车，我把车停得很远。

我坐进车里，开了暖气。北都的冰雪似乎把车里那种南方的腐朽气息彻底去除干净了，现在车里只剩下空调暖风吹出来的塑料味。

我在导航软件里输入了一个地址，显示位置在西边。路上已经不怎么堵了，我一路开到这个地址，花了将近四十分钟的时间。

把车停在稍远一些的地方后，我步行到了小区门口。小区是开放式的，只有一个门岗，走路进出不需要刷卡开门。我从门岗旁边走了进去，小区里的路灯隔得很远，路面有几处都停着车，楼与楼的间隔也不算很大，没怎么绿化，除了小区里的中心花园外，就只有一些树木和几个大的花坛。我看着楼栋一直走，直到看见78号楼我才停下来，我朝里面看了一眼，又朝楼上看了看，大概知道了是哪一户。那一户似乎还亮着灯，我一直盯着那个拉着窗帘的窗户看，但距离太远了，其实我什么也看不到。

　　我在可以看到那一户的花坛边坐下来，抬头望着那个亮灯的窗口。我脑中还有一些残留的印象，是关于那间屋子的。木歌曾经在家里给我打过视频电话，唯一的一次，他穿着睡衣拿着手机，从客厅走去了厨房，又从厨房走到客厅，后来又去了阳台。我看到他的阳台上摆着鱼缸，他的客厅里有一张很大的红木桌子，桌上放着他的茶具，他的厨房里有一些造型奇特的罐子，他说那是他泡的药酒。我看着那一点点光，想象生活在那个屋子里的人相处的模样，想象那个扎着马尾的小女孩在靠近阳台的沙发上蹦跳的样子。

　　不知道过了多久，我发现雪下大了一些的时候，便站了起来，朝小区门口走去。小区地面的雪早就被清理过了，但北都的大雪覆盖地面的速度似乎要比我们那里快许多，很快地上就白了薄薄的一层，稀稀落落的白色让我想起了外公老宅的茶厅里，那几张摆着的沙发靠背上的针织盖巾，我想起那天我坐在沙发上它们发出的亮光，以及看到亮光走到我面前的凌秋。

　　现在我想起他的时候，总会感到矛盾，好像自从我们相互坦诚了一些之后，他在我的想念里就不再只有干净美好的那一面了，我亲手把他的黑暗面拽进了我身体中属于他的那部分里，尽管我很不喜欢这样的感觉，但我仍然很想念他。

　　我走出小区的时候，在门岗附近的路灯下停了停，我注意到那里有个摄像头，我盯了一会儿，我不知道为什么要这样做，似乎这个动作能让我打消一些可怕的念头。雪让这个世界安静了许多，我听不见身后马路上的嘈杂车声，一切都在宁静之中变得虚无起来。

　　我想，我或许明天一早可以开车回去，看看凌秋拿到家里的年货，等他落地给我打电话的时候，我可以和他再坦诚一些。这些轻飘飘的念头随着风雪的寒冷一起进入我的身体，又在车里的暖风中变得沉稳了一些，我几乎以为，它们会转变为真实的事情。

　　回到旅店，我发现邮箱里收到了一封意大利警局发来的邮件，是夜里十一点多发来的，也就是那边的下午四点多，我盯了那封邮件很久，佛罗伦萨警局的全称似乎经历了一个世纪才进入我脑中的翻译器。这还真不像意大利人的作风，他们很少会在圣诞节和新年之间的工作日完成什么大事。我想，我是不是该感到荣幸呢？邮件里的内容和鲁塔之前跟我说的差不多，他们限我在一月十五号之前回去配合调查，并且会联系国内的警方寻求合作与帮助。

　　我把邮件删掉，并清除了垃圾箱中的邮件。我关上电脑，拿起手机，又看了一遍凌秋发来的信息后，删掉了与他的对话框。

　　房里的空调发出连续的咔咔的响声，热风吹得我脑袋又涨又疼。我拉开一点窗帘看了看窗外，这间房间的窗户对着哪里我根本看不清楚，外面连一盏路灯都没有，是一片完全的、深不见底的黑暗。

邀 请

下过雪后，早上的流风街变得特别洁净和消沉，那些肮脏的生机被白天映照在雪地上的、过于刺眼的白光压制得毫无声息。没有早餐车进入这条短小狭窄的巷子，旅馆门口的垃圾已经被清理过了。我走去街口时，巷子两边的铺子都关着门，只有一家烟店半拉开门帘，它们看起来死气沉沉。

我在街口的早餐摊子买了一个包子和一杯豆浆，又绕过两条街找到了车。我钻进车里打开暖气和收音机，收音机的音乐频道里在几首歌之后，响起了张悬的《喜欢》那熟悉的前奏。我记起在佛罗伦萨 KTV 的那个夜里，我赶着拍子唱这首歌时，回头看到木歌端着相机拍我的场景，又想起那趟旅行的最后一天，他对我说："你上次在 KTV 唱的那首就挺好的。"他的侧脸在我脑袋里晃动，我放下手里啃了一半的包子，扣上安全带，把车开离了这个区域。

北都的马路上几乎看不到雪，甚至马路的两旁都看不到被清扫的积雪，车流在宽敞的道路上挤得满满当当，早上各处的车似乎都在以四十码不到的速度往前推进，电动车在缝隙里穿梭，显得格外渺小且灵活，我看着他们却一点儿也不着急，寒气似乎已经冻住了我的大脑和感官，我知道要去哪里，但我仍旧感觉空洞，我抓在手里的任何东西都很轻，没有一件能让我感觉饱满踏实。

陈清年又开始了微信轰炸，他担心的事情我明白，假如我会犯一些错误的话，他也需要为此埋单，从他答应帮我隐瞒和撒谎开始，他就变成了与我同流合污的人。我们之间这种不怀好意的默契是从小开始的。我记得小时候我偷舅妈放在床头柜里那个漂亮的镶满水钻的胸针，陈清年那会儿刚会说话，他躺在夏天的凉席上，睁大了眼睛望着我，我把那枚胸针放进兜里的时候，把食指竖到他的小嘴上，等大人追查胸针的下落时，他把嘴巴紧紧闭上了。他是个嘴巴牢靠的，胆小鬼。

我给陈清年回了一条信息："别提车的事情，其他不用你管。"然后我把他的微信删掉，手机号屏蔽。

凌秋没有联系我，我不知道他是否到了，我没有算时间。现在去我要去的地方的路我都已经记得了，我不再需要开导航软件。人的记忆有时会突然变得很神奇，它就像一段时间的灵光乍现一般，我从不记得路，可能是因为我没有去记，我并不是路痴，我发现自己能记住我在北都仅仅去过一次或两次的地方，凭着感觉我就能把路找出来，从容地到达目的地。但我已经对自己能在北都自由行走不感兴趣了。

我把车开到了昨天停车的地方，走了两个街区，到了小区的门口。我把外套上带毛边的帽子戴在头上，双手插在外套的口袋里，低头走进了小区。现在是早上八点半，我开了将近一个小时十五分钟才到这里，路上实在太堵了，但不要紧，我知道木歌平时的作息。他不会大早上跑去公司的，他每天起码要到十点才会出门。

我在小区的中心公园晃了好几圈，一直到九点多，我看到那栋楼里有个女人走了出来。我认识那张脸，我没有躲开，只是下意识地走远了一些，我看着她朝小区后面去了，那边好像有个地下停车场，过了不久，我看到了木歌的那辆吉普车开出了小区。我继续在小区徘徊，徘徊了将近一个小时，那辆车没有回来，木歌也没有出现。

我离开小区，绕过两条街又开车回小区对面停着，我一直注视着小区的出入口，到将近十一点，我才看到木歌的那辆白色本田开了出来，我便跟了上去。隔着几辆车，我一直盯着他的车牌跟着，不远不近，但我知道不会丢，尽管他走的这条路并不是去公司的。我一路上都在想，我是不是应该找他心平气和地谈一下，让他好好地解决这件事，把那个项目还给我。我不知道我究竟为什么还在考虑项目的事，但只有想到那件事，才能让我抓方向盘时感觉踏实许多。但我知道，我并不会这么做，可我也不知道我究竟要做什么，我为什么会开车跟着他。

他一直把车开到了郊区的一个会展中心门口。门口有个很大的停车场，停满了车辆。他找了中间一个空位停下来，我把车停在路边打上双闪，打开一点车窗看着他。我看到他打开车门钻了出来，他还是那个样子，高高瘦瘦，光是站着便能显出风度，从远处就能看清楚他的干净，我隔着这么冷的空气似乎都能嗅到他身上他们家的洗衣液味道。他今天穿得很正式，白衬衫加深蓝色的西装，外面披了一件大衣，看上去像是来参加什么活动的。他下车后站在车旁边打了个电话，没打多久，挂断后他开始东张西望，像是在找什么人。我下意识地低了低头，关上一点窗户，透过玻璃继续注视着他。只过了一小会儿，我就看见从会展中心的门口走过去一个姑娘，姑娘的个子比我高，身材苗条，中长发，穿了一件和木歌的西装差不多颜色的长大衣，那大衣看起来很薄，我看不清她的脸，却仿佛能嗅到她身上的香水味，带着灼热的激情混杂着高级化妆品的味道，她应该是个很年轻的人。

他们没有拥抱，没有任何亲昵的动作，但我发现木歌转身的时候倾斜了一下他的右肩，顺势把手背到了身后，他的走路姿势看起来有些僵硬，那是他在佛罗伦萨跟我在一起时也有过的僵硬，他似乎有点紧张，他似乎很喜欢她。

等他们进去后，我也找了个空位，把车停了进去。下车走到门口，才发现这里头有一个现代艺术展，我没听过那几个艺术家的名字，似乎是个联合展览，有各种艺术，包括油画、雕塑和装置艺术。艺术展的门票是一百六十块钱一张。我进门在左边扫码买了票走了进去。

一走进去，就走到了一个奇妙的空间，白色墙壁上有一些奇怪的黑色投影，作品的名字叫《私密地狱》，倒是没看出来别的什么，只不过屋子够黑，有好几对年轻的情侣把这个空间当成了接吻场地。真是奇妙，对艺术毫无兴趣的木歌，竟然会来看这样的展览。我刚想绕过那个空间，转过一个柱子，就看到了木歌。他和那个姑娘站在一个看起来像是一个人蜷缩成一团的投影前，我赶紧躲到了柱子后面。我发现他们俩只是静默地看。我在这黑暗中，带着好奇心努力地想看清木歌脸上的表情，我不知道他们究竟站了多久，好像很久，久到我甚至怀疑那白墙里面真的关了一个悲伤的灵魂。我没看清木歌的表情，但我看到他居然戴了一副金属框架的眼镜，那应该是他进来后戴上的，之前我没见到。我不知道他有没有近视，但他从来没在我见到他的时候戴过眼镜，他没端着相机，而就这么一本正经站着，这让他看起来像另一个人，像一个极力去假装自己的学者。

后来他俩往前走了，依旧没有肢体接触，木歌转身的时候仍旧小心地倾斜他的肩膀，小心地刻意避开肢体接触，显得很绅士。木歌掀开进入下个房间的帘子时，我被他眼镜框的反光闪了一下。

我走到这个房间的帘子后面，看到他俩的脚步就停在帘子那边很近的地方，不安和危险的信号刺激着我的大脑，却令我更加无法动弹。我没有办法把视线从木歌的那双鞋上面移开，那间房是亮的，似乎打了十几只高光灯，全都照在他的鞋上。他今天穿的这双皮鞋是在意大利买的，是一双漂亮的布洛克鞋，可我一直没见他穿过。之前他对我说，这鞋买了只为看，不为穿。

我没有再往前走，我站在门帘后面看着他们离开，掏出手机给木歌的那个没有屏蔽我的号码发了一条消息："鞋子好穿吗？"

发送完毕后，我站在黑暗里掀开一点点帘子，他们果然还在那个过分明亮的空间里站着，我看到那个房间里有无数面镜子，从头顶到四壁，还有许多盏灯，门口的展示牌上写着：人间天堂。

哪个是人间？哪个又是天堂？我并不觉得从这个地狱里走过去就能看到什么人间天堂，从这种黑暗中走到极致的光亮里只会让你看得更不清楚，眼睛被刺痛，那是另一个更可怕的地狱。我看到木歌掏出了手机，那是他的另一部手机，他之前只用来看股票。他看完信息后环顾四周，我放下帘子。没过几秒，我便收到了回复："你在哪里？你想干吗？"

我转身从入口离开了展览馆。展览馆的门口还有一片积雪，它们把天映照得格外明亮，却把其他一切都反衬得特别灰暗——这才是人间的真实色彩。

我回到车里，打开暖气，给木歌回了一条消息："给你一个地址，明天五点前到这里来，上次不是说我们要个孩子吗？我怀孕了。"

他很快回过来："你疯了吧？！你在哪里？你是不是在北都？"

只看短信，我就能想象到他气急败坏到双手颤抖地捏住手机回消息的模样，却又不想让身边年轻美丽的女伴看出端倪来，所以只能站在那儿强颜欢笑。我看着手机屏幕忍不住笑了起来。

我："你在圈子里也算是有头有脸的人物，要不我们玩个游戏吧。你如果明天不按时来的话，我就在整个圈子里把你假离婚四处骗小姑娘的事情捅出去。"

他秒回："你疯了吧你，陈薇！你疯了吧！你在说什么呢？你究竟想怎样？"

我："我只是想和你谈谈这个孩子的问题，我不想怎样。如果你不相信的话，咱们可以试试看，你看我会不会那么做。"

他继续秒回："我一买机票火车票就会被我老婆查到，到时候事情闹得更大。你要在北都的话我们今天就见面谈谈，你在哪里？我去找你。"

我把地址粘贴进了对话框发了过去，又追发了一条信息："开车来，更方便，记得，明天下午五点前，自己算好出发的时间吧。"

发完这条消息，我就开车离开了展览馆的停车场。我原本并不知道我究竟要干什么，我可能会在北都多待几天，再想接下来的事情。或许这期间会发生一百件事情，来阻止我做接下来的事情。但现在一切都开始在我眼前明晰起来，我要做的事，要去的地方，它们变成了越来越实在的图景，不断在我眼前呈现，我开着车返回旅馆的路上，感觉自己又回到了江南，回到了西元，回到了前帆镇，回到了周峰村，回到了那片白茫茫的农田，白茫茫的小山坡。

我每次眨眼都看到一些过往的画面，它们之间似乎没有任何联系，也并不完整，它们关于许多人，如同我脑中碎碎念的语句那样，在北都的冰雪之中逐渐坚固成了冰柱。

我回到酒店，用最快的速度收拾完行李。离开酒店的时候，前台那个老板娘模样的中年妇女不在，换成了一个年轻的小伙子，可能是老板娘的儿子，看模样像个高中生。

"那个，209 空出来了，我不住了，钱交过了。"我说。

"哦，您等下，我需要核对下您的信息。"那男孩恭敬地对我说。

"我没带身份证，之前填了个表格，好像在柜台的第二个抽屉里。"我看了看时间，快两点了，我得快点走，不然到了深夜乡下的路不好走，"快点行吗？我赶时间。"

"您给下名字吧，我核对一下，有押金吗？"

"没有押金，我交了三天房费的。你查一下吧，名字叫蓝泉。"

说完，我就离开了，那个小鬼在后面大声喊我，我没有回头。我用最潦草的字写下了蓝泉的名字，写下来的那一刻我不知道我在想什么，她一定没来过北都的这种地方，就算我代替她来感受一下好了，我不想只有自己体会，所以我写了她的名字。我在想，她会不会因为我的这个举动，也闻到了那间屋里刺鼻的消毒水的味道，也听见了那台老空调发出来的噪声，看到了我看到的窗户后面深不见底的黑暗，感受到了我所感受到的绝望？

我并不想以这种方式成为她，但可能她可以用这种方式成为我吧。

我给车加了油，开离了北都。木歌在我上高速的时候，又给我发来一条消息："西元的前帆镇是吗？我知道了。"

北都的天似乎暗下来一些，细小的雪飘落下来，不一会儿，天亮了起来，雪也变大了。我总觉得路的尽头与天交界的地方，有个旋涡，旋涡里透着光，那好像是通往另一个世界的入口。但我把车开进一个隧道再出来后，那个入口便消失不见了。

我觉得自己，好像错过了重生的最后一次机会。

不　归

　　我一直开到凌晨三点多才到老宅。入夜后的村子，宁静而诡秘，外面很少有灯，四处都是沉寂的黑色，找不到地平线也看不到黑暗的尽头。静谧的空间好像把所有能发出声响的物体都吞进了黑暗，这里仿佛是一处被丢失在时间里的地界。

　　我打开老宅的门，它发出了让人恐惧的声响。屋内有一股我们上次留下来的温热气息，是属于人的气味。我打开屋内所有的灯转了一圈，上次还留下来一些水和零食，在茶厅里摆着，后院的雪没有化干净，却在雨夹雪后残留了许多泥点，我们的脚印在那些脏兮兮的黑色中消失了。我没有踩到院子里，我沿着走廊直接去了一楼的房间，把行李放在我和蓝泉上次睡的那间屋子里。打开门时，我感觉屋里好像还有蓝泉洗完澡后，涂抹在身上的沐浴露的花香味，我深深地吸了一口，那种感觉很好，就好像那天的时空与现在重叠了。

　　我收拾好一切，在床上躺下来，我知道天快亮了，但我毫无睡意。我把陈清年的微信删掉后，凌秋似乎也跟着消失了，我的眼睛正在适应屋里的黑暗，那些黑暗中的小光斑让我不停地猜想，他是不是突然找到了什么合适的借口从而做出了与我不再有瓜葛的决定。我想象他一声不响地走出飞机，上下摆渡车，在狭窄的行李带上拿到行李，走出机场的一系列画面，画面是无声的，我懒得去想象他周围的声音。他穿着什么呢？现在那边是不是每天都在下雨？阿诺河的水涨高了吧……想到阿诺河的时候，我坐了起来，眨眼的每个瞬间，我都恍惚地看到黑暗里的光斑正在变成一盏盏灯，后来它们渐渐地有了形状，它们起起伏伏，变成了阿诺河上那些对岸楼房的倒影。

我在床上坐着，让自己缩成一团，模仿展览里白墙上的那个黑影的姿态。我心中原本习以为常的恐惧正在逐渐消失，那些曾经我眼见过的美好正在一点点地回来，只是它们如同海市蜃楼般的景象，更像是在装点另一座地狱。

天亮后，我经过厨房听见了一些响声，我一走进去，响声却又消失了。我仔细回忆了刚刚听到的声音，有点像老鼠发出的，现在是冬天，老鼠可能都躲进家里来觅食了。

我开车去了一趟镇上，在镇上唯一的大超市买了一箱国产红酒和一个醒酒器，又买了一些菜，然后我开车去了隔壁的村子。隔壁的村叫黄梦村，那儿离我爷爷奶奶家更近一些，我没记错的话，我爷爷奶奶家的房子就在两村的交界处。

黄梦村的人要多一些，这里现在仍然居住着许多老人，还有些在村里做事的年轻人没离开这个村子，结婚生孩子也都在这里，所以村里也能见到小孩，不同年纪的人让整个村子看起来比周峰村多了不少烟火气。

我把车停在村口的空地上，往里走了很远，直到见到有户人家的门口坐着一个看起来热情的老伯，我小心翼翼地走上前打了个招呼，问老伯："请问您家有老鼠药吗？毒性强一些的？我家祖屋里有老鼠，镇上那些药不起作用。"

老伯打量了我一会儿，说："有，你等等，这个天啊，老鼠都跑屋里来了。"

他转身走进屋里，不一会儿就拿出来一包用牛皮纸包好的东西递给我："这个你撒一点点就好了，一定要当心点，毒性很强，尽量别弄到手上。"

我点点头："好的，谢谢大伯。"

"哎，你是哪家的？我没见过你啊。"他可能听出了我的口音是本地的，却又不像是这个镇上的。

我笑着指了指前面："我是凌家的。"

"凌家不是个男孩儿吗？凌家还有人吗？"

"我是那个男孩儿的堂妹，从小在国外的，回来看看祖屋。"

"哦……"他笑着冲我点点头。

告别了老伯，我绕着黄梦村走了一圈才回到村口。说实话，我不知道凌秋家的老宅子在哪里，我也不记得我爷爷奶奶家屋子的具体位置了。我不知道这些年过去，那些屋子里究竟还有没有人，那些老人还活着吗？我一路走着的时候也在琢磨这些问题，但我并没有去刻意寻找什么。很多东西都在我的脑中一闪而过，轻飘飘不着一点痕迹。它们都不重要了。

我开车回到周峰村的老宅，进屋锁上门。上次和凌秋他们一起买回来的干柴火还剩下来不少，我看了看自己买回来的菜，里面有一块卖相不错的排骨，那是我在超市的生鲜柜特意挑的。我掏出手机发了条消息给木歌："在路上了吧？我给你做我拿手的菜。"

他没回，但我知道他一定会来。

下午三点来钟的时候，下了一场很大的雨，天一度暗成了黑夜的样子，木歌给我打了个电话，我听见了他冰冷的带着厌恶的语气，他说："我可能会晚点到。"

"你没开自己的车吧？"我问他。

"没有，我开的单位的车。"

"你现在打给我的这个号码，保险吗？"

"这个手机里的卡是新换的，我老婆不知道。你问这干什么？你是担心自己被找麻烦吗？你要是有这点觉悟的话就不该一直找我麻烦。"他的语气有点阴沉，他喜欢用这个词来形容我。

我对着手机笑了笑："我这怎么是找你麻烦呢？我是在帮你解决更多的麻烦才对啊。"

他一声不响地把电话挂了。

他的态度丝毫没有影响到我的心情，我把手机里的音乐APP打开来，播放一张富有激情的古典乐专辑，然后开始投入地做菜。木歌曾经说过他喜欢吃辣，所以我在每个菜里面都加了一些辣椒，除了那盘糖醋排骨。我今天很想吃这道菜，这道菜有我想念的味道，无论是我外婆教给我做的还是路城做的，在我的记忆中都变得异常美味。

木歌到的时候将近五点半，我差不多已经做好了晚餐。

门口的空地停不下两辆车，我让他把车停在旁边那条小路的路口空地上走进来，我站在门口等他。他是打开手机上的电筒走进来的。

"为什么一盏灯都没有啊？这些屋子外面也太黑了，路上也没什么人。"他说，"我刚刚还去了一趟镇上呢，镇上也没几家商铺开门，你们这是鬼镇吗？"他语气里带着开玩笑的意味，和之前在路上与我说话的口气完全不同，我知道他在故作轻松。

"你害怕这种地儿啊？"我学着他说话的腔调对他说。

"什么话儿啊，我一大老爷们儿怕个屁！"

我想起了我们从大理的民宿离开的那个凌晨，他见到那只在夜色中突然冲出来狂吠的狗时的反应，便转头低声对他说："你好尿啊。"

"你说什么？"

"没什么。"

他今天穿衣回到了我熟悉的风格，运动型的棉袄，牛仔裤，运动鞋，和昨天我在郊外的那个展览馆见到的他判若两人。我本想以打趣的方式问问他为什么不像昨天那么庄重了，但是我没有，我把许多堵在喉咙口的话都咽进了肚子里。

他进门后，我把大门关上并锁好。

"需要锁门吗？"

"我来这儿都锁门的，怕不安全。"我边说边走进厨房去热菜。

"哦，你经常自己来这种地方吗？"他站在厨房门口问，我看了一下，他连行李都没带，看他脸上匆忙的神色倒像是赶来开会的。

"以前外公在的时候，每次回来都来这儿。小时候也常来，前段时间也来过。不过你应该没兴趣听我说关于老宅的故事。"我笑着对他说，把菜端到大堂上的木桌上，让他先坐下来。

他一副欲言又止的样子，直到我把所有菜都端上了桌子，拿出开瓶器开酒的时候，他才似乎终于找到了切入点，摆出认真的样子对我说："孕妇是不是不该喝酒啊？"

我努力使自己的面部看起来很温和，我试着对他露出微笑："你想要这个孩子吗？难道你大老远来这里，为的是讨论怎么把他生下来吗？"

他低下头，假装深沉地看向地面，我仅仅看着他的后脑勺就能知道他在想什么。

"你在思考怎么让自己显得善良一些吗？"我说。

他默默地抬起头，他的额头上布满了抬头纹，显得他好像不知道我在说什么似的。然后他努力用真诚的眼神望着我，极具亲和力地对我说："你真的怀孕了吗？"

这个问题听起来并不像是问题，更像是一种关心，他装出的一切神态似乎都在告诉我，他是如此关心我的健康，他是如此心软，仿佛我只要说一个"是"字，他就会立刻对我负责。

我起了瓶塞，往两只普通的杯子里倒了一些红酒，那是一款很好的国产红酒，我从来不想在喝酒上亏待自己，但是他不配用好的酒具。

我闻了闻酒的味道，估计用这杯子一晚上都醒不开这酒。我放下杯子看着他，说："你觉得呢？"说着，我从桌角旁边的箱子里掏出另外两瓶红酒，"我去拿个醒酒器，把这两瓶开了倒进去。"

"嗨，有醒酒器这头一瓶干吗不用啊？一起倒进去吧。"他好像突然放松了一些，端起自己面前的杯子一口喝下去小半杯。

"不混了吧，后面的就醒着，头一瓶我们先喝。"我说着，拿着两瓶酒去了厨房。

我听见他挪开椅子站了起来，朝我这边走过来。

"陈薇，你还没回答我呢。"他说。他说这句话的口吻让人感觉他胸有成竹，仿佛是在告诉我他心里已经有答案了。

"你先去那边坐着吧，我很快。"我回头看他，露出十分柔和的微笑。他似乎被我的微笑打动了，听话地坐回了大堂。

我倒完酒后，把醒酒器放在一旁，又把剩余的装在一次性盘子里的食物拿出来，倒上一些今天从隔壁村的大伯那边拿到的老鼠药，那是一些纯白色的粉末，十分细，我倒的时候尽量注意没有碰到手上。我把那个一次性盘子放在厨房的角落里，心想，今天应该就听不到老鼠的声音了。我回到大堂里坐下来，喝了一口杯子里的酒，酸涩得很，拿这种茶杯盛酒，什么酒都不会好喝。

"我能不能先问你一件事？"我握住他的手。他的手指上依旧没有戴戒指，但左手无名指的文身却越发清晰了，甚至有些发亮，好像在水里泡过一般。

他反握住我的手，用大拇指来回在我的指关节和虎口处轻轻抚摸："你问。"他没抬头看我。

"我不是你第一个吧？我很好奇，你老婆是不是一直没抓到你？"

他瞬间放开了我的手，端起杯子一饮而尽，又给自己倒了一大杯。

"你觉得我是那种人吗？"他用强调的口吻说。

"是啊。"我说，"要不是觉得你是这种人，我怎么会这么问呢？"我开玩笑一般地说，笑了起来，他也跟着我笑，又给自己添了些酒。

"陈薇，我对你是真的喜欢。"他一本正经地举起杯子，仿佛那里面装着的不是红酒，而是什么誓言之水，他的脸上写满了确定，就好像他在企图用那些表情让我相信他说的话是真的。"我是真的爱你，你上次说想要孩子，我特别感动，你记得吗，我们在大理的民宿的时候？我承认我和我老婆暂时离不了婚，这事情需要时间，因为我们毕竟在一起这么多年了，有太多牵绊了，很多东西也不是我一个人能说了算的，不是一朝一夕能解决的。"他说。

我停顿了很久，对他说："吃菜吧，都要凉了。要不要我再去热热啊？"

"不用，这样挺好。"他开始品尝每一道菜，"你都加了辣啊？味道够重。"

我夹了一块糖醋排骨放进嘴里，味道正好，按照我外婆的配方做糖醋排骨似乎不会有失手的时候。我把中间一根干净的骨头扔到桌上铺好的纸巾上面，尽量不动声色地说："你不是已经离婚了吗？还有什么离婚不离婚的？"

他没接话，突然哈了两口气，表现出被菜辣到的样子，甚至眼角被辣出了眼泪。他应该去做演员，我心想。

他像喝水一样喝完了那瓶酒的一大半，我看了看自己面前的那杯酒，我只喝了一小口。我拿起瓶子，帮他倒满。倒酒的时候，我没有看他，但我的余光可以看到他在看我，他看我的表情像是在观察，让自己对心里刚得到的答案更为肯定。

"我没怀孕。"我说。

他似乎松了一口气，却又在脸上表现出痛苦，轻声说："为什么？"

"什么为什么？"

"为什么要这样做？"他拿指关节敲了敲木桌，盯着我的眼睛，问，"为什么骗我？"

我把瓶子放在一边，转身走进厨房把装着两瓶红酒的醒酒器拿了过来，放在离他较近的地方。我能感觉到他的目光一直在追踪着我，当我重新坐下来的时候，他却好像有些醉意了，眯着眼睛看我。

"所以呢？"他说。

"那你呢？"我问他。我看到他正在用他的右手来回摩挲左手无名指上的文身，像是一个我之前并没留意到的习惯性动作。

"我什么？"

"你为什么骗我？"

"我说了我没骗你，我……"

"木歌，我本来打算就这么放过你的，哪怕你骗我，哪怕你老婆骂我。但是你真的，没给我留哪怕一点退路啊，我念着你的好，你呢？你念我什么了？"

"你什么意思？"他努力地睁大眼睛看着我，他的脸上尽是无辜，就好像我刚刚说的话确实伤害到他了，但他仍旧保持着不动声色的姿态，好像我是那个一直在欺骗他，令他十分心痛的人。

我低头笑了笑，我觉得我可能做不出来其他表情了，除了间歇性的几个微笑以外。我端起我面前的酒杯，碰了碰他的杯子："你喝完吧，醒酒器里的酒已经醒好了，可以换那个喝了。"

"那你也喝完吧。"他说。

我仰着脖子把杯里的酒灌了下去，十分酸涩，舌头上和喉咙口都残存了一丝酸涩的感觉，像是红酒里的酸正在腐蚀一些地方，被腐蚀的地方是感觉不到的，而感觉酸涩的地带是幸存下来的。我拿舌头在嘴里舔了一圈，咽了几口唾沫，站起来给木歌倒酒。

装了两瓶酒的醒酒器在我的手里有些沉，我颤颤巍巍的，尽量保持平稳地端着醒酒器，往他的杯中倒了满满一杯，酒还洒了一些在桌上，我觉得心脏疯狂地跳了几下，我一直盯着木桌上的红色液体，直到它们不再冒出细小的气泡，平静得好像一直在那儿一样，我才移开目光。我把目光移向木歌的时候，我觉得有可能一切都是幻觉，我刚刚看到的和现在看到的，都是幻觉。

"你好像打算把我灌醉啊。"他说。

他眨眼的速度放慢了一些，但并不是特别慢，说话的表情有些陶醉，但我不知道他因为什么陶醉，他是不是想到那场展览了？

他喝了一大口我刚给他倒的酒，有些激动地抓住我的肩膀："陈薇，我有的时候也不知道怎么办，你懂吗？人可能就是这样的，不知道怎么办的话也只能这样。她要带我女儿走，我不能接受。我爱我的女儿，所有人都认为我并不管孩子，他们知道个屁！从我女儿上幼儿园开始就是我在帮她安排，上什么学校，哪个班，课外学什么。行，我承认，我也不是那么称职，但我错在哪里了？我在外面赚钱，她就在家里带带孩子，她还能给我搞出来一堆事情，都是我的问题？那我在外面找个我喜欢的女人放松放松又怎么了？"

他还打算说点别的，也做好了这个准备，但我忍不住打断了他。

我说："你的意思是，你的这些不如意导致你需要在外面找几个女人放松放松是吗？"

"陈薇，我不瞒你讲。"他按在我肩膀上的手指用了用力，我想把他的手指从我的肩膀上挪开，但我没那么做，我只是沉默地看着他，等待他接下来说出更荒唐的话。"我不瞒你说，就是那样。所以我觉得我没有骗你，你懂吗？你是我在放松期最合适的人选。我爱你，陈薇，你可能还不知道，我有多爱你。你填补了我生命里最乏味的那段时间的情感空缺，我知道你不是永恒的，但我爱过你的事实是不会改变的，这么说，你能理解吗？"

我把他的手指从我的肩膀上掰下来，我觉得肩胛骨有点疼，是那种隐隐的疼痛，好像被扎上了好多根细针，刺穿了皮肉一直到筋骨，我觉得自己无法动弹，只能僵硬地站起来，端起醒酒器。他看到我端起醒酒器，很自觉地喝掉了面前那杯酒，我把他的杯子倒满，把醒酒器放下来后，我朝着他的身体推了下他的杯子。

"多喝点，我们今后可能不会再见了。"我说。

谋 杀

"为什么？"他问我，他的眼珠颜色太浅，无法像凌秋的眼睛那样，清晰地倒映出我的脸，所以即便是看着他的时候，我也只能想象自己的表情。

"你还是在问为什么我骗你说我怀孕的事情吗？"我撇了撇嘴，说道。

"不是。"他说，"我想知道，你为什么会这么恨我。"

"我不恨你。"我说。我觉得我的回答很坚决，几乎是脱口而出的，在我回答这四个字的时候我脑海中出现了很多乱七八糟的画面：我们刚认识时的画面，一起去云南的画面，他亲吻我的画面，他拉着我的手穿过集市的画面，他躺在床上对我说不会让我有后悔的机会的画面。我觉得我可能会有些伤感，但我没有，我只是麻木地任由那些画面在脑中如同电影放映般掠过。然后我觉得我的眼角湿了，我平静地拿手快速擦了一下："我只是觉得，你不该把我逼到这个份上。"

我把食指的指甲放到牙齿之间，轻轻地咬着，没有咬断，然后我把食指放到了嘴唇上，很自然地找到了一块翘起的细小的干枯的嘴皮，开始小心翼翼地撕扯它。我以前没发现，原来我有很多小动作都可以过渡到这个坏毛病上，总是不知不觉地，我就会进入等待疼痛和出血的心慌状态，可我的初衷似乎都不是这个。

"陈薇，我没逼你。这事儿应该已经过去了，她也没再跟我提了，我觉得咱俩不至于整出什么深仇大恨来，而且如果你愿意，以后我们还能继续在一起。我只是希望你明白，我现在也是身不由己，人活在世上，有几个人能如愿？我也想和你一直在一起，你难道感觉不到吗？"他摸了摸鼻子，把头低下去晃了几下，似乎希望自己能稍微清醒一点。

我笑了，我倒也希望他能清醒一点，比如我可以和他聊聊昨天我看到的画面，但我忍住了，没什么必要了。

"我给你说个故事吧。"我说着站起来，又给他倒了一杯酒，他立刻仰头喝掉了。他是那种毫无自制力的酒鬼，越是觉得自己喝多了就越想喝。他可能以为他只是喝多了。我再次给他加满。

"我也骗你了，我结过婚。"我说话的时候看着他，他的表情有些迷惘，又有些兴奋，他看着我，似乎在问："你在说什么？"

"记得之前我跟你说的那个死去的同事吗？他叫路城，他是我的前夫。"我知道自己在笑着看他，凑近他的脸，他的表情似乎变得有些痛苦，我也跟着觉得痛苦起来，但我并没打算放弃诉说这个故事。他眨眼的速度变得非常慢，好像真的喝多了一样，他慢慢地把头放到了胳膊上，抬眼看着我，迷迷糊糊。

我又给他倒了一杯酒，然后拿着醒酒器去了一趟厨房，再回来的时候，他还在努力地慢慢眨眼，我把醒酒器放在他面前。他摸了摸醒酒器，似乎想说点什么，可我等了他好几秒钟，他却一直张着嘴什么都没说，我不想等了，我想把我的故事说完。

路城不是我杀的，确切来说。

凌秋说他是溺死，我反复确认这一点后，一直告诉自己他的死和我无关。但我也很清楚，这是自欺欺人，他的死和我肯定是有关系的。

去米兰的那天，我记得很清楚，是十月十七号，我坐火车去的米兰。那天米兰风很大，但没有下雨，中部却在下雨，一直下，后来米兰也开始下雨，托斯卡纳就变成了狂风暴雨。我记得那天晚上，我拉着我的客户去了酒吧，在靠近吧台的地方喝了东西。他说的话我根本没听进去，因为那个时候，我满脑子想的都是怎么解决路城。

我听到自己说："如果他不那么过分，想把我之前做的事情捅出去的话，我也不会做那么极端的事情。我觉得，至少我能找到一条比较合适的路，不至于弄成那样。"我知道自己说了什么，当然我真的不愿意去想那一段，如果不是那些场景一而再再而三地出现在我的噩梦里，我真的不愿意去想。

"他不给科尔德发那个邮件的话，我会以为他根本不在意那件事。当然，我觉得这是我为了说服自己所做的假设，事实证明我错了，他一直都很在意，他在意我曾经想让他去背锅的事情，虽然这事儿没发生，但他确实知道了我的想法并且很排斥，这是我没想到的。我以为像他这样没用的男人，只会考虑自己的生活好不好，他哪里来的事业啊？所以他又凭什么在意呢？我真没想到，他居然不仅在意还拿这件事要挟我，他凭什么？你知道吗，他没资格要挟我。当然，如果不是认识了你，让我觉得无论如何都会有个保障的话，我也不会这么冒险。说实话，我真的天真了，我曾经真心以为，你是可以成为保障的，可是你看看，你都干了什么呀！"

十月十七号晚上，那个大会结束后，我拉着一个和我关系比较好的客户去了酒店大堂的酒吧，我们坐在靠近吧台的地方，我请他喝了一杯朗姆酒，我打碎了一个酒杯，我觉得他们能记得我，然后我走了，回了房间。我在房间里换了衣服，小心翼翼地出了房门，走廊里并非到处都有监控摄像头。其实我没从大堂出去，我走的是侧门，也就是凌秋手机里那几张照片上的地方。我一到酒店就观察过，侧门那边的监控摄像头坏了很久了，一直没修，而且侧门离我停车的地方比较近。我想，那个去清除大堂录像的人真是傻，那里面什么都没有，但我不知道凌秋是怎么发现那个地方的，侧门很隐蔽，要穿过一楼的厨房。假如不是因为我是路痴，上一回来这个酒店的时候没找着客梯，不知道怎么回事坐了一部货梯直接进了人家酒店的厨房的话，我也不会发现，原来这里有个对外的侧门。

我开车去了米兰的郊外，换了一辆车。那是我关户的黑车，套牌的，他对我说，不管我拿这辆车干吗，都不会有问题。我记得他站在米兰的郊外，一个废弃工厂外面的空地上，面对着黑夜对我说出这句话时的表情，他可能以为我会开着车带个客户去夜总会或者玩点别的，而这件事不能让别人发现，他做出很了解我工作性质的样子，想博得我的好感，以后多给他介绍点活儿。我微笑着对他说谢谢，开着他给我的那辆黑色大众上了高速。从米兰到佛罗伦萨要开三个多小时，我离开米兰的时候已经快十一点半了。在我快接近佛罗伦萨时，我给路城打了个电话，电话响了很久他才接起来，声音里没有困意，但很颓废。我让他去河边见我，我说我想和他谈谈。他答应了。

他说："好的，陈薇，我们是该好好谈一次了。"

我的车上有一瓶酒，是我在米兰的展会上买的，展会上有个酒庄的供应商过来打广告，他想送给我，但我坚持付了钱。那是一瓶不错的红酒，我以前喝过，在路城刚进公司的那年，那个供货商也给我们供过酒，那个时候那款酒时常出现在公司里、公司旁边的餐厅以及我家里。在节庆日和平时，它都陪伴过我们。我不知道对红酒丝毫不感兴趣的路城还能不能想起它的味道。我也不知道在我对那瓶酒动过手脚后，它还能不能保持原本的味道——酒已经被我开启了，我往里面撒了一包强效安眠药的粉末，然后我紧紧地塞住木塞，晃均匀后，拔起木塞，清理了那上面的粉末和酒。

开回佛罗伦萨的那一路上，我总觉得我身边放的不是一瓶简单的酒，而是一枚炸弹。如果我不尽快把它从车内的封闭空间带走的话，它会把我炸伤。

暴雨持续着，直到我开进佛罗伦萨城内的时候，风暴才骤然停止，就好像老天在有意帮我开路，于是我对我要做的事情更加笃定了。当时凌秋小时候对我说过的话反复在我脑海中出现，他说过，那些死去的人都是活着不幸福的，我一直告诉自己，我不光是为了我自己，我也是为了路城，路城已经让他自己的人生走到尽头了，在那样的情况下，他无法往前走，就阻碍身边的人往前走，可我坚决不让他拖住。他在我脑中就像暴雨后阿诺河滩的那些烂泥，八月里的烈日也无法阻止它的腐烂，只有将它除掉。

我不光是为了我自己，我不停地对自己说，他不该这样活着，他也不该遭受活着的这些痛苦。

我把车停在河对岸塔楼下的停车场，顶着大风走过了卡拉拉桥，来到了河边。我和路城约定见面的地方，是那个可以下到河滩的台阶上。我到的时候，路城已经下去了。下过雨后，河水涨了不少，河滩变窄了一些，草地和沙地都是湿漉漉的，我没有去踩那些地方。夜很深，狂风暴雨后的黑夜变得更加沉寂，周围一个人都没有。没人会在这种天气这个时间在这里晃悠，流浪汉都不会。我和他在最后一级矮台阶上坐下来，他想把身上的夹克脱下来垫在地上，被我阻止了。

"无所谓，湿就湿了。"我说。

他盯着我手里的酒，说："你没带两个纸杯吗？"他的声音在风里飞了起来，被刮得零散而破碎。我有些恍惚地看着那瓶酒，把瓶塞拔出来递给他："就这么喝吧。"我说。

他先粗略地看了一圈瓶子，然后举起往嘴里灌了一大口，很显然，他并不记得那个酒，他把曾经那些平静的时光全都忘记了。他皱着眉头把瓶子放下来，转头把酒瓶递给我，我没接。

"我还要开车回去，就不喝了。"

他看了看周围，又喝了一大口瓶子里的红酒，用一种充满嘲讽的声音说："那你大老远赶过来干什么？这个时间约我在这种地方见面，是单纯想谈谈吗？"

"不然呢？"我的声音也在风里被搅得粉碎。

"哦，我以为你想把我灌醉了推进河里去呢，我来之前就在想这个点约我来这里，是不是想杀了我。"他开着玩笑，掏出一根烟点了半天才点上火，他狠狠地抽了两口。

"路城，我为什么要杀了你？"我也用开玩笑的口吻对他说。

"陈薇，"他突然转向我，认真地看着我，烟头的火光一闪一闪的，这可能是周围除了朦胧的月色和从上方打下来的一点路灯光之外，唯一的光亮了，"我不是故意要那么做的。我知道，公司肯定找你了，但是……"

"你已经疯了，你知道吗？"我打断了他，"你已经疯了。你知道你干了什么吗？路城，我一直想好聚好散的，我不是没有爱过你，我也不是没有尝试挽救我们的婚姻和感情，后来都失败了，所以我想要好聚好散，但是你究竟是为了什么不肯放过我呢？"

他把烟头扔在脚边，尽管扔下去的时候已经熄灭了，但他还是踩了两脚，像是为了发泄似的重重地踩了两脚。

"是你，是你逼我的。我原来也不想这样，陈薇，我是为了让自己振作起来才来找你的，可你——你这么快就和别的男人勾搭在一起了！你对得起我吗？我下定决心回来找你，费了那么大的劲跑来见你，你呢，第一天就让我看到你和别的男人搂搂抱抱。你承认吧，叫木歌是吧？我看到他给你发的消息了。你这次回国，就是去见他的是吗？"他依然表情认真地看着我，只不过这样的表情更像是要一口吞掉我。

我低头笑了一声，看了一眼他手里的红酒，才喝了小半瓶。

我说："你给我喝一口吧。"他没有把瓶子递给我，却仰着脖子一口气灌下了剩下来的一大半，他用衣袖擦了擦嘴，把瓶子递给我，我没有接。

"你是嫌弃我的口水吗，啊？陈薇，我有那么让你觉得
讨厌吗？"

"你没有让我觉得讨厌，你让我觉得很恶心。你有没有看
看你现在是什么样子？你看看你的头发，你看看你的胡子，
你还有点人样吗？你自己这样就算了，为什么要拉着我？爱
我？"我看着他，他的镜框在反光，但我没有眨眼，我看着他，
直到他出现了迷糊的状态，我才继续说下去，"你想毁了我
是吗？想毁了我的事业，毁了我周围的环境，毁了我的生活，
你觉得这样我就和你一样了，我就会继续和你这摊烂泥搅和
在一起是吗？"我听见自己笑了起来，用一种很轻很低的声
音，仿佛那不是笑声，是奏乐的和声。

他似乎没有在听我说话，可能是他已经丧失了理解能
力，他自顾自地嘟囔："陈薇……我手里有你那件事的证据，
要是我拿出来的话，以后你在这个圈子，不，在任何地方都
不用混了。你就结束了……对，你会变得和我一样。"

"把酒喝完吧，我要走了。"我说。

他很听话，似乎连判断力也失去了，好像一个木偶般摇
晃着站起来，把酒喝完了。我看着那些液体在毫无色彩的夜
里一点点地流入他的喉咙。风敲打着瓶子，他没剪的指甲碰
到瓶子，发出和风掠过时的声音很相配的声音，就好像它们
是一体的。

我把空瓶子从他手中拿过来，看了又看，他在我旁边慢
慢地迷迷糊糊地说了一些话，他说，他的瞳孔在放大，他被
压缩成了很小的一块，他觉得他快喘不上气了。

"路城，你不该把我逼到这个地步的，不该的，我并不想这样，我真的不想。我真的想让我们俩都好好活着，过更好的生活，你本来也可以的，可是为什么，你非要选择不该选的路走呢？都是你逼我的……"

他闭上了眼睛，他不说话了。我看了看眼前的阿诺河，只需要几步，我就可以把他彻底地、永无后患地解决掉，我知道我自己的力量，是有些费劲，但我想我是可以办到的。我一边想着如何不留下足印，一边去摘他的眼镜。我已经受够了他的那副银框眼镜，它反反复复让我看到我自己的脸，我觉得我有时候没法控制我的表情，它看起来是如此狰狞，但我总是希望它能被永远压制在微笑和平静的表象下，毕竟我一直都很擅长做这件事。

我把他放在身侧的手机塞进自己的口袋，慢慢把手伸向他。就在我的手指即将触碰到他的耳朵时，他突然睁了下眼睛。我不知道是不是我的幻觉，但我缩回了手。我仔细看了他一会儿，用手感受了一下他的鼻息，他还没断气。看来要让一个人断气也不是那么容易的，我再次伸出手时，听见他呢喃的声音，那声音很轻，但是很清楚，一个字一个字地，从他滚动的喉结处抛出来，就好像他真的知道我想让他死一样。

我听见他说："我快看不到你了，陈薇，我爱你……"

这个时候，狂风停了一下，暴雨就像有什么人站在天上往下泼水般地砸下来，几秒后，狂风就又回来了，我听见了一种近乎哀号的声音，绝望地徘徊在我的耳边。我看了他最后一眼，站起来离开了。那一刻，我觉得我放过了他，虽然我并不知道他会不会就那样死去，或许会或许不会。假如他没死，我想，他可能会被送去医院，被认定是自杀，我会被通知去见他，他会对我进行另外一番要挟，或许他会报警，但是他什么证据都没有。如果他死了呢？

我顶着狂风暴雨来到河对岸，把那只酒瓶扔在塔楼下面的一个垃圾桶里。我钻进车里，把所有的哀号都关在车门外之后，我仔细回忆了一下刚才的画面，我打开他的手机翻了两遍，没有找到任何他说的那件事的证据，在恢复出厂设置后，我发动了车子，开离了城区。

我也慢慢伏到桌面上，把头搁在手臂上，眯着眼睛望着木歌："我把他的手机砸烂后，扔在了第二个高速休息站的垃圾箱里。你知道他的手机密码是什么吗？是我的生日。但是他还是死了，他是淹死的，所以跟我没关系。或许是他自己走进阿诺河的，那对于他来说，应该算是一扇重生的大门吧。木歌，你知道吗，当我知道他是淹死的时候，我忽然觉得那天我确实是放过他了。你知道吗，我也想放过你的，我今天晚上也一直在努力劝自己放过你，但你真的，真的，不给我机会。"

他眯着眼，似乎想要坐起来，但又好像没法动弹，只是微微地挪动了一下手肘，脖子也跟着动了一下。他满脸通红，想要说什么，我把脸凑过去，等了半天他只是哼了两声。

"喝多了很难受吧？"我摸了摸他的头发，慢慢站了起来，夹了一块糖醋排骨放进嘴里。

"冷了。"我自言自语地说。今晚我只吃了这一个菜，我发现它也并不是我记忆里的味道。

　　我端起他面前的杯子，把里面的酒倒进了菜里，端起醒酒器，又往里面倒了一杯。

　　"木歌，"我边倒酒边说，"我从来没有打算破坏你的家庭，是你骗我说你要离婚了，是你骗我的。你从头到尾都在骗我，到了现在你还骗我。你以为我不知道你假离婚的事情吗？行，其他的我都可以忍，我不过就是接了一个活儿，我忍到最后不过就是希望能有点实际的。感情没有了，行，你不牢靠了，也行，那我接个活儿可以吗？我就最后这点东西了，为什么，为什么你连最后这点东西都不肯给我！我都和你说分手了，你老婆骂我骂成那样，我都忍了！你还有别的人吧？我为什么要帮你背锅啊？行，都行，这些都行！那老罗呢？你们真的，厚颜无耻！"

　　我记得我开始说话的时候语气十分平静，但我越说越激动，最后我揪住了他的领子，他含糊不清地念叨着什么，我根本不想听。我的太阳穴使劲地跳动着，我的心脏也在使劲撞击我的胸腔，我的身体像被点着了一样，我根本无法让自己彻底平静下来，我只是在努力控制自己，控制自己颤抖的身体，控制自己因为愤怒而急促的喘息，控制自己不让自己把手放在他的脖子上使劲掐死他。

　　我逐渐地恢复了平静，我把他扶起来，让他靠在椅子的靠背上，仰着头，然后我把那杯红酒灌进了他的嘴里，他好像失去了抗拒的力气，他的喉结滚动了几下，把那些液体都吞了下去。

　　后来，他好像睡着了一样，变得毫无声息。

残　疾

这是元旦后的第七天。我回到了家里，我的周围一切都显得很正常。

西元又下雪了，我觉得很不真实。事实上，一切都变得不太真实，可我并不能确切地说出究竟是从什么时候开始，我周围的世界变成了一种十分奇妙的虚幻状态。我眼前的人，他们做的事情，他们说的话都摇摇欲坠，我每分钟都在担心这个世界会裂开，崩塌，变成碎片，再也回不到本该有的样子。但我始终把对于这些危险的预感藏在心里，没有告诉任何人。我平静地微笑，说话，竭尽所能地让自己看起来和他们一样正常，可同时我心里也很清楚，我已经和他们划清界限了，可能从很早的时候开始，就已经划清界限了，只不过我一直很努力地想要跨越界限，把所有的关联都当成了一种虚幻的奖赏，但我知道，它们迟早都会消失。

早上起来，我给自己泡了一杯铁观音，用的是我和凌秋最后一次交谈的时候，我给他泡茶用的杯子。自从他离开西元后，我没有再收到他的消息，他说过要给我打的电话就像那些突然没了的小说章节。不光是我，我的家人也失去了他的消息，以至于我妈越来越频繁地提起凌秋，就好像只要说到他的名字，他存在于这个屋子和这群人之中的感觉就不会消失一样。

陈清年今天也起得很早，他一反常态地早早起床，并且把自己收拾得非常干净，他从厕所里走出来的时候，头发油亮的程度让我怀疑他在脑袋上抹了一公斤的发蜡。接下来他一声不吭地吃完早饭，还看了一会儿报纸，表现得像个准备去上班的老干部。直到十一点来钟他听见敲门声走去院里打开院门，我坐在客厅里，伸长脖子透过窗户看到门外的人走了进来，我才知道他这些反常的举动是因为什么——蓝泉来了。

蓝泉到的时候，雪下得正大，铺天盖地的白色缓慢地冻结着空气，蓝泉穿了一件蓝色的长棉衣，戴着绒线帽子，她没有通知我她要来，我记得昨天下午我们才发过消息，她说她年底活儿很多，还又一次强调等放假的时候会来西元看我。我看到她出现在院里的那个瞬间，产生了错觉，我怀疑时空已经错乱了，那个虚拟的牢固空间已经被打碎了，我走出去的时候，感觉自己脚下还没来得及堆积起来的雪花，全部都是亮晶晶的碎片。我还觉得凌秋也站在院子里，我们好像回到了之前西元下大雪的时候，那是一段太美好的时光，哪怕是凌秋的拒绝现在回想起来，都变得没那么难以接受了。但此时此刻我心里却充满了慌乱和不安，因为蓝泉望着我的眼神就是那样，紧张、慌乱和不安。

"你怎么来了？"我说。

"我得告诉你一件事。"她似乎想站在大雪里立刻把这件事说完。

"进去吧，外面冷死了。"我打断了她，哪怕晚一点，一分钟都好，我想，让我用一种更加平静的方式来听她把她要说的事情说出来。

我走进屋子，端起我放在鞋柜旁边的那杯铁观音，走到了桌子旁边坐下来。我没有管蓝泉，没给她拿拖鞋，我坐下来看着陈清年把一双粉红色的毛茸茸的新拖鞋从柜子里拿出来，放到她的脚边，又接过她手里脱下来的蓝色棉外套，轻轻地拍掉了上面的水，小心地把它挂在门背后。眼前的场景让我想笑，想调侃一下陈清年，但我还是忍住了，陈清年显然不知道蓝泉突然出现在我们家，在这个时候意味着什么，待会儿他可能就没心情去顾及那些让他感到满意的体贴了。

蓝泉坐到了我的旁边，陈清年去给她倒茶了，我看到他从柜子里拿了一个保温杯出来后钻进了厨房。蓝泉看着我，她的目光很重地落在我的脸上，我没有勇气去迎接她的目光，她似乎变换了策略，她来不再是为了告诉我一件事，而是等着我把那件我本不该知道的事情说出来，她想看看我的反应。我一直盯着她脚上的拖鞋，想着是不是该说点什么，大概几秒之后，我就听见她说："木歌死了。"

我一时间愣在那里，脑袋里刚刚准备好的说辞还在不停地环绕，发出嗡嗡的声音，我本来想和她说说新年我收到的我最好的朋友鲁塔和皮诺的祝福，还有他们温泉山庄的生意好了许多，这些都是谎话，鲁塔自从上次之后就没再联系我。现在这些谎话已经没必要了，蓝泉还在盯着我的脸，我很艰难地转头对上她的目光，我不知道自己脸上呈现出来的表情更多的是恐惧还是惊讶，但她的脸上却是清晰的感到不可思议的表情，我觉得她是对我的反应感到不可思议，并不是对于木歌死了这件事本身。

“啊，你说的是木歌吗？”过了大半天，我才从牙缝里挤出这几个字来。

接着她继续用那种惊恐的、感到不可思议的声音阐述她是如何知道这件事情的。她说尸体发现的地方快到徽州了，但光说地界的话还算是南都，是南都靠北的一处乡下。尸体是在一处河边被发现的，凶手可能打算把尸体抛入河里，但没料到尸体在滚下斜坡的时候，卡在了河边的两个矮树桩之间，尸体没有在水中长时间泡着，被发现的时候腐烂不是很严重。

“尸体是很快就被发现的。”她说。

“什么时候？”

“应该是十二月三十一号的早上吧，被村里一对偷情的男女发现的。”

“新闻上没报啊。你从哪里知道的？”

“我单位一个同事的老公是北都公安局的刑警，因为死的人是木歌，社会影响太不好了，所以警局把消息封锁了，但现在有些记者已经知道了，估计这几天网上会有消息出来。你知道，这年头网络言论是没法完全压制的，何况这事儿已经发生了，迟早要站出来给个说法的。”她说话的时候始终看着我，我总觉得她是在观察我的反应。她为什么会因为这件事特意来找我？是因为她怀疑我和这件事有关系吗？还是说她同事的老公，那个北都公安局的刑警，让她来帮助调查我？不可能，不可能。

“你摇什么头啊？”她说。

“哦，觉得不可思议。木歌居然会死，觉得挺不可思议的。"我说，"案子类型定了吗？"

陈清年终于出来了，端了一杯满满的、里面装了十几种干货的茶，小心翼翼地放到蓝泉的面前。蓝泉看了一眼，扑哧一声笑了出来，她指着茶水对陈清年说："你是不是除了干贝花椒啥的没放进去，其他都放了啊？怎么里面还有人参呢？你觉得你姐姐我需要大补吗？"

陈清年的脸一下就红了，很不好意思地挠了挠抹了一公斤发蜡的头发，头发丝就像钢针一样竖起了几缕："我就是，哎呀，看到了就放进去了。"说完他又厚脸皮地说："蓝泉姐姐，你今天没化妆吧，你皮肤可真好，你素颜可真好看。"

蓝泉抿着嘴笑着看了他一眼，但她似乎没什么心情跟这个小弟弟闲扯，她又转向我，继续盯着我："肯定是凶杀。他们好像在他的血液里检测到了酒精和安眠药，好像胃里的食物残渣里也有强效安眠药，但他貌似是被毒死的，那是三氧化什么玩意儿，就是砒霜！"

"你们在说什么啊？什么被毒死啊？"陈清年凑到我们跟前坐了下来，"什么新鲜事儿啊？"

我没管陈清年，继续问蓝泉："你怎么知道这么多信息呢？都是你那个同事给你透露的？"

但蓝泉好像没听到我问的问题似的，她对陈清年说："死了一个人，影视圈里的一个'大咖'。"

"是演员吗？导演？谁啊？"

"你可能不知道，是个摄影指导，在圈内挺有名的，这几天网上估计就能看到了，叫木歌，你听过吗？"

蓝泉再一次把木歌的名字说了出来，我的心毫无征兆地悬空，然后它似乎在我的胸腔里消失了，蓝泉看着陈清年，她想知道他是不是知道那个名字。我看到陈清年听见那两个字后，眼睛由于恐惧瞪得很大，他半张着嘴，转向我，半天才轻轻说出来两个字："他啊。"但是他的表情似乎是在问我，我究竟干了什么。

很显然，从这一刻开始，陈清年已经明白了一件事，那就是这次蓝泉的到来不会再让他感到高兴，可能他现在已经在想，这件事到底有多严重，而他需要为这件事承担多少责任了。

木歌的名字成了一枚新的炸弹，带着巨大的能量，在新一年的第七天到达了我家，随时可能爆炸。晚上吃饭的时候，就是这样的气氛。我和陈清年都不说话，我妈一个劲地和蓝泉聊天，话语间试图从她那儿打探一些凌秋的消息，可惜，蓝泉说她不知道。我看到我妈脸上的沮丧，她好不容易说服自己忘记阶级，忽略凌秋在她眼中的好出身，而只把他当作一般个体来考虑我和他在将来可能发生某种关系，以及他能在这个家里取得的新身份，结果在这个时候，凌秋变成了空气飘去了海外，他似乎带着不再出现在我们面前的决心消失了，而我们厨房的柜子里还有他离开前送来的东西。

是啊，仅仅过了十来天而已，这个世界就已经彻底改变了。

蓝泉一直没有当着我们家其他人的面提起木歌的名字和他的死讯，她或许认为在我的长辈面前不能提起这样一个敏感的名字，更何况他现在已经死了。我和她说过，没有人知道我的事情，包括陈清年。但我想，陈清年不傻，他一定猜到我和木歌之间的非正常关系了。

陈清年隔着饭桌时不时地看向我，眼神里带着试探和惶恐，好像是有必须问我的问题，却又实在不想提起，他一直挣扎到晚上蓝泉去洗澡的时候，才出现在我房间门口。

他小心地走进来，小心地关上门，小心地在我旁边的躺椅上坐下来，小心地看着我，小心到像是正在玩扫雷游戏。

"怎么了？"我问他。但我没有看他，我正在读我面前的一本书，还是那本意大利语的《别离开我》，我不知道故事讲到哪里了，那些字母都变得很陌生，我一个字也看不进去，但我仍旧盯着它们，可只有我的余光瞥到被我从书里抽出来的那几张照片，其中一张里，凌秋模糊的脸正对着镜头。

"姐，木歌死了是怎么回事啊？"陈清年小心地开口问我。

"什么怎么回事？他的死我怎么知道是怎么回事？"我漫不经心地回答他。

他凑近了一些，又压低了一些本就不大的说话声："元旦前，你开车去了哪里？"

"出差啊。"我说，仍旧低着头。

"去哪里出差啊？"

"浙江。我有个项目要去看场地。"我终于合上了书，抬起头看着他，"你管这么多干吗？我去哪里出差跟你有什么关系啊？"

"姐，"他的表情显得非常不安，双手紧紧地攥在一起，"那当时关于车的事你为什么要我帮你撒谎？你去出差的话有必要搞得那么神秘吗？"

"我没驾照，大哥。"我不耐烦地说，"但是我不想让别人知道我没国内驾照，你知道哇，很丢人的。"

他机械地点了两下头，似乎并非我说的话或者说话的语气在说服他，他自己也同时在思考这些事里面的关联。后来他站了起来，但没有立刻走，他朝门那边看了看，确保蓝泉还没从浴室里出来，低头用蚊子一般的声音问我："你和那个木歌究竟是怎么回事？"

我本来可以简单地告诉他，没什么，就像之前那样。但我仰起头对他说："他出轨了，他老婆发现了，他拜托我帮他，我同意了，因为一些利益关系。就是这样。"

他似乎有些惊讶，抬高了一些声音，可能他不再觉得这事情有多龌龊了："那后来呢？他老婆相信了？你们解决好了这件事吗？"

"他老婆相信不相信不关我的事，我答应他做的我已经做了，后来我就不知道了，我也没继续和他联系了，只是现在他死了，我不知道怎么回事。"

我说得很平静，当我说到他死了的时候，带着一些遗憾，但语气很肯定，这件事跟我没有关系。这是我第一次说出我想好的谎话，我知道我必须鼓起勇气说出来，这样我才能渐渐适应，对象不是陈清年的话，也会是别人，可能是蓝泉。当然，蓝泉知道我和木歌确实有过关系，所以这样的谎言就会变得更复杂一些。

但不管是哪一种，我首先都要说服自己相信，否则的话它可能无法骗过任何人。

晚上，蓝泉躺在我旁边，在我想对她说出我事先准备好的谎言时，她先告诉了我一件事情。她问我，之前是不是接了一个老罗的项目，她记得我提到过。

"是啊，不过现在那个项目有点问题，可能黄了。"我说。

"是个大项目吧，我估计你说的项目就是那个项目。"她说。

"什么项目？你知道？"

"这事儿也是奇了，我跟你说，老罗接的那个项目有好几个部分，他之所以把海外摄影那一块给你做，是因为他自己想拿走其中更大的一块。这件事后来被他们公司知道了，他就不得不把整个项目都交出来了，你知道这个项目的合作方是谁吗？"

我又开始耳鸣了，让蓝泉的声音听起来很空旷很不真实。

"是谁啊？"我问。

"是我们公司。"她说，"这段时间我们就是在忙这个项目，其实我这次来是想问问你，你要是有兴趣做的话，海外那块我有办法挪给你，不过可能得挂在我们公司。"

房里的灯已经灭了，耳鸣还在持续，我的眼前有许多光斑在黑色中出现又消失，它们持续地干扰着我的视线，我觉得我什么都看不清楚了。

"为什么？"

"什么为什么？哦，你问老罗那事儿怎么被发现的是吗？好像他下面有个姓宽的，叫宽永啥来着，他把这事儿报上去的，他是个年纪小的男孩儿，负责跑业务的，我也是听说啊，反正说什么的都有，有说那小孩儿是木歌的徒弟，木歌和老罗不和的，还有说那小孩儿本来就是上头安插下来的，为的就是监视老罗，据说这几年老罗没少干这种事儿……"

她还在说些什么，但我没再说话了。我怀疑我的耳鸣从此都不会再好了，它会变成一种真正的残疾。

圆　圈

　　蓝泉只来了一天就离开了，她说她本来就要去南都出差，多要了一天假期顺道来看看我。我没有回答她关于项目的事情，她走的时候还在叫我好好考虑，我说我知道了。然后陈清年送她去了火车站，我借口要去找方三日就没有去送她。我实在不想再见到那个火车站，那些已经根植于脑中的东西，出站口，小店，店门上的字，风铃，还有店里的人都像是毒瘤。

　　西元的雪停了，这一次雪没有在地上堆积起很厚的一层，只是在下过雪后，空气中增添了几分寒冷，像极了小时候，我外公带着我去北都找他妹妹，我们在那个大院里度过的冬天，大雪和冰凌，那是我小时候对北都最好的记忆。那个时候北都的空气似乎并没有像现在这样干燥，它的冰天雪地与西元的相差无几，只是它更大，更有力量。我小时候觉得北都是一座比西元更加有力量的城市，但它同时很苍白，没有西元的小桥流水。我从没想过有一天，我会对它产生恐惧，我甚至害怕想到那座城市，也不愿意再去想关于那座城市的人，包括蓝泉，我希望我不要再见到她。

陈清年去送蓝泉的时候，我开着那台桑塔纳在街上乱晃，我想去一趟靠近徽州的乡下，但我没有那个勇气。可能是下过雪的缘故，西元的马路上很拥堵，我在一个个红绿灯处排队，看着十字路口的交警前后左右地移动。我麻木的心里忽然掠过一丝惶恐，并不是因为我没有驾照，而是因为我害怕他们突然把我拦下来，以我没有驾照为由把我带回警局，不管是哪个警局，然后开始询问我关于木歌的事情。红灯显得格外长，长到无法忍受。我刚想一脚油门踩下去，旁边有个比我更不理智的哥儿们率先超了车，我侧头看了一眼那辆车，那是一辆和凌秋之前在西元开的一样的车，雷克萨斯的SUV，我看着那辆车在前面不远处被交警拦了下来，然后绿灯亮了。

我想，这是不是一个征兆，是不是凌秋在通过这种方式告诉我，我必须保持冷静，即便是我身体的部分骨架都已经坍塌了，我还得支撑住找到一个自救的通道。于是，我改变了我的方向，朝着西元的郊区开去，我要去一趟南城寺。

南城寺的外貌并没有什么改变，门口几棵树的枯枝伸进了黄色的院墙，地面上是一片稀疏的白色，浅浅的白雪上有轮胎轧过的痕迹，还有鞋印。我把车停在门口的空地上，从半开的侧门走了进去。和凌秋很熟悉的那个小沙弥没有认出我，他站起来双手合十朝我鞠了个躬。我说："给我配一套香烛吧。"他点点头，熟练地从玻璃柜台里取出了一套颜色挺绚丽的香烛。他把所有东西一一装进塑料袋递给我时，我才想起来，上次和凌秋来也买了一套，但最后似乎连那个塑料袋的去向都不记得了，只记得我们根本就没有去那个香烛区。

小沙弥在我付完钱后又双手合十朝我鞠了个躬，我也朝他点点头。他看着我的眼神里似乎带着些疑惑，我迟疑地转身，他叫住了我。

"施主，您是……凌秋哥的朋友吗？"

我回过头来看着他："是呀，你记得我吧，上次我和凌秋一起来的。"

"啊，"他的脸上浮现出一个微笑，"那我没记错。您先请进吧，您走的时候来找下我，行吗？"

我想问为什么，但我没有问出口，我只是点了点头。小沙弥与我客气的样子和上次见到凌秋时的活跃完全不同，我有些不好意思问他太多问题，便匆匆打了招呼离开了。

进入南城寺，我才发现我不记得路了。路痴就是这样，上次来的时候我没想过我会自己来第二次，所以没刻意记路，按照记忆中大概的路线绕了两圈也没找到上次那个见到宣明大师的地方。寺里好像比外面还要冷，在这种工作日这样的天气里除了我以外，就没有其他人了。

我转回了进门那块的池塘旁，池塘里的水不像上次来时那么绿了，凌秋说过，这些水是流通的，它们会汇入江河。我想起了南都北边的那个极水村，那地方蓝泉没听过，但我知道，我和路城去过那里，还是他后父带着去的，因为他后父所谓的黑社会老大父母住在那个村里，他后父会经常去给他们尽孝。那是一个和周峰村很像的地方，应该说江南的村子大概都那样，可能浙江和徽州的村子也大同小异吧。

我记得我从那个村子走出来的场景，那会儿天快亮了，尽管我数学不好，但我时间总是算得很精准，我走出极水村的时间是在我计划内的。灰蒙蒙的天上露出了一点点的青色，好像在深色的夜幕里撕开了一条不规整的口子，没人知道那条口子会在什么时候放大，变成纯粹的强烈的白色，所以我走得很快，也很小心，我一直在观察四周，我怕任何定位软件，我不敢开手机。周围的静默张大嘴巴等着吞噬我，但我心里的那团火焰还没消失，有种无畏的执着一直在支撑我的躯体和我的行动，我知道我可以顺利地走出去，走很多路，很多很多路，直到回到我自己的那台车上。很多细节我已经不记得了，它们在天即将亮起来到后来逐渐亮起来的时候，都显得十分苍白，我不记得周围有什么，那些景色都是重复的，直到我走进一个隧道，我觉得那像是在我梦里出现过许多次的一个隧道。进入隧道前，我能看到远处的山峦，我不知道那是什么山，但它们连成一片，在雾气中隐去了自己的轮廓，隧道上方有绿色泛黄的植被，它们很茂密，堆积在一起显得富有生命力。但当我进入隧道后我才知道，曾经梦里那些让我不堪的恐惧都出现了，潮湿和积水，垃圾漂在浅浅的水面上，似乎没有合适的出口能让这些污水排出去了。它们就在这里，也只在这里，肮脏到令人害怕，没什么车辆经过，我怀疑我走错了路，我一个劲地跑，逃了出去。

最后我回到了西元，那会儿我觉得所有事情都是成立的，我没有错。但我现在看着这些不再那么混浊也不再那么绿的池水，我不知道自己究竟做了什么。

"施主。"身后传来一个声音，我回头一看，是另一个穿着深黄色布衣的沙弥。他问我："您是不是在找那场佛事的场地啊？"

我茫然地点了点头，他给我指了一个方向，我走了过去。那是天王殿的主殿。我走到门口就听见了温和的诵经和敲击木鱼的声音。大殿的右侧正在举行一场佛事，不算很大型，但我看到了在住持位上的宣明大师。

佛堂里坐了一些信徒，我在这些人的后面坐下来，闭上眼睛听诵经。尽管听不懂，但是这些诵经声却让我感到异常平静，我仿佛消失在胸腔的心脏又悄无声息地回来了，我能感觉到它的跳动，我的耳鸣减轻了不少，我的内心似乎有个声音，那好像是凌秋的声音，他在对我说："不管遇到什么，你都要平静地面对。"然后我看到了他，他乌黑的眼眸中倒映着我的脸，他十分温和地看着我，摸了摸我的头发，我握住他的手腕，把他的手放在我的面颊上，他的手很暖，充满了力量，像是充满力量的北都，想到这里我猛地睁开眼睛。佛事还在继续，宣明大师看到了我，但他没有停下来，他只是看着我，就好像能洞悉我的思想我的恐惧，他的眼睛对着我眯成了一条缝。

我从蒲团上爬起来，迅速离开了大殿。

离开前，我去找了那个小沙弥。他从柜台后面站起来，看着我手里的塑料袋问我为什么没有去烧香，我说我赶时间。

"那你把香烛退给我吧。"他说。

我笑了："香烛还需要退的吗？我拎回去好了，没事儿，下次来再用，不用麻烦了。"

他也笑了："您不会来了，凌秋哥说他下次来也不知道是什么时候了，我就知道他也不会来了。您退给我吧，别把这些带回家，不会带来任何好运。"

接着，他从口袋里掏出来一个褐色的小布袋子递给我，说："这是凌秋哥留下来的。"

"是什么？"我接过布袋子问他，"给我的吗？"

"不知道。"他说，"他没说要给您，但宣明大师让我把这个交给您，他说他没看里面的东西。"

"哦，对了，"我说，"这是什么？"我从钱包里把凌秋上次给我的那个用黄色布条缝起来的方块掏了出来，放在手心里给他看。

他没有碰它，看了一眼就问我这是从哪里来的。

我说是凌秋给的。他又看了几眼，茫然地摇了摇头，说："我没有见过，可能是护身符吧。"

我点点头，谢过他正要离开，他突然又叫住我："施主，您来的路上走错了吗？"

我看着他摇了摇头，我说："我记得来这里的路怎么走。"

他点点头，面带微笑地说："如果走错了路，就开导航软件吧，凌秋哥说您方向感不好，别一直走错，那就真的找不见路了。"

我愣了一下，微笑着点了点头。

我转身的时候在想，他这话是什么意思？他知道了什么？他在我的脸上看出来什么了？他不过是一个寺庙里看门的小僧侣，我干吗紧张？

我坐在车里想了很久才发动车，开离南城寺，但我在第一条马路上就找了一个花坛在旁边停了下来，我想看看那个布袋里是什么东西。

我把那个褐色的布袋子拆了开来。它并不像普通的布袋子那样只有两根抽绳，随便就能打开，这个布袋子的开口处被细致地缝了两圈，我拿到手的时候就产生了好奇，我迫切地想拆开它，这里面难道装了什么不可告人的秘密吗？

但我把线全部拆掉，打开布袋的时候，有些失望，里面除了一串佛珠之外，什么都没有。那是一串戴在手腕上的小叶紫檀，很普通，没有包浆，也不亮。

凌秋想说什么？我不知道。我也不想知道了，回去路上的红灯变得更加让人烦躁，我在十字路口的时候手脚慌乱，不停地颤抖，很显然，去南城寺并没有什么好的效果。在快到我们家附近的最后一个红绿灯处时，我打翻了那个我出门之前在里面泡了铁观音的保温杯，带着茶叶的茶水泼到了副驾驶座上，那个褐色的布袋湿透了。我趁着等红灯的时间抽出几张纸巾匆忙地擦了两下，绿灯一亮我就开车了，但我在过了交通灯后迅速停了下来。

我觉得我的余光看到了什么东西，可我说不清我究竟看到了什么，我的双手紧紧地握着方向盘，仿佛那才是能救我性命的东西，但最后我还是脱离了它，我把手伸向副驾驶座，拿起那个褐色的布袋子，并把它翻了过来。

布袋的内侧被茶水浸泡后变得透明了，在那湿乎乎的透明的内袋里似乎还藏着什么。我把布袋子翻过来，粗鲁地扯开那些缝得并不算细致的线，布条发出撕裂的声音，然后我看到了一张叠起来的纸，纸也被茶水浸湿了。我小心地把那张纸取出来，那是从一张洒金宣纸上裁下来的纸，十分脆弱，我很小心地打开它，生怕把上面的字毁掉。

接着我看到了那些写得很规整，却很小的字："我记得，她四岁的时候，我隔着人群看到她坐在祠堂的草垛上，看着每一个过往的人傻笑。她穿着一身麻布白衣，头上绑的那根长长的带子垂在地上，拖出去好远好像她的尾巴。我住在离那场葬礼举办地不远的地方，我之前见过她几次，但我忘记是什么时候了。我记得我走过去，在她旁边的草垛上坐下来，递给她我仅有的一根棒棒糖。我问她：'你不哭吗？'她瞪大了眼睛看着我问：'为什么要哭？'我后来一直想，我可能就是从那天开始决定保护她的，我大概希望她永远不懂得死亡的意义。但后来她长大了，我知道，她干了什么。"

我把车快速开到了家附近。雪好像又飘下来了，不是很大。原本寒冷的空气变得更冷了。我一下车就感觉到了气氛的不对劲，我在来来往往的人之中看到了一张略微熟悉的面孔，是我之前见到过的派出所的那个民警，他今天没穿制服，他身边还有好几个人，那几个人看起来没什么特别的，只是他们都有鹰一般的眼神，我想，他们应该是警察。

有一些嘈杂的声音浮在河岸上。我站在车旁边看了一会儿，我注意到他们似乎是朝着我家那边去的。当他们还在一路寻找门牌号的时候，我转身离开了。我从那座上次我和凌秋还有我妈走过的新桥过了河，到了河对岸，沿着河慢慢地走。走了会儿，我突然停下来，从我的钱包里掏出那个黄色的被细致缝好的护身符。

我小心地扯开了上面的缝线，把两根呈十字交错的黄色布条摊在手心，露出了原本被包裹在里面的一张被叠成了四方形的小小的纸片，我把纸片打开来，上面只有一个规整的圆圈。

我把它们攥在手心里，低头去看河里的水，河面似乎冻结了，没有一点波纹，那些绿色看起来十分坚固，但我知道，只需要一点点动静，这种坚固就会在波纹中消失。

圆圈是我和凌秋之间的暗号。每次我犯了错，他决定为我撒谎的时候，他就会用树枝在地上，或者用手指在我的手背上画一个圆。

有些东西渐渐在我脑中清晰起来，我听见心脏疯狂撞击胸腔发出来的声音，我沿着河岸奔跑起来，我想我已经大概知道了凌秋想要表达的东西，但那些东西都不是对我表达的，是他用来说服自己的，那是他为自己隐藏的秘密。

我跑了一段路停下来，我决定给凌秋打个电话。但当我把手机从口袋里掏出来的时候，电话响了，来电显示是我妈打来的。我的手指微微发颤，心脏正在袭击我的喉咙，我按下了接听键。

"喂，陈薇，你在哪里啊？"

"附近。"

"快回来，来了几个警察，说是想问关于一个案子的事情。"

时间戛然而止，我似乎能感觉到凌秋的手指在我的手背上画了个圆圈。

我说："知道了。"

我把手心里攥着的那张画了圆的纸片，扔进了河里。我没看着它掉进河水中，但我知道河面一定有了波纹，因为起风了。

错　觉

"也就是说，您和木歌的关系是普通朋友关系，是吗？"中年警察在问我话的时候，坐在他身边的年轻警察打了个哈欠，中年警察瞟了他一眼，在他耳边小声嘀咕了几句，年轻警察放松地站起来，拿着本子出去了。

"对，"我说，"我们只是朋友关系。"

他点点头，低下头去看手里的资料。这时，门开了，走进来一个穿便衣的高个子警察，长得很清秀，大概三十来岁，我昨天也见过他，他们去我家询问的时候，就是这个警察主问的，他有一双似乎可以洞悉一切的眼睛。我记得他好像叫居北。

他脱掉了外套，把外套搭在椅背上，他身上有一股从户外带进来的寒气，他好像刚回到警局。他用手指将了将头发，把一个文件袋放在桌上，然后才坐下来，但他没有即刻抬头看我，而是打开了那个文件袋，从里面掏出来一张照片，他用食指和中指将照片推到我面前，轻轻地敲了下照片表面，用一种十分平静的语气问我："这辆车见过吗？"

照片里是一辆旧的黑色现代，车身和轮胎上沾了很多泥。我的每个器官都收缩了一下，我记得那辆车里副驾驶座前放着一个难闻的柠檬味清新剂，我从西元朝着极水村开的时候，那股刺鼻的柠檬味始终让我很清醒而且很头疼。后来，我停下车，我记得我把那个柠檬味固体清新剂塞到了木歌的衣服口袋里，我忽然觉得这一刻，我周围的空气里那种刺鼻的柠檬味又回来了。

我把手挪到鼻子下面，摇了摇头："没见过。"

"你确定？"居北用一种他似乎知道了什么的口吻对我说，"这辆车出现在案发现场，你确定没看过吗？"

"没有。"我看着他的眼睛再次强调。

他收回了照片，把照片装进了文件袋，又说："他老婆说你和他有一腿，你说和他有一腿的不是你，而是另有其人，但是你也不知道具体是什么人，可他要求你帮他，你答应了。是这么回事吧？"

我十分肯定地说："对，就是这么回事。"

"他老婆骂你的那些邮件，我们看了，骂得那么没素质，那么难听，你就一点也不生气？"

"她骂的又不是我，我为什么要生气？"

"你们只是普通朋友，按理来说，你不该愿意帮他这种忙啊，你是怎么想的？"

"警官，"我自嘲地耸了耸肩，"我已经解释过了吧，对于这个问题，他的身份和他的人脉可以让我得到我想要的客户，帮个忙嘛，我只是被骂几句，又不会少块肉。"

"你的意思是你们还有利益往来。"居北自顾自地点了下头。

"现在没有，不等于将来没有。先生，我们的工作和你们的工作性质不一样，我们得把人脉和市场都经营在前面，要用的时候才可以用，而不是像你们这样，等案件发生了抓住无辜的人不放就行了。"

他的脸上出现了一个礼貌又狡猾的微笑，他低头在笔记本上写着什么，写完后套上笔套，和旁边的中年警察交换了一个眼色，中年警察站起来出去了。居北也跟着站了起来，他说："我们会尽快核实你的口供。"

"我是不是能走了？"我说，我站了起来看着他，"我想，需要核实的信息也核实得差不多了吧，不要再天天找我麻烦了，谢谢。"我拿起身边的包正想离开，他的声音又从我的身后传来，带着玩笑口吻，和他的长相格格不入。他说："无辜不无辜，并不是你说了算的，也不是我们说了算的，是事实说了算。最近多有打扰，抱歉了，但可能还会继续打扰。"

我没回头，径直离开了。我走出市公安局的时候，觉得所有经过我身边的人都在看我，我想起了那天在佛罗伦萨市中心警察局里的场景，那天我离开的时候，所有人也都在看我，那是因为路城的妈妈像疯狗一样当众撕咬我，想到这里，我抬了一下头，把背挺得更直，可能现在只有在人前的走路方式才能给我一点底气了，否则的话，我可能会后悔，当时没在佛罗伦萨的警局就让路城的妈妈撕碎，如果当时的场景能再恶劣一些的话，接下来所有这些事情都不会发生。

走出公安局，江南潮湿的冷空气让我恢复了镇定。

陈清年站在那辆桑塔纳旁边等我，他抽了一根烟，我只看到了他身旁还没有散开的烟雾，他的表情显得很烦躁，又很担心。我一上车，他就开始滔滔不绝地说话，为的只是让他自己镇定下来。

"他们到底想知道什么？为什么揪着你不放啊？"他显

得很急躁。

我说："你以后没事别开这辆车出来了。"

"为什么？你是用这辆车装过尸体吗？"他开玩笑地说，但他很快笑不出来了，我觉得他可能真的在怀疑，我就是用这辆车装了木歌的尸体。

"没什么，只是觉得你只要一开这辆车就不太正常。"我说。

"我不正常？！陈薇，我不正常？！"这是陈清年第一次这么大声地喊我的名字，从小到大他都叫我姐，叫凌秋哥哥，不管是几岁他都这么称呼我们。我愣了一下，转过头去看他，他的脸上写满了惊恐而不是愤怒。

"你不用担心什么，这事儿再怎样也跟你没关系。"

他用手重重地敲了几下方向盘，我怀疑再敲几下的话方向盘会散架。

"我是担心我自己吗？！"他冲我大吼大叫，我没见过陈清年这个样子，他的模样把我给震住了，我一时间不知道应该做出什么反应。他突然靠边停了车，转头看着我，像是在尽全力让自己镇定下来，他问我："你能告诉我实话吗，姐？木歌的死和你有关系吗？"

"没有。"我避开了他的目光，"你要开不下去就换我开吧。"

他把车开了回去，没再说一句话。等到了家里，他直接钻进了房间，晚饭也没出来吃。很明显，在陈清年的心里，我和木歌的死已经捆绑在一起了。

我妈晚上吃饭的时候一言不发，应该说，全家人的脸色都不太好，就好像我是一个真正的杀人犯似的。其间我很想笑着说几句玩笑话缓解一下气氛，但最后我放弃了，所有人的沉重让我感到浑身的力量都被抽走了，他们不叹气，只是沉默，认真地看着各自的碗，就像在努力把一堆黄金吞进胃里。

吃完饭后，我去厨房洗碗，我妈站在厨房门口，用试探的语气问我和木歌是什么关系。

"我和他们怎么说的，你也听见了的，为什么还要问呢？不相信吗？"我用冷冰冰的语气回答她。

她迟疑了片刻，又问："他们能相信吗？"

我心烦意乱地把水池里的碗全部捞出来擦干净，又冲了一遍再次擦干净，打开橱门把所有碗筷堆在一起塞进去，然后转身对她说："相不相信，这都是事实。我能怎么样？妈，你好好想想，如果他和我有什么关系的话，我怎么会知道他假离婚的事情？对不对？他和他老婆难道会告诉我这件事吗？只有在他求助于我的时候，我才有可能知道这件事。"

我的大脑忽然跟着心脏一起跳动起来，它们在一个节奏上，都在全神贯注地等待我妈给出的反应。接着我看到她点了点头，脸上露出信任后的放松，对我说："你得把话和警察说清楚，别让他们误会。"

我点头说好，我一定会。这又是一个可以支撑我的点，事实上，我很高兴我能抓住一条线往下进行推理，而这条线的基础就是：木歌的死和我半点关系都没有。

今天居北的反应已经让我感受到了他的力量，他会一直咬着我，就像那会儿的艾利欧一样。但是今天回来后我尤其淡定，因为我收到了来自鲁塔的一封新邮件，她在邮件里告诉我，路城的案子有了转机，他们似乎锁定了别的嫌疑人，虽然今天已经十一号了，我也并没有收到意大利警局给我发来的，关于不再要求我十五号之前回去接受调查的文件，但鲁塔给的消息在这个节骨眼上足够了，凌秋没有告发我，很明显，他又一次包庇了我。我想，那天那辆阻止我超车的，和凌秋开的同款的车就是一个暗示，它暗示我保持镇定，因为一切都还有回转的余地，不管我究竟做了什么。

我家的猫金币今天一直在我屋里钻来钻去，它打开了我房里所有的橱门，就像在找什么东西。在它把其中一个橱里的东西都扯出来后，我把它关到了房门外面，坐到地上开始收拾一切。当我从地上捡起一个装着一堆化验单和病历卡的透明文件袋时，我飞快地把它扔进了橱里并关上了门上了锁，锁好后我看着那把锁才想起来，之前木歌的相机也曾经被我锁在这个橱里，好像那些阴暗的，我不太愿意记起来的东西都在这里面待过。

第二天，居北又来家里找我了，我没让他进门，我说："换个地方吧，我家里人被吓到了。"

他很自觉地回到他的车上等我，后来他把车直接开到了市公安局，就好像我早就已经准备好要去那边一样。他在自己的车位上停好车，微笑着告诉我他请我喝杯咖啡，今天他买的那个意式蒸馏咖啡壶到了，不用再让我喝难喝的冲泡咖啡了。

我没回他，只是默默地下了车。

居北是个奇怪的人，我下车后，他竟然表现得和这个警局没什么关系似的，一边在车里接电话一边挥挥手让我先进去。我透过前车玻璃看到他带着一脸随意的表情正在乐呵呵地打电话，我突然觉得轻松了许多。我对他打了个招呼，意思是我先进去了，他点点头。

我以为今天也就是和昨天一样，和前天一样，他们好像真的每天都在找我麻烦。我走进了市局的大门，我要去的是五楼，电梯在进门直走后的右边。我刚进门，耳鸣就再次出现了，周围的一切瞬间慢了下来，只有耳鸣在持续着，然后我看到了一个人，那个人好像幽灵一般出现在了我的面前，随后我的脑袋就遭受了一记重创，我不知道究竟发生了什么，但一切都似曾相识，我摔倒在地上，额角火辣辣地疼，我用手摸了摸，手指上有血迹。在我眼前站着一个头发凌乱的妇人，眼窝深陷，颧骨突出，嘴唇干裂，脸上似乎有许多细纹，但我认识这张脸，我认识，上一次也是这张脸，眼睛通红地想撕裂我。

是路城的妈妈。

我从地上爬起来，看了看周围的地面，除了我自己的包和从我包里掉出来的东西以外，好像只有一串钥匙在我旁边躺着，那是砸伤我的工具吗？我觉得眼前的画面都不太真实。

我茫然地抬头看向那个企图弄死我的女人，她像个疯子似的瞪着我，要不是有其他人上来拦着她，她可能会进一步把我撕烂。

"臭婊子！你以为你找了个替死鬼就不用承担责任了是吗？！你这个杀人犯！你是杀人犯！就是你！"她冲我吼完，转身朝着周围的所有人大声说我是个杀人犯，我杀了她儿子，不停地说，周围没人阻止她，也没人动弹。有人用习以为常的表情看了她几眼，然后去做自己的事情；有人用看戏的表情盯着她，还录下了视频。居北出现了，他把我从地上拽起来，拉着我进了电梯。我看到他嘴角有一丝笑容，那是什么意思？我想，会不会他知道这场闹剧会发生，所以他先不进来，为的就是让我变成闹剧的主角，让我内心崩塌，让我说出他们想听到的陈述？

电梯门将要关上的那一刻，路城的妈妈扒住了，但她没能进来，有人拉住了她，可她那干瘦的身躯似乎迸发出一种强大的力量，让她成功扒住了电梯门好一会儿。

她恶狠狠地瞪着通红的眼睛对我叫嚷："你杀了我孙子！你杀了我儿子！你是杀人犯！"

电梯门关上的瞬间，我愣了一下，杀了她儿子，杀了她孙子？……然后我笑了，我想起了昨天金币从我柜子里扒出来的那个透明文件袋，那里头是些什么，我当然知道，也只有我知道。一切似乎都是注定的，你无法让一个人、一件事、一段记忆消失，即便是你早就选择忘记的很多东西，有一天也还是会回到你的生活里。

比如说现在，我和路城结婚的原因，我想起来了，不是纯粹的爱，也不是计谋，而是责任。我怀了孩子，然后我把孩子打掉了，从那以后我觉得我再也无法和他分开了，于是我们结婚了，而我后来一直在吃避孕药。他把结婚当成对我的弥补，我把结婚当成对那个孩子的补偿。

后来我们离婚了，我没有和任何人提起过那个在我肚子里待了三个月的孩子。但这件事现在又突然蹦了出来，打乱了我的节奏。我的脑海里不断出现当时和路城的对话。

我站在车站，周围黑漆漆的，我们才下班，公司里太忙了。我的竞争对手表现得非常强势，而路城什么都没察觉到，因为我什么都没说，他只管做好他的销售工作。

我说："我怀孕了。"我记得我们错过了一班车（有段时间，我没有开车，因为想和他一起光明正大地上下班，所以我也坐公交车）。

他正在玩游戏，或许是《炉石传说》，我记不清楚了，我只记得他退出了游戏页面，用一种兴奋的语气问我："真的吗？"

我说："我们要他吗？"

后来公交车来了，我们上了车，又下了车，一直到快走到家的时候，他才对我说："如果你要他，我就养他。"

我当时觉得很可笑，我说："你拿什么养他？"

我记得，他迟疑了很久，最后说："我会努力的。"

我还是决定不要那个孩子，我迟疑了很久才做出了这个决定，因为路城始终没有表现得非常热忱，也没有非常肯定。如果没有能力给孩子一个好的成长环境，就不要随便带来一个生命，我是这样理解的。后来我把孩子打了，路城表现得很无所谓，就好像从一开始他就没支持过我把那个生命留下来，我们说好不对各自的家里说这件事，很显然，他没做到。但这并不是令我最惊讶的，让我最惊讶的是，他妈在知道这件事后，居然还能那样对我，能装作不知道逼迫我们离婚，在一切虚幻的事实里，他们的丑恶嘴脸才是最真实的东西。

从坚信一个拿我工资零头的男人可以养我，到相信企图隐藏这段历史的男人能够出人头地，再到这个男人死了，他可以简单地把一切不如意赖到和他有关系的女人头上，我相信就算这个女人不是我，也会是其他人，他的母亲真的爱他吗？她一直以来难道不是只需要一个载体吗？

　　而现在我所经历的这一切究竟是什么？是因为我毁掉一个生命而该承受的报应吗？我一直这么想着，然后电梯到了五楼。

　　叮的一声，电梯门打开。五楼的空间更像地狱，可我觉得自己好像无法再往回走了，一步都不可能。眼前这条装了一排白炽灯，却仍旧显得黑漆漆的走廊就仿佛是那个出现在我身边的巨大的黑洞，我明明看到自己正在往下掉，但我仍旧不断告诉自己，那是错觉。

　　一切都是错觉。

邪　灵

　　不知道为什么，世界上发生的所有事情好像有一种共性，当你掉进黑暗的深渊时，你会发现那黑暗里面藏着无数你不想记起来的往事，那些邪恶的风景显得丰富多彩，它们拥有不同的让你恐惧的面孔，但你不敢尖叫，不敢让其他人发现你的记忆里还装有这些恐怖的事实。

　　我再一次坐在了一个陌生的房间里，这个房间的环境让人放松了一些，有两张面对面的布料沙发，沙发的中间还有一张透明的矮茶几，靠窗放着一个柜子，柜子上有小型净水器和一个新的带插头的意式蒸馏咖啡壶。

他们让我坐在沙发上。他们是谁？我一点印象都没有了，我只记得我站在走廊里，有几个人朝我走过来，五楼的人似乎都认识我，就好像我是他们的一个熟人，或者我也在公安局的这层楼里工作一样，他们小心又热情地把我带到了这间屋子里，而不是那个灯光昏暗，只有桌子和椅子的审讯室。我开始产生错觉，相信我来这里是见一个客户，我进了他们的休息室等待，我要做的只是安静地等待。然而门一开，我看到了居北，他破坏了我的错觉。他走进来看了下我额角的伤口，又走了出去，没过多久他找了一个医生模样的人过来给我做了简单的检查和伤口处理。那个人在给我做伤口消毒的时候，我感觉不到一丝疼痛，我觉得那个伤口好像不是我的，血也不是我的，就像我当时当着路城妈妈的面划伤手臂留下的那条口子一样，它们都好像只是假想出来的，会留下长时间无法消退的疤痕，让我一直记得它们的出现，它们本身无关痛痒，它们的出现只是为了提醒我记得不想记得的事情。它们就是来自那个黑洞里的邪恶灵魂。

那个医生离开后，居北开始摆弄他新买的咖啡壶，他问我要不要咖啡，但没有等我回答他，他就把一包新的咖啡粉拆开了。他摆弄那个咖啡壶的动作很从容，就好像他是专门邀请我坐在这里欣赏他动作优雅地弄出一杯正宗意式浓缩咖啡似的。就在我全神贯注地看他摆弄那个咖啡壶的时候，他背对着我突然开始说话。

他说："木歌的老婆说她给你的手机发过一条消息你没回是吗？"他的语气很平静，说完这句话，咖啡的香味十分突兀地冒了出来，他还是背对着我，好像他只是在和我闲聊。

但我立刻警觉起来，很多乱七八糟的思绪在顷刻间被我从脑袋里清除了出去，我的意识突然就清醒了，昨天我让我妈相信的那个新点子反复在我脑袋里盘旋，我想我一定要找个办法把话引到那上面去，我相信我说了那句话之后，我面前这个面相并不让人讨厌的刑警转身看我时，他的眼中也会出现放松和信任。

"哦，对，好像是。"我说，我记得那条消息，可我心烦意乱没法集中精力去回忆那条信息的内容，我记得我是打开手机后，过了很久才发现的，她发的不是邮件而是一条消息，她有我的电话号码。但我那会儿好像并没去在意这个事情，她发消息说了什么？

我在想这些的时候，居北就端着咖啡转过来了，他把一杯量有点多的浓缩咖啡放在我面前，那个咖啡杯很丑，是用来装美式咖啡的。他问我要不要加水，我摇了下头，他说这里没有牛奶，然后往我面前递了一包糖。那包糖让我猛然想起了木歌，同时我想起了那条他老婆发给我的消息，不知道为什么这个记忆一直到现在才让我感到惊恐。那条消息是："我老公是不是在你那儿？"那是一串陌生的号码，当时我在干什么？为什么我会忽略那条显然是他老婆发来的消息？只是因为我不知道她的号码吗？

对，那天我走了太多的路，我一直走到某个我说不清楚的镇子上，到了我认为远离了那个村子的地方才停下来，我记得我叫了一辆出租车，我搭那辆出租车去了南都火车站，我坐火车回到了西元，我又在西元火车站搭了一辆出租车回到了周峰村，然后我步行了很远的路到老宅附近启动了方三日卖给我的那辆桑塔纳，开着它回了自己家。我是在什么时候看到那条消息的？我不记得了。可这个警察为什么突然提到了那条消息？是因为定位吗？

我伸出手去拿咖啡，但我的手在我的眼皮底下颤抖，我把手缩了回来。

居北端起他的那杯咖啡喝了一口，他说："你不放糖吗？哎哟，这个太苦了。"他给自己的杯子里加了一点水，我始终没有抬头去看他，我的从容好像突然从我的身体里逃走了。

"那条消息是三十号凌晨发的，那会儿你在哪里？"他的声音依然很平静，好像他在继续和我闲聊似的。

"我忘记了，可能是在家里吧，老宅。"说完这句话，我飞快地端起咖啡杯喝了一口，我嘴巴很干，嗓子快要烧起来了，我觉得我可能会失声，如果我失声的话，我待会儿需要用动作告诉他，我什么都回答不了。

他又端起咖啡喝了一口，放下杯子后，他往杯子里加了一包糖，但是没搅拌，他又喝了一口。我想象那些糖在杯子里，最后与残留的咖啡渣一起滑动并且丝毫化不开的样子，我觉得更加心慌了，喉咙烧得更加严重了，我确定我会失声。

"可是你三十号从南都坐了火车回西元，你忘记了吗？你还在离案发现场不太远的极水镇上打了车，你拿绑在支付宝上的尾号为3452的银行卡付的款，记得吗？"

我猛地抬起头来看着他，我觉得很迷茫，但我确定我在摇头。

他的表情也有点迷茫，他说："怎么了？你看起来有点紧张啊。"他的后半句里带着一点幸灾乐祸的语气，好像他正在等着看我的好戏。

我很肯定地说："我没有。"说完我就后悔了，我应该失声的，为什么我要开口说话？

他皱了皱眉，疑惑地问："什么没有？是在家还是老宅？"

我的脑子里很乱，什么意思？他刚刚问的究竟是什么？刚刚是我的幻觉吗？他没问我的行程？不对，他接下来一定会说的，这是我的预感，对，是预感，我得打乱他的节奏，我不能让他说出来，他肯定已经查到了，我要说什么？我之前想过的，我应该怎么面对这些问题，可我现在怎么想不起来了？我满脑子都是那条信息，路城妈妈的脸，还有那些化验单，做 B 超的时候，我看到那个生命在动，我记得的，他已经很大了，可后来他变成了一摊血和一些残渣。

那些不断变幻的画面骤然停了下来，停在最后这一帧上。

我突然站了起来，我不知道我在干什么。我听见自己念经似的把那句话念了出来，我说："我不知道她的号码，他们是假离婚。木歌找我帮忙我才知道的，不然我怎么会知道？"

木歌的名字在我的嘴里很烫，就好像我喜欢他的时候念到时一样滚烫，但现在的这种滚烫好像真的会烫坏我的嘴，我说了一次，嘴里就起泡了，他的名字让我感到很害怕，那也是从深渊里爬出来的邪灵。

"对不起，我能去下洗手间吗？"我说完就出去了，我没去在意居北的反应，我希望我能冷静下来，我要强迫自己冷静下来，我需要凌秋的声音出现在我的脑袋里，他能告诉我，我还有救。居北是跟着我出来的，他一直跟在我的后面，跟到了洗手间门口。我想，他应该是怕我逃跑。

我用冷水冲了一把脸，我没有去管脸上的妆，也没敢看镜子。我钻进了最后一个隔间，我要给凌秋打电话，但是我找遍了全身都没找到手机，我好像没把手机从那个采光很好的茶水间里拿出来。这时，有两个女的说着话走了进来。

她们的说话声音很大，好像在谈论一件十分有意思的事情，我很快发现她们在谈论的是我。

钻进我隔壁那个隔间的女人说："看她那个样子是真的看不出来哦，身上还有另一条人命呢，你知道哇，国外的，据说是前夫。"

离我比较远的那个女人说："你听谁说的啊？你别胡说啊，不是说那边控制了嫌疑人，不是她杀的吗？"

我隔壁的那个女人的声音变得更加高昂了，就像在说什么了不起的事情："你别胡说哦！你说的那个嫌疑人是凌局的儿子，这种话不要乱讲啊，当心被别人听到。"

另外那个说："你知道哇，那个女的好像是凌局儿子的女朋友，混乱吧你说！要是真的是凌局的儿子，那凌局连退休都退不好了，摊上这种事情！"

我推开门走出去，机械地走到隔壁的隔间门口，用力地敲了敲门。

"谁啊？"

我没吭声。

里面也没了声响，过了几秒，我听见了两个隔间的冲水声，我面前的门被拉开了，我伸出手狠狠抓住那个即将走出来的女人的领子，我记得她，她是办公室的文书，我把她按在隔间的墙上，另外那个女的也走了出来，尖叫着跑出去叫人了，但我没松手，我死死地把她抵在墙上，我觉得我的指甲好像嵌进她的肉里了。

"你刚刚说什么？凌局的儿子怎么了？"

"你干吗？放开我！要死了，这里是公安局啊！"

"说！"

我咆哮着，连我自己都不敢相信，那么恐怖的声音是来自我的身体，那声怒吼似乎不是从我喉咙里发出来的，而是从灵魂里发出来的，我想把我身体里的所有邪灵都吼出去，让它们去占据别人的身体，别人的灵魂，我想让自己干干净净，让凌秋也干干净净，让我们家和他们家都干干净净。

接下来，我不知道具体发生了什么，我听见我面前这个面带惊恐和愤怒神色的女人断断续续地说了几句，她说："国外的一个杀人案。凌局的儿子好像自首了。"她说这话的时候，路城妈妈那些扯着嗓子的叫喊也出现在了我的耳边，她说："臭婊子，你以为你找了个替死鬼你就不用承担责任了是吗？"

她说："你才是杀人犯！"

然后我感觉到被什么力量控制住了，我放开了她，有人抓住了我，那个人把我的双手反扣在身后，我以为他会给我戴上手铐，但他没有那么做。我被一股很大的劲按在墙上，我艰难地转头，用余光看到了我背后的那张脸——是居北。

他没有说话，我让他放开我，他也没有放开，只是稍微减少了一点压制我的力道。

我说："我想打个电话。"

我没有给凌秋打电话，我给陈清年打了电话，可是他没有接，我想，他可能以为我是为了叫他来公安局接我才打他电话的，很明显他一点都不想来接我。然后我给我妈打了个电话，在她喂了一声后，我的眼泪就忍不住流了出来，安静的流泪变成了小声抽泣，她没有问我怎么了，后来我听见了她在那头大哭的声音。

我们都知道，昨天那个谎言对谁都没有作用，从我告诉我妈路城死了的那一刻开始，她就只能不断骗自己，不断说服她自己相信，我是那个不会撒谎的好孩子。就像小时候那样，她发现我欺骗她说我是大队委的事情后，她没有揭穿我，而是默默地丢掉了我从小店里买来的，只有和她夜里走在没有熟人的街道上才敢戴在袖子上的那些三条杠袖章。

她是那么了解我，她和凌秋一样，从来没相信过我的那些谎话，他们选择的只是包庇我，一次又一次。但这次我不想再这样了，我用这通电话揭穿了我的谎言和她的自我欺骗。我知道很残忍，但我无法继续闭着眼睛骗自己。从我看到他隐藏的那张纸、那段话、那个圆圈开始，我就已经知道他的包庇不会那么简单，但我一直在告诉自己，别去管他，就像小时候每一次他为我承担错误接受批评和打骂一样，我不忍心，但我还是站在旁边看着，静静接受着，从来不会站出来承认我的错误。那是我的习惯。

但这一次，我不想再这样了。

　　我打断了我妈的哭声，挂断了电话。我抬头看着站在我面前的居北，我感觉到额角的伤口在隐隐作痛，疼痛感清晰地回到了我的身体里，我觉得自己变得轻盈了，我说："我想自首。"

结
尾

　　我已经不记得我究竟是怎么交代那件事情的，居北一直让我说，等我说完才问我一些问题。我记得我告诉他，除了糖醋排骨，我在那天晚上做的菜里都下了安眠药，装在醒酒器里的酒里也有安眠药，那是我去厨房把酒从瓶子里倒出来，倒在醒酒器里的时候下进去的，但是老鼠药是最后我拿着醒酒器进厨房的那次，我才下的。他问我为什么，我说我也不知道。

　　"是因为你没下决心要杀了他吗？"他问我。

　　我说："可能是吧。我不知道。"我已经忘记了杀害木歌的决心究竟是怎样的了，它是不是有具体的形状？可我已经忘记了，我既看不到也感受不到，我不知道我为什么要杀他。

　　我承认我是打算把他推到河里去的，但是我对那边的环境不是很熟悉，我不敢拖着他的尸体往下走，所以就找了个斜坡把他推了下去，我知道斜坡连着河，周峰村也有这样的地方，但他瘦骨嶙峋的身体居然能在两个矮树桩之间卡住。我本来想把他扔进黄梦村那边的河里，我去要老鼠药的时候，特意绕着村子转了一圈，在那条我熟悉的河边转了一圈，那里干干净净，没有矮桩，从斜坡下去就是河面。但我没敢那么做，我当时不是怕我很快会被怀疑，只是不想把那么肮脏的东西扔在我的城市西元，扔在我外公的老宅附近，脏了那里的水。我讨厌南都，所以我把木歌带去了南都。

居北告诉我，他已经查出我撒谎了，他查到了我的购票记录，我三十号那天在南都和西元之间往来过。

"你是不是从一开始就怀疑我？"我问他。

"是。"他说，"你表现得太淡定了，但是你有点急切，尤其是急切地想澄清和木歌的关系。但是我可以和你说句实话，"他压低了一点声音，眼神也变得不那么锐利了，"我真的不希望是你，我一直想找证据证明不是你，但越来越多的证据让我不得不相信就是你做的，我只能相信证据。"

他说："我认识凌秋，他是我朋友。我知道你。"

我笑了笑，说："我不知道你。"

我似乎不知道关于凌秋的一切，他的家庭，他的朋友，还有他。我和他一起长大，可我从来没有真正地关心过他，了解过他。曾经我习惯性地一边接受他的保护，一边防着他，我害怕他拥有的东西会让我嫉妒，我不想因为那种不平衡的心理而远离他，所以我没有走进过他的世界，后来我想走进他的世界了，我终于开始了解他并渴望了解他了，但已经太晚了。

居北说："我一直在等你说出真相，我想让你自己主动说出来，而不是被迫说出来，这样对你有好处。"

我好像忽然明白了什么，我想问他，路城妈妈的行为、洗手间的聊天都是他安排好的吗，但是我没有问，不管答案如何，这个问题都已经没有意义了。我能看出来，居北是个很聪明的人，凌秋身边的人似乎都很聪明，那个不太友好的艾利欧也是，他们都有着惊人的洞察力。

我只问了他一个问题，在我写完给意大利警方的自首书，并用西元公安局的邮箱发出去后，我问居北："所以，凌秋真的自首了吗？"

"没有，他承认了他雇用黑客删除酒店监控视频的事情，其他什么都没说。既没有承认杀人，也没否认。"

原来是这样，果然是这样。

从他雇用人删除酒店监控视频开始，他就打算包庇我了，他知道我根本没有从酒店大堂进出过。他的主动交代可能是在引导他们把他作为嫌疑人，也可能是在拖延时间，好让他拿到更多的证据去证明路城是自杀。他是最想保护我的人，但是他的出身、他的家人都在阻止他，在包庇我这件事上，他只能做客观的事情，他无法亲口撒谎说自己杀了路城。而假如他们决定起诉他，宣判他犯了谋杀罪，他也不会挣扎，他可能会期待一次次上诉，或者多年后翻案还他清白，他可以接受这些荒唐的结果，但他无法撒谎。

我被刑事拘留后，拒绝见任何人，但是蓝泉来的时候，我见了她。

她是哭着走进会见室的，她眼窝深陷，没有化妆，看起来很憔悴。我见到她的时候，心脏被狠狠地揪了一下，又酸又疼，她的样子看起来一点儿也不像她。

她一坐下来就看到了我手上的手铐，她死死地盯了一会儿后便无视它，她说："你放心，我已经联系好了最好的律师，我绝对不相信你杀人。绝对不可能是你。"

她说这些话的时候，就好像我真的被冤枉了，全世界都欠我一个道歉，我是最委屈的那个人。她的眼泪不停地流出来，她紧紧抓住我的双手，她的手很凉，可手心里却都是汗，她好像在使出浑身的劲抓着我，就好像她这样做的话，我可以立刻获得自由，她会跟着我一起回到沉醉之居，一起去周峰村的老宅，一起再期待一场雪，一起等凌秋回来，和我们一起在雪地里奔跑。我要怎么告诉她，这一切从她上次来的时候开始就已经是一种假象了？从我对路城下手的那一刻起，很多真实的、留在我身边的东西，只剩下无穷无尽的恐惧和丑陋，只是我一直在掩盖它们的真面目罢了。

我平静地把手从她的双手中抽出来，因为很费力，所以手铐砸到了桌面，发出了很响的声音。蓝泉被这突如其来的响声吓到了，她呆呆地看着我的脸，眼神有些迷茫，眼泪机械地从她的眼眶里流出来，滴落在桌面上。

"我一直很讨厌你，你知道吗？"我说，"我一直很嫉妒你，你漂亮、聪明、能干，有好的家庭，有优越的条件，这些本不该聚集在一个人的身上，可是你全都有，你到哪里都可以把这些优势轻松地展示出来，就好像没有你去不了、混不开的地方。你看陈清年，他一看到你就喜欢你，我家里人都喜欢你。可我一点儿也不喜欢你。"

我看到她张了张嘴，有些疑惑地望着我，似乎想说些什么，但我没有给她开口说话的机会。我接着说："你知道你最让人讨厌的地方是什么吗？就是你的自以为是，就像现在这样，你自以为你很了解我是吗？其实你知道什么？我告诉你，当时在乡下我对你说的那个故事是真的，那不是一个玩笑。你从来没有真的认清过我。我是一个善于隐藏自己的人，也是一个善于把讨厌表现得像是喜欢的人。我其实一直想告诉你的是，我对你真是厌恶至极。可你手里有很多关乎我将来利益的东西，所以我只能把对你的厌恶藏在喜欢的背后，但现在没必要了，我希望你以后不要再出现了。"

"你在说什么！陈薇，你在说什么啊！"她说话的声音很轻，就好像她只是在对她自己说话。她的眼泪还在机械地流出眼眶，她眯了一下眼睛，好像突然近视了一般，她可能看不清楚我的脸了。

"我不需要律师。人是我杀的，蓝泉，不要再来了。"

我站起来，迅速地把目光从她的脸上移开，我的余光看到她伸出手在空气里捞了一把，她可能想抓住我的手臂或者是衣角，但她只抓住了空气。我没有再去看她，我不知道她的眼泪是不是止住了，我跟着警察离开了这间屋子，我不断想着刚刚对她说出来的最后那句话是否足够果断，走在过道里的时候，我的眼泪还是流了出来，它们同样以机械的方式流出来，掉下去，蓝泉那张迷茫又无助的脸在我的脑中摇摇晃晃。

我不知道我究竟有多喜欢蓝泉，我很爱她，她永远是我生命里重要的存在，我爱她所有的美好。她是那么明亮的人，她站在人群里，你会很容易看到她，因为她是闪着光的。我不想再看到她今天的样子，憔悴，悲伤，却要在我面前克制自己，抱着虚无的幻想，我也不希望有一天她自己发现原来我不是她期待的那种人，我只是一个躲在阴暗角落里的、身上带着邪恶灵魂的人，我不希望她会因为我这样的一个朋友感到难过和绝望。她应该一直都是发光的，是被点燃的仙女棒，她能照亮所有人。

所以我给了她我所有的恶意，我突然觉得自己很善良，因为这个谎言很善良。我把我最善良的一次谎言给了蓝泉，我突然觉得很高兴，她从此可能会带着恶意揣测我，她会难过一阵子然后彻底把我从她的记忆库清出去，她不会再愿意和任何人谈起我，她不会一直记着她有个杀人犯朋友。我似乎从那个阴暗的角落里走了出来，我身边的那个巨大的黑洞也神奇地消失了，我不再感到身体里有奇异的疼痛，我想，那些邪恶的东西，它们都从我的灵魂中离开了。

那个晚上，我梦到了凌秋，梦见了我给他的那个绑着深蓝色丝带的盒子，那里面装着一封信，我以为我已经忘记了那封信的内容，我只记得那里面干涩的语句和可怕的气息，但我却在梦里清晰地记起了那封信。我在那张印着"漫长告白"字样的信纸上写道：

凌秋，对不起。我知道你一直怀疑我，但我总希望你能相信我，就仿佛只要你相信我了，你相信的事情就会变成真的。我知道很荒唐，但我内心可能就是这么想的，我一直想抓住什么，而我一直以来也不知道自己究竟想抓住什么。我想告诉你，我没有杀路城，但是我下了药，不过我向你发誓，我没有把他推进河里。我知道我跟他的死脱不了干系，但我没有杀死他。有好多次，我都想告诉你实话，可你的怀疑却让我越发渴望得到你的信任，我始终没有勇气当面告诉你真相。有一次，我几乎要说了，但那天晚上我梦到你来找我，你站在院门口对我说你相信我，那天的夜空很美，我知道那是梦，那是假象，但醒来后我决定不去亲手毁掉假象，其实现在想想真的觉得很可笑，从我决定撒谎，掩盖我的一切罪恶的时候起，就没有真实的东西了。是我一直不想承认罢了。凌秋，我知道你发给我那些短信的企图，小时候你也是这样，明知道我撒谎，想逼我说实话的时候，就拿别的东西来吓唬我，我就会去求助于你，然后向你和盘托出。只能说，这次我让你失望了，你一直知道我在撒谎，而我一直希望你相信我说的才是真相。

　　凌秋，这封信可能永远都不会到你手上，所以我想再大胆地说一次，我爱你，这是真的。我不知道是不是我一直在固执地撒谎，让你认为我那些告白也变得很虚伪。我知道我们无法在一起了，因为横在我们中间的不光是谎言了，所以我不怪你的不回应。但是我会一直爱你，你永远是我生命里最重要的人。假如你看到这封信的话，有可能我们不会再见了。

　　于是，我要了一打信纸和一支笔，我开始重新写一封给凌秋的信，我在信里写了很多东西，但写完我就不记得了，同样是干涩的文字和拙劣的叙述，我只记得最后我写，我明白了他一次次推开我的用意，不是因为谎言而是因为他一直都想保护我。可那并不是一种保护，而只是一种包庇。

　　居北来找我的时候，我没有把信交给他，后来我把信撕了。居北告诉我，虽然路城的案子已经清楚了，但是对凌秋的处理会比较麻烦，他现在还没法自由活动，得过一段时间再看。

"他会怎么样？"我问居北。

"不知道，他破坏证据的时候还没辞职，就是说警察在职犯案，可能比预期的要严重。有消息我会通知你的。你有什么话要带给他吗？下周他应该可以自己打电话来了，现在传话还只能通过律师。"

我想了想，微笑着摇了摇头："没有。"

我开始用笔在那一打信纸上写小说，好像回到了小学和初中时代，那个时候我有过很多不成熟的、被我遗弃的手写稿。我一直以为我不会变成一个可以写出完整故事的人，但我好像错了，我可以写出一个故事，不仅如此，我还可以把对我重要的那些人都写在这个故事里。我不停地写，我的小说似乎有点随性，它可能会很长，也可能很短，但我写得飞快，我知道我不能停下来，我的时间不多了。我不分昼夜地写，直到有一天，我觉得它应该结束了。

那天外面出了太阳，是我感觉到的，有个女警来带我去接了电话，是凌秋打来的。他说，他没事，他很好，他从小就爱我，他会一直爱我。

这是我小说里的结尾，我写到这里的时候，想到了《情人》那部电影，那部电影的结尾也是这样的，老年的女主角接到了一通电话，那个男人说他爱她，可我固执地认为，那个结尾只存在于女主角的小说里。我一直记得那部有点悲伤的电影，我也想给我的故事一个好一些的结局。

事实上，凌秋打来了电话，我没有去接。我想，或许有一天，他会看到我的小说，他会理解我没有接他的电话，没有说再见。

　　我闭上眼睛，就会看到最后见到凌秋的那天，他站在沉醉之居的院子里，他的发丝看起来很亮。他背身站着，他没有回头看我，后来他直接进了屋子。我们没有见到面，以后也见不到了。这样的离别想起来太普通了，不知道能不能被我带到下辈子再遗忘。

　　我想，就让这个故事这么结束吧。

　　我不知道它的结尾究竟应该在哪里。我从桌边站起来的时候，听见有人在说外面下雪了。我觉得我听见了凌秋的声音，它从很远的地方传来，很平静，很柔和。

　　他说："陈薇，西元又下雪了，我会一直等着你。"